【日】隆庆一郎 著

吉川明静 译

重庆出版集团 重庆出版社

ICHIMUANFURYUKI by Ryu Keiichiro ©1989 Ikeda Jun
All rights reserved.
Original Japanese edition published by SHINCHOSHA Publishing Co., Ltd
Chinese translation rights arranged with SHINCHOSHA Publishing Co., Ltd
through Beijing Kareka Consultation Center.
Simplified Chinese translation copyright©2008 by Chongqing Publishing House
All rights reserved.

**版权所有·侵权必究**

版权登记号 图字：渝字（2008）第57号

**图书在版编目(CIP)数据**

花之庆次：一梦庵风流记/(日)隆庆一郎著；吉川明静译.—重庆：重庆出版社，
2009.6
ISBN 978-7-229-00503-0

Ⅰ.花… Ⅱ.①隆… ②吉… Ⅲ.长篇小说—日本—现代
Ⅳ.I313.45
中国版本图书馆CIP数据核字（2009）第030971号

花之庆次
——一梦庵风流记
HUA ZHI QING CI——YIMENG'AN FENGLIU JI

[日]隆庆一郎 著　吉川明静 译
出版人：罗小卫
出版策划：重庆天健卡通动画文化有限责任公司
责任编辑：邹 禾　肖 飒
责任校对：廖应碧
装帧设计：子 唐

重庆出版集团
重庆出版社 出版

重庆长江二路205号 邮政编码：400016 http://www.cqph.com
重庆海洋电子分色制版有限公司 制版
自贡新华印刷厂 印刷
重庆出版集团图书发行有限责任公司 发行
e-mail:fxchu@cqph.com　邮购电话：023－68809452
全国新华书店经销

开本：700mm×1000mm　1/16　印张：21.25　字数：388 千字
2009年6月第1版　2009年6月第1次印刷
ISBN：978-7-229-00503-0
定价：35.80元
如有印装问题，请向本集团图书发行有限责任公司调换：023-68706683

### 前田庆次像
生卒不详,战国中后期的名将。前田利家之兄利久的养子,幼名宗兵卫,通称庆次、庆次郎。特立独行,一生传奇无数,胯下一匹宝马松风,手持一杆皆朱枪的形象可谓深入人心,因此被称之为"战国第一倾奇者"、"无双之歌舞伎者"。

**传说中前田庆次用过的甲胄**
(宫坂考古馆藏)

**前田利家像**
（前田育德会尊经阁文库藏）
日本战国时期武将。秀吉亲自任命的丰臣五大家老之一，也是加贺藩(加贺百万石)之祖。

**前田利家所用之具足**
（前田育德会藏）

### 阿松像

前田利家的妻子,后出家为尼,号芳春院。曾在利家死后主动作为人质前往江户,以此消除了家康对前田家的疑心。阿松与利家夫妇的传奇曾被著名作家司马辽太郎撰写为历史小说《利家与松》,还被NHK改编为同名大河剧,风靡一时。

### 前田利长像
（长光寺藏）

利家与阿松之子,在利家死后成为前田家的下任家主。

### 丰臣秀吉木像
原名木下藤吉郎，于织田信长麾下发迹，后统一全日本，官拜太阁。死后被追封为"丰国大明神"。这座木像头戴唐冠，右手持笏，全装束带，威仪堂堂。其表情精悍，容貌、姿态非常写实，个性强烈，令人联想起大阪丰国神社内的画像。作者不明，应是在把秀吉当做神来祭祀的庆长四年（1599）四月后不久时期的作品。

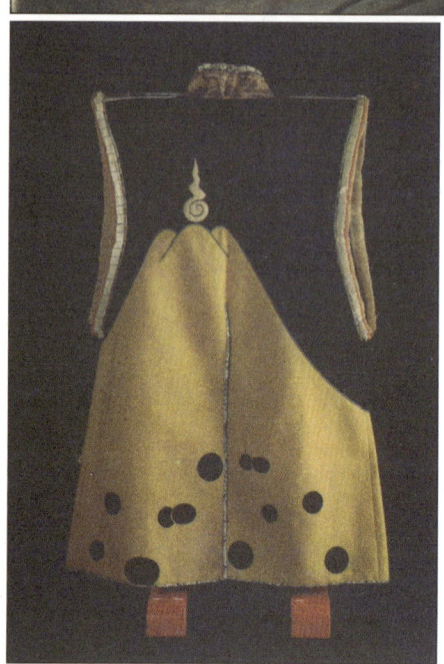

### 富士御神火纹黑黄罗纱阵羽织
传说丰臣秀吉所用之阵羽织。

**大阪城今貌**

由秀吉所建，号称"难攻不落"的天下第一城。但其中的建筑大半因为天灾人祸而被毁坏。后作为昭和6年大阪市大典纪念，日本政府斥资重建了设有桃山建筑样式升降电梯的天守阁。后来又经过平成8年～9年的大修，闪耀着黄金色光辉的壮丽天守阁终于重现人间。

秀吉的黄金茶室复原模型

左上：直江兼续像
（米泽市上杉博物馆藏）

右上：小西行长铜像

左下：结成秀康像
（运正寺藏）

右下：结城秀康所用之兜

# 目录

花之庆次

序 ..... 一

第一章 倾奇者 ..... 一
第二章 无欲之人 ..... 四
第三章 松风 ..... 八
第四章 招待 ..... 二〇
第五章 敦贺城 ..... 二六
第六章 七里半岭 ..... 三二
第七章 聚乐第（上） ..... 三八
第八章 聚乐第（下） ..... 四九
第九章 决斗之风 ..... 六十
第十章 夺心男子 ..... 七十一
第十一章 骨 ..... 八十
第十二章 女体 ..... 八十八
第十三章 死地 ..... 九十九
第十四章 攻打佐渡 ..... 一一一

第十五章 傀儡子舞 ..... 一二三
第十六章 捕童 ..... 一四一
第十七章 治部（上） ..... 一四八
第十八章 治部（下） ..... 一六〇
第十九章 入唐 ..... 一七二
第二十章 伽琴 ..... 一八四
第二十一章 伽姬 ..... 一九六
第二十二章 汉阳 ..... 二一八
第二十三章 归还 ..... 二三七
第二十四章 入唐之阵 ..... 二五四
第二十五章 难波之梦 ..... 二六六
第二十六章 夺取天下 ..... 二七八
第二十七章 会津阵 ..... 二八四
第二十八章 最上之战 ..... 三〇〇
第二十九章 讲和 ..... 三〇五
第三十章 风流 ..... 三一三

作者后记 ..... 三二〇
译后记 ..... 三二三

# 序

写在《花之庆次》之前——

日文小说的翻译，一向是件困难的事。

虽然我们总是说中日两国一衣带水，又都是汉字文化圈内的一员，可两国在文化上的差异，却往往比想象中大上许多。事实上，日文翻译的难度，比起欧美语系文学作品来说不遑多让，甚至有所过之。

日本文化中固有的那种清浅、平淡的风格，已经深深地渗透进了日文的骨髓之中，远如井原西鹤、曲亭马琴，近如芥川龙之介、川端康成、大江健三郎等，均概莫能外。他们的文笔各有千秋，却总有一种特有的味道萦绕在不同风格的著作之间，让人一眼望去，便知出自日本作家手笔，几乎可称为文化血统。

若想在把日文转译到中文的时候，保留这一种"味道"，并不容易。钱锺书在讨论林纾的翻译时，曾明确对翻译提出一个要求："译本对原作应该忠实以至于读起来不像译本，因为作品在原文里决不会读起来像经过翻译似的"。

这个标准是相当高的，尤其对日本文学来说尤其显著。许多译者因为中日文化的传承关系，而武断地认为可以直接取中土风格强行嫁接，浑然不觉两者之间的差异，以致丧失了本有的风格与味道。

如丰子恺所译的《源氏物语》，文字颇为流畅，确实不错。但我个人的感觉，总有一种看《三言二拍》的错觉，缺少日本平安朝的那种特有的"平安风"韵味。所以周作人批评此译本"喜用俗恶成语，对于平安朝文学的空气，似全无了解"。就连丰子恺自己也在译后记里承认"恨未能表达原文之风格也"。可见倘若译者对于作品本身所处时代、作者所处时代没有一个精深的了解，翻译出来的东西总会不伦不类。

即便是现代作品，比如村上春树的小说，也有林少华、赖兴珠两种译本流派，风格迥异，各自都有拥趸。林派讥赖译粗疏，赖派嫌林译土气，至今争论不休，难分轩轾。

如何忠实于原本，如何准确体现出原本文字风貌，这是从作者角度来说，对译者的考验。

但考验并没有结束。

从读者的角度来说，要想让惯于浓烈渲染的中国读者接受日文这种风格——尤其是日文小说的风格——也十分不容易。以《花之庆次》这本小说为例，就能看出中日两国作家对一些细节处理的异趣与不同。比如开篇谈到骏马松风，倘若是中国作家，泰半会在此费上一番笔墨，通过马夫、卫兵等下人之口把这匹马的传奇故事大大地演绎出来，从小处反衬凸显出庆次的英雄气概；而作者却放过这一个大好机会，反以淡淡的笔触平板直叙，娓娓道来。这种类似的例子还有许多，比如佐渡一战，本是庆次单骑夺城，如常山赵子龙般华丽的上好戏码，作者却并未着力渲染，字里行间却能清晰地感受到那种刻意压抑的豪情。

两种处理方式孰优孰劣，见仁见智。就像是中日饮食一样，前者华贵绚烂，后者清淡素雅，各有口味不同罢了，其实还都要看厨子的功力如何。若碰到个劣手，就是再好的菜谱，也做不出佳肴；反之，倘若厨师本身手段高超，又深谙食客口味，做出来的东西即便风格不同，一样可以大快朵颐。

我曾经看过一版司马辽太郎的中译本，实在是不忍卒睹，通篇像老太婆一样絮絮叨叨，啰唆无比，害得我以为是作者的问题，大骂司马"盛名之下，其实难副"。直到看到另外一位先生的译本，才知道司马本身文字是好的，只是生生被拙劣的翻译给连累了。

所以说，翻译日文作品，与其说这是对作者的试炼，毋宁说是对译者的一个极大考验。翻译得好，能够让人如沐春风，于清淡处听惊雷；翻译得不好，便会味如嚼蜡。常言道："翻译等若是再创作"，诚不我欺。

这一篇《花之庆次》中文版，可以说是表现得相当出色。许多文字细节处可以体察到译者的用心良苦。在阅读的时候，读者能够清晰地感受到日文的细腻与淡雅，却不失意趣。而且那种行云流水般的阅读快感，宛如庆次本人所钟爱的风流舞一般，总在不经意间流转，让人从第一页拿起便难以放下，一直到了最后一页方才蓦然回首，掩卷长思，心中回味无穷。应该说，在还原日本战国时代的时代风貌上，译者的努力是看得到的。

更为难得的是，因为译者本人对日本文化的热爱——他应该算作是国内最早一批日本战国史的爱好者——使得整篇文章的专有名词、官位、地理以及文化习俗方面的翻译相当到位，注释也恰到好处，从一个侧面显示出了作者的用心。

于是，这本书的成功，一来自然要归功于作者本人的如椽笔力；二来就是要感谢译者苦心孤诣，于文字间辗转腾挪的译文功底了。

而前田庆次本人的传奇经历，则是以上那些成功的最基层载体。或者这样说，本书的精彩之处，除了有作者与译者的演绎翻转之功，还要归功于前田庆次本人的精彩性格。

即便把眼界开阔到东亚历史乃至亚洲历史，前田庆次都可以算作是一位个性极其鲜明的异数，一位倾奇者。按照书中所给的定义："倾"，极尽；"奇"，新奇、怪异。倾奇者，可以理解为极尽怪异之人。这个词语专门用来形容那些酷爱奇装异服、喜欢凭借特立独行的所为制造惊人之举的男子。拿到现在来看，或许可以归为行为艺术家一类。

而在日本历史上，倾奇者与前田庆次始终是一个完整的词组。这位行为艺术家能够在大历史的视角下仍旧熠熠生辉，这是别人所难望其项背的了。

他所处的时代，所处的环境决定了他的非比寻常。任何一位日本战国史的爱好者在谈及自己钟爱的战国人物时，除了织田信长、丰臣秀吉、上杉谦信、武田信玄等一系列名将以外，总不忘加上前田庆次的名字。无他，对于喜欢特立独行、崇尚个性的现代人来说，庆次的一生比起其他战国武将来说更能够引起共鸣，更能激起想去了解他内心世界的冲动。

倾奇者的光辉，无论到哪里都会引起最多人的瞩目，古今皆然。正如正文中所说的那样："倾奇者们往往在拥有了波澜壮阔的人生之后，给后人残留下一抹悲伤和飒爽便早早地离开了人世。"这样的人生，总是让观者为之感怀万千，却说不上是嗟叹多一些，还是美慕多一些。能够描述这样一位奇男子的一生，即使是隽永的日文也会忍不住从字里行间透出几丝绚烂与华彩吧。我是这样认为的。

而凭借着作者与译者的妙笔生花，相信中国的读者也能够从此书中领略到倾奇者前田庆次的生涯。姑且不论中日文化交流这类大话题，单就纯粹个人的阅读体验来说，此书也可算得上是饱满多汁的果实。于夏日午后，独坐窗边，捧香茗一杯，随兴闲读，不亦快哉。

我与译者渊源颇深，早在十年之前——那时候美国总统还是克林顿，神舟一号刚刚上天，雷曼兄弟银行与美元的地位还牢不可破——当时国内对于日本战国史的热情刚刚兴起，对这段历史有兴趣的年轻人有，但是不多，通过互联网络交流。我和译者就是通过这种方式而结识，也算得上是一种缘分。记得当时在一次闲谈时，译者发下宏愿，希望能够将日本名家的战国小说介绍进国内来。我当时说若是能看到一部描写倾奇者庆次的上等小说该多么好。

这个心愿，在十年之后的今天居然得到了实现，真是值得庆贺的事情。

马伯庸

倾奇者

## 第一章 倾奇者

"倾",极尽;"奇",新奇、怪异。倾奇者——极尽新奇怪异之人。这个词语专门用来形容那些酷爱奇装异服、喜欢凭借特立独行的所为制造惊人之举的男子。

自很久之前起,这一词语便在我心中占据了特别重要的位置。

我因为工作上的关系,二十年前与一位关西电视台的导演有所交集。他是个毫不起眼、穿着随意之人,年龄大概有四十多岁吧。年纪轻轻却剃了一个罗汉般的大光头,下巴上倒是留着长长的须髯,却是跟他那张滚圆的孩子脸分外相称。这个无论何时都笑呵呵看起来心情不错的小个子,工作时穿的衣服经常是清一色的牛仔装,偶然也会穿连身的工作服,这身职员般的打扮与导演这个职位倒也十分合衬。他虽然水平相当不错,人品看来也挺好,但不知为何就是令人觉得难以沟通,不管是言语还是那漫不经心的态度之中,总是屡屡会产生小小的抵触之感。老实说对此我有些不满。

若是不能保持良好人际关系的话,工作便不能顺畅地进行下去。说起来我这个人也有些这样的任性。因此我寻思着得做一些改善关系的努力,某日对他发出了纯属个人的邀请。这一天约好了在旅馆的休息厅碰头,我便提前坐在能看到旅馆入口的沙发上等着他的出现。这是因为,从一个人走进旅馆的举止行为便能大致判断出此人的为人。

终于他出现了。

可以说我是大吃了一惊。

通过旅馆大门、走进大厅后一瞬间停下脚步的他的身影,竟是如此的光彩照人。

如今正在撰写本文之际,将近二十年前的那一幕又栩栩如生地浮现在了眼

前。

他身着鲜艳的酒红色天鹅绒三件套,衬衫则是浅褐色,系着一条相同颜色的细皮领带。看上去个头仿佛像是增长了不少,恐怕是穿了高跟皮靴的缘故吧,靴子同样也是酒红色的。

我的文章只怕是不能正确地描绘出当时他给人的感觉。读者或许会想象成那种乱七八糟夸张之极的服装吧。事实并非如此。位于这一身酒红色服装上的是未着一发、须髯飘飘的达摩般的童颜,完全没有夸张难看的感觉,虽是大异常人,却转而给人以清爽之感,分外漂亮,显而易见是一种大大的"倾奇"。我仿佛在一瞬间理解了这个男子。紧接着,一股羡慕之情油然而生。

"真是太棒了。"

我发自内心地说道。他露出了直率的笑容。

各位可能会觉得意外的是,这位导演制作的影片画面并非想象中的那么华丽,倒不如说是朴素之极,有时甚至带有灰暗的色彩,然而在那灰暗的画面底下却泛出某种异样的艳丽。如今的我已然理解,那才是"倾奇者"的究极审美意识之所在。然而这种暗郁的审美意识很少能被他人所理解,或许正是这一点令他心烦气躁吧。而这种心情便在人际交往上化为了种种抵触之情,时而又以酒红色天鹅绒三件套的这种方式爆发出来。我觉得,与他时常挂在脸上的笑容相反,这位导演绝不是个自认为幸福的男人吧。

"倾奇者"在任何时代都不乏其人。

比如在室町时代被称为"婆娑罗"的佐佐木道誉、战国期的织田信长、庆长年间的大鸟逸兵卫、明历年间的水野十郎左卫门等等,数不胜数。

他们往往在拥有了波澜壮阔的人生之后,给后人残留下一抹悲伤和飒爽便早早地离开了人世,大部分人都不能得享天寿。

对倾奇者来说,这一看似悲惨的结果或许反而是一种光荣的标志吧。

他们也都拥有着高度的文化素养,这种品质虽然有时隐藏在世人看来是粗野不羁的外表之下,但往往又是处在那个时代的文化前端。他们的人生与凡夫俗子有着天壤之别,正是这种生活不经意间培养出了纤细的审美意识,或许也是这个族群之内共通的一种"破灭的美学"吧。

最后,我认为他们都受到了世人不当的评价,但或许这正是他们的本意也或未可知。这样的心境实在是奇妙啊。然而他们的眼光或许正与世俗相逆,反将此看做是一种荣耀吧。所谓倾奇者的美学,难道不正是破灭美学意识的最高境界

## 倾奇者

吗？在我看来，他们无一不是《日本书纪》中描写的素盏鸣尊的后裔。

"故不可住天上，亦不可居地界，宜速往地底之国，即行驱逐而去。"

这便是众神对素盏鸣尊施下的宣告。

"是时长雨连绵，素盏鸣尊结青草以为蓑笠，向众神乞宿。众神曰，汝乃躬行浊恶逐谪之人，如何向我等乞宿，遂弃而不顾。是以虽风雨甚急，却不得留憩，备经辛劳降往下界。"

我非常喜欢这句"备经辛劳降往下界"。学者们在这句话中看到的是一个为人类而苦恼着、堕往下界的神祇，我却只看到了一个真正的男人，并以此为满足。"备经辛劳降往下界"都做不到的家伙还称得上是男人吗？而为数众多的"倾奇者"们，不管是否了解素盏鸣尊的事迹，个个都毫无怨言，仿佛心甘情愿地用自己的生涯来实践着风雨之中"备经辛劳降往下界"这句话的真意。

3

## 第二章 无欲之人

前田庆次利益（又写作利太），乃泷川左近将监一益的堂兄弟泷川仪太夫益氏之子。永禄十二年（1569），他被过继给尾张荒子城主前田利久做养子，本来应继承家业，然而在织田信长的命令之下，荒子城却被移交给了利久的弟弟前田利家。利家是前田家的四子，在那个长子继承的年代，这可是一个不同寻常的人事处置。非但如此，利久更是遭到了无情的驱逐。

于是庆次年纪轻轻就肩挑起了赡养养父利久一家的重任，从此四海漂泊。原本他们可以成为利家的食客，但利久想必也不愿接受利家的照顾吧。而利久的夫人也是对利家怨恨非常，甚至招来了巫女诅咒利家，这样做的结果就是使得他们一家更无法在荒子城立足了。

不难想象，这样一个多灾多难的人生开端，对庆次后来那无欲无求的性格该是形成了多大的影响。

日后庆次曾自名为龙碎轩不便斋和谷藏院忽之斋，并号一梦庵主。有些史学家认为这个"一梦"指的是成为一国一城之主的梦想，但我却认为事实并不会有那么简单。

泷川一益乃信长的宠臣。此人生于甲贺，仿佛生来就该属于战场。当时使用新式武器铁炮的人还不多，一益却是此中的高手，指挥起铁炮队来得心应手。信长虽然被称为是史上最早使用铁炮军团的名人，他的名声倒有几分算是托了这个一益之福。一益正是凭借这样的才能被信长所看中，每当新的战事发生，他总是充当先锋的角色，无往而不利，可谓是信长军团的杀手锏。

泷川仪太夫益氏则是一益部队中惯打头阵之人，自然也是深受器重的勇猛无比之士。作为泷川一族之人，他的儿子庆次当然不至于受到信长的排斥。庆次之

无欲之人

所以未能继承荒子城，问题是出在养父利久的身上。

前田利久可以说是生错在战乱年代的治世之人，荒子虽然被称为城，其实军备荒废已久，与其说利久是一介土豪，倒不如称他为一位里正。因此疏于武略的利久不得不委身于其他强有力的武士的庇护。永禄三年（1560）利久在父亲利昌死后刚一继承荒子城，便投靠了那古屋城的林佐渡守秀贞。

这林秀贞本是信长的心腹，原本不该有什么问题，然而在三年前的弘治三年（1557），林秀贞的弟弟林美作守通胜伙同末森城的信长次弟织田勘十郎信行掀起了叛乱，结果在尾张稻生之战中被信长亲手刺死，之后信行也遭到家老柴田权六胜家的背叛而死，至此此事貌似尘埃落定，但信长深知杀弟之恨难消，自此对林秀贞便悄悄存下了戒心。

荒子城的家督继承问题正是在这个时候发生的。

按照当时约定俗成的规矩，养子继承必须得到主君的认可，因此利久理所当然地向信长提出了申请，信长敏锐地抓住了这个机会，打算把荒子城从林秀贞的势力范围中夺还过来。而要达到这个目的，挑选自己的心腹——也就是让前田家的四男又十郎利家来继承最为合适。

现实便是如此残酷，庆次未犯任何过错就这样遭到了信长的嫌忌。

从永禄十二年到天正十一年（1583）的十四年间，庆次和利久一家的足迹在正史或野史上完全没有留下任何的记载。

前田利家在天正九年十月二日初次受领封国，乃是二十三万三千石的能登一国，两年以后的天正十一年，利久一家终于因为落魄潦倒而不得不回来投靠利家。但为何不是在利家受封的当年呢？这其中另有原因。

天正十年是织田信长人生的最后一年，在这一年的六月二日，他在京都本能寺遭到明智光秀叛军猝不及防的偷袭，在大火中自尽而亡。

至于那之后的天下政权推移，史有明载，羽柴秀吉战胜了柴田胜家，将信长的天下占为了己有。

前田利家和泷川一益起初都是站在柴田胜家一方与秀吉作战的，然而利家在贱岳之战后认清了胜家的实力，迅速与秀吉缔结了和议。而泷川一益则在天正十一年正月伊势的战斗中败于秀吉投了降，运势由此一落千丈，最后同年七月在京都妙心寺剃发为僧，自此不再过问俗事。

或许泷川一益的没落才是前田庆次和利久一家被逼入窘境的真正原因吧。所

以他们才会选择在天正十一年来投靠利家。如此算来，这十四年来想必他们一直都委身于泷川家中，说得更具体一些，就是在庆次的生父益氏的麾下。

一益在这十四年间转战各地，伊势的平定、长岛一向一揆[1]之战以及伊丹城的攻略，令他忙得不可开交，之后他又在信长的授意之下开始转向东国的制霸。本能寺之变的时候，一益正在厩桥城。而在先锋益氏的阵中，想必也留下了庆次那威风凛凛的身影了吧。

在秀吉的天下来到之时，庆次的武勇之名和"倾奇者"的风度业已赫赫有名，由此可以推测这些年来他过的绝非是碌碌无为的生活。泷川的战阵便是他建立武功和扬己之威的最好舞台，而那在枪林弹雨中仍能屡屡全身而退的战斗技巧，应当也是在此期间亲身所学的吧。

当泷川这一靠山倒下后，庆次的愿望必然是转投其他的武将麾下。此时他也应是早已有了相应的实力和名声。

而最终回到前田利家的身边，或许是出于父亲利久和妻子的请求吧。庆次之妻是前田利昌三男前田五郎兵卫安胜之女，利久因自己的女儿亡故，特意从安胜处过继此女，招庆次做了入赘之宾。

安胜是利家之上最年轻的兄长，同时也是这位弟弟最忠实的宿老，担任了七尾城的城代，堪称是统治能登的要职，因此庆次的妻子想前往能登也是人之常情。

庆次虽然是行事不符常理的典型"倾奇者"，但对养父和妻子却非常的忠实，是一名重视义理责任的好男儿。因此他来到能登后未曾外露过半点内心的厌嫌之情。

他在此足足忍耐了四年之久。

史上记载此时利家分别给了利久七千石、庆次五千石的俸禄。五千石虽然已经着实不少，但与利家的二十三万三千石相比依然有着天壤之别。然而庆次依旧是未发一声。

利久和庆次的妻子或许都抱怨过吧。不久之后，利家又被增委以加贺一国的统治，家中的愤懑之情想来是更为激烈了。这样的家庭，恐怕是没有丝毫欢乐可言了吧。

而面对这些庆次一直都忍耐了下来。

四年后的天正十五年八月十四日，利久在搬到金泽后不久便离开了这个人世。

至此，庆次终于尽全了作为男人的义务。至于妻子和五个孩子（一子四

无欲之人

女），因为有五郎兵卫安胜在，并不会有任何生活之忧。

庆次和前田家之间的纽带，就这样啪地一声断开了。

注释

【1】一向一揆：日本中世纪一向（净土）宗门徒掀起的全国规模的暴动。

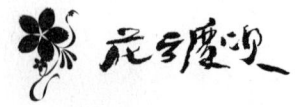

## 第三章 松风

天寒地冻的日子已持续了好几天。

这就是金泽城的十二月。据说由于此城过于寒冷，已经冻到了连雪花都罕有落下来的地步。

"真是座让人喜欢不起来的城池啊。"前田庆次一边为自己点茶[1]一边不住地想道。

对于在温暖的尾张长大的庆次来说，寒冷的天气实在是一件非常伤脑筋的事情，不但身体会因为僵硬而变得动作迟钝，甚至连心情也会仿如冻僵般忧郁萎靡，怎么也无法豁然开朗。刚才说的喜欢不起来，正指此意。

庆次的沏茶完全不拘任何章法，一举一动都是自然率性而为，整个过程的做法一言以概之就是将茶搅拌到了恰到好处便一饮而尽。因此连坐姿都是那么的大大咧咧，这一随手沏茶饮之的动作若是由旁人看来，必会令观者联想到这茶品的芳香，从而心境大悦的吧。

说到庆次的茶，便不能不提他的茶碗，他所用的茶碗，没有一件可称得上是有来历的名器，不外乎是自己亲手烧制或是在所行之处随手购得。虽然如此，在旁观者看来拿在他手中便如同是一等一的名品。当然了，庆次本人是从来都没在乎过这样的问题，对他来说，只要手中的茶碗能配得上茶的美味就够了。而他自己也曾烧制过不少茶碗，不过大部分都因为不甚满意而当场毁掉，所剩不多觉得可爱的才成了幸存品。对当时沉湎于茶道的武士们来说，庆次真可谓是一个桀骜不驯的异类男子。

此时已是三更时分，庆次的妻儿们早已沉沉入眠，全家人还醒着的，唯有他孤身一人。庆次只有在战场上才能早早入睡，而在不打仗的平时，往往因为难以抑制内心和身体的双重亢奋躁动，夜不能寐。

## 松风

"真不愿在这样的城池度过如此乏味的一生啊。"庆次心中此般激诉。倒不是因为真的畏寒,若真要身处合战,哪怕是再怎样的严寒逼人,他都会因为情绪上的亢奋而无惧寒意。真正讨厌的是那种缩手缩脚施展不开的感觉,而这种想大展身手的欲望,如今正一而再再而三地苦苦煎熬着他的心灵。

庆次这次未被准许参加秀吉的九州远征,而是充当了留守的角色。他曾经当面恳求主公前田利家务必带上自己,却遭到了无情的拒绝。而且利家并没有给出任何解释,只是一味地告知,暂时得让他留守城内。

事实上庆次虽是骁勇善战,在前田家中反倒是评价不佳。在战场他往往是表现出旁若无人般的勇气,哪怕是单枪匹马也能毫无惧色地向着敌阵长驱直入,那仿佛拈灯草般轻松地挥舞着皆朱枪[2]令敌方纷纷落马的身姿,简直说是阿修罗的化身都不为过。庆次所到之处,敌阵纷纷退散如波开浪裂。恐怕世上没有比这更壮丽的战斗情景了,正可谓是"倾奇者"才会使用的战法,寻常人如行效仿那真是十死无生。然而庆次每次都奇迹般地活了下来,这不光是他与生俱来的运势所致,更是由于在他单骑冲阵的精彩鼓舞之下,家中的年轻武士们也忘我地拍马紧跟着冲了上去。然而他们可没有庆次那般的武勇,结果十有八九战死疆场。因此但凡庆次参与过的战斗,身后往往都会堆下年轻人的累累白骨,这成为了前田家中对他恶评有加的重要原因。

倒也并非庆次不遵守军纪,然则只要一出现白刃战的场面,他就会比任何人都更早更剽悍地跃马杀向敌阵,如此,也实在是没有任何冠冕堂皇可埋怨他的理由,而且有他参加的战斗也都取得了胜利。这是因为敌人往往一下子被庆次那超乎想象的速度和勇猛吓破了胆,阵型化为四分五裂,这时只要前田家森然有序的阵型向前一推进,敌方便立刻溃不成军。这样一来,当然无人能否认庆次的战功第一。然而那些战场身亡年轻武士的父辈老臣们对他自然是暗恨不已。虽说是那些不知天高地厚模仿庆次倾奇行径的小子们自寻死路,但那些老臣们把失子之痛怪罪到了他的身上也是人之常情吧。简言之,庆次的这种能令人热血沸腾的能力,实在是危险之至。实际上不光是那些年轻小伙子,就连那些已经上了一些年纪的中年人在见到庆次只身一人伏在马背之上冲向敌阵的英姿之时,也不禁胸中热血汹涌,忍不住要拍马向前,因此而不幸丧命的武士也着实不少。如此一看,这些人的家人们憎恨庆次也确实情有可原。

庆次对这些事情一概不知,只是对于自己不能出战一事颇为不满。九州征伐之后,国内战争将告一段落,对丰臣秀吉来说也好,对前田家来说也好,今后安泰和平的日子已是毋庸置疑。如今只有庆次一人胸怀火热的思绪,在这夜深人静

的时分依然是毫无睡意。

马厩中突然响起了一声高昂的嘶鸣，紧接着传来了马厩护板被踢破的声音。

那正是庆次如伴侣一般珍惜的爱马——名为"松风"的悍马发出的嘶声！

庆次在战场中单枪匹马纵横无尽，时至今日依然能保得一命，恐怕有一半都要归功于这匹松风。此马蹄速倍于常马，身躯凛凛，战斗力拔群。一旦有敌马靠近，便会使出踢咬撞等诸般招数轻易将对方掀倒在地，若是徒步的敌人，被马蹄一蹴而毙的也是大有人在。松风原是野马出身，极是心高气傲，庆次之外的任何人都驾驭不得。就算是好几个人在一边拼命帮着牵扯、好容易骑上马去，只要护驾的人略为一松手，它就会猛然暴发，将背上的人掀下身来。

前田利家有次也看上了松风，要求庆次割爱。庆次以上述事由告之以拒，利家不信，便在家中挑选了三位马术高手在自己面前试骑。尝试以悲惨的失败而告终，三人无一例外地被松风瞬时甩了个嘴啃泥，不仅如此，其中一人更是遭到马蹄一击，另一人则被狠狠咬了一口，身负重伤。

利家和三位骑手都认定失败的原因是因为松风既没有戴马嚼也没有拴缰绳，然而庆次不但当着他们面不靠缰绳便轻松地驾驭起马来，还说了一句奇怪的话："因为约定了不戴马嚼才做了我的坐骑。"

他并没有说是跟谁做了这样的约定，因此利家等人至今仍顽固地认为，这不过是庆次不愿意把马让出来的一个借口而已。然而庆次并不是一个会说谎的人，之所以没有提，只是因为他认为即使说了也不会有人信而已。

没错，这个约定的对象正是坐骑松风。

天正十年四月，泷川一益受信长之命从甲斐进入上野，占据了厩桥城。当时庆次与父亲益氏也在从军伍中。庆次和松风正是这个时候相遇的，而他一开始从父亲那里得到的命令，却是追捕松风并用铁炮射杀它。

这份不同寻常的命令起自马奉行的一份诉状。

当时作战行动之中马匹非常容易发生事故，需要不断进行补给，而这补给正是马奉行的职责所在。如果是从马商人那里购入的话倒也简单，若是时间上赶不及需要捕捉野马加以驯化的话，那马奉行的工作就一下子忙起来了。首先是寻找野马群并加以捕获，这个倒是不难，难的是抓来以后的调教。野马从来没有驮过人或者货物，更别说是给它戴马嚼和套缰绳了。要将它们驯服到可以军用，那得花上大量的时间和精力。

# 松风

但在这里发生的事情倒是恰恰相反。原本应当是较为容易的野马群搜索与捕捉，却是变得极其困难。搜捕的人们花上一整天的时间在外面纵马飞驰，都往往难以遇上一群野马。这太奇怪了，要说是附近没有野马吧，马贩们又说当地应该栖息着三群各二十头左右的野马群。然而其中一群的头马据说是特别聪明，每次捕猎人一来，它不但自己带着其他马躲藏起来，甚至还会通知另两群野马。就算是不小心被发现了，它也会以惊人的速度甩开包围，令捕猎人每次都是无功而返，简直就像是一匹魔马。马奉行一开始认为这个说法实在有些夸大其词，再聪明也不过就是马么，只要增加围捕人数，要找到并抓住应该是轻而易举的事情吧。结果就是这种小觑之心，差点要了马奉行本人的小命。

野马是找到了，但问题就出在那匹头马所带领的马群上。骑兵们在指挥下顺利地完成了包围，就在所有人都以为总算大功告成的节骨眼上，突然发生了意料之外的事情——马群聚成密集队形，向包围圈的一角以凌厉之势反扑而来。不巧的是，马奉行正好位处这一角。眼看着这群野马加快了速度迎面冲来，奉行组的坐骑们要么是惊惧而走，要么是被撞倒在地，奉行也被压倒在地，腿骨当场折断，所幸总算没被马蹄踏成肉泥。二十多匹马就这么挟着余势脱走而去，而奉行直属的那些马受此刺激后都落下了后遗症，以后只要见到其他马群就夹着尾巴落荒而逃，拉紧缰绳制止的话就会惊恐地立起来将骑手掀落，完全无法再充当军马了。

马奉行找来了当地的长老一问之下，才知道制服野马群的关键就是那匹头马。此马异常狡猾聪明，而且如地狱战马一般勇猛果敢，死在这马蹄下的养马人不计其数，因此当地人都放弃了捕野马的念头。一马之威，竟至于此。长老们又说，若是无论如何都要捕用这批野马的话，唯一的办法只有先将头马杀死。然而若是杀了这恶鬼的化身，又不知道要受到怎样的作祟，因此也没人敢毛遂自荐来下这个手。大伙儿都期盼着，如果是武家大老爷的话，敢情是不怕作祟这样的事情，终能除掉这匹魔马呢。

一番话听得马奉行胆战心惊，其实这些上过战场的人才更怕恶鬼作祟哩。万般无奈之下马奉行只得向泷川一益请示，一益则推给了益氏，益氏又把这个难缠的事情推到了庆次身上。

庆次如此这般听了之后，立刻被这匹尚未谋面的马吸引了。他乃身高六尺三寸（约190厘米）体重二十四贯（90公斤）的凛凛巨汉，最大的烦恼就是没有一匹兼具单骑冲刺速度和长时间作战耐力的马匹，以便载着他这昂阔身躯在战场上往来厮杀。无论多健壮的骏马，最多陪他打一场仗的工夫就累趴下了，频频换马的

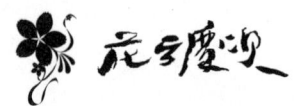

话便无法与战马进行沟通，自如的驾驭自然也无从谈起。

如果是这匹地狱之马的话，想来或许能够消解我长久以来的烦恼吧。一定要捕获它为我所用。庆次在心中暗暗做下了这样的决定。

在马奉行们看来庆次的行动简直是不可理喻，他先是来到了上次野马群袭击马奉行的地方，然后将来时所骑的马放了回去，广阔的山峡之间只留下了他独自一人。没带铁炮，也没带任何长枪刀剑，可说是徒手空拳，为的是不让马对铁的味道产生警戒之心。他带在身边的只有足够几顿食用的饭团和大得夸张的一葫芦酒。

庆次完全没有流露出任何打算找马的迹象，在那里做的只是一边喝酒一边干等。这也不像是要徒步去追赶马的意思，倒像是下了除非马自己来寻他不然就算再久也要等下去的决心。

第一天的夜幕就这样无所事事地降临了。庆次仰望着满天的星斗，在青草之上酣醉入梦。

拂晓之时，不知道是谁在捅他的侧腹，把庆次吵醒了。

"别吵，让我再睡会儿……"庆次睡意朦胧地用手赶了两下翻了个身，意欲重新进入梦乡。

这个家伙又不依不休地重重敲了两下背，这次可是相当痛。

"烦不烦人啊。"被打搅了好梦的庆次有些光火，返回身来睁眼一望，不觉吃了一惊。一匹从没见过的高头大马正耸立在身前俯视着他，刚才踢自己背的，正是它的马蹄。

"一定就是这家伙，准没错！"庆次不紧不慢地爬起身来，盘腿一坐，开始端详这匹巨马。

真是一匹好马啊，那庞大的身躯看上去相当的膘肥体壮，却又不带半分多余的赘肉，浓密漆黑的马鬃飘扬在脖颈之上。它的躯干也是漆黑一片，四条粗壮的马腿显得是那么强韧有力。

庆次越看越爱，忍不住出声道："真是太棒了，我从没见过像你这样漂亮的马。"

黑马将脖颈伸得笔直，流露出高昂的自豪之感。它的眼睛充满警戒地扫视着四周，而它带领下的二十余头野马则散落在周围悠然自得地吃着青草，看上去就像是把自身的安全都放心地托付给了这匹黑马。

"看来你真是值得信赖啊。"庆次又赞美了一句。

马也再次看向他，表情略带困惑之色，仿佛是在说，我还从没遇到过像你这

## 松风

样奇妙的动物哩。"

仔细看去，马体之上伤痕累累，若更近一步看的话，更能分辨出这些大半是试图制服它的刀枪弓矢铅弹之伤，此外还有着山猫留下的爪痕和其他兽类留下的咬痕。

"看你这遍体鳞伤的，肯定是非常喜欢战斗的吧。真是跟我有得一比。"

庆次坐在原地，将上衣扒落下来，露出的上半身同样也是伤痕遍及。马带着不可思议的神情凑过来看，当看到被铁炮弹丸击穿的伤口时，便缩起鼻子轻哼了几声，貌似非常讨厌的样子。

"我也很讨厌铁炮噢。"庆次点头感叹道，"使用那样的武器实在是有够卑鄙，不过从今往后就是铁炮的天下喽，连大铁炮和大筒[3]都已经出现啦。"

"旧时代的武士们在铁炮的面前都纷纷倒了下去，武田家灭亡就是最好的例子。"

这说的是在长篠之战中，织田信长设置下木栅阻挡著名的武田骑兵军团的突击，将三千挺铁炮分成三排轮流射击，将其击溃。在这样的弹雨之中，不管是如何刚勇的武士或悍马恐怕都活不过一时半刻的吧。

"无论是我这样的人还是你这样的马，怕是都命不长久喽。迟早我们都会倒在铅弹之下啊。"

不知道庆次的这番感叹是否传染给了马，它屹然竖起脖子来眺望着原野，神色凛然。

"既然难免一死的话，何不同我死在一起呢。"庆次对马展开了语言攻势。

马以一副事不关己的样子扭开头去。

然而在庆次看来这个动作却是有戏的表示，于是他提高了声音进一步热情邀约道："我和你都是大个子对吧。大个子可不会说谎的哟。这个你懂吧，因为我们都不用做这种卑劣的手段，只要一拳就把对方撂倒了。"说着他举起了自己的大拳头。这不是玩笑，他曾经仅凭拳头就揍死了两个人。

"请认真听我说，我可是打心眼里迷上你了。"庆次开始叙述自己一直以来没有合适坐骑的经过，说着说着有些疲累了，便索性横倒在地上，用肘撑着头继续喋喋不休。

"拜托啦，请成为我的坐骑吧。然后一同赴死吧。"最后他重新盘腿坐起身来，双手撑在地上诚恳地俯下头去。

马的身体微微动了一下。

"还在犹豫不决啊。不过这也难怪，毕竟是关系到一生的大事嘛。"虽然完

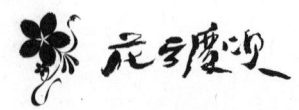

全是庆次在那里一个人自说自话，但他对自己的想法深信不疑。

庆次绝不愿意催促它快下决定，但同时他也实在是想尝试着骑到它身上，用两腿用力夹紧那健硕的马腹试试。

"不知道它会生气吗？应该会的吧。"恐怕自出生以来还未曾有人骑过它哩。这样的悍马自然是不能忍受如此的屈辱，因此性急不得，只能等跟它混熟了才能尝试。若非如此可能会永远失去这匹马也说不定。然而即使庆次完全明白这些个道理，但还是按捺不住跃跃欲试的念头。

他站起身来，向后退离开了几步，又重新靠近上来，马用眼睛一直牢牢盯着他。

"真的不要生气哦，我是真心实意地喜欢你。"

因为本能地感知到危险，马开始骚动起来。

就在这一瞬间庆次跳了起来，一把抱住了马的脖子跨上了马背去。

马也只是惊愕了一刹那，接着突然低下头来，臀部用力向上一跳。庆次抓紧了长长的马鬃，双腿死命夹住马腹，才总算没有落马。紧接着这匹黑马简直像化身为地狱的恶魔一般，用惊人的动作左蹦右跳，想要把他摔下来，丝毫也不见停息，力气真是可怕之极。庆次好不容易才坚持了下来，但激烈的运动仍使得他的脑中一片空白，容不得有半点的思考，只是本能地用尽全力夹紧着双腿。

马以雷霆般的速度奔撒开了四蹄，风呼呼地回响在庆次的耳边，就像是松林中的天籁之声一般。

"松风！你简直就是松风啊！"就在庆次刚涌起这一念头之际，马骤然停步。这真是一个难以想象的急刹车，庆次飞过马的头顶，重重地摔了个嘴啃泥。

"它还会来吗——"庆次在与昨天相同的草地上翻了个身眺望着天空。

微风吹拂，白云飘散。

昨日落马的后果就是这会儿全身上下还在隐隐作痛，然而他却完全不以为意。

"真是好大的力气啊。"他可说是越发迷上这匹马了，无论如何都想占为己有。骑上它纵横沙场该是何等的快意啊。

"拜托了，一定要出现哦。"庆次随手拔起一根草凑到唇边，不消片刻便响起了美妙的音色。他从孩提时代起就长于吹草笛，并不是别人所教，而是自然而然就会吹。吹真正的笛子也是如此。所吹的曲子也向来是饱含着自己的心情即兴而作，悲伤的时候就会是悲伤的曲调，而如今，这曲调分明就是融入了思慕之

## 松风

情。

没过多久，庆次虽然还没有回头，但已经感觉到那匹马没有发出半点蹄音地悄然出现了。他抑制住内心的喜悦之情，埋头继续吹着口中的草笛。

这时巨大的马蹄突如其来地从背后疾踢而来。吃这一下猛击的话弄不好就要一命呜呼，庆次就地轻巧地一滚，躲了过去，口中的草笛依旧没有停止。

第二踢紧跟着又来了，依旧是凌厉无比，他早有思想准备，再度一滚避开。

"它会踢多少脚呢？"庆次心中暗想，这很重要，因为这些举动都反映着马的心情。

两脚之后并没来第三脚，马也像是为两次攻击均落空而感到有些不可思议，停下来望了望庆次的脸，一口咬了过来。

庆次这次没有躲。被咬的是他的左腕，虽然很痛，但也并不会因此而毙命。

"昨天真是抱歉，我实在是没能忍住啊。"

马摇晃了两三下头，松开了口。于是庆次知道它已经原谅了自己。

"我真的喜欢你哦。"庆次又重复了一句，结果轻轻挨了一脚。马仿佛对他说，别给你点好脸色就登鼻子上脸。

这一天庆次又尝试了跳上马背，结果还是被甩了下来，接下来的两天尝试也均以失败而告终，然而能骑在马背上的时间已经变得越来越长。这是因为他已经摸清了马的动作规律，能做到提前预备。然而马的力气似乎从没有衰竭的迹象，反倒是庆次已是全身乌青，第五天侍从送酒菜来的时候，都以为他已经死了，然而跌得面目全非连走路都一瘸一拐的庆次眼中流露出的却满是开心的笑意。

到了第十天，庆次终于不再落马。马的一举一动都落入他的掌握之中，现在轮到马因为疲累而不得不消停了下来。它吐着粗气扭过脖子，用像是难以置信的眼光看着庆次。

庆次温柔地敲了敲它的脖子："来吧，偶尔也听听我的话吧。"

双腿用力一夹，马条件反射般地疾冲了出去。不多久马再次来了个骤停，可这次却没能把庆次甩下身来。

"不许再恶作剧了哦，松风。"庆次只说了这么一句，马便不再闹别扭，自此之后变得温驯起来。

次日，庆次大声唤它的名字，松风便不知从何处疾驰而至。庆次给它舔盐块

15

补充盐分，自己也同甘共苦地尝了尝。

"马鞍可是不得不放的哦。"

庆次不无歉意地对它说。因为双手使枪的时候，脚必须要紧踩住马镫才能保持平衡，所以没有马镫的话就无法战斗。

"作为交换条件，那就不给你戴马嚼吧。因为缰绳我们是不需要的。约定了哦。"

这就是庆次和松风之间的契约。

庆次拿起三尺二寸五分的长刀走到庭院之中。

从马厩处传来了沉重的撞击声和惨叫声，肯定是有人被松风的马蹄招呼上了。

庆次闻声坏坏地笑了一下。

虽然他把松风安置在马厩中，但那只是为了御寒，并没有系上缰绳，门也简简单单一脚就能踢开。换言之，这间马厩完全没有限制松风的来去自由。

如果有可疑之人闯入，松风当然就会溜出来，要是谁敢动手的话它必然会大发雷霆。

"对方是武士。"如果不是厉害的对手，松风理应不会出蹄。出蹄对它来说就好比是人的长剑出鞘。

"莫非这些盗贼是主公的安排？"一定是利家被庆次拒绝之后，哪怕是通过盗马的手段也想得到松风。

"别以为占为己有就算胜利！"想到此处庆次心底怒气陡生，这难道还配称得上是一国之主的所作所为吗？

钝音和悲鸣又起，这是第二个人挨踢了。正在他惊讶到底来了多少人之时，响起了令他愕然的声音。

"混账，杀！杀掉它！"

"居然敢下毒手！"要是盗马贼倒也罢了，杀马算是哪门子的小偷！怎能让松风遭此毒手！庆次怒火中烧，飞身扑去。

那间小小的马厩位于后院，围着松风的有六条身影，无一例外地身着暗褐色的装束，蒙面打扮，另外还有两人倒在地上。一望可知，这正是加贺忍者。

加贺忍者曾在石动山合战等战场上活跃一时，如今由四井主马率领，是利家直属的秘密军团，专门负责承办主君那些见不得光的隐蔽任务。从这些人跟松风

## 松风

相斗一事上足可判明，指使这一事件的幕后黑手正是利家。

庆次看见，有一名加贺忍者投出了棒手里剑。如名所示，这种手里剑的造型类似一根两端削尖的铁棒，比通常的手里剑要长要沉重得多。就算是尖头没有刺上，只要能够命中，这一击的力量也足够毙命。

松风漂亮地扭过身体躲开了这一击。

此时另外一人也举起了棒手里剑。就算松风有多么敏捷，作为攻击目标来说毕竟太大了一些，明摆着迟早要吃亏。

庆次一眼之下便觉察了松风的危机。

于是他拔出肋差[4]投了出去。

棒手里剑应声落地，此人仰面而倒，肋差的刀身几乎有一半已没入他的胸口。

与此同时，庆次那把三尺二寸五分厚重有加的大刀已经掠过另一人的脖颈，首级带着高溅的鲜血冲天而起。

"尔等也配当盗贼吗！"庆次口中吼动，以袈裟斩[5]的招数一刀砍倒一人，"窃无所得便痛下杀手，真是令人忍无可忍！"反手之际已是再将一人开膛破肚，立毙刀下。

只剩下两人了。

余下的这两人被庆次那凄厉的剑法惊呆了。

庆次没有跟任何人学过剑法。当时虽然已有所谓剑法家的存在，但庆次的剑法并非是学自什么流派，而是完全从战场上习得，可谓是斩杀盔甲护体敌人的至刚之剑。在战场上花哨的招数不但无用，反而可说是有害，决定胜负的是刀势的速度和刀上的力量，哪怕因为有盔甲阻隔而无法当场斩杀，在这样一刀的冲击之下也会陷入重伤。那些剑法家将之轻蔑地称为介错[6]剑法。当然，在道场中何优何劣姑且不论，但在实战方面绝对是这样的剑法占了上风。

虽然庆次日后将他的剑法起名为"谷藏院一刀流"，这不过是他的自嘲罢了。既没有什么固定持刀的架势，平时又从不做任何练习，世上哪里会有这样的流派。

"老虎和豺狼难道平日里也会锻炼吗？"他经常把这句话挂在嘴边。

"不用刻意去练习，强者也依旧是强者。有锻炼刀枪的空闲，倒不如用来做些其他开心的事情。"这样的大话只怕是无论哪个剑法家听了都要恨得牙根痒痒。不过在战场上倒确实没哪个剑法家能胜他分毫，只能任凭他歪理当道。事实上天赋和实战经验的丰富才是他剑法的真正基础，用猛兽之剑来形容他的剑法，

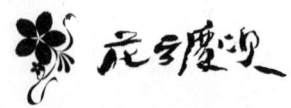

真是再为贴切不过。

面对这样的剑法,连护身软甲都没有穿的忍者们自然是不堪一击。

因此他们能做的事情就只有逃命了,敏捷的身手才是他们的强项。

余下的两人在本能的驱使之下逃散而去。然而他们忘了有松风的存在,在速度方面又有什么人能及得上松风呢。

好不容易逃到围墙下正打算翻出去的时候,身后传来了怒涛一般的马蹄之声。下意识地回头之际,映入两人眼帘之中的,是高高跳过他们头顶的松风那美丽的身影。只见马上的庆次手中长刀一闪,二人同时头顶中刀,死尸跌落在围墙之外。

前田庆次宅门之外并列着的八具尸体令加贺藩士[7]们震惊不已。其中六人一刀毙命,另两人则明显是被马蹄踢毙的。

"盗马人一族是也"

一张龙飞凤舞写着这样几个大字的纸片,就这样用一把忍者那独特的短短的直刀插在尸体上方的墙头。这幅情景无论落在谁的眼中,这八个忍者的身份都毋庸置疑。

目付[8]火速赶到了现场,当然庆次不存在任何过错,只要看到马厩柱子上刺着的棒手里剑,一切就不言而喻。况且死者全部都是覆面忍者打扮,怎么看都不是一场私斗。换言之就是没有任何法令可以处罚庆次。

"庆次并无过失。"最终目付只得如此裁断道。

由于没有人来认领尸体,这些忍者被埋在了无名墓地之中。

当然,事情才不会那么轻易地就此了结。

注释

【1】点茶:茶道中的一道程序,用茶刷在茶碗中将倒入热水后的茶粉搅拌均匀。

【2】皆朱枪:柄部漆成红色的长枪,受领者多为战功赫赫的武士。

【3】大铁炮、大筒:两种口径大于火枪,小于火炮的火器。

【4】肋差:当时武士常用的一种短刀,平时多插于肋下,故此得名。

【5】袈裟斩:剑道用语,从肩头或者颈动脉处斜劈下来的招数。

【6】介错:切腹时在旁边负责断首之人。

【7】藩士：严格来说"藩"这个字眼仅用于称呼江户时代一万石以上大名的领地，安土桃山时代并未如此称呼，此处应系作者为方便读者理解而使用。后文出现某某藩、藩主之类的称谓也是出于这个目的。

【8】目付：监察职官吏。

## 第四章 招待

盗马事件三天后的下午，奥村助右卫门出现在庆次的家中。

他不需任何人的引路，便熟门熟路地就走了进来，登堂入室后从容地坐在了庆次面前。别看他只有三十六岁，举止之间却隐隐透露出有道禅僧一般的飘逸之感。

庆次一眼之下便明白了他的来意。

"我可以走了吧。"

"嗯，嗯。"助右卫门素来寡言少语，在大部分的场合下都能通过嗯啊几声就能与对方沟通，这可以称得上是他的独门秘技。大概是因为他觉得所谓对话应当是心灵之间相互的理解交流，言语一多反而显得像是在隐藏真实的内心。

庆次开始点茶。助右卫门目不转睛地睨视着他的手。比起语言来，从动作上更能洞察一个人的内心想法。庆次的点茶动作一丝不乱——显然，在他的生涯中从没有后悔二字，发生的事就随他去好了，况且只要有助右卫门在场，他的心就会不可思议地安定起来。

奥村助右卫门是一位重律义的男子。

尾张荒子城从利久传到利家手里的时候，助右卫门年仅十八就担任了荒子城的城代。奥村氏原本不是前田家的家臣，属于荒子众的一员，与前田氏是同级别的豪族。当地的豪族们作为荒子众结成了同盟，前田氏被选为了同盟之长，而奥村氏也当选并担任了城代之职。不过即便不是这样，战国时期的武将和其部下之间也并没有后世那种忠义的观念存在，部下不但来去自由，更可以下克上。但在利久遭到流放之际，助右卫门在见到利久的亲笔书简之前却断然拒绝向新城主利家交出城池，非但如此，他更是摆起了如果利家硬来就不惜一战的架势。最后虽然因利久的书信化解了这场危机，助右卫门却自愿成为了浪人，无论利家如何邀请都不愿意出仕。直到四年之后，在利家的再三诚邀之下才勉为其难行了臣下之礼。

天正十二年九月，北陆的猛将佐佐成政向助右卫门把守的末森城发动了猛攻，助右卫门孤军奋战固守城池，被传为了后世的佳话。当时面对一万的敌军，城中守军只有一千五百人，连助右卫门的妻子儿女都参与到了守城战中来，最后当他向城外毅然发动突击的时候，从者只剩下了七十余骑，真可谓是惊天地泣鬼神的壮举。

那之后助右卫门便成了前田家的顶梁柱，家中不管发生了什么纠纷，只要他一出面便能得到平息。就像今日这般，只要他在面前静静地一坐，对方的滔滔雄辩立刻便飞到九霄云外去了。

庆次低声短短说了一句："原本便是因为父亲的缘故。"

也就是说，利久死后他再无留在金泽的理由。

"味道不错啊。"助右卫门喝了一口庆次点的茶，只说了这么一句。庆次的心情他很久以前就明白了，"就用这茶来招待吧。"

此话是暗劝庆次走之前以茶会的形式来向利家告别，如果能波澜不惊地离开那对以后是最好不过。

庆次不屑地用鼻子哼了一声。他对于利家那种拘泥于形式的茶道完全无法认同，那样的饮法难道会更美味吗？况且他根本就没想过要波澜不惊地离开，相反，他打算让那个卖弄小聪明的利家吃点苦头后再扬长而去。

然而，助右卫门的面子却不能不给。一方面是他喜欢对方，另一方面也是因为这个男人对自己有着莫大的恩情——养父利久能够回到前田家就是拜助右卫门的求情所赐。

"那就明日午时下刻吧。"

午时下刻指的是下午两点。

助右卫门点了点头，说了句奇怪的话："请带我去置鞍之所。"

置鞍之所应该指的是马厩吧。因为除庆次之外任何人进入马厩都会引起松风野性大发，所以庆次只是以为他想见见松风而已。

助右卫门走到庭院里，召来从者，从其手中接过一个包裹。包裹虽然不大，却意外地显得沉重，他拎着这个包裹跟着庆次来到了马厩。

松风从马厩里走了出来迎接庆次，但助右卫门根本没看它一眼，又强调了一句："鞍。"

庆次呆了一下，从马厩中取出马鞍，放在了助右卫门的面前。助右卫门弯下

腰，打开系在鞍上的口袋，将自己手中的包裹解开结后向里倒去。原来这个包裹中堆满了一粒粒的纯金小块，加在一起恐怕足够普通人挥霍数载之用。

"虽然重了些，但是用起来方便。"带着依旧茫漠的神色，助右卫门仿佛是自言自语般地道。

同一时刻。

城中的利家正被忍者头领四井主马死死纠缠，心中厌烦不已。为了夺回隐秘军团的面子，主马不断向他恳求，欲将庆次除之而后快。

利家对主马的心情十分了解。庆次要是没有将那些人曝尸于外，而是在当夜通知目付秘密殓葬的话，就不会引起这样的纠纷。目付通知主马后，主马明地里虽然还会斥责手下的胡作非为，但暗地里会为他们举行葬礼。但被庆次曝尸引来这么多的目击者后，便没法这么做了。不管那些忍者的家人如何地哀求，都只能将他们葬在寺院的无名墓地里草草了事。

死去的八人都是在主马的命令之下出动的，而主马也是受利家的直接命令后挑选的这些人。谁都没有想到偷一匹马也会死人。要是战场上死于非命倒也罢了，在这和平的金泽城下带着盗贼的坏名声入土，也实在是有些太残酷了。

更令人伤脑筋的是，加贺藩士所有人都知道这八具尸体属于隐秘军团。在对方只有一人的情况下，却无一例外地被一刀斩杀，没有比这个更丢脸的了。可以料想，日后加贺忍者必然会成为轻侮和嘲笑的对象，身为头领的主马自然无法忍受这样的事情。

"属下深察大人想要庇护一族之人的心情，可是……"

"都说了不是了！"

从刚才开始便翻来覆去地进行着这样的对话，利家也终于按捺不住腹中的怒气吼了起来。

"要是你们全部被杀，我会很伤脑筋！"

主马的脸色都变了。

"您是认为六十余名加贺忍者都不是他一人的对手么？"

"没错，肯定都会被杀死！"

听到这种断然的说法，主马脸上的神情动摇起来。

"你是没见过那家伙在战场上的表现。哪怕只一次，就不至于会说这样的蠢话。那家伙简直是……"

说到这里利家的眼前仿佛浮现起庆次战场上的身影，声音不禁停顿了一下。

"那简直不是人，是怪物！不，是魔物！魔物驾驭着地狱之马让人鲜血四溅——并肩战斗过的人们都这么说。"

主马清楚地在利家眼中看到那种可以说是发自本能对魔物的恐怖之心。利家的这种恐怖也传染了他，主马不由自主地颤抖了起来。

"您是说……魔物吗？"

"没错，所以还是尽快忘记这件事吧。忍人所不能忍之事，不才是忍者吗？"

"长久忍耐的最后，总有一日达成所愿，这才是忍者。"

确实，忍者的可怕之处就在于这种执拗，有时甚至当事隔多年对方已经身故后，忍者仍不忘加害其遗族来出一口怨气。

"这也算是一种魔物吧。"利家心中对此有几分敬畏。然而即便如此他脑海中浮现出的依旧是主马的死相，至于庆次的死相却是无论如何都想象不出。

"真是个可怕的家伙。"利家只觉得腹中一股无名火越烧越旺。

酷寒。

就算是在这严冬早已是家常便饭的金泽，也罕有这般寒冷的天气。

手脚的关节仿佛都已经冻僵，连脑筋的转动也变得迟缓了。

而在这间房间里却完全没有任何赖以取暖的火堆，只有茶室的炉子下面几颗火星在闪闪跳动。

昨天庆次已将妻儿送往岳父——担任七尾城城代的前田安胜那里去了，故而家中空无一人。

在把妻子送出之前，庆次只轻描淡写地问了一句："你可愿跟着流浪者浪迹天涯？"

妻子也很清楚如今的现状，摇头道："并无此念。"

于是出走一事就这么定了。家中的仆人也未留一人全跟着妻子走了。安胜乃是心地良善之人，想来也不会亏待他们。

"这样就好。"庆次满足地拍了拍手。

从马厩传来了松风仿佛应和般的嘶叫。它的身上已安置好了马鞍，庆次那引以为豪的皆朱枪和三尺二寸五分的太刀也竖在马厩墙壁的一旁。需要拿走的东西就这么多了。至于披挂的盔甲则完全不用，反正总会买到更新更坚固的装备。带在身边的物什要尽量简单，如此便好。泷川一族出身甲贺忍者，家中自然没有什么代代传来的盔甲，况且那样古旧的装备在铁炮面前也是不堪一击，庆次深知这些道理。

洗澡桶里水放得满满的。这大概算是今天最重的体力活了，然而庆次亲手一桶桶将水挑来却是做得开开心心毫无怨色。

"嘿嘿。"不时庆次还偷笑出声。今天对他来说，有一场非常重要的接待。虽然对助右卫门感到有些过意不去，但他怎么都忍不住这样做的冲动。

"对不起啦，助右卫门。"

与此相对的是，从明日起他就是"无缘"之身了。"无缘"就是指与父母兄弟妻儿以及所有的亲戚友人切断缘分，换句话说也就是与现世了断关联。不但是从现世的所有苦难中解放出来，而且也是放弃了一切现世的援助。哪怕是苦于饥寒露宿街头也没有一人动恻隐之心，哪怕是曝尸荒野也没有一人来拾骨相葬。虽则"无缘"也可算是一种自由，但那与饥饿的自由、垂死路边的自由往往只有着一墙之隔。想要"无缘"地活下去，只能依靠自己的才能，没有才能的话前方等待着的只有死亡。

这个世界就是这样的严酷和无情。以铁匠木匠为首的工匠们和以木偶戏师为首的艺人们倒还有自己的同伴，可以通过集团的互助生活下去，而武士和赌徒这样身份的人连同伴都不存在，堪称天涯浪子，更无所依。

虽然是出自本意踏上的这条道路，但同时这也是庆次对助右卫门、对妻子儿女们唯一能做的谢罪方式了。

利家对庆次的点茶赞不绝口。之所以这么称赞也是理所当然的，要知道在这间已经冷得快结冰的茶室中（利家来之前庆次特意预先打开窗户把寒气充分引进了户内）能喝上一杯暖呼呼的热茶，那真是令人有死而复生之感了。在一番品茶之后，庆次说道：

"由于家人不在，您驾临敝舍之时连室内的薪火都不及具备，实在万分抱歉。于是在下略尽绵薄之力，准备了热水澡来招待您，不知可否赏脸。"

没有比这样的天气里洗一个热水澡更叫人舒服的事了，利家二话不说就同意了。其实自从踏进这间房间，他的身体已经哆嗦了好一阵了。这位昔日纵横战场被称为枪之又左的武将，如今身体也被锦衣玉食伺候得经不起冷热寒暑了。

随行人等之中，只有奥村助右卫门一人面现疑色，他太了解庆次了。助右卫门的鼻中嗅到一丝危险的气味，然而究竟是何种危险还不得而知。

庆次先站了起来，为利家前面带路，随行者全员出于护卫的目的也紧随其后。

澡房相当的气派，澡盆也非常之大，足可以坐下两人。

"请稍等一下。"庆次一个人凑近澡盆，探手试了试水，拿起身边的手桶往里添了些，然后再次探手划了数下，谨慎地算计着水温，终于满意地点了点头。

"水温正好，请请。"

利家喜不自禁地忙着开始宽衣解带，庆次则悄然消失在澡房门口。利家脱到只剩下一条兜裆布后，往身上浇了一桶水，哗地一声跳进了澡盆。

一声惨叫冲天而起。满满一澡盆的，原来是伸根手指都叫人毛发直竖的冰水，仔细看的话甚至还有碎冰浮在水面上。没有比这时候跳进冷水中的利家那个样子更为悲惨滑稽的了。

"抓住那家伙！"

利家大喝的瞬间，后庭传来了响亮的马蹄之声，庆次的大笑之声在四周回荡了起来。

奥村助右卫门眼中留下的是这样一幅情景：松风轻身一跃跳过围墙，向着国境方向以势不可当的速度疾驰而去。庆次那挟着朱枪的马上身影，丝毫不比战场上逊色，看在眼中，一样令男儿胸中的热血沸腾——

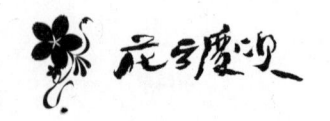

## 第五章 敦贺城

冬日旅行多有不便之处，何况北陆道路正被厚厚的积雪所覆盖。

庆次单身匹马如疾风一般从金泽到大圣寺那长达十一里的道路上一掠而过，然而一旦越过前田藩的国境后，人马步伐立刻一缓，变得悠哉起来。

这是一场完全没必要赶路的旅行，目的地虽然暂定为京都，但也并非要赶着去干什么正事。

"都城的花当是美不胜收吧。"之所以去京都，充其量只是因为这样一念之间的想法。因此只要赶上四个月后花开的季节就行了。

于是乎庆次一路游山玩水，悠然自得地享受着他的南下之旅，当进入敦贺的时候，已经是天正十六年的二月了。

当时的敦贺可以说是北陆第一的港口城市，同时也是大谷吉继的领地。吉继是秀吉从身边侍从中提拔起来的奉行之一，在日后的关原合战中，虽然身染麻风病双目失明，依然坐在板舆之上指挥军队作战，最终壮烈战死，可谓是忠义之人。这一年他只有三十岁，正当血气方刚之年，没日没夜地忙于敦贺城的建设之中。

在他的治理下，敦贺城的繁华程度可以称得上是北陆第一，与金泽相比，城中不仅居住着大量的武士，也来往着无数乘船而来的交易商人，城中可谓是处处活力四射。

庆次相当中意这座城池。虽然那阴郁的冬空与猛烈的寒气与金泽别无二致，但城中热火朝天的劲头却把它们都一扫而空。原本只打算盘桓数日的他，却在此一住便是一月有余。

庆次的留宿之地是武家住宅。委身泷川一益麾下之时，他曾与一个名叫大泷源右卫门的武将交好，一益没落之后此人被大谷吉继所用，居于此地。原本庆次已是"无缘"之身，不愿受熟人的照顾，但源右卫门却一再相劝，终于无法拒绝他的好意。

然而在此滞留的一个月同时也令前田家得知了他的行踪。

这一日，退城而来的源右卫门带着懑愤的表情对庆次说道："抱歉，明天能跟我一起登城么？主公想跟你见一面。"

庆次一瞥之下便心下明白此人必然是跟主公之间发生了争执。不用说，争执的原因便是自己。但庆次不作一声，只是默然点了点头。

次日清晨，庆次早早爬了起来，不声不响地将自己的房间彻底清扫了一遍，从天井到柱子、榻榻米、桌子都用干净的布擦好，不留一点尘埃。一切打扫完毕后，他又燃上了一炷清香。最后他还在后院掘土，将自己在此买的衣服和其他日用品都埋了进去，将自己曾在这里住过的所有痕迹都一笔抹消。

庆次对自己的大意感到生气。不管是别人如何的好意，"无缘"之身终究是不该接受他人的照应，更别说是住进武家住宅了。一定是从前田家对领主大谷吉继传来了某种的抗议。虽然同为丰臣家的家臣，但大谷吉继是利家的晚辈，无论从俸禄还是年纪上都不能与其相提并论，自然对于前田家横插的这一杠无法反击，必然是让源右卫门对庆次发出逐客令。

源右卫门是身经百战的战国武士，铁骨铮铮，如果是他认为不符道义的事情，哪怕是主君的命令也会断然拒绝。恐怕昨日的登城之际，他已经明言拒绝。在那个年代，像他那样浪人出身的人如果胆敢违抗上命，就算是遭到主君的当场诛杀也不足为奇，想来一瞬间他也做好了这样的觉悟。然而大谷吉继却不能那么做，因为那无疑是将自己对前田家的低声下气暴露在所有家臣的面前。无计可施的吉继只能打算直接面见庆次请他离开敦贺。对此，在登城面见之前庆次的心中已经是一清二楚了。说到底，这真是一场无聊的风波，但庆次可不想因为这场无聊的风波令源右卫门这样优秀的武士再度成为浪人。

一般情况下，只要庆次默不作声地离开就能令事态表面上得到平息，但如此一来的话源右卫门的情绪却无法得到平息，无法贯彻义理的这种遗憾，不知何时就会对吉继爆发出来，其结果依旧会导致源右卫门成为浪人甚或一死。因此选择默默离去解决不了任何问题。

"看来只有吓唬他一下了。"在整整一晚的思索后，庆次得出的是这样的结论。吓唬的对象当然是源右卫门，而且一定得是使出浑身解数来给他留下自己是个危险分子的印象，得让他打心底里发出像自己这样的人根本不应该收留的感慨，才可以说是吓唬取得了成功。

但是一旦真付诸行动，或许会被大谷吉继杀掉也不无可能。若对方是一个气量狭隘的大名，必然不会对他的无礼行动无动于衷的吧。因为如果坐视不理的话，日后恐怕连大名本人都会受到世俗舆论的谴责。庆次可没打算在这里白白丢掉性命。若有必要的话，他甚至做好了大闹一场之后胁持大名为人质出逃的准备。他有着这样的自信。

"看来我已经养成逃跑的习惯了。"庆次心中不禁觉得滑稽，放声大笑起来。

早晨的寒冷之气已不再那么咄咄逼人，春天确实实已经近了。

"这是啥打扮？"源右卫门愣在那里摇头不已。

今天庆次的打扮倒算不上别出心裁，至少在他自己看来算不上——他的上衣下装以至于袜子都是一水的蓝色，只有腰间的大小双刀是暗朱色的刀鞘，右肋下抱着的长枪也是如火焰般的红色。但是觐见城主之际是不允许携带长枪和太刀的，因此只有那暗朱色的肋差会稍微有些引人注目吧。这身打扮对于庆次来说，真可以说是相当的老实本分了。

"为啥你连长枪都要带去啊？"源右卫门忍不住问道，无法隐藏脸上那惊慌的神情。

"当然是因为要做好随时逃走的准备呀。"

源右卫门闻得此言心惊肉跳，但再向庆次试探着望去之时，只见他已板起了脸，于是也不敢多问。

此时，刚才开始就不远不近地走在一边的一个人引起了庆次的注意。此人的身高与庆次形成了鲜明的对比，大概只有四尺（120厘米），和一个孩子的个头差不了多少，但从那张脸上显然可以看出是一位成年男子。看来他的心情非常不错，面容之上始终挂着笑嘻嘻的神情。他的牙齿白得出奇，看上去既不像农民又不像工匠，庆次猜想他是山里的住人。然而看他的步伐却是异常地谨慎，眼睛不是看着庆次，而是死死地盯住了松风。庆次心中突然一动，不会是个盗马贼吧。

"你被人盯上了，小心点哦。"庆次弯下身来，凑在松风耳边轻声道。

松风的耳朵一下子竖了起来，警惕地看向周围，很快便注意到了此人。这个矮小的男子在松风尖锐的凝视下，刹那间面现惶恐之色。松风很快又放下耳朵轻声哼鸣了一下，仿佛在说："没啥大不了的。"

庆次再看去时，小矮子的身影已经消失了。

接见的地点是书院。

难得的是并没有让庆次久候，大谷吉继很快便迈着轻快的步伐走了进来，泰然坐在庆次的面前。他的脸色异常白皙，仿佛透明一般。

"请平身。"他对按礼节平伏在那里的庆次吩咐道。紧接着吉继饶有兴趣地端详起他的脸来，末了莞尔一笑："原来如此。这样的表情遭人嫉恨也是理所当然的啊。"

庆次苦笑一声。

吉继直率地说道："我需要源右卫门。你能明白我的意思吧。"

面前的这位城主赢得了庆次的好感。他口中没有半句废话，既没有问自己在前田家干了些什么，又没有叫自己快快离开，只说了一句不想放弃大泷源右卫门这位家臣。

"此人有些意思。"庆次心下作喜。突然间他刷地一声站起身来。吉继满面惊讶。

"庆次！"源右卫门急叫了一声，单腿跪起，摆出一副拔刀的架势，几乎要叫出后半句"不得无礼！"来。

"在向您告辞之前，请容我奉上一曲滑稽歌舞。"庆次对源右卫门不置一顾，面对着吉继说道。吉继的脸上明显露出了安心的神色。要知道若是庆次当庭发作拂袖而去的话，源右卫门也便无颜再留在大谷家中了。

"很乐意观赏一番。"

庆次啪地打开插在腰间的白纸扇，一边跳着，一边哼着悠扬的调子唱了起来。舞蹈非常出色，他的歌喉也美不胜收，然而听到这歌调的内容后，不用说源右卫门，连大谷吉继都大为惊愕。原来歌调中露骨地表达了对丰臣秀吉和前田利家的讽刺。不久之前，为了乞求秀吉宽恕自己天正十一年依附柴田胜家的过错，前田利家看准了秀吉极端好色的癖好，不惜将自己年仅十二岁的女儿麻阿献上，以保能登领地的平安。歌曲痛斥的正是利家这一卖女求荣的卑劣行为。

要是当着秀吉和利家的面来表演这出歌舞，别说表演者会被当场处死，弄不好连旁观者都会引来杀身之祸。

源右卫门的身体不由自主地颤动了起来，他心中只有一个念头：

"这家伙真是中邪了。难怪前田家会纠缠不休地追赶上来，换了我也想砍他。"

凭一首歌曲就让大谷家沾上了撤藩处分的高度危险，源右卫门两掌不停在下面拧着，简直想亲手掐死眼前这个惹事精。但能否真杀死对方确实也是个问题。他看着庆次那丝毫不比自己逊色的大手心中盘算，要是赤手空拳的话大概是半斤八两，拔刀的话肯定没命的是自己，使枪的话多半也是自己技逊一筹……

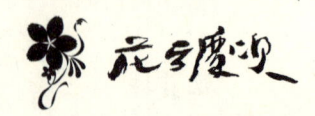

"真是不该留他住宿啊。我真是大错特错。"饶是这样的寒冷天气,源右卫门的额上却沁出汗来。

"适可而止吧,庆次。"他发出了仿佛是呻吟般的声音。再不停止的话,他就真要扑上去了。

庆次啪嗒一声停住了歌舞,笑吟吟地问:"不合各位的口味吗?"

"哪里,很是中意。"吉继用一句话制止了快要叫起来的源右卫门,"最有趣的还要数这首歌哪。"

这下轮到庆次哑然无语了。吉继好像是真觉得非常有趣一般,在那里吃吃笑着。真是个好胆量的男人。

"不过若能以一女来救一国,世事岂非也是省心得多?若是全国的大名都对此深信不疑,我主的好色也就并非坏事。至少可以避免诸多的无谓之战。难道不是如此么?"

庆次瞠目结舌。对于值得唾弃的秀吉那不知廉耻的行为而言,这可真是一种崭新的观点。

庆次喜欢的是同为"倾奇者"的信长那种劲烈的生存方式。敌人悉数屠戮,哪怕是投降也不留活路,诛灭九族。对信长来说人质完全没有任何用处。至于女人的美貌那就更一文不值了。

因此和信长战斗的人都没有考虑姑息和平的余地,战败就意味着死亡,是以每个人都是死战不息。

秀吉却是不同。战斗方式虽然与信长相仿,但最后的处置往往却很随意。敌将要是切腹的话其余人等都不予深究,如前田利家一般献上自己女儿的话,甚至连大将的性命都可放过。虽然事实没有那么简单,至少他给世人留下了这样的印象。人们都相信这一切都是出于秀吉的好色弱点。然而真是如此么?

好色自古以来在日本便算不上是恶劣品德,倒不如说好色这种品质强调了人性的真实一面,正因为有它的存在,好色之人的性格才更容易被天下之人所理解。

"谁叫那家伙喜欢女人呢。"这样的形容决没有非难的意思,充其量只是会引得听众一笑。

"那家伙可喜欢杀人呢。"与这样毛骨悚然的话比起来,两者之间形容的差别可谓是一目了然吧。

秀吉好色到了龌龊的地步固然是一个事实,但这种好色的评价恐怕正是秀吉本人意欲传播开去的吧。或许对他来说这能成为一种饶恕敌人的台阶和借口。

## 敦贺城

大谷吉继点出的就是这个意思。

一位少女的贞节就这么被毁去确实非常残忍，但如果数千人乃至数万人的性命却因此而能得到挽救呢？献出亲生女儿的父亲这一卑劣的表象之后，保全的是近二万的将士与大量的家人及领民的生命。吉继提醒着庆次也应该看到这些事实。

庆次意识到自己输给了这位年轻的领主。

"看来在下到底只不过是一介倾奇者啊。"庆次言毕一笑，这句话也等同于他的败北宣言。说完这句话后他就退了出去。源右卫门没有追出来，想必已是彻底放弃庆次了。

"如此甚好。"对于今天的会面结果，庆次心中相当满足。源右卫门能遇上这么棒的主君，真是他的幸运。

他一声口哨叫出了寄在马厩中的松风。来到马前他脱下觐见用的上衣，换上了披在鞍上的毛皮阵羽织。这是张狼的毛皮。

"这个配我最为合适。"庆次自嘲了一句。

狼，往往是孤独的。

他将太刀插回腰间，抱起朱柄长枪，长啸一声："前往京都吧，松风！"

沿西近江南下前往坂本，再越过比叡山就能抵达京都了。

"我等到达之际，当是正逢花期啊！"

敦贺城大门边蹲着的一位男子目送着绝尘而去的庆次和松风。

此人正是之前那个小矮子。

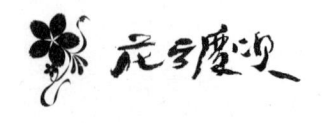

## 第六章 七里半岭

从敦贺穿过匹田,来到琵琶湖最北端的港口城市海津,然后再沿着湖的左岸依次经过今津、大沟、坚田、坂本南下到达大津,这条自古以来联结日本海和京都的道路被称为西近江路,大陆文化也多有途经这条通路传播而来。

其中自敦贺到海津的这一段路,被称为"七里半岭",全长正如其名约有七里半(约30公里),一路尽为险峻的山道。

庆次和松风悠然自得地走在这七里半岭的岭道之上,由于后无追兵,这一人一马甚是优哉游哉。

天空依旧是一片暗郁的灰色。

"越过这个山头就能看见湖水,天气也会随之而变。毕竟这里是细波荡漾的志贺[1]之国啊。"庆次对松风说道。

"此处遍地桃花,真是美不胜收啊。不知道是不是离京都近的缘故呢。"庆次感慨道。四年之前的冬天,他曾陪伴着养父和妻儿逆行此道前往北国,当时那天空也是一般无二的阴云密布,随行人等带着沉重的思绪,一路沉默寡言。突然之间长子哭出了声来,一边哭一边还吵着要回去。

"母亲大人,回去吧。求求父亲大人回去吧。"

庆次的妻子默不出声,于是孩子在那里不停地吵闹。

"快让孩子住嘴。"听在耳中难以忍受的利久用低沉而强有力的声音说道。

"别在这里无理取闹了,对我们来说,已经没有回去的地方啦。"妻子对孩子的言语中明显带着尖刺。这尖刺当然是对庆次而发的。弦外之音是:害得我们如此颠沛流离的到底是谁呢?

显然,这其实并不是庆次的错。泷川一益的灭亡,与庆次并无关系。而且只要庆次本人愿意,大可以在更为温暖的国度出仕。之所以没有这样做,正是出于

## 七里半岭

这位庆次夫人和利久的强烈希望，他们才会踏上回往前田一族中去的旅途。

然而庆次未作一声。这是因为在他的胸中，失落的感触实在是比任何人都要来得深刻。

孩子那口口声声的"回去吧"回荡在他的胸中。对于孩子来说，有着可以回返的家国是一件理所当然的事情。而对庆次来说，这十四年却是在无数个战场和领国之间流浪辗转度过的。这期间，妻儿们一直生活在伊势。孩子吵着闹着要回去的，正是这伊势之国。然而伊势终究已经无法再回去了，当年信长曾在此残酷地杀害了大量的一揆民众，作为其昔日麾下的武士如今的浪人，是决计不可久居下去的。

庆次决不是个对家人冷淡的人。正因为有缘而结为了夫妻，而这缘分开花结果才有了这众多的孩子，这种对家人爱惜有加的心情，庆次和普通人同样拥有。不，就对孩子们的爱而言，庆次比普通人还要深厚得多。与孩子们相处之时，他不但与男孩们在地上翻滚玩闹，还一本正经地参加女孩们的过家家游戏。他原本就是个富有童心的男人，因此和孩子们一起玩耍的时候也非常认真，对孩子们来说简直没有比他更好的玩伴了。

祖父祖母以及母亲都只是出于身份的义务陪伴孩子玩耍，唯独这个父亲却是自己也乐在其中。不过一旦他生起气来的话也是动真格的伸手就揍。当然了，毕竟打的是孩子，他到底只会使出一分力气，但这也并非看在是自己孩子的面上，而是对弱小对手的一律手下留情，自己的孩子也不例外。但饶是这般，男孩子还是常常被一巴掌打昏过去，女孩子的脸上的掌痕也会三日不消。在孩子们看来他真是个既可爱又可怕的玩伴。

庆次就是这样一个在守护家人方面比寻常人意识要强烈得多的男子。利久在去世之前，曾经就此多次衷心地向他表示了谢意，而他的妻子却丝毫没有这样的感激之情。她已经变成了一个只图安逸享乐的女人，而且看起来也没有放手孩子的意思。这就是令庆次最后决定舍弃家人的理由。

望着并不知此一去即是生离死别的孩子们，庆次的心中有如刀割。然而泪流满面的分别绝不适合于一个倾奇者，庆次打起比以往更多的精神，以明朗的神情将孩子们送出了家门，目送着他们欢闹的身影消失在七尾城的方向。

对于庆次来说，一生都要在灰暗的天空下度过那真是太难了，不过幸好孩子们至少有了一个可以归去的家……

松风的嘶鸣打破了庆次辛酸的回忆。

庆次以为是松风察觉到了自己的失落，于是抚摸着它的鬃毛说："别在意，

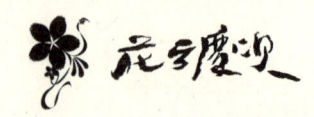

我没事。"

松风又嘶鸣了一声，显然这不是什么对庆次的安抚，而是一声警告。它仿佛在说："别自作多情了，我是在叫你提高警觉，好像有什么不对劲哦。"

庆次立刻收起了之前的心境，全身进入了临战状态。表面上他没有表现出任何的异常，马上的身形依然是那么的悠然自得，连打量四周的小动作都没有，然而那在无数战斗中千锤百炼出来的直觉已经告诉了他，敌人就潜伏在头顶之上。头顶之上，指的也就是山道两旁那茂密遮天的大树枝荫之上。自然不会有什么正规的武士会潜伏在树上，能这么做的只有忍者。这十有八九是四井主马麾下的加贺忍者集团。前田家一定是向敦贺城的大谷吉继施加了压力迫使其赶出庆次的同时在这七里半岭设下了埋伏。

从头上的动静感知，对手只有一人。这恐怕是侦察的耳目，主力尚在道路的前方。庆次吸了吸鼻子，没有闻到火绳的气味。唯一比较麻烦的就是铁炮了，除此之外的陷阱都算不了什么。

"能跑起来吗，松风。"

对松风来说这样的山道跟平地没什么两样，它奔跑起来的速度远远超越了普通人的想象。如果照这样的速度跑过去，埋伏着的人恐怕是连出手的时间都没有，更别说追赶上来了。这样一来既不用无益的杀生，又可以在落日之前到达海津。

然而相反的是松风却停下了脚步。

一名男子从前方的树上跳落下来，单膝跪倒在地，一手将忍者刀连鞘拔出，放置在面前的路面上。这个动作表现出他没有加害之意。庆次也非常清楚没有任何忍者会从这样的姿势发动进攻。

这正是那个从敦贺起便如影随形般跟踪庆次和松风而来的小矮子。

"是你啊？"庆次愣了一下。在城中见到的时候，完全没想到这是一名忍者，因为他从没见过有敢于笑得露出自己雪白牙齿的忍者。

庆次是泷川一益的外甥，而一益出身是甲贺的忍者，因此庆次也算得上是忍者的后裔，对于忍术颇有心得，同时也见过一益麾下的诸多忍者。连庆次都没有察觉到，这真可以说是一个不同寻常的忍者。所谓不同寻常，也就是说要么是一个可怕的忍术高手，要么是一个不值一提的废物。二者必居其一。

"说，什么事。"

看这幅情景对方必然是有什么话要说。然而当此人说出一番话来时，饶是庆次也不禁惊讶之色溢于言表。

## 七里半岭

　　这个小矮子用不符合他外表的响亮声音大声道："在下被庆次大人和松风阁下所深深吸引，从今日起愿执鞭镫服侍左右，特此前来拜伏请愿。"

　　说着他真的双膝跪倒在地磕下头去。

　　庆次不住打量着这个小矮子，心中不由觉得有几分好笑。这家伙虽然嘴里是这么说，但在树上的时候却能明显地感觉到他的杀气。庆次对自己分辨杀气的能力颇为自信，而且若是没有杀气的话，松风也不会嘶鸣。很明显此人对庆次抱有杀意。然而他的声音之中却又回荡着不容置疑的率真，这一点庆次也敢肯定。难道有人可以将分明的杀意和仰慕之情同时容纳在心中吗？

　　"你是想杀我吧。"庆次突如其来地劈头问去，对方却没有现出一丝动摇。

　　"您果然知道啊。这个也确是如此。在下的确想杀您，每个加贺忍者心中都是如此作想。"他的声音中带着真挚，"不过被主公深深吸引也是不容置疑的事实。在侍奉您的期间，在下绝对不会在背后下手，这点请您务必相信。"

　　虽然他说得如此真诚，但是这世上哪有相信忍者誓言的道理。

　　"你的亲人是被谁干掉的？我还是松风？"

　　这个小矮子显然是之前袭击庆次屋子的八个忍者其中一人的亲人。

　　"是主公您。"他淡淡答道。

　　"但在敦贺之时你可一直盯着松风看啊。"

　　小矮子一时语塞。事实上他的弟弟并不是被庆次所杀，而是被松风踢中面门而亡的。所以他的复仇对象其实是松风。

　　"甘拜下风。其实在下弟弟是被松风阁下踢中脸面而死的。"虽然是彻底颠覆了自己的前言，但他的语势不颇反盛。

　　"有心杀松风吗？"庆次的话语中带上了几分杀气。

　　"决无此事！如此的良驹在下如何下得了手！"小矮子几乎叫了起来，这的确是发自他本心的话语。

　　"那目的究竟为何？"

　　小矮子再次踌躇了起来。这不是为了转脑子吹牛，倒像是有几分忸怩，庆次清楚地看了出来。

　　小矮子压低声道："如果可以的话……一次就好……只要一次就好……那个……骑上……想骑上松风阁下试试。想骑上它奔跑试试！"那难为情的表情一瞬间变成了一个神采奕奕的少年一般。

　　庆次不禁哈哈大笑。

　　他完全理解了此人的想法，并相信这是他真实的流露。松风有着不可思议般

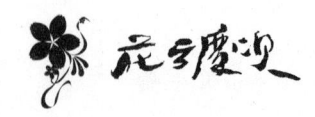

吸引人的魔力，令人无论如何都想要骑上它跑一次。庆次比谁都清楚这种魔力，因此只听得这句话，心中便自然而然原谅了他。

"这家伙恐怕一直会想着取走我性命吧。"庆次对此心中一清二楚。不过和随时准备取走自己性命的人生活在一起不也是一种刺激吗？如果命丧此人之手，那就证明了自己也不过是个庸碌之辈。况且无论何时何地以何等的方式死去都不留任何的后悔，这不正是倾奇者的生活真谛吗。

"你叫什么名字？"

"舍丸。我们兄弟都是弃儿。"

男子的面容抽动了一下，仿佛马上要哭出来一般。

"不许打松风的坏主意哦。"

舍丸发自心底震动地睁大了眼睛，紧接着才明白了庆次这句话的意思。

"您是允许我服侍身边吗？"

"这是工钱。"庆次自鞍袋中抓起一把金块洒落在地上，舍丸忙不迭地去捡。

"太多了。"

"不给第二次了。"庆次似是嫌麻烦地丢下这么一句，提马便走。

"请在此等待四半刻（30分钟）。"舍丸站了起来，动作甚是敏捷精悍。

"身手相当不错啊。"虽然这意味着凶险更多了几分，但庆次却丝毫不以为意，只是对这一事实予以了充分的认可。

"前面去处已有埋伏，共计加贺忍者七人。"

"我想也是。"庆次口中说来，就仿佛是早已知道一般。

舍丸佩服地看着庆次："为回雇用之礼，在下愿前去驱逐，主公可于附近少事休憩。"言毕纵身一跃，以惊人的弹跳力蹿上了树去，几个起落间已是不见踪影。

"七人啊，算上那家伙共是八人。"也就是说此次设伏的加贺忍者皆是上次被庆次与松风杀死忍者的亲眷。不知舍丸将会如何欺言诈语地赶走他们，倒是真想看个究竟。庆次脸上露出了笑意。

"就如他所言休息一会儿吧。"庆次对松风说道，他在离树林不远之处找了一个阳光不错的地方躺了下来，不一刻便进入了熟睡之中。这并非是庆次特有的能力，每个往来战场的武人都能随时随地只要想睡便能睡着。

半个小时之后，庆次准时地自然醒来。

他的鼻中嗅到了血腥之气。

于是他立刻伸手抄过长枪，拂去枪鞘，向松风看去。松风的眼睛正盯着树梢，只见那树梢剧烈摇动着，不一时便吐出了舍丸的身影。

　　舍丸全身上下溅满了敌人和自己的鲜血，碎成片片缕缕的衣服仿佛诉说着战斗的激烈，他的呼吸也异常地慌乱。

　　庆次皱起了眉头，原以为是对那些忍者言语相欺，没想到这小子居然会大开杀戒。他用责问的口气道："都被你杀了？"

　　"诈杀之计只干掉四个。"

　　也就是说跟余下的三人都是面对面较量的。即使是对方见到自己人起了大意之心，独身一人杀死七名忍者也真可谓武艺高强。

　　"请主公点检尸首。"

　　"洗把身体，包扎一下。"庆次面露不悦地说道，"然后把尸体都埋了，这是战争的规矩。"不能任由战士的尸体成为狼和山犬之类动物的口中之食。对于这些不知何时自己同样也会曝尸野外的武人来说，深掘土穴将尸首好好埋葬，正是他们最基本的做法。

注释

　　【1】志贺：琵琶湖西南岸一带的古称。

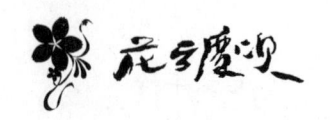

## 第七章 聚乐第（上）

天正十六年亦即聚乐第行幸之年。

三年前的天正十三年七月，秀吉接受了关白任命，自此改姓为丰臣。为了在京都建造一所与之身份相般配的宅邸，翌年秀吉在内野之地兴起工事，一年之后竣工，此即为聚乐第。

关于聚乐第这个名字的来历，秀吉的右笔[1]大村由己在其《聚乐行幸记》一文中写道："乃是聚长生不老乐事之所。"

天正十五年二月五日，秀吉在此接受了公卿人等的贺岁，而正式移居此处则是在九月十三日。入居之所以延迟，是因九州征伐之故。

天正十六年春四月十四日至十八日的五日间，后阳成天皇驾临此处，此之谓聚乐第行幸是也。

原本此次行幸定于三月十五日，但此年三月中旬之时余寒尚猛，因此延后了一个月之久。

庆次在该年的二月中旬带着舍丸进了京都。

说起来这舍丸真是一个相当派用场的下人，与主人庆次相反，他颇具生活中的各种智慧，从宽敞住宅的租用到锅碗瓢盆等生活必需用品的购买，舍丸全都在短短的时间内一股脑儿地完成了。换了庆次的话可就没辙了，他每次旅行都只能借宿在窄小不便的旅馆之中。

之所以需要宽敞的住宅，当然是为了让松风也住进去，自此这二人一骑开始了他们奇妙的同居生活。

房东曾一度登门探望，因被松风瞪了一眼而吓得屁滚尿流，差点打算把庆次等人请出去，亏得舍丸使了不少的金银，才安抚下来。

在金钱方面庆次完全不当回事情，甚至把那个收满了金块的鞍袋都放手给了

## 聚乐第（上）

舍丸保管，自己要用的时候便只管伸手要，当真是如流水一般地使钱。

"这位大人简直是跟金子有仇啊。"舍丸心底暗暗想道。事实上庆次正是打算将这些金子用完，而且是越快越好。这其实是出于对给自己这些金子的奥村助右卫门的内疚之情。让利家洗了把冷水澡的事情倒也罢了，在七里半岭杀死了七名忍者的事情却是多少令人在意。下手之人虽然是舍丸，但恐怕加贺那些人都不会如此作想，一准是把这笔血债算在了庆次的头上。虽然自己并无所谓被认做是下手之人，但听到这一消息时奥村助右卫门的心情恐怕是不好受的吧。一想到助右卫门那暗叹不已的样子，内疚之情便传遍了庆次的全身。至少，将助右卫门给的金子胡乱花个干净，早日变回一文不名之身，才算是作出了谢罪。虽然这种理论委实奇妙，但庆次的心只有通过这样的做法才能勉强维持住平衡。

舍丸当然是不会明白这样的想法，他以为这是庆次生来对金银的淡泊之心使然，自己要是不好好打理一下的话，这位主人弄不好明天就会过上缺衣少食的日子。因此他玩命地开始增加储蓄，瞒着庆次私底下进行投资。舍丸在这方面或许有着一定的天赋，又或者只是时运之济，在他的经营下，庆次的金子反而事与愿违地渐渐多了起来。原本这就不是一笔光凭花天酒地便会轻易见底的庞大金额，足够一个普通人一生衣食无忧。而庆次连这个都不知道，真不知是该说他缺心眼好还是说他豁达好。

"为何我要照顾这样的主公啊……"有时舍丸也会认真地如此作想。舍丸是发自真心地被庆次所吸引，因此种种的努力也并非是虚情假意。然而比这倾慕之情更强烈的，却是想把庆次杀死的决意，要说这是舍丸的雄心也并不为过。

舍丸如名所示是个弃儿，他和弟弟二人在一个寒冷的冬天被抛弃在路旁，当时舍丸年仅两岁，弟弟则还是一个刚出生不久的婴儿。拾养他们的，是现在加贺忍者头目四井主马的父亲。这个男人虽然收养了兄弟两个，但并非是出自慈悲心肠，而是为了把他们当做奴隶使唤。对于武士，特别是忍者来说，没有比奴隶更好驱使的了。奴隶是彻头彻尾的私人财产，生杀大权都掌握在主人手中，奴隶哪怕有任何的不满都不得逃离主人，那是因为无论逃到哪里，只要一经发现主人便有权上诉要求归还奴隶，而且永远都能取得胜诉。

秀吉曾经发现有传教的教士将日本人作为奴隶贩卖到异国以获得巨额的利益，为此事他勃然大怒，不但明令禁止传教，更是在天正十四年颁布法令严禁日本人之间的人身买卖，舍丸也因此而恢复了表面上的自由之身。虽则自奴隶的身份中解放了出来，但只要依旧留在加贺，对舍丸兄弟来说情况并没有什么实质性的变化。父亲死后作为继承者的四井主马依然将兄弟两人当做是自己的私有财

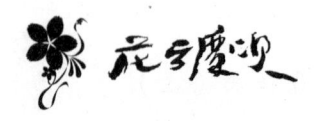

产。

　　忍者之中，分有上忍、中忍和下忍三类，这其中真正出苦力去完成忍者使命的只有下忍。中忍是现场的指挥者，至于上忍更是连现场都很少前往。舍丸兄弟比下忍还要地位低下，当他们和下忍一起行动的时候，往往被分配到最艰苦的工作，或者是担任监视下忍同伴这一遭人厌恶的职务。七里半岭之上，舍丸就是担任了这一监视之职。因此其余七人中的四人都在完全没有提防的情况下被他一一杀死。

　　如今舍丸已是逃亡之身。不久之后加贺的忍者们想必会找到死亡七人的埋葬所在，检查他们的伤口。届时舍丸的背叛和逃亡将大白于天下，四井主马也一定会激怒不已吧。然而有秀吉的禁令在先，即使能将舍丸当做背叛者抓住处死，也不能将他作为奴隶要回来了。这样说虽然有些奇妙，但舍丸确是因为背叛才真正从奴隶的身份中得到了解脱。

　　舍丸也有着自己的雄心，那就是总有一天务必要取下庆次的人头，献在主君前田利家公的面前。如果到那时声称装作背叛是为了杀庆次的话，想来利家公也会原谅的吧。如果紧接着再奏上希望以武士身份出仕的请求的话，十有八九利家公也会提拔自己。舍丸深知利家对庆次怀着浓厚的杀意。一旦能成为武士，哪怕是俸禄微薄，却也不用再畏惧四井主马等人了，因为自己至少在形式上就会与主马拥有着平等的身份。若是杀害舍丸，四井主马也必然会因为私斗而遭到处罚。

　　"等着瞧吧！"

　　曾经的奴隶如今成为一位堂堂正正的武士了。或许会在城中或金泽的集市中遇到主马吧。到时候就可以毫不畏缩地挺起胸膛，略一点头打个招呼便能擦肩而过了。舍丸脑海中描绘着这样的光景，禁不住胸中欢腾起来。那一天就是舍丸的胜利之日，也是他的荣光之日。舍丸对庆次的诸般殷勤，都是为了那一天的到来。

　　然而——

　　"真是位难伺候的大爷啊。"

　　只要庆次一有什么唐突的念头，便会立刻付诸行动。即使是舍丸这样善于忍耐的人，也往往是屡拜下风。

　　三月中旬之后，等待许久的樱花盛开之日终于来到了。舍丸对那一天的场景终生难忘。

　　庆次照例穿着华丽的小袖[2]悠悠地骑在松风的背上，舍丸则身着普通随从的服装扛着朱柄枪，带着大酒葫芦跟在马后。

## 聚乐第（上）

行到盛放的樱树之下，庆次下得马来，面前是茂贺川的河水汩汩而流。这在舍丸看来真是梦幻一般的景色。

庆次仰脖喝下一大口酒，将酒葫芦一边递给舍丸一边对松风说道："这可能是我们有生之年最后一次目睹这京都的樱花了唷。尽情观赏一遭吧。"

这么说并非是他有什么不祥的预感，对庆次而言这不过是作为一名战士的普通觉悟而已。而且，不正因为有着或许明日不复再来的想法，才更能尽情享受今日的快乐吗。

然而舍丸却是心里咯噔了一下。难道自己内心深处的秘密被庆次看穿了吗？他不安地想道，近日来他逐渐注意到庆次其实是个相当敏感的人物。他偷偷向庆次的面容窥去，却又不见任何的异常，这才放下心来。

自刚才起便有不少同为赏花而来的武士和公卿，似是被松风的外形所吸引聚拢来看。有几个人本走近了打算来问舍丸，但看到庆次那奇特的打扮后又识趣地退了开去。庆次一开始就注意到了这些人的眼光。

"舍丸啊。"

庆次眼中闪着光芒叫道。舍丸立刻涌起了不祥的预感，这眼中的光芒分明预示着庆次想到了什么奇怪的点子。以舍丸迄今为止的经验而言，那决不会是什么轻松的事情。果然，庆次这样说道："你一人守在松风旁边之时，前来询问此是谁家之马的人颇多吧。"

确实如此，迄今为止舍丸已是被各色人等问得不厌其烦了。舍丸如实禀告后，庆次说道："好，今日回去之时给你买上衣裳和乌帽子[3]吧。"

乌帽子？！买乌帽子干啥？！舍丸的胸中大为不安起来。

"从今往后，但凡再有来问此是谁人之马，尔便戴上乌帽子，以脚踩着节拍舞起幸若[4]来。"

什么？！为啥必须还要跳幸若？！

"口中还要如此这般唱道：此匹黑马乃是，红色革制裤裙，荆棘暗生铁甲，鸡冠立乌帽子，前田庆次马也。"

舍丸眼珠子都快瞪出来了。别开玩笑了，这么蠢的事情怎么干得出来呢。

"若不愿干便解雇你，爱上哪里便上哪里去吧。"庆次仿佛是看穿了舍丸的心思。

舍丸快要哭出来了。要是在这里被解雇，之前杀死七个同伙的手段就竹篮打水一场空了。

"在这里练习一下，来，红色革制裤裙……"

舍丸哭丧着脸在庆次的指挥下破罐子破摔似的边唱边舞了起来。

身形瘦小的舍丸的舞姿非常之有趣，路人都停下了脚步哄笑不已。舍丸感觉自己简直变成街头卖艺的了，不过这种感觉并不算很坏，于是他又且舞且唱了一遍。

"真不错！"庆次啪地一声打开扇子，大声笑着表扬了一句。

这段故事并非笔者的凭空创作，而是见诸于一本名为《可观小说》的史料，这也是庆次为数不多留下记载的逸事之一。至今笔者还牢牢地记得读到此段的时候，庆次那"天下第一倾奇者"的鲜明形象仿佛从书里跳出来一般栩栩如生。

天正十六年四月十四日，关白丰臣秀吉前往禁里迎接后阳成天皇，据说当时他亲自拉着天皇的袍袖助其登辇。此次聚乐行幸对于秀吉来说，可谓是意义重大。至于那天的仪仗阵容之盛大，根据记载从禁里到聚乐第的距离有十五六町[5]之远，而当天皇那华丽的行列先头抵达聚乐第门外的时候，行列的后尾还在御所之中。这一日在聚乐第中秀吉极尽奢华之能事，并以管弦、和歌会、舞乐等诸多方式来款待天皇。次日，他还向天皇侧近和公卿人等献上了种种的礼物。不仅如此，他还让织田信雄、德川家康、前田利家、长宗我部元亲、池田辉政等二十九位大名立下了子子孙孙不得对禁里御料[6]有所异议，以及对秀吉的命令不得有任何违背的宣誓字据。这就是秀吉真正的目的：以天皇的名义令这些大名呈上誓纸，自己的权威便得到了巩固。这一招利用朝廷权威的手法实在巧妙。

整整五日的仪式终于结束了，天皇还驾之后，依次退出的二十九位大名也应该已意识到了这一点吧。这其中也包括了前田利家。

聚乐第的周围聚拢着大量观赏华丽行列的京都平民。

前田利家骑马退出之际，四井主马突然靠近上来。

"主公，您看那边……"

利家顺着主马的视线望去，只见人群最前面的正是松风和那个可恶的庆次。

庆次在血红色的革制裤裙外披了一件华丽的小袖，笑呵呵地拍了下同样穿着华丽小袖戴着乌帽子的舍丸的肩头并吩咐道："来吧！"

舍丸用脚踩着拍子跳起了幸若之舞：

"此匹黑马乃是，红色革制裤裙，荆棘暗生铁甲，鸡冠立乌帽子，前田庆次马也。"

庆次打开白扇，大大地称赞了舍丸一句，周围也齐声喝彩。

利家好不容易才将心中那股拍马上前砍向庆次的冲动克制了下来。

## 聚乐第（上）

　　在天正十六年这一年，庆次可以说是在游戏人生中度过的。这个游戏人生指的并非是后世的那种吃喝玩乐，庆次的游戏乃是风雅之道。

　　根据《上杉将士书上》一书的记录，他经常出入一条关白兼冬、西园寺右大臣公朝二人的宅邸，并师从三条大纳言公光学习了源氏物语和伊势物语的讲解。茶道方面他则师从千宗易，并且精通了和歌与连歌，又擅长乱舞和猿乐，连笛和太鼓方面都步入了当世一流的境界。

　　不用说，经常出入公卿宅邸乃至向他们学习古典方面的造诣在那个时候需要花费大量的金钱，当时被称为町众的京都的富有商人们也多有以相同方式向公卿们赠与金钱从而学习古典与和歌的例子。

　　因此这些公卿的宅邸边如同是风雅之士的沙龙一般，在这些沙龙里，庆次的名号逐渐响了起来。他视金钱如粪土，出手极其阔绰，虽然服装过于华丽，但在这大个子的随意穿来，也并无任何的不和谐之感。他精通古典，长于诸艺，然而又从不以此为傲，况且最重要的是他那阳光开朗，容易亲近又不失少年之心的人格充满了无与伦比的魅力。这样的人不一跃成名才怪呢。

　　终于，他的名号也传到了秀吉的耳中。

　　前田利家的宅邸位于聚乐第之北，天守的下方。这所房子建成于天正十四年，利家的正妻阿松一年到头几乎都住在此处，可说是变相的人质。

　　阿松是利家尚在微薄俸禄时期娶下的糟糠之妻，颇有胆色，堪称女中丈夫。多年以后，在庆长四年九月利家之子利长遭疑对德川家康有谋反意图之时，年迈的阿松自告奋勇地前往江户充当第一位人质，从而解救了前田家的危机。这一壮举相当著名。

　　这一日受秀吉召唤，利家前往聚乐第，归宅时却是带着非常难看的表情，落在了阿松的眼中。

　　然而她并没有多问半句，而是命人准备了利家洗澡时候享用的酒肴，自己则脱下外衣步入了浴室。按说这原本不该是一位大名夫人亲历亲为的事情，但利家当年还是信长麾下一介穷困的赤母衣众的时候二人便养成了这个习惯，为了节省燃料，两人相互一边搓背一边毫无隐瞒地进行交谈。

　　"您好久没有为妾身擦背了。"阿松轻轻抱怨了一句后，利家便仿佛是回到了过去那个又左卫门一般，直率地开始为阿松冲洗那白皙的后背。

　　"庆次那家伙。"终于，利家恨恨地吐出一句，"拜这个家伙所赐，又要出大事情了。"

　　"庆次又做了什么事情吗？"

"问题不在于他做没做什么事情，而在于接下来他会做什么。"

阿松催促他说得更详细些。这次换成了她为利家冲背。

"庆次这家伙，最近在京都好像小有名气。传言他身为倾奇者却深谙风雅之道，颇为不同寻常。这个胡作非为的东西居然能得到这种评价！"利家的口吻中充满了愤懑。

阿松其实在心底是站在庆次一方的。她不但非常喜爱庆次那种飒爽的性格，更是很早之前就知道庆次乃是利家之辈望尘莫及的风雅之士。

阿松一直认为，在利家讨厌庆次的心情深处，是有一种自卑感在做怪。作为一国之主的战国武将，利家确实高高在上，但若是男人与男人之间的比较的话，不得不遗憾地说利家遥处下风。无论是男人的风度还是教养，甚至是武艺的高低或胆力的大小，无论哪样利家都不是庆次的对手。

不巧的是两人的体形颇为相似，都是常人所不及的高大身材，而且利家在被称为又左卫门的昔日同样也是一位非常倾奇的武士，正因为此他才与信长意气相投受到了重用。所以利家相当能理解庆次那倾奇的心情，然而也正为此故他才会大动肝火。

"你道关白殿下今日召我所为何事？原来是关白殿下闻得大街小巷的闲言碎语，吩咐我想要与庆次见上一面。"

"哎呀，那对庆次大人来说岂非是拨云见日的好事？"

"阿松你太天真了。庆次可是对功名富贵不屑一顾的男子，还不知会不会听从召见而来呢。何况他就算当真前来，尚不知在关白殿下面前会做出何等举动呢。"

利家说着说着亢奋起来，声音在浴室中回荡着。

"声音轻点儿，别让外人听见了。"阿松赶忙安慰道。

"关白殿下像是有几分知道我与庆次之间的过节，今日还取笑一般地向我确认对于召见一事可有异议。我又怎能回答大有异议啊。"利家怒气冲冲地说道，"我只得禀告道，此人乃是脑中只有贯彻自己心意之念的倾奇者，或许会有无礼之举。不过即使打下了这样的伏笔，万一发生了令关白殿下激怒的事情，照样会殃及前田家啊。一想到此节我便坐立难安。"

看着利家那气恼的神情阿松不禁笑了，她凑近利家的耳边轻声嗫嚅道："您不用担心，这事就交给妾身吧。"

事实上阿松并无说服庆次的把握，然而她却深信庆次的人品和那与生俱来的温柔不会让自己失望。

## 聚乐第（上）

次日上午，她身着不起眼的便服，仅带着一个侍女便出了前田宅邸。昨日她已命人打听到了庆次的居所。

不巧的是庆次并不在家，问及邻居家的老人也并不知晓他的去处。阿松正无计可施之时，只见有人飞跑过来对老人叫道："了不得啦，那个浪人又在惹事啦！"

阿松眼睛一亮，一问之下果然是庆次。而这次惹上他这个麻烦的是河原町边的吴服店，离此并不远，于是阿松连忙赶去。

吴服屋门前已是人山人海，阿松让侍女费力地分开人群后钻进去一看，庆次果真在此。吴服屋店主是个体格不亚于庆次的浑身肥肉的大块头，他正伸着一条右腿，不成体统地坐在店中，而庆次正一屁股坐在他那条伸出的右腿的膝盖之上。店主不断尝试着把脚从庆次身下抽出来，庆次却视若无睹地纹丝不动。非但如此，他还故意暗下使劲，令店主发出一阵阵与他那体格不成比例的虚弱惨叫。

根据围观者的议论，事情的经过是这样的：

京都的商贾自古以来便傲慢成风，只要是略有点名气，便会将卖与顾客的商品当做是恩赐一般，有时甚至会做出无礼的举动，这间吴服店的店主便是如此。只因他店中经营的是染得相当华丽的布匹，因而在倾奇者之间非常有名。此外另一个有名的便是店主那目中无人的待客之道。此人身高马大，号称有普通壮汉三人之力，大多数倾奇者在他眼中都不值一提，对来客他一律都采取了爱买不买的态度。

今日他照例便是坐在那里，懒洋洋地将一条腿投在店中，当真是对客人无礼已极。原本这家店便是狭隘，而夹杂在货物中间的这条粗腿便更是不堪入目。而店主本人却丝毫不以为意。

此时庆次矮身钻进店来，看了一眼便道："掌柜的，既然是伸在店里，想来这条腿也是出售的吧。"

店主冷笑一声："不错，不过这条腿可贵得紧。"

"多少银两？"

"铜钱百贯。"

按照后世庆长六年的换算，铜钱百贯约值二十两金子，这在当时，铜钱应该更为值钱才是。而光是二十两黄金放在现在就约相当于六七百万日元，用来标作一条脏腿的价格实在是过分了些，这一点店主自然心里清楚，然而他没想到的是自己的玩笑算是开错人了。

"我要了。"庆次一声叫唤，直直地往店主这条伸出的右腿上坐了下去。

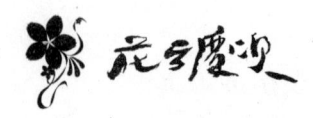

一阵剧痛之下，店主嗷了一嗓子，情急之下便想用自己的"三人之力"把庆次推开，但这个坐姿实在是使不出半点力气。而庆次只要略一动屁股，就会疼得他龇牙咧嘴。

庆次叫住店外的路人，拜托他唤来附近黑马的马夫。舍丸不知出了什么事，很快便窜进店来，庆次坏笑了一声，命其速速取值铜钱百贯的金子前来。

舍丸只当是玩笑，含糊地应了一声，却遭到了庆次突如其来的一声当头暴喝："可决不是玩笑！吾欲斩此脚曝于四条河原，旁立木札大书，钱百贯文之脚是也。尔快快将金子取来！"

庆次眼神完全是认真的，言语之间的口气也充满了不管如何都要砍下这只脚的气势。看他对店主的无礼相当生气，而这一状态下的庆次恐怕已是无人能挡了。舍丸吐了吐舌头跳出了店外。

店主的声声惨叫迅速吸引了黑压压的看热闹人群，由于店主平日里的种种恶行恶状多遭憎厌，周围虽是观者云集，却都只是在心底叫好，并无一个出来替他求情的。

"不如我多加铜钱百贯将另一条腿也买了去吧。如此一来汝坐着也是方便。"

庆次一本正经地对店主说道。事到如今店主也终于明白这不像是开玩笑了，肥胖的身躯不由自主地像波浪起伏一般颤抖起来。这个男人有生以来第一次见识到世上居然有这样的怪物，由于过分恐惧他甚至号泣起来。

在听闻骚乱之后町役人[7]急忙赶来，不住地为店主的恶劣态度向庆次赔礼道歉，庆次却丝毫不为所动。接着町名主[8]也赶到了，依旧是对事态无能为力。最后事情终于闹到了京都所司代前田玄以那里。京都所司代是前年九月代替京都奉行而设的官府机构，全权负责京都地区的治安，玄以马上派遣部下来劝说庆次，可仍然是没有任何效果。庆次只用一句话就把他们都顶了回去："我只是购买开出了价格的商品，还能有什么错吗？"

在这场骚动不断加剧的期间，舍丸牢牢地怀捧着二十两金子，站在人群的最后面，关注着事态的发展。他实在是不舍得怀中的这二十两金子。这样一条脏腿居然开价二十两，别开玩笑了！他一心想尽可能地不花一个子儿便平息这场风波，是以抱定了事后被庆次厉斥一顿的心态，远远地站开了看。这皆是因为他极度爱惜钱财。

这时他忽然看到混在人群中阿松的身姿，惊讶地张大了嘴。加贺前田家中没有人不认识阿松的，无论前田家成为了怎样的大藩，这位不拘小节的夫人都不会

## 聚乐第（上）

有任何的变化，依旧是如同平民的妻子一般，带着为数不多的侍女便泰然自若地走上街头，因为一时冲动而购买种种物品。据说尽管已是一把年纪的她一旦看上某样小东西的时候，依旧会像少女一般由于兴奋而脸色绯红。真是一个可爱非常的女子。而这位阿松夫人如今正挤在人群之中，仿佛是乐不可支般地伸长脖子望向店中。

舍丸悄悄凑到阿松身旁，轻轻拉了拉她的衣袖。

"怎么啦？"阿松转向舍丸。

"拜托您了，除了夫人您以外没人可以救得了那个店主。"

阿松并没有质问舍丸为何会认得自己。

"但是那个人的脸看起来好可恶呢。"看起来阿松也不太喜欢那个店主。

"如果是夫人您的话，舍得花百贯文买那家伙的一只脚么？"

舍丸的这句话奏了效。

"确实啊，是有些傻。"

阿松径直走到庆次身边。

"饶他一命吧，庆次大人。"

由于阿松的突然意外出现，庆次不禁有几分狼狈。

"这不是……"

"你未免有些太傻了吧。这样的臭脚连当孩子们的玩具都不配呢。"

庆次对这位阿松最是没有抵抗力，但听得那美妙悦耳的声音化为言语落在自己耳中，宛如冰珠扑面般地清爽快活，一瞬竟恍惚起来。

"与其在此与这等腌臜之人纠缠，不如请我去吃好吃的吧。"

"好啊。"

庆次干净利索地站起身来。店主这才心头一宽，昏了过去。


注释

【1】右笔：相当于现代的秘书，负责起草与整理文书。
【2】小袖：一种轻便的日常用的短袖和服。
【3】乌帽子：古时一种礼帽，分公家武家庶民用等多种款式。
【4】幸若：当时一种流行的民间舞蹈。
【5】町：日本古代的长度计量单位，一町约合现在的110米。

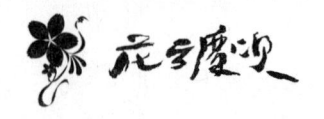

【6】禁里御料：天皇的直属领地或由有力的武士每年献上的金帛，为宫中的主要收入。

【7】町役人：相当于现在的区政府官员。

【8】町名主：相当于现在的区政府高级官员。

聚乐第（下）

## 第八章 聚乐第（下）

　　旁人都坚信庆次是个与烦恼无缘之人。的确，从体格和容貌来看，烦恼之类的词语压根就与他沾不上边。比起因烦恼而坐立不安来，他更适合付诸于行动。庆次深知自己给人留下的就是这样的印象。
　　但是旁人的眼光毕竟会有不准的时候。庆次也会烦恼，确切地说，他如今正在烦恼，而且可谓是烦恼不已。这甚至也可以说是一种懊恼。
　　庆次认为正是那些乍一看不会烦恼的生物，其心底才真正烦恼得紧。没错，熊和野猪也自有着它们的烦恼。只要一想到此，庆次便会心头一紧。这该是一种何等难耐何等深沉的煎熬啊，庆次仿佛可以亲身体会到这种感觉。
　　看起来身材瘦削纤细柔和的人，才不会有任何的烦恼呢。因为他们的心残忍刻薄，是冷血动物。只有热血的人才会有烦恼。不信的话可以想想看，鹿和松鼠会有烦恼吗……
　　庆次厌倦了自己的思绪，平躺下来。清爽的风自打开的窗户吹了进来，真是暖风醉人的五月啊。
　　"尽管外面已是如此大好的季节……"
　　一股强烈的反差涌上心头，庆次一度爬起身来，然又重新躺了下去。
　　"真是麻烦哪。所以女人就是得远远避开啊。"他发自心底地如此叹息道。
　　事情的起因是阿松，不，或者说要怪也只能怪对阿松抬不起头来的庆次本人。
　　"说到底是喜欢上她了吧。"
　　有时庆次自己会如此想道，但他也并不敢确定。虽然不管对方是男是女他都会很容易喜欢上对方，但他是个生来便与缠绵恋情无缘的人，有花堪折直须折便是他的准则。虽然有种说法叫最高级的恋情乃是暗恋，但这句话完全与庆次挨不

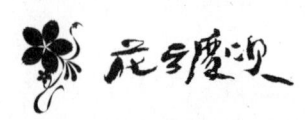

上边。确切地说他并没有去主动夺取的意思,只是一旦陷入恋情之中脑袋便会变得懵懵懂懂,等到回过神来的时候已是生米煮成熟饭,换句话说一切都是在他的无意识之中完成的。

如果按照庆次的这一判断标准,那他倒是算不得喜欢上了阿松,因为他对阿松一次都没有下过手。可这种在阿松面前就抬不起头的感觉又是怎么回事呢?庆次搞不明白的正是此处。只要阿松在他面前正色道:

"明白了吧?那就拜托你了哦。"

庆次就会条件反射般地回道:"在下明白。"

尽管连自己都觉得这样非常傻,可每次只要阿松这样一说,他便除了如此回答外别无他法。阿松可以说知道了连庆次本人都没有注意到的弱点,是以每次都能以一击而奏奇效。这就是所谓男人的意气和虚荣。只要以娇弱的柔荑在这个死穴上轻轻一点,庆次就只能乖乖举手投降了。

尽管如此,阿松此番的请求还是太有违常理了,她一番话语的大意如下:数日之间关白秀吉公就会来传唤,务必请应承下来。如若一走了之,关白殿下必然会误以为是我家主公从中作梗而怪罪下来。当登城面见之际,不管如何乖张行事皆是随你之意,唯独不可令关白殿下动怒,充其量只须令其失笑出声便可。如若不然前田家必将面临灭顶之灾,我也会流离失所无家可归。明白了吧?拜托你了哦。

这也未免太过自说自话了。庆次心里一百个不愿意见什么劳什子的关白,所以趁着召见的使者尚未来到先逃之夭夭的话自然是上上大吉,只可惜要告别这好不容易已经安居下来的京都,不过为了避祸也只有退而求其次了,哪里的太阳不都一样圆吗。然而阿松却禁止他这么做。

如此一来就只有去面见秀吉了。

庆次垂头丧气地心道。每次在听过阿松的言语之后,他必然会陷入全身力气似乎都不翼而飞的颓态。这倒也罢了,可说什么不可令关白动怒,那怎么可能呢!自己也并非打算刻意去惹怒关白,但动不动怒的主动权在对方,可由不得自己吧?就算坐在那里纹丝不动,也不能保证对方不会动怒,况且首先自己根本也不会如此斟酌。关白肯定是对倾奇者抱有浓厚的兴趣吧。而一个真正的倾奇者必然只会按照自己的喜好来行事。阿松提的这个要求不是令人为难,而是决不可能。

"我也会流离失所无家可归。"

这句话真是棘手啊。庆次最怕听到的就是这种话。就算流离失所的不是阿松，而是其他的女人孩子，一样会令他心痛不已。更何况说这话的人是阿松……

庆次摇摇头，决不能容许这样的事情发生，绝对不行。但他同时又无法保证不让关白动怒，那该如何是好呢？

庆次的眼睛突然定住了，不知何时他已坐起身来，一个唐突的念头浮现在他心中。

"只有一杀了之了。"

要杀的对象当然是关白秀吉，道理很简单——死人的话自然不会动怒。这可真是不同寻常的想法，然而对庆次来说想到这一步却是极其自然的归纳。要完成和阿松的约定，就只有这么做了。

"好，杀吧。"

一刹那所有的烦恼都云开雾散，心也奇妙地萌动不已。和煦的微风仿佛要令心更加骚动一般吹拂进来。

"已是五月了啊。"还窝在家里的话那真是愚不可及。

"出去喽，舍丸。"庆次一边大声唤道，一边在心里又最后想了一遍：

"女人可真是麻烦啊……"

秀吉的使者出现在庆次家中是次日一早的事情。

"殿下意欲一观如今颇富盛名的倾奇者，故汝可精心准备而来。本日即若服装略有无礼之处，也大可不必在意。"

言下之意就是最好能令秀吉眼睛一亮。庆次一笑应道："在下了解。"

衣裳已在昨日便准备好了。

"舍丸，帮我重新结起发髻。"

听得庆次的说明之后，即便是习惯了他奇行异状的舍丸也不禁惊叫出声："这怎么能行……"

"休管这许多。"

庆次不由分说地加重了语气，说着他拿起准备暗藏在怀中的短刀，开始细细把玩。

聚乐第的谒见大厅之中已经聚集了二十余位大名，这其中便有前田利家。他惴惴不安的小动作不绝众人之眼，一会儿摸摸鼻子，一会儿揉揉眉毛，一会儿掏掏耳朵，一会儿整理衣襟，令两边的德川家康和池田辉政不禁皱起了眉头。

"又左，烦人哪。"终于辉政忍不住出声提醒道，利家这才注意到自己的行为举止，老实了一会儿，却又再度无意识地重复起之前的动作。辉政也傻了眼，不再出言抱怨。利家此刻心中真可以说是大大的不安，虽然阿松自信满满地说没

关系都包在她身上。但就利家所知，庆次可不是一个会因女人请求而改变自己行动的男人。而且庆次要是对利家心存报复之念的话，可没有比眼下更好的机会了。今日他的一举手一投足都关系着前田家百万石领地的安危。

利家觉察到此时坐在上席的秀吉正乐呵呵地注视着自己。对秀吉来说今天的会面可谓是一举两得，既能欣赏庆次的倾奇之风，又能眺望到那个昔日英姿飒爽的利家面上青一阵白一阵的窘态。

此时庆次从容地走了进来。利家的呼吸为之一窒，这身打扮也太另类了。

庆次身着白色小袖与朱色裤裙，骷髅纹理遍布小袖，还披了一件虎皮所制的肩衣。这已经是相当出格的奇装异服了，而他的发型则更为奇特——所有的头发都梳向侧面，在脑袋边上扎成一个弯曲的发髻。谁都没见过这样的发髻结法，这样一来显得他的脸仿佛错位了一般，真是个糟糕透顶的发型。

然而庆次丝毫不以为意地前进了几步，向秀吉拜下身去，此时这个发髻的意义才昭然于众人。庆次行礼之时并非像一般人那样以额加地，而是横转了脸。这样既可以理解为他不愿磕头，也可看做是对秀吉和在场所有的大名都行过了礼。只有将发髻如此梳理才能有这样的效果。换句话说，在他拜下身去的时候，秀吉能看到的只有他的头，这头上的发髻确是正对着秀吉，若是单以此头而论，庆次确是对秀吉行了叩拜之礼，而他转向一边的脸，又可视做对边上的大名们在打招呼。

大名们哑口无言，确切地说他们都已惊得目瞪口呆，完全作声不得。

突然秀吉噗哧一声，爆发起了大笑。大名们也仿佛从紧箍咒中解放出来一般，齐声干笑。只有脸色苍白的利家实在笑不出，全身汗如雨下。

秀吉看看利家，依旧是笑个不停地伸指道："实在是有趣，第一次看到这样的装扮，真是个奇特之人啊。"

庆次抬起头来，看了一眼秀吉，又转头扫视了一遍大名们。其实他肚子里在计算着和秀吉之间的距离。

"太远了。"

聚乐第的建筑以宽敞壮大而闻名，这间谒见大厅也不例外，庆次所在位置即便是尽力一跳也够不着秀吉的衣角。秀吉斜后方的侍童们见势不妙必然会一拥而上挡在面前吧。趁这个空当秀吉便能逃到后面满是护卫的房间，届时杀他便难如登天了。

"只有出奇制胜了。"想到此处他站起身来。

"在下略备陋艺，不成敬意。"

## 聚乐第（下）

"艺？"秀吉的脸上浮现起意外的神情。虽说庆次是倾奇者，但好歹也是一介武士，乃是在泷川一益乃至前田利家麾下多建武功的勇猛之士，没想到这样的男子居然还有才艺在身？

眼见着庆次打开白纸扇舒展起手足来，众人都以为他是要表演舞蹈，然而却大错特错了。只见他挫下身来耷拉下手臂，开始模仿猴子的动作，并且还一人分饰耍猴人和猴子两个角色，相当滑稽。

然而大名们却一个个面面相觑，无人发笑。这猴把戏的演技越是逼真，越是让他们感到恐怖。秀吉被人称为沐猴而冠，是因为他的长相确像猴子，此事天下无人不知，在这位当事人面前故意模仿猴子的举止那还落得了好吗。

利家的手搭上肋差单腿直立起来，心中唯一的念头就是剁了庆次。只有当众砍翻这个白痴，才能拯救加贺百万石的领地。

德川家康伸手搭在了他的膝盖上，那手蕴涵着力量。

"沉住气。"

家康低声道，并用眼光示意利家看向上座的秀吉。

秀吉抱着肚子正笑得前仰后合，庆次的表演若是不戴有色眼镜来看的话，确实非常滑稽，看得捧腹大笑也是人之常情。

然而抱着肚子笑的同时，秀吉的思绪集中在一个问题上。

"他为何要故意激怒我呢？"

秀吉也可说是一位倾奇者，因此对庆次的心情一目了然。对倾奇者来说天下霸主根本不值一提，不过是一只从农民堆中爬出来的猴子罢了，于是将这种想法露骨地表现出来也是理所当然的。这发髻便是明证，就如同在说，只有发髻对你叩拜，其实我只是将屁股对着你而已。这种气节真是令人赞叹。秀吉并不讨厌拥有这样气节的人，因此宽宏大量地不予计较。可至于这猴把戏——就实在是有些过分了吧。看大名们的架势，都在等待着自己的怒气迟早爆发的那一刻。为了不让这些人如愿以偿，他故意装出捧腹大笑的样子，但是毕竟得有个限度，一直听任面前的这个人如此愚弄自己下去，可是会关系到关白的体面。挽回面子的做法，只有在此从侍童手中取过太刀，上前亲手斩了此人。可为何呢？为何这庆次如此急于一死呢？

正在这时，秀吉的眼光偶然之间与庆次正巧一对。秀吉身形一震。

"这看到的是……"

不容置疑的杀气。此人不是求死而来，而是为杀我而来。秀吉一瞬间就全明白了。所以才会故意激怒于我，趁我亲自上前的工夫……一跃袭来！

秀吉重新打量起庆次，终于注意到他的身形有如猛虎一般地强健有力，不禁打了个寒噤。

"且慢。"

秀吉举手叫停，庆次的动作进行到一半，就这样停在半空之中。

"败露了。"庆次心中直觉道。若是被搜查全身的话怀中的短剑便会被发现，那就大势去矣。不如在此拼死一战以成身后之名？这倒也是个不错的死法。

"且先坐。"秀吉低声对庆次道，声音中带着几分天下霸主的威严。

庆次的眼光更无踌躇，向秀吉直扫过去。要飞身而袭的话唯有眼下这个机会了，一旦坐下之后动作便会迟缓。倘若是秀吉上前来的话自又另当别论，只不过……

"看来是不行了。"一眼之下庆次便放弃了行刺的念头。

秀吉的表情已经变了。坐在那里的已不再是那个炫耀自己权威的暴发户，也不是好色的猴子，而是一个真正的久经沙场之人。一般来说像秀吉这样的小个子往往是行动敏捷难以对付，若是能用上长枪倒也罢了，可如今的庆次怀中只有一柄短刀，难以一击得手。

而且秀吉已经是身形微动，随时做好了向后跳去的准备，这样一来更是连十分之一的成功机会都没有。

"算啦。"庆次在原地盘腿坐了下来，心道随你处置吧。

秀吉尖锐地盯着他问道："为何如此？"

以前田利家为首的诸位大名都以为秀吉问的是为何要模仿猴把戏。其实这话问的是为何要决意行刺秀吉。只有庆次才明白这话中的真意。于是这成了秀吉和庆次二人之间的秘密对话。

"这个嘛……"庆次仰头向天井看去。不是说笑，理由连他自己也不清楚，自己只是下了这样的决心而已。

"是受某人指使？"

"何来之有。"庆次付之一笑。在此当然不能报出阿松的名字，更何况确切来说这也不是阿松的主意。

"究竟是为何呢？"庆次陷入了沉思。一瞬间他甚至忘记了自己的所在，认真沉思起这个问题来，看到此刻他的眼神便可知道这并非故弄玄虚。

秀吉呆若木鸡。从未见过如此的呆蠢之辈，连确切的理由都没有，恐怕是单凭一时之念便打算刺杀关白秀吉吗？秀吉觉得这深深地刺伤了自己的尊严，又加大声问：

## 聚乐第（下）

"怎会无缘无由？再好好想想！"

好好想想。这话说得有趣，却是将秀吉的心情完完本本地表现了出来。这等于在对庆次说，总不能叫我无缘无由就成为你刀下冤魂吧。

"是啊……"庆次想了又想，终于开口道，"若一定要说，或可称为意气二字吧。"

"意气？"秀吉眨了眨眼睛，表示不理解。

"汝是说，倾奇者的意气么？"

"为人者之意气。"庆次的反驳刻不容缓。

关白也好浪人也罢都是相同的人，为博一乐将别人呼喝而来曝于大庭广众之下的举动，可谓是典型的暴发户做法，甚不得体。而被当众羞辱的人，只有通过行刺一事才能有力地证明对方也不过是个凡人而已，这同时也是对暴发户的痛烈反击。

这次秀吉才真正理解了庆次话中的意思，伴随而来的是一股战栗。

这个男人是野兽，属于那种绝对无法饲养的自然野兽，这头可怕的野兽令身为天下霸主的秀吉在一瞬间也尝到了恐怖的滋味。

"此人该杀！"秀吉条件反射般地想道。这种条件反射是对恐怖最自然的反应。

但秀吉也称得上是一介倾奇者，生来不喜欢将自己委身于最理所当然的反应。

满座大名一同屏息而视，无不期待着秀吉速速处死庆次。可不能遂了这帮人的心愿，务必要叫他们对自己下达的处置啧啧称奇，这才能将自己对此人心怀恐怖之事遮掩过去。

秀吉的声音恢复了镇定：

"汝果真甘愿贯彻此等意气么？"

庆次的回答也很妙。

"确乎不得不如此。"

言下之意这并非一时之气，对自己而言乃是极为自然的做法。

"汝以为果真能始终如一？"

"在下尚也不得而知。"说罢庆次脸上露出了恰似难为情一般的微笑。

好久没有见到如此具有男儿气概的精彩微笑了！秀吉被这腼腆的微笑深深打动。刹那间杀心尽去。

"好一个倾奇之人！"秀吉大声说道，"辛苦你了！"

意即可以退下了。

两列大名对于这意料之外的事态发展茫然若失。特别是前田利家,全身脱力,不觉向前倒去,幸而用手勉强支撑住了身体。

庆次再次横着脸拜下身去,这次他面对着诸位大名挤了挤眼,这个小动作是做给利家看的。紧接着他便站起身来,泰然自若地退了下去,堂堂正正,威风八面。所有人都哑口无言地目送他的背影。

"何人能舞一曲?"秀吉道。

当场站起一人,竟是家康。

"那在下便献丑了。"家康简短地打了一句招呼便跳了起来。

家康的舞艺非常差劲,原本他的长相便难以恭维,腿相当短,身材又胖,跳起舞来真是惨不忍睹。

当时无论哪位大名多少都有能舞[1]的心得,谁都能跳上一招半式的,如今见得家康的舞步拙劣,不少人都在那里偷偷暗笑,不多时便化为了全场的爆笑。直到刚才还剑拔弩张的紧张空气,竟一气舒缓了下来。至于利家,或许是之前绷得太紧的神经终于得到了反弹,笑得连眼泪都流了出来。

这原本就是家康毛遂自荐的意图所在。家康用自己这套堪称国宝级的舞蹈,不但是救了利家,救了庆次,最后也是救了秀吉。

只有秀吉迅速地明白了这一点。

"真是个可怕的人啊。"连秀吉也被他那过人的仗义所打动。凭着今日这一舞,家康必定会收揽不少人心。

家康一曲舞毕,秀吉第一个鼓起掌来。

"真是好舞啊,到底是德川大人,真是天下屈指可数的好舞啊。"

家康情知秀吉已察觉了自己的心意,于是略略欠身,回到了席上。

"来人哪。"秀吉叫来侍从。

"将刚才的倾奇者再行召回。"

利家心中一惊。

家康也用疑问的眼神看去。

"适才却忘记了赏赐。孤选匹好马与他。故快将他速速召回。"

利家这才胸中一块大石落地,家康面露微笑。

庆次闻得再度召回之时,已是骑在马上准备离开聚乐第的时候了。

"赐马?"

"是的。"侍从感慨地盯着松风的雄姿,心道关白大人虽然下了命令,一时

# 聚乐第（下）

之间却哪里挑得出比这更好的马来呢。

"请转告在下半刻之后再行前来。"侍从还没来得及阻拦，庆次已是拍马而去。

"这葫芦里卖的到底是什么药？"一想到秀吉的愤怒侍从便不寒而栗。

半刻之后，庆次准时地再度出现在谒见大厅之中，大名们不由自主地发出了惊叹之声，连秀吉也瞠目结舌不已。

《可观小说》中描写道：

"此番却是仿照古法精整仪容，重结了发髻，上下衣裳也是一改平生之扮，来得驾前拜领良马，进退得体，大有风度。"

庆次那彬彬有礼优秀武士的一面在此崭露无遗。真不愧是传说中通晓古今礼仪并长于百艺的当代罕有之教养人士啊。此刻他那高大的身躯显得格外卓尔不凡，与之前的"倾奇者"判若两人。

秀吉不禁心神恍惚，他再一次被庆次所深深倾倒，几乎情不自禁地叫出声来："出仕于我吧！"

之所以没有真的喊出声来，是因为显而易见庆次会拒绝自己的要求，如此一来便真的不得不杀。然而杀了庆次这样的男人委实太过可惜。

秀吉搜肠刮肚之余说道：

"汝甚合孤意。今后无论身处何地均可贯彻此等意气。孤特予嘉许！"

阿松从利家那里听闻了当日的具体情形。利家言语之中颇为激昂，只因从头到尾都大不合他的心意。庆次不但害众人战战兢兢如履薄冰，更是独自一人出尽风头全身而退，非但获得赐马之荣，更是获得了无论身处何地均可贯彻意气的许可。这也就意味着其在前田家犯下的种种过错都被一笔勾销了。只要有秀吉的这句话在，利家别说是惩罚庆次了，就连责备都不行。利家可谓是丢尽了面子。

听着利家的话，阿松的面色也逐渐变了。利家以为阿松与自己有所共鸣，其实是大错特错。

阿松敏感地觉察到了庆次决意行刺秀吉的心意，而且也情知将庆次逼到这一步的不是别人正是自己。之前自己想让庆次做的，正是作为男人和一介倾奇者绝对无法容忍的事情，为了同时达成与阿松的约定和男人的意气，他只有行刺天下霸主秀吉一途。

故而庆次对阿松未提半句办不到之类的话，只是带着伤感的眼神道：

"嗯，那好吧。"

当时我怎么会没有理解那伤感眼神的意味呢？阿松内心激烈地谴责着自己。

我真是一个任性的讨厌女人啊。结果另当别论，让一个男人去送死自己却无动于衷，真是令人难以忍受。而另一方面，不置一语便做好赴死觉悟的庆次那种心底的温柔更是感染了她。这难道不才是男人至高无上的温柔吗？而自己哪里配得上庆次如此温柔的对待。

阿松突然站了起来，并不是她想打算干嘛，而是不愿意就这样坐在那里。

"怎么啦？去哪里？"

利家那慌张的声音虽听在耳里，阿松却是顾若罔闻。她就这样不知不觉地走出了宅邸，也没有带从人，恍惚地走在了京都的大街之上。

此时已是日暮时分，暖风扑面而至，令人心头着恼。

大路上人头攒动，每个人的脸上都面溢喜色神采奕奕。

"只有我不同。"阿松觉得只有自己的心情一片灰暗，不知何时竟哭了起来。她仿佛感觉到背后射来了无数异样的眼神。

"都什么年纪了，还这个样子。"一时自己虽也有这样的意识，但流泪也是情非得已啊，自己毕竟是女人啊。阿松心里索性是破罐子破摔了。

虽然也有男人靠近了想出言相劝，但见到阿松的表情后都无一例外地转身离开了，想必此时阿松的脸色是非常难看吧。

不知何时阿松的脚步已经停在了庆次家的门前。

她连叫门的气力都没有，无语地推开院门走了进去。

院子里站着一匹漆黑的可怕巨马，眼珠死死地盯着阿松，但只是刨了几下腿并没有动弹，或许是被阿松的气势给压倒了。

那个叫舍丸的下人不在，大概是出去买东西了。

于是阿松无所顾忌地踏上房屋的台阶。

面对着庭院的房间中，庆次正摊成一个大字睡在那里，看起来真是心无旁骛。这一幕落在阿松眼中却是觉得有种说不清道不明的可憎之情，她一屁股坐在庆次身旁，在那衣襟敞开的胸膛上用力拧了一把。

庆次睁开了眼睛。他带着仿佛还未从梦中清醒过来般的神情，茫然地望着阿松，接着惊讶之色溢于言表。这倒不是惊讶阿松居然会在这里，而是惊讶于她的美貌，那种近乎凄艳的美貌。庆次的身子仿佛被定住了。

一颗泪珠滴在了他的裸胸之上。

"对不起。"阿松嗫嚅道。

庆次的眼前一黑。

等他清醒过来的时候，发现自己已将阿松压倒在地，而阿松正在他的身下发

聚乐第（下）

出甜美的呻吟。

真是个仿佛令满屋生香的好女人啊。

注释

【1】能：日本传统古典舞蹈之一。

## 第九章 决斗之风

关白秀吉亲许庆次贯彻"倾奇者"意气之传闻，传遍了京都的大街小巷。这其中，倾奇者们更是无一例外地听说了此事。说来这也是理所当然，光是在秀吉面前演猴把戏一事，就足够令他们热血沸腾了。这真可谓是赌上身家性命的意气，若是因为此事被秀吉所杀，必然会留下一个为了无聊意气而丧命的傻瓜的评价。但为了此等微不足道之事赌上性命，不才正是倾奇者中的倾奇者之所以么？

一笑许之的秀吉固然了不起，而真正贯彻自己心意的庆次才是男人中的男人。

每个人都这样认为，因此庆次之名一跃成为了倾奇者的代名词。

然而另一方面，倾奇者又皆为善妒之辈，自然有不少人对庆次心怀嫉妒，想尽办法也要将他的名声化为己用。

为此必须杀了庆次。但杀害方法的选择却甚是困难。偷袭当然是不行的，必须采取堂堂正正一对一的决斗。而且还要尽可能地大肆宣传，聚集大量的旁观者，这一做法才会充分产生效果。

就概率而言倾奇者往往都是自恋狂，在通过比武击败庆次一事上，没有人会有所担心。每个人都自以为是地认定要是交上手的话自己必然能够得胜。这对庆次来说真是极其令人不快的困惑。只要这帮倾奇者的自信一日不消失，他就得不断地杀人。庆次并不讨厌战斗，但他并非嗜杀之辈，因此常常是尽可能地避开无谓的争斗。但是逃这个字则不能提，若是逃走的话，最后他们必然会一拥而上，寡不敌众的庆次只会白白丧命。

第一张冲着庆次来的挑战状来自六月初旬的一天，挑战状被写在一张木牌之上，高高展示在四条河原：

"三日后之卯刻（上午六时），愿于此处一决雌雄。一对一比试，除弓箭铁炮之外武器自由挑选。无须裁判,各自携从者二人可也。若不接受此番较量,当以胆小鼠辈之名遍传天下。"

这真是一番登峰造极的自说自话。

落款是深草重太夫。此人乃是当时京都小有名气的倾奇者,自称西国浪人,实则出身不明,名字只怕也是随便起的。此人身高六尺开外,膀大腰圆,腰间常佩一口三尺八寸的长太刀和一口二尺三寸的大胁差,华丽无比的小袖之下每日身着锁甲,膂力号称可当七人。只要能打倒庆次,说他能成为京洛第一的倾奇者也不足为奇。

"还是放任不理的好。"前来报告此事的舍丸撇了撇嘴,"看来此人可不会理会什么公平较量,落了下风之时必然会叫帮凶上阵。"

"不,赴约前往。"

"这……也太傻了吧。"对舍丸来说,庆次要是一命呜呼可就竹篮打水一场空了。深草重太夫这种无名小辈,弄不好可是会准备了弓箭铁炮之类的东西来对付庆次——他在木牌上特意写下不得使用那些武器便反倒令人疑心。

"那是你的任务吧。"庆次干脆地说。可不是么,事先调查附近,弄清有无埋伏之事本来就应该是忍者的工作。舍丸顿时语塞。

总之庆次就是这种一旦话语出口就不会改变心意的男人。

"真要是答应了,以后此类的挑战便会层出不穷……"

模仿这样挑战的傻瓜必然会一个接一个找上门来。真要逐一认真地对付这些人,再有几条命都不够啊。

"所以这次才要去。"庆次扔下一句舍丸难以理解的话。于是乎他只得心中暗暗叹气不已。

这一日卯刻时分,庆次骑着松风抱着长枪出现在四条河原之上。

虽然还是凌晨时分,周围看热闹的人已是呼啦啦聚集了一大片。貌似深草重太夫同伴的十数个倾奇者正大汗淋漓地拦开旁人,清理出战斗场所。

这已经是重太夫不守约的明证了。木牌上明明说的是各携二人从者,而此刻先到约定之地的重太夫身边已经不下二十余人。

重太夫已是严阵以待,白衣的背后缝着一个大大的女子头像,裤裙的黑底之上布满着无数的白色骷髅花纹,衣领之间隐然可见那坚固的锁甲,头系缀有铁片的护额。

庆次则是身着鲜艳的藏青色衣物,上面染着吹火男[1]的大图案,更显得精神百倍,裤裙同为一色藏青,与重太夫一样,内穿锁甲。

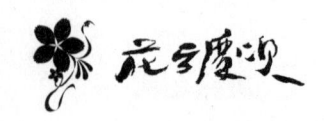

庆次行至木牌处悠然下马。

重太夫用他那粗嗓子叫道："如约而来，好胆量！不过看似你未带随从啊！"

"随从便是此马。"庆次吐出一句，向插在地上的木牌伸过手去。

"马？！"

重太夫感觉受到了愚弄，脸一瞬间因为怒气涨红了起来。

"我这马儿可抵得过这旁边二十个可有可无的家伙。"

庆次一边取笑道，一边单手一气拔出了木牌。用以固定木牌的木棒又粗又长，末端锐利。重太夫一伙为了不让人拔出来扔掉，花了好大的力气才将之钉下土去。而庆次在谈笑之间便轻松自若拔了出来，可见膂力超人，倾奇者们为之哗然，重太夫的脸色也不禁略略一变。

"这些人非是随从，不过旁观者而已，绝对不会出手。"

这不过是个蹩脚的借口，不过在重太夫而言确有必要解释一下，更何况是当着这么多看热闹人的面。

"无所谓。"庆次不厌其烦地说了一句，开始一下下地将木牌在地上敲打，以抖落木棒上的泥土。

"放下木牌，一决胜负吧！"

"请请。"庆次一边应着，一边仍在那里慢悠悠地自顾自抖落泥土。重太夫大感受辱，面皮气得发白，于是不由分说拔出刃长三尺八寸的长太刀，大力挥舞。

"看刀！"说时迟那时快，重太夫已掠到庆次面前，那柄长刀带着凌厉的风声兜头劈下。

只见庆次倒提木牌，手疾眼快地用木棒的一头拨开了刀刃。不是挡开，而是真正意义上的拨开。

而且令人称奇的是那把三尺八寸的太刀居然喀嚓一声从中折断了，原来庆次扫中的正是刀上最脆弱的刀背部分。

重太夫慌忙又拔出二尺三寸的大肋差。后世江户时期的太刀长度被定为二尺二寸五分，这把大肋差足以抵得上太刀的长度。

庆次耐着性子等着对手拔出刀来，紧接着一声雷吼，手中的木棒如闪电一般飞刺出去，正是长枪的招数。但见这条沾满泥土的木棒直透重太夫的锁甲，穿背而出。深草重太夫一声大叫，仰面倒地气绝身亡。穿胸而过的亲手所书的木牌直竖在尸体之上，恰似一座墓标。

## 决斗之风

"想为朋友报仇雪恨的人皆可放马过来。"庆次沉声道,拂去朱柄枪的枪鞘,不慌不忙地跨上松风,"我奉陪到底。"

此时背后有两个倾奇者瞄准空隙想要偷袭,被松风的后蹄一记重踢同时踢中面门,双双毙命。

在这怪物般的男人和地狱生物一般的马之前自然没有人再敢上前,重太夫的同伴们慌作一团,抱头鼠窜。

日后据说他们之中的不少人在半夜中还会因梦到庆次和那匹可怕的黑马而尖叫着跳起来。

庆次的作战计划完全达到了效果。

在得知木牌挑战一事之时,庆次的想法和舍丸一样,认为如果就此答应下来今后此类挑战会层出不穷。然而,庆次在应承的前提下选择了战斗方式,那就是采取尽可能残忍而又不费吹灰之力的手法来杀死对方。因此才不用刀枪,单凭一根木棒便在众人面前刺死了重太夫,亲眼目睹这一惨状的倾奇者们自然再也不敢前来挑战。而且就算是再有类似的傻瓜采取同样方式来挑战,便大可置之不理了,没有人会再认为庆次是畏战不出。

深草重太夫死后,一时之间确实也不再有人来向庆次挑战。

不久之后,当偶尔又有人竖起木牌向他挑战之时,庆次便令舍丸在对方的木牌上贴上白纸回道:"倾奇者乃武士是也,绝不苟同战场以外之推参。"

"推参"指的是江湖艺人的一种习惯,那就是在未经别人邀请也能登门献艺,也就是所谓的强行卖艺。这种强行卖艺的谋生手段之所以能被他人所许可,皆是因为他们那天涯漂泊之人的特殊身份。这一习惯以正月狮子舞的形式一直保留到了第二次世界大战之前。

倾奇者从精神层面来说倒是与这些四海为家的艺人相差无几,然而要说到才艺的话他们的才艺无疑便是战争之道了。事实上自古以来自告奋勇投身战场的浪人不计其数,这也可视作"推参"的一种形式。因此庆次才写下"战场之外……"的话语。个人对个人的争斗称不上是战争,决斗是需要理由的。没有切实的理由还故意招揽大批围观者的战斗,严格意义上来说根本不能称之为决斗,更像是表演,而且这还是由一方强行掀起,更加类似于艺人的推参。因此庆次严词拒绝了这种性命攸关的表演。他的言下之意就是,如果无论如何都想一决高下的话,当须持有正当的理由,在不得有围观者的前提下进行决斗。

这一来挑战者便一个个都消失了。被说成"推参"确实是大损倾奇者的颜面,况且他们中的大部分人认为没有旁观者的话一对一的较量影响既小,胜算又

不够。据说深草重太夫的弟弟放言声称哪怕是暗中下手也要杀庆次为兄长报仇，但一直也没有任何动静。天正十六年的夏天就这样平平安安地过去了。

就在八月末酷夏的尽头，庆次宅第之前出现了一个年轻人。此人从打扮上看不似倾奇者，却似哪家的藩士，头发漂亮地剃成月代[2]之形，穿着一身不起眼的小袖，一举一动甚是彬彬有礼。然而他的言语却是令庆次不由叹息。

这个年轻人此番前来正是对庆次发出正式的决斗挑战。

"你多大了？"

"正当十八岁。"

确实，他虽然有着高大的体格，面上却依旧残留着稚嫩之貌，庆次的心情由此更是沉重。他是如此的谈吐得体，看起来怎么都不像是个头脑简单的傻瓜，可却是为何前来挑战呢？

"此等年纪便想成为一个倾奇者吗？"

面前的这个年轻人恐怕是连战场都未经历过，真要是学别人去倾奇的话，只怕一年之内就会丢掉性命。

"并非如此。"年轻人正色道，"在下乃是侍奉主君之身，并非为倾奇之事而来。"

确实如此，现实之中虽然也存在着奉有主家的倾奇者，但多为高官公子哥，在庆次看来不过是一群不谙世事的纨绔子弟，完全不能与真正的倾奇者相提并论。若以常理而言，倾奇者是不应该奉有主家的，他们最厌恶的便是自上而下的重重制约，倾奇者标榜的正是"无上"二字。

然而，这个年轻人并非像是这样的纨绔子弟，这样一来庆次就更弄不懂他为何前来了。

"在下是出于武士的意气。"年轻人简短地回答道。

这份意气的内容若是不详尽告之，便不能答应决斗之事。在庆次如此强硬的主张之下，年轻人终于一点一滴吐露出实情来。

这位年轻人是主公身边的一位侧小姓[3]。侧小姓一职多由藩士之中的高官子弟担任，这其中唯有他出身低微，平日之中多受轻侮。

这一日，小姓们聊天之中说到当世豪杰之时，偶然提到了庆次的名号，意见分为了两派，其中一派认为倾奇者之中无有真正的勇士，于是争议白热化起来。这年轻人本想敬而远之保持中立，却不能如愿。最后大家认为比起口舌之争来不如派人跟庆次真斗上一场就能全明白了，于是乎，保持中立的年轻人被推到了前面。

决斗之风

真是愚不可及的一番话语。

这分明是欺负弱者，不，应该说是谋杀弱者的行为了。

虽然不清楚这位年轻人的武艺高低，但以常识而论显然是无法和扬名京都的庆次相提并论的。让他来的那些人，简直就等同于叫他来送死了。

决斗不是一般的武艺切磋，而是生死之搏。由一场无聊的闲话引发一个年轻人前来送死，背后的这些人可谓是阴险之极。这种对位低权微之人的藐视实在是太过分了。不仅如此，恐怕还是因为这个年轻人受到主君相当程度的喜爱，其他人对其嫉妒有加才平白生出了这场事端。

"真是世态炎凉啊。"庆次很想当场予以拒绝，之所以不能那么做，是因为他一旦逐客的话这个年轻人就真活不成了。

"出于武士的意气。"话中带着坚决的口气，如果予以拒绝的话，对方必然会当庭切腹的吧。

"你等完全不把他人的想法和心情当回事情吗？"庆次的口吻变得尖锐起来。

年轻人露出了一丝苦涩的表情："实在是万分抱歉。"

当然过错不在这个年轻人的身上，但他实在无从辩解，能做的只有向庆次歉意地低下头去。

庆次拧起眉头，腹中怒气蜿蜒直上。

"有多少人？"他突然如此问道。

年轻人不懂他话中意思，面露怪讶之色，微微张开的嘴更是将稚气表现得一览无遗。

"我问的是争论这件事情的人数。一共多少人？"庆次重复了一句。

"十三人，连在下和当日休息的人在内，侧小姓一共有十五人。"

"好，告诉这十三人，所有人都全副武装好过来。"

接着庆次便说了决斗时间和场所，那是在清晨，一个人迹罕至的所在。

"包括你一共十四人，我和你们所有人一起决斗。在马上较量，你们也得骑马前来。"

"可，可是这……"

年轻人还没说完就把后半截话吞到肚子里去了，因为庆次已是不由分说地喝道："不来的话便是没种。你、你的同伴们、连你的主公也都是胆小鼠辈。就这样转告你的同僚们吧！"

年轻人的脸颊涨得通红，庆次的侮辱令他怒火中烧。

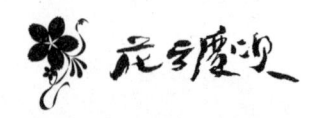

"这就对了，发怒吧，就带着这种怒气去向那些家伙发作吧。"庆次心中暗道。

年轻人行过礼，默默站起身来，脸色苍白，眼神冰冷。

看来是没机会再见到他了。庆次心道。

所谓上级家臣的子弟，大都是一帮胆小鬼。虽然锦衣华服满嘴大话，但绝不会有什么决斗的勇气。就算是在决斗中侥幸拾得一命，藩中也必然会予以严厉处罚，是以他们绝不会冒此等风险出现在决斗场上。这样一来决斗一事也就风平浪静了吧。这个年轻人受了庆次的侮辱怒火中烧，回去后必然将这怒火发泄在同僚的身上。而这帮家伙必然也是没有主张，这原本也没有什么可争论的，无非就是到底去不去决斗场所的选择。若是不去的话，无论假托何种理由都是怯懦的表现。他们想必是只能对这个年轻人好言相慰吧。

"哎呀别那么顽固不化嘛，不就是一时兴起吗？"想来他们必然会用如此这般的话来打圆场，然后就看这个年轻人在哪里让步了。这样一来事情不就圆满解决了吗。

庆次对自己的盘算颇为沾沾自喜，不过为防万一他还是让舍丸去跟踪那个年轻人。不多时舍丸归来，禀道此人归还的是上杉景胜的京都府邸。上杉景胜乃是著名武将上杉谦信的后人；同时也是越后藩的藩主。他的才干为秀吉所赏识，年仅三十四岁便被提拔为五大老中的一人。据说当时越后藩的实际收入有三百万石，可谓是横跨越中和越后的雄藩大国。

这些对于庆次来说都无所谓，哪个藩中都有那么一帮不成器的家伙，仅此而已。

三日之后的清晨，庆次如约前往约定的地点。照例依旧是身着锁甲怀抱朱柄枪骑着松风。舍丸一刻前已经前往现场侦察，确认对方有无弓箭铁炮之类的埋伏。如果舍丸发现此类埋伏会毫不迟疑地一律除之，这也是他的任务。

舍丸比平时更早地出现在了庆次的面前并禀告道：

"未曾发现伏兵。"

庆次面现意外之色。未曾发现伏兵，也就是说决斗的对手们已经来了。而他之前满以为十有八九对方一人都不会出现。

"十四人都来了吗？"

"是。然而其中一人却是身着常服。其他十三人倒是全副武装骑在马上……"

庆次越发糊涂了。舍丸进一步详细描述道，常服打扮之人年约三十，身材

决斗之风

瘦长，笔直地坐在马上，相貌堂堂，怎么看都不像是个侧小姓。庆次听后拍马急行，他的心中涌起了不祥的预感。

庆次指定的所在乃是洛西的丘陵地带，此处是一片起伏跌宕的宽阔荒野，骑着松风来到此地，遥远处顶盔贯甲的一群骑马武士立刻跃入了眼帘。

那边或许也见到庆次的身影，站在骑马武士圈外的那个身着常服的男子拍马悠然而至。对方果真是一位身长五尺八寸（约176厘米）的长身伟丈夫。虽然身形有些过于消瘦，但依旧给人结实之感，面色凝重。

两人都停下了马。

"是前田庆次阁下吧。"

"是也。"

"在下名叫直江兼续。"

庆次心中暗叫，这下可引出大人物来了。

直江山城守兼续乃是世人皆知的一流武将。他比上杉景胜年少五岁，早年间便隶属景胜手下的上田众，在被称为"三十人长柄组"的精锐部队中战功赫赫。当时他的名字是樋口与六兼续。天正九年，越后三岛郡与板城主直江信纲意外身死，兼续于是娶了信纲的寡妇，继承了直江的姓氏和城池。自此之后，兼续名副其实地作为景胜的左膀右臂同时活跃于军事和内政两方面。后来太阁秀吉转封景胜会津一百二十万石的时候，亲口命其赐兼续出羽米泽三十万石的领地。有史学家认为这是秀吉蓄意挑起景胜和兼续的不和，然由此也可佐证兼续的名实兼备。以他这样的身份，本是不该出席此等决斗际会的。

"在下作为上杉家中之人，有一番话不得不呈上前田大人，因此才以一介见证人的姿态冒昧前来。"

庆次转头看了一遍这十三个骑马武士，一个个都非常年轻，均在十八九岁到二十一二岁之间，但是唯独不见先前那个年轻人的身影。

"在下洗耳恭听。"庆次短短说了一句。那个年轻人必然是出事了。

"草间弥之助已切腹身亡了。"

"是来寒舍那位年轻人的名字么？"

庆次已大致猜想到了事情的经过。

是这十三个傻瓜杀了那个年轻人。一股新的怒意正从庆次的心底冉冉升起。

"所言不差。"直江兼续的目光直刺庆次，"切腹之际，他给家人遗下了送往我处的书信。因此书信之故，在下方始知道了他与阁下的约定，以及这十三个卑劣之徒的所作所为。遗憾的是，若早些知晓此事，也不至于断送弥之助一条性

命，实在是可惜之至。"

言语之中隐约含着责备庆次的口吻。

庆次点头道："原以为那番话能保全他的性命，不料竟是弄巧成拙。这或许确是在下的过失。"

兼续面露一丝惊奇，或许是他没想到庆次会如此轻易地承认自己的错误。

"果然如我所料。"兼续带着深重的语气说道，"此地的十三人看来是没有体察这份心意，反倒是一味地责备草间。草间在遗书中提到，他们言称他不该将一人之事推给所有在场之人，从而进一步指责草间乃卑劣小人，甚至直斥他不该苟活于世。"

兼续回过身去打量着十三个年轻人。一股不可言喻的苦涩感情在他的心中荡漾开来。

"草间留下遗书，是为不能事君而死之举作出由衷的道歉，并且证明自己绝非心智失常而死，信中并无留下埋怨同辈的只言片语。然而在下并不能就此释怀。作为上杉家的监理人，在下决不能饶恕这十三人。"

兼续眼神严峻。这已不再是为政者的眼光，分明已变成了一个身处前线的武将。

"原想将这些人予以悉数诛杀，这时在下留意到草间与阁下的约定。若是有违此约，九泉之下的草间也未免太过可怜。因为对他而言，实在是没有比阁下的羞辱更伤人的了。"

这句话令庆次觉得双肩一下子感觉到了沉重，这沉重仿佛等于肩负着一具年轻人的尸体。

"因此在下不是命他们切腹，而是令其前来此地。他们若是能够无事生还，则仅予以放逐的处分。"

即使遭到上杉家的放逐，武士也能自谋生路。当时尚不是江户时代那样的太平盛世，仅靠单枪匹马要再度出人头地也并非难事。

"我言已毕，敬请阁下放手一战，在下会在一旁好生见证。"兼续行得一礼，回马而去。当走到庆次与十三骑的中间地带时，就此停马不动。

庆次一时之间迷惑起来，开始揣度兼续的真意。

刚才兼续的那番话表面上看似乎是：请为含恨而死的草间弥之助尽情报仇吧。

但弦外之音又仿佛是在拜托道，这十三个年轻人已经受到了充分的惩罚，就请尽可能地放他们一条生路吧。

## 决斗之风

庆次提马向前，面对着这十三人，再次一个个地从他们的面上看了过去。

尽是些令人不快的表情啊。虽是所有人面对初次决斗都怕得要死，却又不知是哪里来的这股满不在乎的劲道。最令人不快的是他们中没有一个看上去是意识到自己做了坏事，反倒像是受了不当的处罚一般，个个面现不平之色。归纳来说就是他们完全没有认错的悔意。不过就是死了个下级武士有什么了不起的。为何我们要受此活罪。每张脸上都写满了这样的话，甚至有人还面带愠色。真是一帮被宠坏了的不知天高地厚的小子。他们看起来还满以为这场决斗总能赢的吧。对方不就是一个人嘛。十三个人只要一拥而上的话有什么好难对付的。

这些个表情无疑是帮助庆次消除了自己的动摇之情。

"杀！"庆次在心里犀利地下了这一决定。甭管直江兼续的真正用意了，或许世人日后会批评自己过于小题大做，但这也没啥要紧。面露如此令人不快神情的东西实在是一个都不能放过。

庆次无声地拂落朱柄枪的枪鞘。

"好好看一下真正战斗的做法吧。就当是与尔等饯行上路。"

这就是战斗开始的表示。

这句话刚落地，庆次便采取了异样的行动。他拨转松风的马头，背对着这十三人一气飞奔而去。

这分明就是落荒而逃！

至少在那十三人的眼中是这样。他们松了一口气之余哄笑出声。一边笑他们还一边策马追赶上去。不用说，这些寻常马匹哪里及得上松风的骏足。

松风将十三骑人马远远地甩在身后，登上了一座小丘。

庆次在那里稍事停顿，立刻重又拨回马头。

从他的口中发出了凌厉之极的呼啸之声。这一声咆哮令得十三骑武士连人带马丧魂落魄一般骤停在了原地。

伴随着这声咆哮，那匹异灵般的黑马自丘陵之上如离弦之箭迅猛地直飞而下。等到丘下这些人回过神来，庆次已是冲到了五间左右的近距。慌乱之间他们不及举枪自保，只见得庆次的朱柄枪在空中划过一道圆弧，那长大锋利的枪尖已是将四人的脑袋一气削了下来。再度挥舞之际，又有三人的首级飞向空中。紧接着庆次又是一枪贯穿了二人的胴体。刹那之间，已是连毙九人。

余下四人肝胆俱裂，落荒而逃。说时迟那时快，朱柄枪自庆次手中凌空射出，将其中二人前心后背贯刺作一堆。残余二人也转瞬间被松风迅速追上，庆次于马上太刀出鞘，以力劈华山之势将二人斩于马下。

从战斗开始到结束,不过就是这样一眨眼的工夫。久经战场与未经战场之人的优劣之分,历然可见。

庆次把长枪从尸体上拔出,悠悠站起,看向兼续。

兼续微微颔首:

"诚如猛狮搏兔。"

意即哪怕是咬死一只再怎样不起眼的兔子,狮子也会全力以赴。


注释

【1】吹火男:挤眉弄眼吹火的人物头像,多见于滑稽舞蹈中的面具造型。
【2】月代:当时武士中流行的一种落去前发,前额好似月牙形的发型。
【3】侧小姓:负责主君贴身侍卫的年轻武士。

# 第十章 夺心男子

庆次的心被这直江山城守兼续牢牢俘虏了，换句话说，他是发自心底喜欢上了这个男人。

即便是同为上杉家臣的十三位公子哥在眼前被尽数屠戮，他的眉毛也没有动上分毫。那是因为他深知不管这些人有多么年轻，毕竟是朽木不可雕也，若是心怀恻隐放任不理，终究只能令腐坏迅速发展至无可挽回的地步。

十三人均为上杉家中上级家臣团的子弟，而且还以嫡子占了多数，他们的父亲们都认准了这是晋升的捷径才将他们送来主君身边担任侧小姓之职，当然做梦都不会想到落到个在与倾奇者的决斗中丧命的下场。并未与这些重臣打上一句招呼便担任了见证人的兼续自然清楚自己会成为这些父亲们怨恨的对象，要换成普通一介家老早就手脚慌乱起来了，兼续却一脸的坦然。

若非对自己的生存方式有着极度的自信，是绝做不到这一点的。况且年轻的兼续这一年只有二十九岁。

只能下这样的结论：这是一位值得敬畏的男子。

决斗后的第三天，庆次拜访了京都上杉宅邸的兼续。因为念及死去十三人的父亲或许会对兼续纠缠不清，他甚至有了必要之时与这帮人也决斗一场的打算，因此他内穿锁甲，作好了战斗的准备。

不巧的是兼续正好因为有事去了石田三成的宅邸，据下人说他差不多也快回来了，不如在此少待。于是庆次欣然入内，在其家臣的引领下进了兼续的房间。

他一进房间就怔在了当场。这间房间完全不似武将的居处，也不像任何一位大藩家老的住所，可说这完完全全是一间学者的书房，目光所及之处，皆是堆满了书物，连找个落座之地都显得颇为困难。这些书物之中大半为汉籍，皆是手抄的版本。庆次有生以来从未见过这般堆积如山的书籍，不禁茫然自失。

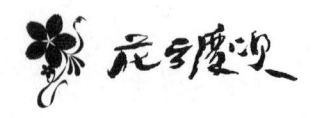

"这到底是个怎样的人啊。"

在决斗之时所见的那个兼续，无疑是一位威风凛凛的武将。哪怕是由庆次看来，也不得不生出"此人真乃劲敌"的感叹。

而之前的印象和眼前这堆积如山的书籍却无论如何也没有办法联系起来。

"他又不是出身公卿之家……"庆次一屁股坐下，开始回想起他所知道的兼续生平来。

兼续确是一位气宇轩昂的武将，但并非名门所出。

他的生父樋口物右卫门出仕于上田长尾家，又一说是坂户城负责柴薪的下级武士。当时的下级武士，平时乃是需要亲自下田干活的百姓。兼续年幼之时，也是干过除草喂马之类的农民杂活吧。他过上像模像样的生活则是在担任了坂户城主长尾政景之子喜平次的近习之后的事情了。当时被称作与六的兼续年仅十岁，喜平次则是十五岁。日后喜平次成为上杉谦信的养子取名为上杉景胜，而樋口与六兼续则继承了直江家成为了直江兼续。要说兼续的学问，充其量也应该不过是最初陪伴景胜读了几年书而已，之后要再有也都是自学，怎么都不像是有能通读如此之多汉籍的能力啊。

庆次再次检查了一下这堆积如山的书物。这些书分为两类，一类是由同一人的笔迹抄写始终的，另一类则是由数人的笔迹分头抄写而成。后一类的笔迹五花八门，前一种的笔迹则始终没有任何变化。这笔迹的主人到底是谁呢？难道……

廊下响起了脚步之声，兼续迈着洒脱的步子走了进来。庆次也不寒暄，立刻直截了当地问道：

"失礼一问，这手抄本是何人所为？"

兼续的脸一红，仿佛是恶作剧被拆穿的少年一般难为情起来。

"笔迹是我的，字写得颇为不雅……"

庆次用难以置信的神情紧盯着他。

"那这些书均是阁下亲手抄写的喽？"

"哪里哪里，其中有一些须得及早返还的，不得已便令人分头抄写了。虽经充分校对但想必谬误之处甚多……"

庆次哑口无言地看着他。

"抄是抄了，但至今仍是无暇好好读上一遍。都是些甚为难以理解的文章啊。"

这当然是兼续的自谦之语，谁都知道，时至今日也没有比亲手抄写更好的阅读方法。

庆次再度无语了一阵,终于吐出一句:

"你真是个怪胎。"

一旦喜欢上对方便会一根筋紧随到底,这就是庆次的坏习惯。

自此之后,庆次隔三差五便会来拜访兼续。哪怕是兼续本人不在他也毫不在意,要么是径自打道回府,要么是擅自入内读上一天的书。

他不但会随身带上便当和酒,更令人吃惊的是连茶碗都带上了。当然这是为了方便自己在那里饮茶。兼续要是在场他也会劝茶,只不过绝不会强迫,简直就像是把兼续当做同居密友一般。

然而兼续的家臣们对这位向来自说自话的访客未曾面露过半点难色,也不作任何的干涉,换句话说就是放任不管。这固然是主人的教导有方,更是庆次本身有着自然的亲和力之故。这是一种瞬间可以像空气一般适应任何场合的才能。虽然他擅自而为是铁一般的事实,却又从不会触怒别人,而且他也并无任何邀好之态。或许正因为他的毫不做作才赢得了这样的礼遇吧。不管是哪个国家都没有人会对家人刻意讨好吧。无论怎样任意妄为,都不会受到任何的责备,也不会引来任何迁怒,这不正是家人的表现吗?庆次就是这种能轻易成为别人"家人"的高手。

一日,庆次在此坐了没多时,兼续也从外面回到家中。

近来,两人已是到了照面之后也并无寒暄之语的亲近程度。同处一室之事变得如此自然,不用再作多余的交流。有好几次甚至是相互之间终日不交一语。这已经足够了,对两人来说,只要对方坐在那里,自己便已是心满意足。

然而这一日稀奇的是,兼续一进门后便不停地盯着庆次看。

"……?"

正将手中《史记》读得起劲的庆次抬起头来回视向他。

这部由九十册书卷构成的宋版《史记》乃是南宋庆元二年(1196)刊行的版本,如今连在明国都很难找到它的全本,全世界恐怕就剩下这硕果仅存的一套了,因此相当贵重。原本这套书是京都五山的藏品,妙心寺的住持南北玄兴和尚特意将其赠给了兼续。

"你被跟踪了。"兼续突然冒出这么一句。

"是吗。"庆次漠不关心的应了一声,便将注意力又放回到《史记》之中。

"而且是绝代高手。"兼续不依不饶地又补充了一句。庆次这才将《史记》放回原处。

"仅我所见期间,已经是三度变装。"

兼续这一日是去石田三成处商议事情。完事出府之际，正见骑在松风之上的庆次走过街道上的一个拐角。他正想赶上前去并马而行，却忽然看见一个认识的忍者正尾随着庆次，心下一动停住了马。这之后他始终与对方保持着一定的距离，直到来得上杉宅邸门前。这期间忍者三度变换装扮，一直死死跟在庆次身后……

"你与忍者也有交情么？"

庆次打趣道，他对于自己被跟踪一事并未表现出更多的关心。

"与胜赖大人结盟的时候曾经见过一次。在武田忍者之中是一位可与飞加藤相提并论的高手。"

这说的是十年之前，亦即天正六年御馆之乱时的事情。该年三月九日，上杉谦信死后立刻爆发了后继之争。一方是景胜，另一方是景虎，二人都是养子。景虎乃是北条氏康之子氏政之弟。当景胜的率先进攻开始之后，北条氏政向笼城的弟弟派出了援军，武田胜赖也应氏政邀请派出了两万人马侵入了越后，那是因为胜赖的妻子乃是氏政之妹景虎之姐。当时，兼续利用贿赂拉拢了武田的重臣，和胜赖取得了单独媾和的外交胜利，最终使得景虎战败身亡。他说的这个忍者，就是在议和之际于武田阵营之中见到的。

"此人相貌过于奇特，故而我一直牢记在心。"

这个忍者瘦小异常，简直就是皮包骨头，脸看上去与骷髅无益，一望之下便觉鬼气森森。

"听说他因此而起了个名字叫'骨'。"

说起武田的"骨"，各地忍者都不敢小觑。他的特技是变装，无论男女老幼都能装扮。此人原本便是皮包骨头，不管要扮成怎样的体型都不是难事，而且由于他个头矮小，别说是女人了，据说就连小孩子都能假扮。此外他还是收集情报的高手，也喜欢担任刺客的角色。听说他性情冷酷，被他盯上的猎物绝无幸存之理。就连武田家的部将在告诉兼续这些事的时候，都怀带着几分畏惧。

"骨？倒是有趣。"庆次的眼睛有如孩子一般闪闪发光，他素来喜欢不同寻常之人，"真是想会上一会啊。"

兼续不禁失笑。这可不是会上一会的问题，如今"骨"正盯上了庆次。武田家早已灭亡，失去俸禄的他恐怕是受人金钱雇用吧。与"骨"相遇之时也是性命攸关之际，而在这个男人的口中说来，倒似是想跟他尽兴聊天一番一般。

"不过也真是奇怪。"庆次挠了挠脖子。

"何事奇怪？"兼续问道。

## 夺心男子

"我的马僮别看样子不起眼,也是个不错的忍者,若是真被跟踪,该提醒我才是……"庆次的语气中流露出几分不可思议。

"就连忍者都没有注意到,这才是绝顶高手吧。况且同为忍者,或许是注意到了也不会提醒吧。"

"嗯……"

庆次只是用鼻子应了一声,便从怀中摸索着掏出一个大茶碗来。

"喝茶吗?"

这么一问就是准备点茶的意思。

"那就不客气了。"

这到底是谁家呀?兼续心中觉得有趣。但见庆次的点茶动作悠然自得,看来是已将骨的事情抛在脑后了。

兼续微笑着摇摇头。

"真拿你没办法。"

舍丸并非没有注意到"骨"的跟踪,也不是出于同为忍者的情意而没有告诉庆次。

真正的理由实在有些难以启齿,那就是舍丸第一眼见到骨之后便震撼不已。

舍丸并不知道那就是"武田的骨",他生来便是加贺忍者,未曾和他国忍者有过哪怕是一次的共事。因此他既没有听说过"骨",也没有见识过他的身手,完全是初次照面。即便如此他还是心中震动。

那是一种发自骨髓之中的恐怖感。

"看来今日我小命难保。"这样的念头油然而生,令他马上做好了死的准备。

虽然并非急着去送死,但若人总有一死的话不如就趁了今天吧。于是舍丸诱使对方进入了直江府前的竹林。

对方应该也很清楚这是诱敌之计,但依旧是毫不在乎地跟了过来。这会儿对方是行脚僧的打扮,穿着黑色僧袍头戴斗笠,手中还挂着锡杖。

在他踏进竹林三步之际,舍丸将两枚手里剑向背后投去,同时向左一跳伏倒在地。

行脚僧依旧站在竹林的入口。舍丸不知他是如何躲过这两枚手里剑的,凝神望去。只见对方胸口光芒微闪,显然是手里剑命中了一发。再仔细看去,另一发手里剑则是钉在了斗笠之上。然而行脚僧却是身形不动。

"为何不动呢?"舍丸正想间,响起了一阵低低的笑声。那是女子的声音,

而且是发自竹林的深处。舍丸的心一下子如陷九尺冰雪之下。

舍丸全身无法动弹，仿佛是中了定身法一般，连一根小指都动弹不得。

"稍一动弹就会丧命于此。"

他意识到自己已经落败。在判断胜负方面，忍者们往往是很快便会主动放弃，这是因为他们对敌我实力的计算非常严密迅速。换句话说他们都是彻底的现实主义者，完全清楚自己的水平如何，对自己的战斗能力根本不抱任何的幻想和狂妄，对敌人能力的预测也是如此。

是以他很快做出了这样的判断。

"是我输了。"

这个判断就仿佛是通过数字计算得出的结果，丝毫不掺杂个人的感情色彩，只是作为严酷的事实来接受。不管如何哭叫，事实就是事实。忍者在感受到败意之际，唯一的念头就是逃跑。哪怕是赔上一只手或是一只脚也并不在意，只要是能够逃出生天，他们将毫不踌躇。

舍丸之所以一动不动，是因为他正寻找着一线生机，他无论如何都不想就此死去。

"中了定身法吗？简直是一只小乌龟呢。"

女子的声音再次响起。然而传来的方向却跟刚才不同。这次是右手方向，而且已经是踏入了竹林。这声音在竹林中发出轻微的回响。

对方应该已经踏入竹林了吧。然而却摸不透对方所处的方位。这个忍者应当是站在一个固定的位置，却能令舍丸从不同角度听到他的声音。

舍丸并未动念去寻找对方的真正方位，他早已舍弃了这种天真的幻想。

只要保持沉默不动，对方自然会现出原形，至少，在对方更加接近之后自己便能有所察觉。要想杀死对方就只剩下这个办法了。这真可谓是舍丸押上了性命的赌注。

不料对方更是舍丸预想之上的高手，并未贸然靠近，依然只有声音从不同的方位不断传了过来。而且这声音还不停发生着变化。

"干得不错，还是早些放弃为好。"

这是个干瘪老人的声音。

"想丢下一条胳膊逃跑吗？"

又变成了个肥胖商人的声音。

"哎呀呀，那样的胳膊可是一钱不值啊。"

接着又变成了尖锐的中年女子之声。

## 夺心男子

光听声音的话，任谁都会以为已有数名忍者踏入了竹林，并不断缩小着包围圈。

然而舍丸依旧没有动摇。只因他心想横竖都是一死，反而冷静了下来。

过了许久，他才略略一动——动的只有他的右手，无声地拔出了忍刀。

将忍刀垂入腰侧，舍丸再次进入了纹丝不动的状态。

万事俱备，就等对方现身了。

忽然之间，从他正面的竹丛之间出现了一具直立着的华丽女子衣裳。

舍丸没有动。

他看穿了这衣裳并非真正的敌人，只是受细长毛发的操纵而已。如果对其发出手里剑的话就完了。自己的位置立刻便会暴露，受到集中攻击。而且他还完全不清楚对方手中是什么武器，到底是手里剑、吹矢、短弓还是锁镰呢？没有嗅到火绳的味道，应该不是铁炮。

从那件女子衣裳的背后传来了充满敬佩之情般的声音：

"厉害，没想到身手如此了得。"

这又是一个爽朗的年轻人之声。

"杀了你也领不到分毫赏钱，还是算了吧，真是多此一举。"

老人的声音发自头顶，看来自己的位置已经大致被对方掌握了。

舍丸没有动，只是略微松弛了一下自己的身体，这是为了接下来的跳跃动作做准备。跳跃的方向已经确定，那就是紧贴好衣裳旁边的竹子。那是一根看似非常有弹性的粗竹，利用它的弹性再次跳跃，落地之际便是胜负之时——但也可能落地之际自己已是一命呜呼了。

"这件衣裳就赏给你吧。来，拿去。"

伴随着老人的声音，衣服飘然而起，向舍丸的方向飞来。

舍丸毫不犹豫地跳了起来，虽然这一跃将与衣裳交叉而过，但他丝毫不以为意。

然而，舍丸身在半空之时，便察觉到了这件衣服竟然是活的。

原来对方一开始便藏身在这件衣裳背后，根本就没有什么操纵衣裳的毛发，不过是敌人潜伏在衣裳之中做出种种看似受操纵的举动而已。这就像是出神入化的木偶舞蹈一般。虚虚实实，终令舍丸着了他的道。

舍丸只觉左腕一痛，已是吃了一枚六方手里剑。然而舍丸也在这之前向衣裳下部投去一枚棒手里剑。

当啷！

这是刀刃相交之声，衣裳中飞送出一把刀，舍丸的忍刀好不容易才架住了它。

与此同时舍丸已是落在了之前看准的粗竹之上。果然竹子为之一弯，紧接着又反弹而起，舍丸便利用这股力量尽力向远处跳去。

落地之际，他只觉蓦地眼前的景象波动起来。

"毒！"

他这才注意到六方手里剑上涂有麻痹药。

舍丸更不犹豫，一刀割开伤处，一边附上口去吸出毒血吐在地上，一边发足疾奔。

总算是奔出了竹林。

然而这已是他的极限了。脚下已不听使唤，恐怕毒已是蔓延全身。

"还是免不了一死啊。"

一想到追赶而来的敌人的手中刀刃将从背后贯穿胸膛，舍丸全身僵硬。

这时，他听到了高亢的马嘶之声。

舍丸张开矇眬的双眼。

只见从直江府邸的方向，松风正疾驰而来，瞬间已是来到舍丸身边。

舍丸使尽最后一点力气抓住马鬃，爬上了松风的马背。他心道自己或许会被甩下马背来吧。迄今为止他曾经尝试多次，每次都被松风轻易地抛倒在地。然而今日他却没有落马。松风只是向横里纵身一跃，这是为了避开被追赶上来的"骨"那一刀斩落。

紧接着松风又是凌厉地向后一踢，饶是"骨"那样的高手也不得不滚翻在地，才避了开去。

松风更不回头，如疾风一般冲向了直江府邸。

"这是匹什么马啊……"

好不容易爬起身的"骨"自言自语道。他的脸色略有些发青。此时他的装扮是一个略略发福的年轻人模样。

舍丸捡回了一条小命。

涂在六方手里剑上的只不过是速效的麻痹药，因为舍丸将其迅速吸出，麻痹效果也并未持续多久。

"多谢了，你真是我的救命恩人啊。"

舍丸认真地向松风鞠下躬去。松风之所以会来救自己，这只能解释为它完全是凭直觉感知了危机。真是匹可怕的马，只有用地狱之马来形容它才合适。

## 夺心男子

"这还是你第一次让我骑呢。"

舍丸仿佛是在回味着，突然迅速地再次跳上松风的背去。他想试一下松风是否真的允许他骑了。

松风跳了起来，舍丸被抛向空中。

"果然还是不行啊……"

舍丸垂头丧气地叹了一口气。松风对他讥讽般地一笑，仿佛是在说：

"别做你的美梦了。"

## 第十一章 骨

"骨"这一日依旧跟踪着庆次。

自从接受此任务以来已是一月有余。雇主终于不耐烦地开始催促了，但"骨"却不以为意。虽说此人是雇主，但也不是什么了不得的人物，他就是被庆次在决斗中斩杀的深草重太夫的弟弟，名叫草津重三郎，是侍奉九条家的一位武士。九条家位列公卿之中地位最高的五摄家之一，乃是藤原氏的长者，重三郎背靠这棵大树自然是收入不菲。与兄长不同的是，他并无过人的气力和武艺，擅长的是会计，他这次花重金雇用"骨"来为其兄长报仇雪恨。

决斗不该留下任何怨恨，这是理所当然之事。如今重三郎不仅是违反了这个约定俗成的规矩，甚至还雇人暗中加害，当真是卑鄙无耻。从被雇用的那一刻起，"骨"便一直对此人心怀轻蔑。对他而言，只是偶尔因为手头拮据才接下了这个任务而已。

不过这一个月下来，"骨"却慢慢地认为这是件非常有意思的任务。

首先，要完成这个任务可谓非常困难。前田庆次此人，住行坐卧虽是貌似漫不经心，但却是出人意料地全无破绽。例如当他喝醉之后躺在树下睡觉之时，头也必然靠在樱树之上，太刀则插在枕边，而且还右手时常握着肋差，可谓用心谨慎。这样一来即使是向他发动突然袭击也最多只能砍到他的脚，而下一个瞬间必然会遭到肋差的反击。

除此之外，庆次也从来没有落过单。他时常是骑着松风，带着一个名叫舍丸的马僮。这一人一骑在之前的战斗中已经证明了他们的厉害。恐怕这马与马僮可以各自轻松干掉十人左右的武士吧。而庆次方面，听说曾在洛西的决斗中将十三个全副武装的武士一举击毙，因此至少抵得上二十人。这样一来，这二人一马超乎了四十人的战斗力。至少要集中五十名精锐才能与之匹敌。

"真是怪物啊。"

"骨"浑然忘却别人也用这样的称谓来形容他，心中如此想道。与这样的人对敌真是不幸，简直就是自找麻烦。但若真能取了他的性命，该是多么痛快的一件事啊。作为职业刺客的至高境界，不就是有朝一日刺杀一个这样的强敌吗？

其次，庆次此人十分有趣。"骨"跟踪过无数的人，却没有一个令他觉得跟踪是如此开心的一件事情。这主要因为庆次行事往往出人意表，完全无法预测。

庆次每天都外出，但经常是不知目的地为何处。看来连庆次自己恐怕也不知道。总之他是先走出家门胡乱游逛，走着走着才决定去哪里。

因此他有时会突然改变路线，甚至屡屡会倒退回来，作为跟踪者真是半点马虎不得，实在难以对付。

有时看上去他像是有正事要办正大步流星地走着，忽然会被路边的卖艺所吸引，停在那里半天没有离开的意思。有时看到耍猴人责打猴子，他又会怒不可遏地冲上去把对方揍个半死。若是看见了美貌女子则又会如影随形地跟上一段，但也并非要上去搭讪。诸如此类之举数不胜数，一言以蔽之便是心思捉摸不定。但"骨"活了那么大岁数也没有见过如此随心所欲之人，在心底以至于有些羡慕起来。

"若能像他这样生活，人生该是多么有趣呀。"

最后他甚至这样想道。

庆次停住松风，疼爱地拍拍它的脖子下得马来，钻进了一户房子。舍丸叫过松风来到树荫之下，摆出了等待的架势。

"骨"皱起了眉头，庆次所进的地方令他颇为头疼，那是一所澡堂。

当时的澡堂，一般指的是蒸汽澡堂，比起汤浴澡堂来，蒸汽澡堂既保温困难又花费较多，因此平常的做法是在澡堂内吊下一块大挡板来阻止蒸汽的散溢，而浴客都要通过下面被称为"石榴口"的小入口来钻进钻出。

庆次所进的，就是这样一所蒸汽澡堂。

"骨"之所以皱眉的原因在于自己的肉体。"骨"的身体是名副其实的皮包骨头，异常瘦小，近乎侏儒。正因如此他才能装扮成各种人物。胖子无法装扮成瘦子，反之则非常简单，只要穿上忍者特制的肉衣，就可符合相应的胖瘦程度。身高也是如此，原本因为他个头矮小，不管是大人孩子都能装扮。但是进了澡堂这一套就行不通了。光着身子的话那满是皱纹皮包骨头的矮小老丑之躯便只有暴露于众人眼光之下了。

然而在这澡堂之中，庆次乃是只身一人。马和马僮都不在身边，可谓实力减

半。没有比这更好的暗杀机会了。而且澡堂之中是无法携带武器的，那是因为刀弄湿以后再要打理便很麻烦。忍者不同，只要在毛巾中暗带一枚棒手里剑，便可轻易毙敌。

只在略一踌躇之后，"骨"也进了澡堂。运气好的是他今天扮的正是一个伛偻老人。

"骨"在更衣处快快脱下了衣服。

一位肌肤白皙的女子在一旁殷勤侍候，做着搓背的准备。自古以来有马温泉一带的搓背便以技术高超而闻名，如今这股风潮已波及到京都的澡堂之中。

然而对"骨"来说，一旁服侍的女子却是有些碍手碍脚，这是因为他必须将棒手里剑夹杂在毛巾之中带进澡堂。"骨"轻抚了一下身着浴衣的女子臀部。他乃是谙熟风月的高手，与普通男人的指法不同，动作相当微妙，一触之下此女便哆嗦了起来。

"哎呀。"

女子惊讶地看着这个老爷子，心中惊讶如此老丑不堪的身体怎么竟会有如此精妙的手法，眼神之中充满了怀疑之色。

"骨"的手从那隆起的臀部又滑向了山谷之间。

"啊啊，不行啊。"

女子的声音听上去像是悲呼，但眼中却是秋波流连。

"拜托了，回头、回头再来吧。先给您搓背好吗？"

"这可真有些为难啊，那就回头再说吧。"

说话之间"骨"已是将棒手里剑迅速地转移到了毛巾之中，将其自然地搭在手中站了起来，紧接着弯下腰来钻进了浴室。

澡堂之中另一个搓背女带着困惑的表情正蹲在那里，那是为庆次服务的女子。全场的客人好像仅有庆次和"骨"二人。

"骨"本该从她困惑的表情中察觉到不对劲，但却因为难得的大意而没有注意到这一点。

女子拉开面前的帘子，火热的空气扑面而来。

"骨"迅速走了进去，帘子又拉上了。

澡堂大小可容七八人横躺，天花板非常之低，漆涂的地板上铺着草垫。在这地板之上焚烧着青木等物，待地板滚烫之时便取出火来，在那些地方盖上草垫，洒上盐水。这就是当时流行的八濑蒸汽澡堂的做法。

骨

"打扰啦。"

"骨"对盘腿坐在那里的庆次打了声招呼。

虽是随意的一声招呼，但"骨"在一瞥之下几乎惊叫出声。

在庆次的兜裆布上居然插着一把大肋差！

这真是难以想象的事情。若把刀具带进浴室，之后保养可就非常麻烦了，刀身自不用说，连刀鞘刀柄都要拆开——清理干燥，相当费工夫。除非万不得已，不然没有哪个傻瓜会这么做。庆次身边的女子之所以会面露困惑之色，正为此故。

庆次会这样做的理由恐怕只有一个，那就是因为察觉了"骨"的跟踪。不，倒不如说是故意将"骨"引诱到此地来得更为正确。"骨"完全弄不明白自己何以会被看破，一路上庆次完全没有流露出任何提高警觉的迹象。

"骨"只感到自己长年累积的自信在这一下全面崩溃，同时也做好了死的打算。仅凭一枚棒手里剑来对付大肋差，那也太吃亏了。虽然这是在浴室之中，庆次依然是有着充分挥舞肋差的余地，但对于想避开刀刃的"骨"来说地方却又过于狭隘，还没跑到帘子前就会被当场斩杀。

"骨"，索性干脆面对着庆次坐了下来，心道就任由你处置吧。

庆次仿佛一个好奇的孩子，用讶异的眼光扫视着"骨"身体的每一个部位。

"原来如此，真的好瘦。难怪会被称为骨。"

果然是知道自己的身份。"骨"心道。但他为何会知道呢？"骨"自然无法问这个问题，只得无语地冲庆次笑了一笑。

"听说你身体无论哪个关节都能自由脱卸，是真的吗？"

庆次依旧是好奇之情丝毫不减。

"骨"当即便将右手腕、右腿、右肩的三处关节都卸下给庆次看。这其实是诱敌之计，之所以让对方看到自己的右手至肩部都不能活动，是为了趁隙偷袭。他的左手已经连手巾一起将棒手里剑捏紧。

"啪。"

伴随着一声清响，"骨"的左手一麻。

庆次用自己的手巾打在了"骨"的手背之上。

"这种粗劣的玩意儿快给我扔在瓮里。"

庆次声音之中不带杀气。若要真有杀气的话也不会用手巾打上来了。大肋差一闪之际便能取"骨"的项上人头。

"骨"默然无语地将棒手里剑扔到了澡堂一角的水瓮之中，右手也恢复了正

常。

"真有一手啊。"

庆次乐呵呵地说道。

"不过把凶器都带到澡堂里来了也真是大煞风景啊。"

说什么哪。"骨"心道，你自己不也是带着大肋差吗？听到庆次说他煞风景，"骨"只有苦笑的份了。

"哪里比得上尊驾的用心谨慎。"

这本是一句讽刺之语，庆次听了却并无反应，将手中的大肋差咚咚敲了几下，笑道：

"啊，你说的是这个？这个呢，只是为了恶作剧所准备，针对的并非是你。"

"恶作剧？"

"你马上就会知道。"说着庆次又是一笑。

外面的冲洗场热闹了起来。状似有五六个客人走了进来，他们多半是倾奇者，声音之大旁若无人。

"看，来啦。"

"骨"见到庆次的眼中闪着开心的光芒。他到底有何打算呢？

帘子被掀开，六个倾奇者争先恐后地走了进来。令人吃惊的是，他们的兜裆布五颜六色，有紫色的，有青色的，甚至还有人是灿烂的金色。

"快点关上，热气都跑了。"

庆次故意大声叫道。

六个倾奇者的眼光一齐向庆次扫来。

澡堂之中，只点了一支细细的蜡烛，光线分外暗淡，刚进门的人双目不易分辨里面景象。

最先进来的两人终于注意到异常，大叫一声：

"此人带着肋差！"

这一句话引起了不小的恐慌，耳听得他们的脚下生风，六个人一个不剩冲出了冲洗间。

庆次冲"骨"挤了挤眼。但"骨"依旧没弄清楚庆次的意图所在。总不会是打算在这里面跟那六个人干上一架吧。这又怎么能算得上是恶作剧呢？

杂乱的脚步声再次回来了。这次门外之人没有贸然冲入，而是小心地挑开门帘。

"快点进来！"

庆次又怒吼了一声。

六个倾奇者小心翼翼地走了进来，每个人的兜裆布上都插着做工精美的肋差。进来之后，他们对庆次形成围抱之势坐了下来。或许因为是紧张的关系，其中有人甚至已经大汗淋漓。

"骨"为了不碍事，向角落里挪了几步。

此时室内的温度明显上升，开始令人呼吸困难起来。倾奇者之中甚至有人张开嘴来大口喘息。

虽然没有人将手放到肋差的刀柄之上，但每个人都是暗暗做好了随时可以拔刀的准备。

时间就在沉默和紧张中慢慢流逝。

烛火摇曳。

所有人都已是大汗淋漓。

"骨"抬起手来，擦去滴落眼中的汗珠。

就是这一个微小的动作，引得六个倾奇者的手一起伸向刀柄，然后每个人又都害臊地缩回了手去。

刹那间。

庆次的手迅疾一动。

仿佛闪电一般拔出了大肋差。

倾奇者们没有动弹，不，应该说是动弹不得。谁先动谁就会被杀。一时之间包括"骨"在内都是这么认为的。可见庆次拔刀速度有多么的快。

然而……

令人难以置信的事情发生了。

庆次开始用那柄大肋差去不断划自己的腹部，就仿佛是在削那个部位，而且是相当用力。按常理早应该是鲜血四溅了，但一切都安然无恙。

所有人都惊得呆了，凝视着他的动作。

最先看明白的还是"骨"。

原来这柄大肋差只有刀鞘和刀柄是真的，刀身则是竹篾。这不过是一把用来除垢的竹刀而已。

"居然是这样……"

"骨"好不容易才忍住了笑声。

此时倾奇者们的脸色当真是有够好看。每个人都张大了嘴巴，但又不能跳起

来发作，有人甚至浑身颤抖起来。要是拿着真刀去跟竹刀对砍，只怕倾奇者的颜面就会尽丧。而且他们也丝毫没有可供发作的正当理由。自愿将这些真刀带进来的不是别人正是他们自己，进一步说，这完全是他们的胆怯使然，庆次没提过半个字叫他们带刀进来。

倾奇者们灰溜溜地一个接一个出了浴室，只有这样才能保全他们的体面。

庆次面无表情地在那里挠肚子，直到最后一人走了出去。

门关上了。

庆次爆发出一阵大笑，震得浴室中隆隆作响。"骨"也笑了起来，而且笑得前仰后合。自从武田家灭亡以来，他从没有如此地开怀大笑，笑得快喘不过气来。看来人世间毕竟也有值得留恋之处，"骨"一边笑一边在心中想道。

当时澡堂的二楼多设有酒宴之所，客人在此既可小酌一番，也可与女子欢好，此处更备有各种租赁衣物，客人可以在此自由换装之后再行离开。

庆次和"骨"来到了二楼，令各自的陪侍女子斟上美酒。

刺客若是跟刺杀对象坐在一起推杯换盏那就彻底完了，"骨"可以说业已决定放弃了刺杀庆次的任务。自澡堂相遇以来，庆次迄今为止对刺杀一事未曾过问只言片语，既没有打听委托人的姓名，也没有打听雇用的价格。他在席上只是挨个模仿着那些贵重刀具被糟蹋了的倾奇者脸上遗憾的表情，不时笑得满地打滚。两人你来我往一番痛饮。

今日之事完全是为了捉弄那群倾奇者，"骨"只是庆次的额外收获。

鉴于此事过于荒唐，"骨"又好笑又好气。

"这难道是一位大丈夫的所为么？"

据说为了准备今天这场恶作剧，庆次特意买来了旧肋差，并花了足足半天的工夫把刀身换成了竹篾。当一旁的女子问道为何如此之时，庆次却道只因他反感这帮人兜裆布的颜色而已。外表无论是多么光鲜或是褴褛都无关紧要，只是这兜裆布乃是男人最后的衣物，因此应该如自己的心灵一般是崭新耀眼的白色。

"难道不该是那样吗？"

庆次带着非常认真的表情如此说道。"骨"和两个女子都呆住了，房间内只剩下了他们的喘气之声。

"小心他们日后的报复就好。"其中一名女子这样说道。但庆次不以为然。

"就凭那帮穿着紫色金色兜裆布的男人，能有什么作为。"

庆次的话句句不离兜裆布，也真是有趣。

"刺客的工作如此有趣么？"

突然之间被庆次这样正面一问，"骨"支支吾吾地回答道：

"也并无任何有趣之处。"

"胡说。"

庆次的声音无比明快。

"若是无趣的工作，怎能持续如此之久。能告诉我到底哪里有趣吗？"

"这个嘛……"

"骨"不由得抓耳挠腮起来。确实，说无趣是骗人的。但真要说哪里有趣倒也一时回答不上来。只是他一旦看到那些作威作福或是鸿运当头之人的时候，便会条件反射似的想要杀人。无论是权势钱财学问多么出众的人，死亡当前的时候反应都是相同的。

若是被刺的话便会用难以置信的眼光看着自己的伤口，若是被绞紧脖子的话便会手脚抽搐甚至大小便失禁。所有的人都是面现相同的表情，呈现出相同的反应。这或许正是有趣的地方。当然，自己哪天没准也会如此死去。可一想到这一点，便令人更觉得有趣了。

"骨"一边低声诉说着这些，一边暗自心惊。能让自己吐露出这番话来的人，恐怕有生以来庆次还是第一个。

"真是个可怕的人物。"

庆次带着同情般的神色将这些话一字一语听在耳中，"骨"说完后他末了吐出一句：

"话说回来，你，也太瘦了吧。"

这句话起到了效果。

听了这句关切的话语，几十年未曾有过的伤感之情袭上"骨"的心头，令他泫然欲泣。

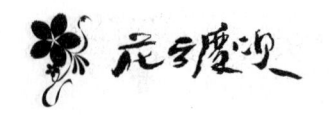

## 第十二章 女体

正如当时的武士没有忠义的观念一般，阿松也几乎没有三贞九烈的观念。

当时的女子，特别是武家的女子，通常被认为是男子的附庸。打开当时的家系图便可一目了然：如果是男子的话，从幼名到成年后的实名都会有详细记载，而女子却连名字都不会留下一笔，家系图中只会用一个"女"字取代她所占的位置。

"女"时常是为了父亲兄长甚至弟弟而远嫁陌生人的身边，有时又是被活活拆散嫁往他处。所有的一切都是为了娘家和政略的需要。她们只是联系家族之间的纽带，有时甚至只是起到单纯的人质作用。

在需要后继者的这一借口之下，丈夫们有权可按其身份的高低迎娶多房的侧室，而此时女子的嫉妒则被认为是缺乏教养的表现。在这样的地位差别之下，若是还要求女子执著于贞节的话那未免也有些过于得寸进尺了吧。

奇妙的是，在这样彻底男尊女卑的时代，却诞生出了诸多热烈奔放的女性。出云的阿国就是其中的代表人物。简直就像是因为这些女性的出现才为时代制造了某种平衡，真是非常有意思。

阿松就是这群无比自由奔放的女性中的一人。

并不是她花心，也不是她不爱自己的丈夫，一切都出于她对自己内心的忠实。阿松非常爱丈夫和孩子们，然而对她来说这还远远不够，终致爱上了其他的男子。与寻常女子相比，阿松可说是拥有着更为充沛的爱情。

总而言之，这时候的阿松已经深陷在对庆次的爱情之中，身不由己。有时一个人坐在房中，突然会悲上心来，简直想就这么光着脚跑出去与庆次相会。但若是真的见面又能如何呢？若是庆次也有意的话两人便会翻云覆雨一番，若是无意的话则什么事都不会发生。庆次会自顾自做他的事，阿松则在他身边无所事事。

## 女体

奇怪的是即便那样也非常愉快，她胸中的饥渴也会一下子得到慰藉。

"简直就像是十五岁的小女孩。"

阿松心底这样嘲笑着自己，然而事态并没有因为她的自嘲而发生任何的改变。

她之所以没有毅然决然地离开前田家、冲到庆次居所自说自话扮演起妻子的角色，并非出于对利家的顾虑，也并非担心受到通奸的制裁，而是觉得不应该贪得无厌。直觉告诉她，若是这么做了，结果反而会失去这种幸福。

"真是个不错的女人啊。"

庆次躺在床上，眼睛追随着在屋子一角穿起小袖的阿松那一举一动，心中如此想道。

床笫之欢余韵尚在，令阿松全身的肌肤染起一层薄薄的粉色，她伸出雪白的胳膊，将一绺垂在前额之上的头发抹向脑后，那光景看在眼中真是无比的艳丽。

"那身体真是熟透了。"

她的身体只怕是一碰便会融化的吧。

然而阿松身上也带着一丝凛然不可侵的气质，若是戏弄这般的女子只怕是会受到不小的报应。

"我回去了。"阿松瞟了庆次一眼，面上满是含羞之色。

"我送你。"庆次跳起身来，穿上了锁甲，这完全是他的无意识所为。平日里若非有决斗的准备，他甚少会穿起锁甲。

阿松瞪大了眼睛。

"又被谁盯上了吗？"

闻听此言庆次才察觉到自己的举动。确实，最近没听说有什么人要对自己暗中下手，但自己的人生不就是无论何时遭受袭击也并不意外的吗？

"不，没事。"

庆次暧昧地回了一句，心道就这么着吧。他信任自己这一无意识行为的本能。正因为有着这样的直觉，迄今为止他才几度从危险中平安脱身。

在锁甲之外他穿好了小袖和裤裙，还特意将大肋差插在腰间，这同样也是无意识的所为。

"到底会发生什么事情呢？"

庆次对自己的直觉怀有浓厚的兴趣。

这分明是一种即将进入激烈的修罗战场的预感。庆次渴望激烈的战斗，他已很久没有跟人争斗过了。由于他的武勇之名威震天下，在京都已再没有倾奇者来

寻他决斗，毕竟，为了一点意气或是好奇心就跳入必死决斗的傻瓜在这世上又能有几个呢？

"不知对手是何许人也。"

庆次心中略一寻思，便很快将此事抛诸脑后了。对手是谁又有什么关系呢？哪怕争斗的最后不免一死，不也不失为一场男人之间的终极较量吗？这真是一生难得一次的机会。

"这个世界真是有趣得很啊。"

对庆次来说，战斗给自己带来的感觉只有愉悦二字可以形容。

他活动了一下胳膊腿，感觉今日精力充沛，状态大好。

"好。"

庆次满足地自言自语道，伸手抱起阿松，轻轻一吻。

"真是美味。"

庆次展颜一笑，心道如此一来无论何时何地死去都没有遗憾了。

阿松呆呆地看着庆次。不用说她也已经明白，庆次即将踏上危险的修罗战场。

"尽管人家那么喜欢他……真是个傻孩子。"她心中伤感，眼泪几欲夺眶而出。

然而她知道，即使自己出言阻止也毫无用处。而对庆次来说，也并不需要他人阻止，这是因为还没人知道接下来将会发生什么。

对庆次深深地叹一口气便是阿松能做的全部。

庆次揽着阿松的腰骑在松风之上。阿松虽然用头巾遮蔽着面容，但无法隐藏那高贵的风情。一路行来，行人为之侧目。

舍丸紧跟在松风马后，一路叹息着自己的不幸。事到如今舍丸已是无法再回到前田家了，这是因为他已目击了主公正室的不义之举。此事若是大白于天下，前田家会颜面尽失。届时不但是庆次难逃一死，连目击者舍丸也必然会遭到灭口。

"难道就不能稍微避人耳目些吗？"舍丸心中暗暗抱怨。当然他也很清楚以庆次的个性绝不可能听从这样的建议。但至少也不用如此招摇过市吧。舍丸对庆次的倾奇之心真是恨得咬牙切齿。

对庆次的倾奇之心愤恨不已的并非只有舍丸一人。

有一位武士混在往来的人群之中，自庆次出门起便始终尾随在后，他心中同样也是作如此想。

## 女体

  这人正是庆次的莫逆之交奥村助右卫门，庆次在前田家中唯一的庇护者。

  助右卫门并非是偶然经过这里，他是接到妹妹加奈的通报，特意赶来京都的。

  加奈今年已经三十，自二十五岁以来便作为侍女服侍阿松左右。助右卫门虽然想将这唯一的妹妹嫁出去，但自加奈二十四岁那年拒绝了最后的一门说亲之后，他就只得放弃了这一希望。

  加奈的不幸在于她恋慕的是自己的兄长助右卫门。这并非什么不伦的感情，而是因为在她眼中与这位兄长相比，天下的男人都大为逊色。奥村助右卫门就是如此的一位大好男儿，虽然他并非什么风采过人的美男子，但却拥有着海洋一般宽广的胸襟和浩然之气。喜欢上这样一位兄长，或许也是因为加奈同样有着男子气概的缘故吧。自从成为侍女长之后，她的这种气质更是急速增长，如今已令一干男子也甘拜下风。

  三年前曾发生过这样一件事情：利家宠信的侍从之中有一个叫雪丸的小姓，如名所示肌肤胜雪，容貌秀丽。拥有着如此容貌，且集主公宠信于一身的男子，多半是性格残忍刻薄、心肠狠毒之辈，雪丸也不例外。即便如此，依旧是有着一帮女子着迷于他——这也是世上司空见惯之事。

  加奈手下的一个女孩便与这个雪丸有染，并不幸地怀上了身孕。加奈为了这个女孩着想，自然希望能妥善处理此事，于是她叫来雪丸，希望他能负起责任娶此女为妻。不料雪丸全无此意，认为此前种种皆为逢场作戏，将事情推了个一干二净，非但如此，他还用飞扬跋扈的态度反责起加奈来，显然是仗着利家的宠爱目中无人。

  加奈无言地盯着雪丸的面容，手中解开了怀剑的绳子。加奈学习过富田流小太刀，有着目录[1]的段位授许。原本她甚至有着可以接受皆传[2]的水准，但没有得到兄长助右卫门的同意。

  雪丸并不知道她的剑法高明，放肆地嘲笑出声。

  "真乃朽木不可雕也。"加奈静静地说了一句，如闪电一般手起剑落，在雪丸的脸上以十字形划下两剑。这两剑虽然没有要了他的命，但划得相当之深，留下了一生都难以消去的伤痕。雪丸伤愈之后就逃离了金泽，时至今日仍下落不明。加奈则向阿松禀告之后等待前田家的严惩。她并没有提那个女孩的名字，只声称是雪丸对自己无礼所致。然而阿松经过调查得知了幕后发生的事情，软硬兼施地逼着利家做出了加奈无罪的裁决。自此之后，据说连前田家中的故老都对加奈暗生忌惮，敬而远之。

阿松并没有普通女人那样的虚荣心，时常是将想法化诸行动，并无丝毫的顾忌。若是外部施以压力，阿松必然会奋起而争。反之，阿松通常都是气定神闲的平静模样。和庆次之间的私通之所以完全未被侍女们察觉，正因此故。

在旁人看来，阿松不带任何随从便唐突地走去镇上已是司空见惯之举，最后她多半会笑嘻嘻地戴着前些日子看中的发簪或是抱着一大堆突然想吃的点心回来。去担心她的人才是多此一举哩。更何况从年龄而言她的私通之举没受到任何怀疑也是极其自然的。

一开始加奈也完全没有往这方面去想，但有一日她终于注意到了阿松肌肤的变化。原本阿松的肌肤与其年龄相较就显得格外年轻光滑，最近又突然更染上了几分丽色，简直可用妖艳二字来形容。

"此事不同寻常。"

加奈虽与男女之情无缘，却正因如此反而对这样的现象极为敏感。而一旦注意到了这一点，阿松其他种种奇妙的所作所为自然也落在了她的眼中。这一日，她终于打定主意，尾随阿松而来。阿松根本没有注意到加奈的跟踪，径直来到了庆次的家中。加奈在门外等了两刻有余，才见庆次将阿松送出门来。

加奈惊愕不已。她之前就很熟悉庆次，他乃是自己兄长助右卫门旧主的养子，与兄长乃是莫逆之交。有一次她偶然回兄长家住宿，正巧遇到庆次来访。庆次在屋中盘桓了整整半日，却不发一言，助右卫门也是同样如此。特意来访却不置一语地归去却是为何？加奈至今仍清晰地记得当时自己的惊讶。而她同样也没有忘记，当时庆次和助右卫门的脸上都浮现着满足而安详的表情。

而阿松私通的对象居然就是这个庆次。这下可真把加奈给难住了。到底该如何处理才好？加奈左思右想没了主意。

"我毕竟拿不了那么大的主意。"

她无可奈何地如此想道，于是写信如实向越前的兄长报告了事情的始末。

加奈等来的不是回信，而是于昨日亲自来到京都的助右卫门。

松风停下了脚步。

此地已是聚乐第附近。

毕竟已是临近前田府邸，庆次不能再抱着阿松继续向前。而松风像是比庆次更清楚这一点，不等示意便自觉停下了脚步。

庆次抱着阿松就这么从马背上滑了下来。

他的手臂突然用力紧紧地抱了一下，又松了开来。

告别之际永远是那么地让人难过。甜言蜜语在这里都派不上用场。因此这样的沉默经常出现在两人之间。唯有紧紧拥抱，才能将这思慕之情传达给对方。庆次对此深信不疑。

阿松也无语相对。

她也仅用眼睛朝他脉脉含情地微笑了一下。这就足够了。

"舍丸。"

庆次短暂地叫了一声。每次走到这里之后，剩下的路途都是由舍丸在暗中保护阿松。

"在。"

舍丸一边应着一边迅速地凑近庆次轻声道：

"自出家门之后，有人一直跟踪到此。"

"哦。"庆次悠扬地回了一声。

"虽然没有感受到杀气……"

"是吗，没有杀气？"

庆次心道难不成是"骨"，但转念一想若是"骨"的话显然不会如此轻易被舍丸察觉，况且若是不带杀气的话更不会是他了。

"现在此人在何处？"

"左后方的柳树荫下，意欲隐蔽身形。"

舍丸的声音中带着几分嘲弄的语气。很明显此人毫无跟踪的经验，而且不带杀气的话显然是个无害之人。

"那就请夫人上路吧。"

舍丸对阿松躬身作揖道。

阿松的心猛地一跳，一股不祥的预感涌上心来。她伸出手，握住了庆次的指尖。

"不要做犯险之事哦。"

她的口气仿佛像是一个姐姐。

庆次瞪大了眼睛。这真是从未有过的事情。正如自己无意识地穿上锁甲的直觉一般，阿松似也预感到了某种危险。

庆次用力回握了一下阿松的手指，然后放了开来。若是这个预感成真的话，更是要让阿松早些离开此地了。

舍丸走了出去。阿松依依不舍地跟在了他身后。庆次站在原地，纹丝不动地目送他们消失在聚乐第的拐角之处。

两人的身影消失之后，他这才敲敲松风的脖子，跨上它的身去。

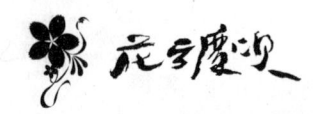

"好，走吧。"

松风向左后方的柳树下走去，停在了那里。

"真是拙劣的隐蔽之术啊。"

柳树荫下滑出一条人影。不用说，此人正是奥村助右卫门。虽然他头戴编笠，庆次依然是一眼便认了出来。毕竟这是他在加贺藩中唯一的友人。

庆次心中大为震惊。

"跟踪我的人居然是他。"

这真是不可想象的事情。若是找自己有事的话，只要不做声地站在眼前就行了，那样一来庆次就能明白助右卫门的意图。而他之所以没有这样做，显然是出于对阿松的顾虑。换言之就是他已经知道了自己同阿松的关系。

"原来如此。"庆次心中念头一闪，当下定了决心。

助右卫门脱下编笠。要在平时的话他本该展颜一笑。戴着编笠跟踪好友之举毕竟不是向来堂堂正正的助右卫门的所作所为。他本人应是最清楚这一点，因此化解这尴尬的局面最适合用上腼腆的笑容。

然而今日的助右卫门脸上没有半点笑意，神情分外地严峻和沉重，唯有眼睛带着悲伤之色盯着庆次。

"这究竟是怎样的目光啊。"

庆次简直要落下泪来。

他无言地伸出手去。

助右卫门看了松风一眼，心中疑问道：

"它能让我骑上去吗？"

"和我一起的话便没关系。"

庆次这样说道。于是助右卫门抓住他的手，一跃跳上了前鞍。

松风并不在意，迈开步子走了起来。

"去河原。"

庆次像是宣告一般说道。每次他都是在那里等待舍丸。

二人就此沉默不语，任凭松风向鸭川河原方向徐徐行去。

阿松的心中越发地不安起来了。她几次停下了脚步。

"自己在场反而会碍事。"要不是有着这样的担心，她早就返身而回了。

在回前田宅邸的半路之上，阿松被叫住了。来人是加奈，脸色异常苍白地突然问道：

"夫人遇上我家兄长了吗？"

## 女体

"助右卫门来了吗?"

阿松吃惊地反问道。她心中的不安又加剧了。

"他应当是去拜访庆次大人的府上了。"

加奈声音中也是充满了急切。

助右卫门并没有进前田宅邸,而是将加奈叫到了茶店之中。虽说是兄妹,可这样偷偷摸摸的做法也太过不同寻常。加奈赶到茶店后,助右卫门就问了一句话:

"庆次的住处在哪里?"

加奈告之后,他立刻起身而去。这是发生在白天的事情,自那以后助右卫门便不知去向了,也没有再来找她。到了黄昏时分,加奈无法抑制内心的不安,终于出得门来。正打算前往庆次家的时候,便遇上了阿松。

加奈的胸中也浮起了不祥的预感。

助右卫门虽是胸襟宽广之人,但同时也异常地顽固,只要触及了原则的部分,他就会变得难以通融,可谓是一个强硬地贯彻自己意志的男人。

虽然加奈不知道助右卫门如何看待男女之情,但助右卫门没有娶任何的侧室,孩子们也都是正室所产,这在当时的武士看来是非常稀罕的一件事情。况且从他孩子的数量来看,应当是对房事相当淡漠,与庆次形成鲜明的对照。

庆次在加贺时起便艳闻不断。正因为他是如此优秀的男子,女人们当然不会放过这样的机会。然而据说庆次对女人相当挑剔,即使女人来主动勾引也大多置之不理。虽然俗话说送到嘴边的肥肉没有不吃的道理,但这句话对庆次来说似乎并不通用。

据说他曾毫不客气地对某女人扔下这样的话:

"我还没饥渴到那样的程度。"

加奈心想,或许助右卫门也认可庆次的这种原则。因为在男女之事上助右卫门迄今为止还未曾批评过庆次一次。

然而这次却大是不同。在茶店相遇的时候兄长的表情那般严峻,令加奈心惊。

"难不成……"

这样一想加奈不禁心中一颤。

"舍丸!"

阿松叫道。

"庆次大人现在何处?"

"应是在鸭川河原。"

舍丸丈二和尚摸不着头脑,只见阿松神情大变。

"快带我去,马上!"阿松心急火燎地命令道。

庆次和助右卫门盘腿坐在河原边上喝着葫芦中的美酒。这个可装二升酒水的大葫芦经常被晃晃悠悠地挂在庆次的马鞍之上。

来到这里之后,二人依旧是无语并坐,也不推杯换盏,只是各自自斟自饮。

葫芦中的酒终于喝干,庆次将最后的一滴饮下,说道:

"真是美味。如此便好。"

说着目光笔直地看向助右卫门,微微一笑:

"差不多可以开始了吧。"

自从第一眼见到助右卫门起,庆次便明白了他打算斩杀自己。被他杀掉也是无可奈何之事啊。庆次心道。他根本没有抵抗的打算。虽然不知道助右卫门杀自己的原因,总之跟阿松有关吧。不管怎么说,助右卫门总是占理的那一方。若非如此,这个男人绝不会轻易夺人性命。所以就索性被他杀了吧。死在莫逆之交的手下,总比死在陌生人的剑下要来得满足吧。

庆次将这葫芦中的两升酒当成了诀别之酒和绝命之酒,喝完之后,也便没有任何的留恋了。

助右卫门将自己的酒盏送到嘴边,饮下最后一滴,突然嗖的一声将酒盏向庆次横掷而来。庆次条件反射般地伸出手来打算接住。

就在这电光石火的一瞬间,助右卫门刀已出鞘,以拔刀斩的招数重重砍中了庆次的身躯。

庆次呼吸为之一顿,眼前直冒金星。真是厉害的一击。

"这家伙剑术又进步了。"

瞬间庆次这样想道。到了这个年纪剑术还能有所进步,足见平日里助右卫门相当勤于修炼。

然而庆次竟还活着。这多亏了他身上的锁甲。不过若是常人的话这一击也足以令其昏厥过去了。

庆次带着几分苦涩笑道:

"抱歉,我穿着护身甲。砍这里吧。"

说着比画了一下自己的脖子。脖子周围并没有锁甲的保护。

助右卫门没有回应,无言地借着月光端详着手中的太刀。

"怎么了?"

"刀身弯了。"

若是砍了过于坚硬的东西，刀身就会发生这样的现象，虽是放得几日会自然复原，但却不能马上再度投入使用。令助右卫门的刀身为之弯曲的不仅是锁甲，还有锁甲包裹着的庆次那坚韧的肉体。

"刃也缺口了。"

"不是还有肋差吗？"

助右卫门闻言看向庆次。

"你是说太刀没斩成，再用肋差斩杀么？"

"不行么？"

"你就以为我这么想杀你么？"

庆次沉默了，助右卫门话语的苦涩沁入了他的胸中。

"是受又左所托么？"

又左说的是前田又左卫门利家。

"不是。"助右卫门的回答很坚决，"是为了加贺藩士和他们的家人。"

主公正室通奸之事若为天下所知，加贺藩将面目尽失。那以后藩士和他们的家人们必然只能低头度日。或许还会有人会因受嘲笑怒火中烧对他人拔刀相向，从而落得性命不保的结果。但即使这样，也没人能劝说庆次停止。助右卫门深知庆次的恋情从来都是认真的，全然不是花心所致，甚至不惜为此断送性命。对这样的恋情，他没有办法阻止，而且哪怕是说了也全无效用。那样一来就剩下斩杀一途了。这就是助右卫门的想法，他也这么做了，并且是尽了全力予以了一击。在这一时刻，助右卫门已是跟庆次一起死了。

有谁可以亲手斩杀自己多年的好友之后还能独活的呢？

一辈子只有这么一遭，自然是无法重来一次。

助右卫门倾尽全力将刀向前投去。月光之下刀身带着星星点点的光芒被吸入了河流之中。

助右卫门双手掩面，哭了。加贺第一的武将就这样哭了起来。

他已无法抑制泪水。

庆次缓缓地搔着嘴角，看那样子仿佛是有什么话想说。然而这话又断然不能出口。若是说出口来，或许可以挽救助右卫门，但阿松和庆次却会死去。

此时一个声音响了起来。

"究竟还在踌躇些什么？"

说话的人是阿松。她带着加奈和舍丸一步步靠近走来，她一定是目睹了刚才

发生的一切。月光之下她面白如纸，眼睛湿湿的闪闪发光。

"说吧。说跟那个女子分手吧。"

这声音仿佛带着几分威胁，但听来却令人觉得无限悲切。

"不！"

庆次就像一个任性的孩子般摇着脑袋。

"别说这样任性的话……"

阿松的声音显然已哽咽了起来。

"你们不都是大人吗？分手的一天总会来到，难道还不明白吗？"

真的吗？真的明白过吗？庆次一瞬间认真地想道。

月色沁人。为何我却在流泪。

"不——"

庆次仿佛哀号一般地狂啸出声。


### 注释

【1】目录：与皆传均为剑道段位的名称，位于皆传之下。

【2】皆传：武道中指师父允许传授所有奥义。

## 第十三章 死地

哪里有战争呢。

庆次心中如此深切地想。

恐怕只有投身战场才能排遣这心中的郁结了。

投身于千钧一发的死地，将性命交给上天发落，手中挥舞朱柄长枪向着敌阵之中绝尘而去。与这样凄绝之至的亢奋心情相比，失恋之类的心痛恐怕是不值一提的吧。

然而可叹的是，如今已是天下太平，任是哪里都没有战争发生的迹象。此时丰臣政权已是进入了安定时期，挡在秀吉面前的只有东面的北条氏，以及虎视眈眈会津地方的东北之雄伊达政宗。秀吉虽是近期内就要跟北条作个了断，但庆次却等不了那么久。

庆次如今正是渴望着战争，如若不然他的心就要因悲伤而碎裂开来了。

庆次是个情绪大起大落的人物，开心的时候就会笑得前仰后合，悲伤的时候就会号啕大哭。

事实上舍丸等人初次见识这位主人的性情之后也惊得合不拢嘴。

庆次只要是想到什么悲伤之事，便会不分场合地哭泣起来，哪怕是饭刚吃到一半或者入厕之中时也会痛哭失声。

"都这么大的人了，像什么样子啊？"

舍丸差点忍不住如此脱口而出。他心道，不就是跟女人分手吗？当然，他跟庆次的恋爱价值观完全不同，因此也无从开口安慰，只得心下暗恼。

在庆次看来，悲伤时的哭泣乃是天经地义之事，并没有什么可难为情的。你们这些家伙是因为没有跟那样好的女人分过手，才能得以心平气和的。话说回来，若是分手也无动于衷，这样的恋爱不谈也罢。

然而尽管庆次胸怀这样炽热的心念，身边却没有可供其倾述的友人。

直江山城守兼续因为领内整备的事务，已与主君上杉景胜一同回越后而去了。

对舍丸来说最难侍候的就是庆次那变化无常的心情了。

刚才还苦着脸落下大滴眼泪，转眼之间却会勃然作怒。这样的事情往往会发生在路途之上，由此触动庆次肝火被折断手足的倾奇者，已累积有七人之多。有个在十字街头说法的和尚也成了他怒火发作时的牺牲品，被打碎了下巴。

真可谓是人挡杀人佛挡杀佛，如此下去总有一天庆次会自行崩溃。

因为失恋的遗恨，庆次正全身心地寻求着发泄之道。

"不愧是我的好友啊！"

这一日，读了直江兼续从遥远的越后寄来的书简，庆次狂喜地在屋子里跳了起来。舍丸被吓了一跳，还以为他终于神经错乱了。

"知道吗？舍丸，知道这是啥吗？"

庆次将信纸举得高高地喊道。舍丸自然是一头雾水。

"直江大人怎么啦？"

"是打仗啦！打仗呀！噢！"

在兼续的书信中写道，上杉景胜为了彻底铲除长年来向背无常的佐渡岛本间一族，此番毅然决定兴兵。

佐渡一岛，是秀吉也予以承认的越后上杉领土。这一领内长期不得安宁，上杉景胜作为一方国主的威信必然会遭到质疑，特别是天下太平的如今更是如此。弄得不好秀吉甚至会以此为借口来处罚上杉家。这便是此次讨伐佐渡的主要原因。

长期以来，佐渡岛由下尾佐渡守诸家、本间山城守利忠、羽茂三河守高茂、佐原与左卫门利国等六人分而治之。其中的下尾佐渡守与本间山城守在天正十五年七月被景胜的养父谦信所灭，如今泽根、泻上、羽茂、佐原这四支本间支族相互之间时有交兵，同时又保持对越后上杉的同仇敌忾，可谓是狡猾透顶的家族。

这帮家伙若不是盘踞在岛上，倒也并非是什么了不得的势力，然而北国大海的狂风巨浪挡在了上杉军的面前，要想登岛就必须先准备兵船。此时，据说上杉景胜已集中了一千三百余艘兵船。

"舍丸，立刻准备！随我前往越后走一遭！"

庆次说得轻巧，舍丸却是狼狈不堪。

## 死地

从京都前往越后，不管取道何处都至少有着一百五十里（约合五百六十公里至六百公里）的路程，可不是简简单单就能走上一遭的距离。就算人马昼夜疾驰也要花上五日到七日的时间，至于步行的话则要花上半个月。

况且这一路之上还有着重大的障碍。

自京都出大津来到西近江路，再到往北国街道，沿着日本海一直向北，便是前往越后的道路。然而这条路必然会途经越前、加贺、越中这些多为加贺前田家所占的地盘，一旦踏入，庆次自然是无法全身而退。

若是想绕过这条道，则必须先前往中仙道，接着从加纳经过关、八幡町，翻越坂本岭来到高山，沿着郡上街道一路前行。接着再是翻越野麦岭来到善光寺道，前往信州松本，再从那里途经千国街道抵达丝鱼川。这样一来便能不须踏进加贺半步，然而这一路之上均是险峻的山道，若是大雪天的话则完全无法通行，如今这样的季节却是无妨。

舍丸迅速地在脑中描绘出路线，在计算路程的同时，也想好了如何处理手头这笔巨大银两的方法，那就是寄存在当地的商人那里，让他们做好一路之上于各地随时提供充足银两的准备。不仅如此，还要准备旅装与武具，以及购买驮行李的马匹。虽然从秀吉那里受领的名为野风的马可以充作舍丸的坐骑，但驮物也必须选择赶得上松风和野风脚力的骏马才成。

"请稍等二日。"

舍丸计算了半天，觉得再快都要准备两天才来得及。

"今日即走。你要是来不及准备的话，就从后面赶上来吧。"

这可不是开玩笑，世上能有谁赶得上单身骑着松风疾驰的庆次？

非但如此，庆次还一言否决了舍丸绕道前往越后的打算。

"为何要舍近求远呢？前往西近江路沿北国街道直上就行了。"

他完全没有将穿越加贺的危险当做一回事情。

至于出发日期，在舍丸的力争之下总算定在了后天的一早。

"甲胄的话就在当地找可以吧？"

是舍丸故意说的这么一句话起了作用。对于一介倾奇者的庆次来说，要是胡乱弄套盔甲来参加这样关系到自己名誉的大战，可是无法忍受的事情。

况且当时已是临近冬季，要想平安无事地挨过佐渡的惊涛骇浪，松风和庆次都需要准备御寒防水的衣物，这些衣服自然也不能太寒酸了，只有在京都采购。这一切，至少需要二日的时间来准备。

然而取道之事庆次则是无论如何都不愿通融了，他断然地坚持走西近江路至

101

北国街道的路线。

"加贺怎会有什么人能赶上我们的速度呢？"庆次道。

如此一来舍丸也只好舍命陪君子了。但若是不做任何应敌准备便贸然北上的话，无异于前去送死。他深知凭借四井主马的实力，其麾下的忍者应当是一直监视着庆次的一举一动，若是发觉庆次在采购盔甲和防寒衣物，必然会迅速报告金泽。四井主马很容易便能猜到此行的目的地。更何况他还应该了解庆次和兼续之间的深厚友谊。可以预想，在前往北国的途中主马必然会设下天罗地网来对付庆次。

舍丸左思右想之后，给奥村助右卫门写去了一封信，告知他庆次此次的行踪。这时，助右卫门已经回到金泽，虽不知他会采取何种对策，但多少总会帮上忙吧。

舍丸还买来了大量的烟硝，连夜开始赶制投掷用的炸弹。虽然这种特制的炸弹中带有爆炸后会飞溅的弹片，但对身手敏捷的忍者来说并没有多大的杀伤力，只能起到障眼和威胁的作用。

准备的二日过得飞快，主从二人终于迎来了出发之日。

两日的延迟令得庆次十分心焦，他打一开始便策马飞奔不已。

这下倒霉的可是舍丸和新买来的驮行李的马，他们只得气喘吁吁地在后面追赶着轻松自如遥遥领先的松风。

舍丸好不容易赶上了松风，连忙禀告如此下去的话驮货的马就要累倒了。

"为何买这样的劣马？"

庆次满脸的不高兴，但没有盔甲的话自然无法参加合战，他只得老大不情愿地采取了舍丸的方案，在大津雇了舟楫前往长浜。虽然走水路多花点时间，但这样的话便能直接来到北国街道之上。

虽非舍丸的本意，但如此一来他们倒是歪打正着地躲过了四井主马的第一波埋伏。

舍丸所料不错，主马在接到属下飞马传书得知了庆次主从的匆忙举动之后，立刻推测到了他们此行的目的地是越后。上杉佐渡攻伐的传闻业已传到了金泽。

主马再三思考之后，得出了庆次将取道西近江路至北国街道的结论。这是因为他深知以庆次的性格绝不会特意避开金泽的危险。于是他和上次一样，在七里半岭的山道之上设下了第一道埋伏。

可从京都便开始追踪庆次主从的忍者们哪里跟得上庆次那无以伦比的疾行，

就连骑在野风上的舍丸的速度都令他们哀号不已。不管是如何行走如飞的忍者，想要徒步紧追不舍那无异是痴人说梦。何况这一路之上还有不少的旅人，发足飞奔如何能隐瞒自己的真实身份？

因此他们错过了目睹庆次主从登船的一幕。这其中也有舍丸不惜花下重金在最短时间内募来船家的功劳。忍者们沿着道路一直追赶，到了七里半岭才发现把人给跟丢了。

一待船抵达了长浜，庆次恢复了拍马疾驰。一般情况下得在长浜过夜，可庆次却以在船中已经充分休息过为由，坚持不需休息。行夜道对他来说完全不是问题，庆次和舍丸的眼睛在黑暗中都能清晰辨物，因此他们顺利地登上了即使是白昼依然光线昏暗的枥木岭。这条道是当年柴田胜家修整起用以连接安土和北庄的军用道路，因此马匹行走并不困难。

越过山岭，经过板取、今庄、府中到达北庄之后，庆次终于停马休息。野风和驮马都已是鼻孔直冒粗气了，唯有松风仍是表现得若无其事。

"真是深不可测的马力啊。"舍丸发出了感慨。

庆次打算趁着白天在北庄小憩，入夜之后便穿过金津、大圣寺、小松后进入加贺领内。当时大圣寺和小松分别是沟口秀胜和村上义明两位大名的领地。

横断加贺领的北国街道约有四十五里（一百八十公里），途中有着俱利伽罗岭和亲不知[1]这样的难行之地，翻越了这两地之后便能来到丝鱼川。别说是徒步了，就算是骑马也绝无可能在一日之间穿行如此远的距离。

但庆次和舍丸必须化不可能为可能，这样的话就只得不事任何休息地一路疾行了。人和马的体力关系着此行的成败，若是马现出疲惫之色，人就必须下得马来拽马前行，待得马恢复了体力后再行上马，因此不但是马，人的体力也同样关键。

吸取了前日的经验，舍丸又选择购入了两头看上去尽可能强壮的牲口，连同先前的驮马在内，将所有的行李分成三份让它们各自驮运，这样一来即便是其中有一匹体力不支倒地，也可令剩下的两匹马分担前进。不仅如此，舍丸还在它们的马鞍中装上了之前制作的手掷炸弹和火绳，危急时刻可以将马赶入敌群之中引爆，可谓是活马炸弹。这真是典型的忍者残酷作风，庆次对此并不知情。

这一日他们好好睡了一觉，下午才迟迟醒来，饱食了一顿。接下来的一整天之内应当是连吃饭的空暇都没有了。马也喂了充足的饲料，鞍上还用皮袋蓄了大量的水。

出发了，主从二人好歹赶在金津关所闭门之前过了关卡，到抵达小松为止都

用不紧不慢的步子一路行来，打算进入加贺之后便立刻开始策马飞奔。

如庆次和舍丸预料的那样，四井主马设下第二阵埋伏的地点，正在这加贺国境之上。庆次打算靠速度来摆脱这一轮纠缠。

在小松稍事休息的时候，舍丸将行李一分为二，空出一匹马来，在其鞍袋之中加足了炸弹。如果敌人的埋伏圈出现，就要牺牲这匹马了。

与此同时，身在金泽的奥村助右卫门来到了四井主马的宅邸。

不管对方是何许人也，奥村助右卫门的寡言少语总是始终如一。他用仿佛要刺入四井主马的心底般的眼光扫了他一眼，用断定般的口气说道：

"已经安排好了吧。"

"安排何事？"

主马打算装傻，可是已经晚了，他眼睛的细微动作已经被助右卫门看得一清二楚。

"汝是忘了还是明知故为？"

助右卫门已经转向了下一个质问。

"您意指何事？"

主马心慌意乱起来，没有比眼前的这个奥村助右卫门更难应付的人了。与他相比，主公利家简直就像是小孩一样容易糊弄。

"关白秀吉殿下的特许状。"

这说的是在聚乐第之中秀吉对庆次不管何时何地均可率性而为的许可。虽然这只是个口头的许可，并非书面公文，特许状这样的说法确实有些偏差，但秀吉作这番口头允许之时，在场的有众多天下的诸侯，因此可说是与文书有着相同的效力。于是助右卫门便使用特许状的说法。

四井主马并非不知道这件事情，他很清楚，既然是秀吉下了这样的许可，如果在加贺领内杀害庆次的话，弄不好就会招来本藩覆灭的危险。虽则如此，他还是咽不下这口气，心中恨透了假借秀吉虎威（虽则庆次本人并没有这个意思）旁若无人地穿越加贺领内的庆次。一想到庆次仿佛就在面前得意扬扬地宣称有秀吉的庇护你们敢拿我怎么样，他就感到受了莫大的侮辱。因此他决意此次无论如何都要取庆次的性命，只要杀了庆次，后事自有办法应付。主马的这番盘算，全被助右卫门一针见血地挑明了。

"原来是明知故犯。"

助右卫门再次读着主马的眼色独自点头道。

"这可是对加贺藩明白无误的叛逆。"

助右卫门的口中冒出一句这样可怕的话来。

主马的脸紫涨了起来。

"您开玩笑也该有个分寸……"

"为了一己复仇之心，不惜将全藩置于危险之中，这不是叛逆又该称之为何物呢？"

这句分量极重的话准确地击中了主马的要害。

"切腹吧，主马。某愿介错。"

意即若不想四井家被满门抄斩的话，就只有此一途了，助右卫门的话向主马重重压迫而来。

主马愕然失语。事到如今他才领教了助右卫门的可怕，这就是正论的厉害之处。助右卫门的话语就仿佛是高高举起的一柄利剑，从正面全力斩落，一切小花样和推搪之词都不堪一击。除了他之外还有谁能在短短七句话之间便能将别人逼到切腹的地步呢？他的话语句句坚如磐石，立令主马如中紧箍咒般动弹不得。

要想逃过切腹的命运，看来只有斩杀助右卫门了，主马心道。不管对方武艺如何高强毕竟只有单身一人，真要动手的话，隔壁房间就有八名忍者护卫正在随时待命。

但若真在加贺藩中杀害了助右卫门，自然没有平安无事的道理。助右卫门无时无刻都站在道理的一方，可谓是正义的化身，其人忠节无比，毫无半点私心。若是有人加害于他，无论作出如何诡辩，都必将被视作是奸佞小人。如此四井家必遭破灭的命运，主马和他的族人将悉数受诛，忍者们也将或被杀或被放逐，助右卫门一人之命换来的将是加贺忍者的全体灭亡。

"该、该如何是好……"

主马的声音不由自主颤抖起来。

"要怎样才能蒙您高抬贵手？"

助右卫门的回答非常强硬：

"你应当明白。"

是的，主马自然明白。唯一能逃过切腹的方法，那就是将对庆次设下的埋伏立刻撤销，将忍者们全部召唤回来。然而……

"在下无能为力，已经太晚了。就在刚才，接到了庆次途经金泽向北而去的报告。如今还有谁能追赶并超过那匹松风，把消息送达我方阵营呢？"

主马的声音中充满了绝望。

"汝部下可是埋伏在俱利伽罗岭？"

主马抬头看了助右卫门一眼。

"非也，埋伏设在亲不知。"

"亲不知！"

这真是令助右卫门始料不及的作战计划。亲不知乃是越后领，在庆次一行通过加贺领后放下心来的地方发动突然袭击，真是一招令人意想不到的诡计。

助右卫门的声音之中也带上了绝望的回响，难道终究还是不能救回庆次的性命吗？

"人数多少？"

"四十五名。"

主马低声回答道。除了配备在七里半岭的第一阵、加贺领入口的第二阵人马和宅邸之中为数不多的侧近，其他所有的加贺忍者都集结到了亲不知这一天险。这是押上了加贺忍者颜面的不败之阵，对庆次方来言则是绝对的必死之地。

助右卫门和主马都久久地沉默起来。

事态发展业已脱离了二人的控制，能救得了庆次一命的，就只剩下他自己的实力和天运了。

"看来只能听天由命了。"

助右卫门吐出一句。

"切腹与否就等判明庆次生死之后再行计较，只不过……"

说话间助右卫门眼睛一翻，射出凄厉的杀气。

"休想逃之夭夭，橹棹所及之处便是逃到天涯海角也要将你捉拿。"

意为无论你藏身怎样的边境小岛之上，只要船力能及便一定前往追捕，这是当时人常用的一句话。这句话从助右卫门的口中说出，更添了几分不容置疑的绝然。

四井主马战栗不已，心下已做好了死的心理准备。

庆次畅快地骑在松风背上，任凭其四蹄如风。

这种时候没有比松风更可靠的马了，大可全心全意来信赖它。看起来它跑得相当心情愉快，身姿仿佛重又回到野马时代一般，简直像是忘记了背上还驮着庆次，自由自在地择道而行。这真是人马合一的理想境界啊。马背上的庆次既不催赶也并不抓住那长长的鬃毛指示方向，因为完全没有这个必要，只要他一动心思松风便会如念而行。这并非是松风明白庆次心中所想从而忠实于他的意志，而是

## 死地

庆次与松风欲求互通、毫无二致的结果。

舍丸的野风和三匹驮行李的马在后面拼死追随。唯一让他们觉得轻松的是不需要自己做任何的判断，只要紧紧跟着松风就可以了。而且马儿们背上的分量也轻，因此才得以一路勉强跟来。

庆次一行已经穿过金泽，翻过天险俱利伽罗岭，穿过富山，已快行过鱼津。这一路行来没有任何的阻碍，在进入加贺领之际，埋伏有二十名的忍者，但他们还没来得及出手庆次便已一掠而过，足见其速度之快。连舍丸准备好的活马炸弹都没有使用的必要——或者该说是没有使用的闲工夫。

俱利伽罗岭不但是一条崎岖的道路，也是层峦起伏方便埋伏的山岳地带。然而舍丸对这一带的大小道路却是了如指掌。舍丸兄弟便是在此山之中被四井主马父亲捡回来的。长期以来舍丸寻思着或可找到生身父母留下的痕迹，与弟弟二人将这座山的上下角落都翻查过好几遍。

因此即便是好强的庆次也只得将这一带的向导交付给了舍丸。他们下了马来，徒步穿过各种狭窄的兽道，总算是未逢一敌下得岭来。

这之后他们轻易地通过了富山和鱼津，这期间完全不见加贺忍者的半点踪影。

过了鱼津之后便是坦荡的沿海道路，忍者们既没有藏身之所，也并不适合在此结阵迎击，可说是危机已去。

"加贺忍者不会是全力集结在了俱利伽罗岭了吧？"

庆次和舍丸几乎都相信了这个想法。

"这样一来避开了山岭上的决战，前方该是没有伏兵了吧。"

普通人当如是作想，然而身经百战的二人绝不会因此而掉以轻心，他们深知身处险地不能有任何的猜测。

不过二人对待战斗也都非常现实，既然一时之间不再有受袭的危险，那就没必要继续驱赶马匹拼命奔跑。他们已穿越了这段行程中理应途经的所有加贺领土，除松风之外的其他四匹马已是累得奄奄一息。

松风毕竟曾经身为野马群的头马，时刻会关心同伴们的身体状况，一过鱼津它便放缓了脚步，悠然自得地走了起来。

天色已是黄昏。

继续走下去的话就会抵达丝鱼川，但这一路间必须穿越北国街道最大的天险亲不知。哪怕是庆次也不可能在夜间完成这一壮举。一行人马不得不在市振镇上逗留一晚。

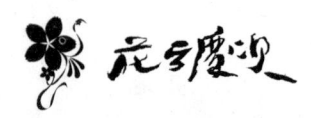

流过市振的一条名为境川的河流，如名所示正是划分越中和越后的国境之川，因此这是加贺忍者们有可能设下埋伏的最后地点。因为白天的急行军一身疲劳，晚上熟睡之后受到夜袭可不是什么好玩的事情。

于是舍丸便在小镇之上如竹帚扫尘一般调查了个遍，丝毫不见加贺忍者的任何影迹。人马这才均安心下来，呼呼大睡了一觉。

一早醒来，庆次一行便再次踏上了旅程。

清早的街道之上鲜有行人，因而庆次纵马的速度相当之快。今日或许也要以昨天那样的迅速前进才行，因为他并不知直江兼续打算从哪个港口派出兵船。若是出云崎港口的话距离市振约有三十里，若是新泻的话则更要远上十里。庆次这次无论如何都打算赶上兼续的出航。

松风正开始脚下生风的时候，只见从山侧的防风林中晃晃悠悠地转出一个老婆婆来。松风当然要避开正面朝她，奔跑的同时向海的那侧挪了几步。两者之间的距离越来越近之际，那老婆婆却又向着海的一侧颤颤巍巍走来。松风再次避让，她却又向相同的方向靠来，看似是被松风吓破了胆以至于不知该如何是好，又似是故意阻挡住了前进的道路，眼看着就要撞上她的身体。

松风精彩地一跃而起，从老婆婆的头顶跳了过去。

庆次回身望去，老婆婆的身影已消失在他的眼中，而松风前进的速度却是缓了下来。

舍丸在背后大叫：

"马腹底下！"

果然，老婆婆正吸附在松风的腹下，令人称奇。她的双手紧抓马镫，两脚紧夹松风的肚子，就算是舍丸想要投出手里剑，也必须纵马赶上与松风并行。庆次向下看去之时，老婆婆探出脸来一笑。

原来竟是"骨"。

"向右，请进山的那一侧。"

"我急着赶路。"

"打算在亲不知吃火枪子儿吗？"

当时的这条街道是从四五百米的悬崖峭壁之下通过的，狂暴的海浪时常闯上道来，掠走路上的人与货物。旅人们只能趁着退潮时分赶紧走过潮湿的道路，若是略晚一步，便有葬身大海的危险。路已是凶险之极，若是山崖之上还有铁炮埋伏的话可就彻底完了，下面的人既无法防守，也毫无反击的手段。

"埋伏了多少铁炮？"

庆次叫道。

"四十挺。"

看样子对方是打算交互使用二十挺铁炮，在崖下罗织起一道天衣无缝的火网。在沐浴着接踵而至的二十发弹丸的同时闯过亲不知，显然是一件不可能完成的事情。这可真是符合四井主马阴险本性的必杀之阵。

庆次在岩壁之下停住了马，制止住舍丸拔出忍刀的动作。

"住手，此人是'骨'。"

舍丸瞪大了眼睛，身躯不禁一震。之前他差点丧命在"骨"的手下，至今心有余悸。

"又见面了。"

"骨"露齿一笑，以示好意。

"伏兵便在此峭壁之上。"

他一边抬头望着山崖一边对庆次说道。

比起伏兵来，舍丸更不放心的便是这眼前的"骨"。

"真能信任这家伙吗？"

心中此念油然而生。

"我和你一起上。"

舍丸略一思索对"骨"如此说道。庆次只怕是爬不上这高耸入云的石壁的。

"别犯傻了，我也去。"庆次叫道。

"不赶着见直江大人吗？"

舍丸的话一针见血，这确也是事实，若是带着不习惯攀登的庆次一起爬这悬崖，恐怕要花上半日的工夫。

庆次长叹了一口气，虽然他身怀百技，唯独攀岩却是个大大的例外。

舍丸手脚麻利地从马背上取出不少炸弹，尽可能装满了身上的每个口袋。

"也给我一些。"

"骨"也着实取了不少。

"上吧。"

"骨"率先开始了攀登，速度相当之快，舍丸也轻松地跟在其后。

庆次苦着脸仰面看着他们，心中不得不自叹弗如，一时之间还真想向二人学上个一招半式。

"看起来，你不太相信我啊。"

"骨"仅靠手指之力抓住了最后一块大石，将自己的整个身体吊引了上去。

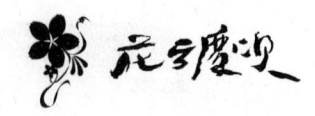

"这是当然。"舍丸舔着嘴唇回敬道。可是否能独力翻过眼前这块大石他并无多少自信。这时"骨"终于登上了崖顶，垂下一根绳索。

　　"那是否愿意相信我一回呢？"

　　"骨"的声音中带着笑意。舍丸一时犹豫不决，但一想到要是不登上去的话庆次就无法通过亲不知，还是伸手拉住了绳子，脚下发力攀登。"骨"用力扯住绳索，转眼之间舍丸便飞身来到了崖顶。

　　"多谢。"

　　"客气。"

　　"骨"伸手向一个方向指去，只见眼皮底下有四十多个打扮成猎人模样的男子正端着铁炮瞄向着亲不知的山崖之下。

　　凌厉的爆炸之声此起彼伏地传入了庆次的耳中。在这令脚底大地都为之摇晃的震感之中，庆次明白，加贺忍者的迎击已被彻底击溃了。

注释

　　【1】亲不知：位于今新泻县丝鱼川市的断崖。名字的由来取自"路途艰险，虽亲子不能相顾"之意。

## 第十四章 攻打佐渡

上杉景胜之所以会决定彻底征伐佐渡，是因为从秀吉的举动中嗅到了一丝祸乱的征兆。

三年前的天正十四年，秀吉特意向景胜修去书信，在赦免了佐渡国人作乱旧恶的同时也下命若是依旧不从上杉者将严惩不贷。然而当时景胜正忙于攻伐新发田城，无暇顾及佐渡。

乘此机会，佐渡又起争乱。景胜几度派出心腹大将前往调停却毫无成果。长期以来，北佐渡的本间氏是反上杉一方，南佐渡的羽茂本间氏等人则是亲上杉一方，然而这次在会津芦名盛隆的策谋之下，羽茂的本间三河守高茂摇身一变成了反上杉的急先锋。

秀吉自藤吉郎时代起便是使用细作的高手，因此收集情报的速度相当惊人。他比景胜更先得知了芦名盛隆的阴谋，叫来直江兼续若无其事地问道：

"景胜大人若是放弃佐渡的话，孤可要收下了哦。这之后再将佐渡改赐汝可也。这总要强过送给盛隆之流。"

兼续对芦名氏一事尚是初次耳闻，但他丝毫未露惊讶之色，从容答道：

"只可惜比起这孤悬僻壤的小岛来，在下更适合待在这京都。况且我家景胜主公似是颇喜乘船出游……听说已经征集了上千的船只。"

"孤可不会一直坐等下去哦。"

秀吉只得苦笑着说道。言下之意，虽已等待三年，我的耐心可也是有限度的。

闻得兼续的报告之后，上杉景胜隐隐感到阴云的靠近。他担心的并不是佐渡领地遭到没收，而是直江兼续被秀吉抢走。秀吉对兼续的拉拢之心可谓是相当明显，迄今为止已再三向景胜提出割爱的要求，想让他成为自己的直臣，每次景胜

也好兼续也好都断然拒绝。这对君臣的关系好比是兄弟一般，哪怕是身为天下霸主的秀吉也无法离间二人。

佐渡之乱便意味着领内治理能力的欠缺，这不但会成为秀吉没收佐渡领土的借口，弄得不好上杉家更会被改封到其他偏远小领。若是不想遭受这样的命运，你就乖乖地成为我的直臣吧。秀吉的话里就是这个意思。

对此，兼续回答的前半部分是表达了拒绝之意，后半部分则是表明上杉家已在做进攻佐渡的准备。话中提及的上千船只自然是他情急之下编出来的，若不及早用事实来圆这个谎，兼续就要枉送性命了。

上杉景胜仓促间先集合了三百多艘船，于五月二十八日从出云崎港出航。到了六月，果如兼续所言陆续又征集了千余艘船只，打算亲自领兵前往佐渡。

"这次一定要彻底铲除本间一族。"

景胜怒火中烧，心中深恨将自己和兼续逼入如此窘境的本间一族。在上杉攻来之时，他们必然会分为两派，一方敌对，一方顺从，因此自镰仓时代起的本间一族血脉在佐渡存续至今。这真是狡猾无比的做法。但这次可行不通了，景胜在心底下定了这样的决心。

上杉本军的出发日定在了六月十二日。

前田庆次抵达出云崎港则刚好是在这前一天，总算是及时抵达。随行的只有舍丸一人，"骨"在击溃加贺忍者四十五人之后，并没有与庆次再度照面，就此隐去。

兼续正埋头忙于分配船只部队次日出发的准备，对于庆次的突然出现真是大吃一惊。况且，庆次的这身打扮也确实值得他吃惊。

首先便是那身漆黑的南蛮铠甲，那是正统的西洋骑士才会着用的甲胄，与曲线优美的日本铠甲相比，外形实是凶恶。从头至脚都被泛着黑光的金属所遮蔽，连面容都隐藏在铁面具之后，怎么看都已经远离人类的范畴。除此之外他还身披外层漆黑内层猩红的斗篷，怀抱皆朱枪，胯下松风，那模样简直如同死神下凡。若不是松风的存在，兼续都快认不出庆次来了。

庆次脱下头盔微微一笑。

"单枪匹马擅自前来相助，多有冒昧。"

兼续回以苦笑。既然本人都声称了是擅自相助，那也就不用客气了。

"可不是你所想象的那般恶战哦。"

兼续先提醒了这么一句。事实上与身经百战的上杉军相比，向来都只是倚仗

## 攻打佐渡

着海浪保护的本间兵马不堪一击。岛上的战斗说穿了也不过是同族之间不痛不痒的小规模较量而已,真正一对一较量的话绝无那种誓死杀敌的真正武人的气魄。只要能平安渡过这怒海登上岛去,上杉方便必胜无疑。

"况且我军需要及早取胜。"

这一仗可没有悠闲指挥的空暇,若不能以最快的速度予以平定,谁知道秀吉又会说出什么刁难的言语。

兼续把事情原原本本一说,庆次听得眼眉直竖,勃然大怒。

"急于取胜正合我意,若是由我放手一战,必可速战速决。"

庆次说来毫无造作之感,令兼续为之战栗。他心底预感到将会有一场可怕大屠杀的发生。果然庆次又接着说道:

"屠尽一城,其余城池将不战而降,此即杀鸡儆猴之理。"

这是已故织田信长的一贯做法,兼续并不喜欢如此。就连信长本人到最后都明白了光凭杀戮无法取得天下的这个道理。不过换了眼下这次或许却是最有效的手段。兼续的心情异常低落。

次日一早,于破晓前千余船只一起扬起帆来,从出云崎港开始了前进。

正如渔民预测的那样,海面波澜不兴,大小船等顺利地向外海驶去。

作为客将,庆次与景胜、兼续同乘上了主将大船。他站于甲板之上,眺望着遥远处依稀可见的佐渡岛。

金黄色的太阳升了起来,在这光芒照耀下的眼前光景令得庆次热血沸腾。在海上散开的千余艘兵船声势浩大,充满了生机勃勃的希望之美。

"真想就此在海上一直行驶下去啊。"

庆次心旌摇动不已,对站在身旁的兼续这样说道。

"那可是会撞上朝鲜的哦。"

兼续笑着应和道。

"再往西的话就是明国了吧。"

庆次没有在听,他并非对朝鲜或明国有兴趣,心中只有如此坐着船,身处蓝天碧海之间尽情遨游的念头。

如今这会儿,对阿松的那份炽热的思念终于不知不觉地消失在庆次的胸中。

上杉军千余艘的船团抵达了佐渡的泽根浦。

天正十五年佐渡遭受进攻之际,久知泰时在野崎浜的海岸之上筑起了高度二丈有余的土墙,并派遣了三千士卒防守。故而上杉军三日无法登陆,撤兵之时又

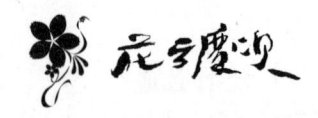

遭遇西风肆虐大浪滔天，被吹得东倒西歪才回到了岸上，是一场记忆犹新的苦战。

此次多亏派出了三百艘船的先遣部队，上杉军得以顺利靠岸登陆。

带领南佐渡诸多豪族前来挑战的乃是羽茂的本间三河守高茂。

高茂聚集了八千兵卒，盘踞在河原田城中，以国府川为屏障对峙上杉军。

依照前例，泻上、泽根、杂太、久知等本间氏族早早向上杉军表明了恭顺，对景胜的命令俯首帖耳。并且他们还充当了先锋军角色，向河对岸的羽茂军展开了激烈的进攻。

为数众多的铁炮在河的两岸一字排开，双方射击之声不绝于耳，时而有小股部队冲入河中迎战，展开精彩的白刃战。这一切看上去正有如一幅同族自相残杀的悲怆画卷。

"真是滑稽到了极点啊。"

庆次对兼续说道。

"全都是在演戏，没有一个人是在认真作战的。光是在那里大声地鸣枪放炮，没见到半个负伤或是战死之人。"

庆次相当生气。战斗乃是男人一决生死的场地，绝不能允许任何人把它变成胡闹表演的舞台。

"我早已知晓。"

兼续平静地回应道。

"早已司空见惯了。此乃小岛武士的浅薄智慧。"

"既然知晓的话，何不快撤下这些家伙？只要能渡过河去，那样的小城一日之内便可攻破。不是说急于取胜吗？"

"这个道理我也明白。然而有一事令我在意。"

庆次焦急地看向兼续。

"这次的演戏跟以往完全不同，只有一个可能，那就是军师易人了。虽然我已派出人去暗中调查，至今未曾查明。这事委实奇怪。"

在迄今为止的攻势之中，只要是心急火燎的上杉军对本间军一展开猛烈的进攻，城方立刻会举起白旗投降。敌将会一味赔罪请求宽恕，再加上投靠上杉方的本间一族的求情，多半不会以至极刑，最终以隐居或追放了事。然而这次却有所不同，虽然同样是在拖延时间，但略可察觉对方一丝玩命到底的决心。难不成他们是在等待援军？

"援军系何人？"

## 攻打佐渡

"会津的芦名盛隆。"

此乃唆使羽茂的本间高茂发动针对上杉的敌对行为之幕后主使人。

"是说芦名的军师就在城中吗?"

"没错。因此攻落城池陷落之际或许已有什么陷阱在等着我们了。"

"真是无聊透顶。"

庆次咂了咂舌头。

"对付陷阱无非就是破网而出,仅此而已。不管怎么说,不试它一下的话又怎能弄明白呢?"

"在这样的战斗中,哪怕一个藩士的性命我也不愿牺牲。"

这才是兼续的真心。庆次上下打量了兼续几眼,认为他作为武人来说实在是太过心软了。

"死不足惜之人总有几个的吧。就是那种活着尽惹麻烦的家伙。五人也好十人也好,借我几个吧。"

"哪有什么死不足惜的家臣。"

兼续苦笑道。然而不管是哪个藩总有着那么一些不合群的人。虽然名震天下的上杉家中当然不会有倾奇者的存在,但血气方刚的武士则是要多少有多少。庆次一声招呼,须臾之间三十多个"死不足惜之人"便当场报上了名来。

庆次与舍丸,以及这三十人在黎明寅时一点(凌晨四点)悄悄渡过了国府川。太阳初升之际他们已经拍马赶上了对岸。

对此大为吃惊的与其说是敌方倒不如说是位于上杉方最前线的恭顺派本间一族。虽然这三十二位武士都身背上杉的旗帜,本间一族依旧打算不分青红皂白地予以射杀。他们心道事后只要声称是误射便好。然而就在他们开火之前,背后的上杉军中却先行响起了一阵密集的枪声,本间一族的铁炮队背后中弹纷纷倒地身死。转过头去一看,他们才发现自己已被上杉军神不知鬼不觉地重重包围,大为愕然。只见上杉军保持着阵型向前层层推进,最前线的兵卒要么是被驱赶着渡河进攻河原田城,要么是对上杉军背水一战,两条路必选其一。

被乘虚而入的本间一族毫无反抗上杉军的气力,况且若是反抗的话明摆着会被全数尽歼。于是他们只能被推搡着下到河中。

他们还在河中央之际便听得对岸传来震耳欲聋的高声叫唤。那正是庆次。

"我等便是天下第一的倾奇者前田庆次一干人众。为酬直江山城守阁下之谊,特以手中一条长枪前来拜会本间三河大人。我来也!"

伴随着一声劲烈长啸,庆次于马上伏下身来,单枪匹马猛然发动了疾驰。舍

丸和三十位武士也聚为一团紧随其后,然而毕竟无人能及松风的俊足。

单骑冲阵乃是战场上的一道华丽风景,但对敌人来说若是令这道风景存在的话己方的颜面可是荡然无存。因此铁炮射击的焦点立刻集中到了庆次身上。然而一阵枪响之后庆次却是毫发未伤,那是由于松风的动作实在过于迅雷不及掩耳,以至于射手们甚至无法准确地测定距离。或许老天也格外偏爱这样勇往直前的战士吧。

说时迟那时快,庆次已逼近了敌人的第一线,轻松挥舞长枪,当者无不披靡。松风也脚下更无逗留,顷刻之间已是闯过前线,冲入了第二线之中。舍丸与三十骑则将庆次所打开的敌军缺口进一步撕裂开来,以便逐渐渡过河来的本间一族与上杉正规军的冲锋陷阵。羽茂本间军怎抵挡得住这群如狼似虎的勇士,是以全军大乱,四散奔逃。

庆次已是闯入了敌军的本阵,趁乱追着急于归城的本阵人马杀入了城中。几名士兵意欲关上城门,被他尽数杀死。舍丸等人及时追赶上来,把住了城门。

本间三河守高茂有生以来从未经历过如此凄厉的战斗,眼见着既没有什么战术也没有什么进退,我军只是一味地遭到痛殴杀戮,心中只剩下了动物般本能的恐怖,逃跑才是自己唯一的出路。他将城池和兵卒都弃之不顾,向着妻儿所在的羽茂方向纵马而逃,一边跑一边还不断地向身后看去,生怕那死神般的马和异类般的盔甲武士再次出现在视野之中。

六月十六日,上杉军登陆后的第四天,羽茂本间八千人的军团全军溃灭。景胜虽对示以恭顺之人赐予了领地,但绝不容许他们再留于佐渡,转遣上杉谱代的家臣来此治理政务。凭借这一果断无情的处置,佐渡一国终于完全得到了平定。

三根处刑柱耸立在那里。

以羽茂城主本间高茂为中心,左右分别是他的妻子和五岁的嫡男。

高茂本打算乘船逃往出羽,却被风浪吹到了新泻港,不幸被代官所逮捕。之所以将他特意送回岛上处以极刑,显然是为了威吓佐渡的所有岛民。出于同样的目的,原本对于败军之将施以斩首之刑乃是应有的礼数,此次却对他处以特别的枪刺极刑。

庆次从离刑场遥远的小丘之上眺望着行刑的情景。他骑在松风身上,数步之外是骑着野风的舍丸。除此之外更无他人。

庆次并没有观赏处刑的怪异嗜好,这完全是出于对交战敌手的尊重,来此目送对方的人生最后一刻。所以他才特意骑着松风来到这与刑场遥遥相望的山坡。

临死前的惨叫在如此之远的地方竟也能微微听到。

五岁的男孩子成为了最初的牺牲者。一条长枪自他的下腹斜插了进去，贯穿了他的内脏，并不断搅动。他发出这样的惨叫也是理所当然的。

本间高茂和其妻子在死之前充分咀嚼了亲生孩儿惨死眼前的苦涩。他的妻子发出了凄惨的叫声，被缚的身体徒劳地在那里痛苦地扭动着。这副情景正是对所有本间一族的警告。

庆次皱起了眉头。

"真是个愚蠢的男人。"

这高茂在新泻港被捕之前为何不自行了断呢？只要他一死，妻儿或可逃得一命。至少，也不会受到这样残酷的处刑。

同时庆次的心中也掠过一抹对上杉景胜和直江兼续的不安。与高茂亲近的一族之人若是见了这样的处刑，很有可能会决意复仇。就算是合战无法取胜，暗杀则未必会失败。不管如何戒备森严，并不能彻底隔绝少数人的偷袭。况且暗杀只要一个人就能完成……

突然舍丸发出了警告的叫声。

一个男子自松风右边的草丛之中站起身来。松风纹丝不动，表明了此人并无加害之意。

此人正是"骨"。今天的他是一身行脚僧人的打扮。

"来岛上了啊。"

庆次向他打起了招呼。

"骨"并没有回应，用黯淡的眼光看着刑场。

孩子的惨叫之声已断，下一个响起的是母亲的尖鸣，只叫得一声便戛然而止。枪尖自肩口上冒了出来，她当场气绝身亡。

"罪过罪过。"

"骨"仿佛是自言自语一般。

"特别是孩子，太可怜了。"

他手中捻着数珠开始念念有词地诵读经文。

"你跟本间一族有渊源么？"

待得他诵经完毕，庆次忍不住问道。

"怎可能呢。"

"骨"笑呵呵地回答。

"话说回来，真是精彩的单骑冲阵啊。佩服佩服，我好久都没这样热血沸腾

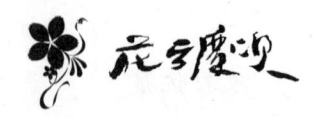

过了。"

庆次害臊似的用鼻子笑了一声，立刻收回了表情问道：
"你是在何处观望的？"
"骨"似是有点为难地挠挠头。
一瞬之间庆次便理解了。
"那个时候你是在河原田城吧。"
"骨"嘿嘿一笑，仿佛是一个恶作剧被发现的孩子一般。
"直江山城阁下曾说河原田城中像是有新的军师，不会就是你吧。"
"哪有忍者担任军师的先例呢？"
"骨"咯咯笑出了声音。
"我只是将信送往了城里而已。"
"芦名盛隆的信吗？"
庆次将这个据说在背后操纵本间高茂的会津策士的名字举了出来。
"骨"但笑不语，忍者自然是不能将委托人的名字供出来。


石子莹白如玉。
松风慎重地走在满是石块的道路之上。
左手边是狂怒的大海，右手边是巨大的岩石，中间一条似道又非道的小路，就这么雪白地蜿蜒向前。
海的对面什么都看不见，这片寂寥的光景便仿佛是真的来到世界尽头一般。
适才走过废村一般的二十余户院落之后，一路未见一人，此时应是已到了岛的最北端。
走在最前面的"骨"一身云游僧人的打扮，烈风吹得他袍袖飞扬。松风不假思索地跟在他的身后，再之后是野风。
老实说，舍丸的心中相当不平静。他对淡然跟在"骨"身后而去的庆次颇有不满，心道真能如此信任对方吗？"骨"可是个忍者，乃是与常人心思大为不同的怪物。正因为自己也是忍者，所以舍丸深知对这样的人绝不可掉以轻心。
庆次则是发自心底地相信前面的这个人，事实上正是他的这种深信不疑打动了忍者，但这也不过是庆次向来一旦认准别无他疑的性格使然。
庆次很清楚自己性格上的这个弱点，然而并无悔改之意。一则他有着一旦危机到来总可自如应付的自信，二则无论何时何地他都不惧生死。与其疑神疑鬼地确保自己的安全，倒不如信任别人却遭受背叛来得爽快。原本安全二字真有那么重要吗？唯有危险时刻如影随形不才是倾奇者的生存之道吗？因此庆次的心与舍丸相反，时常保持着过人的平静。

松风的马蹄踏到一块石子滑了一下。

"马上就到。"

"骨"抱歉似的说道。而且看来很显然他说话的对象是松风，而不是庆次。

"到底打算给我看什么呢？"

庆次悠然地问道。

他喜欢这样恶劣的天气，大海怒吼，烈风咆哮，乌云满空层叠翻涌，比起温和的晴天来更叫他欢喜，不由自主就会胸潮澎湃精神振奋起来。这种感觉真是太棒了。庆次一边抬头看着荒乱的天空一边一本正经地说道：

"啊呀，真是个好天气。"

看他这副认真的模样，舍丸无话可说。

"赛之河原。"

"骨"冒出一句。

"看，就在那里。"

说着向前指去。

道路的右手方向，有一个大大面朝着大海的洞穴，可容纳数人骈行出入。这洞穴之中堆满了大大小小的地藏佛像和用无数河滩上的石子堆积起来的坟冢。

赛之河原是传说中夭折的孩子们最终到达的地方，位于娑婆世界与冥界交境的河流边上。据说年幼的孩子们既无法下地狱，也无法上极乐净土，当然也无法回到人间，因此只得逗留于这赛之河原。这其中五六岁的孩子负责摘取花草，九十岁的孩子则负责搜集石头筑坟，借以思念他们的父母。然而每到日落之后，将刮起剧烈的鬼风，吹散他们摘来的花草和筑起的坟冢，孩子们只好不断重复相同的劳动。据说听到孩子们的哭泣之声后，怜悯众生的地藏菩萨就会出现，将孩子们抱起安慰。

因此，在现世中，那些失去孩子们的父母也会不辞辛苦来到这人间尽头之地，默默地筑起石块，希望多少能减少一些孩子们在阴间的苦役，供奉地藏石像则是为了令孩子们能够早日遇上地藏菩萨……

"骨"一边开始堆筑地上的小石子，一边讲解着赛之河原的由来。这一举动显然是为了今日惨死在处刑柱上的那个孩子。然而这又不是他自己的孩子，庆次和舍丸看在眼里觉得分外奇怪。

"我也曾有被绑在处刑柱上的经历。"

"骨"低声说道。那同样是发生在他五岁的时候，"骨"没有提及自己的名字，只声称他的父亲是一位战死于沙场之上的叛将，父亲死后年幼的"骨"和母亲被双双绑到了处刑柱上。

"绑上那根柱子之后，真能看到极远之处。说来奇妙，那遥远的景色竟是如此的透明，仿佛不是这个人间的光景一般。那是一个与自己毫无瓜葛、清澄美丽的世界。耳中还能听到铮铮的清响，那声音一直回荡在耳边久久不去。"

年幼的"骨"以为只要那声音一断自己就会丧命。正当处刑人举起枪来的时候，一骑武士疾驰而至，手中还高举着赦免状。

多亏了这张赦免状，"骨"才逃得一条小命。其实那位使者是不折不扣的冒牌货，是他父亲事先雇用的忍者。因为这段绝处逢生的奇特经历，"骨"后来终于成了一名忍者。

"因此看着那孩子绑在处刑柱上，我心下并不认为那是他人的闲事。只可惜最后还是救不了他。"

由于担心本间一族的报复，此次刑场的警备至少派遣了三倍的卫兵。

庆次和舍丸在听完了"骨"的自述后，都一言不发，实际上他们也不知该说什么才好。

此时，已近黄昏时分，要想再沿着那条碎石满地的小道回去已是难上加难。

洞穴外面有一个临时搭建的小屋，只有在这里过一夜了。"骨"点起篝火，暖起酒来敬向庆次。

夜晚的大海分外饶舌，屋外传来不绝于耳的呜咽声响。

"这是孩子们的哭泣之声啊。"

"骨"说道。

庆次默然无语地饮着酒，一边喝一边流泪，眼泪无声无息、络绎不绝地滑过他的面庞，滴落在地面之上。

"骨"再次向庆次的杯盏之中注酒，这已不知是第几十杯了。然而将酒盏举到唇边的庆次之手突然在半空中悬住了。

依旧是泪如泉涌的庆次表情不改地问道：

"这里是蒙汗药还是断肠毒药呢？"

一瞬之间"骨"的脸色骤变，然而他立刻恢复了常态，淡淡地回答：

"只是蒙汗药，一到早晨便会自然醒来。"

"对上杉本阵的袭击是拂晓前吗？"

"骨"深叹了一口气。

## 攻打佐渡

"您为何会知道呢？"

"我是泷川一族之人，身体里也流淌着忍者之血。"

之前曾提到，庆次是泷川一益弟弟益氏之子。这泷川一益不但是甲贺忍者出身，恐怕还是第一个从忍者升为大名的人。

"这忍者之血经常会给予我各种提醒。"

"骨"一言不发。

"而且忍者只会对死人抖露自己的身世吧？"

"不然。我只会对发自心底佩服的人这么做。"

庆次苦笑道：

"将佩服的人用蒙汗药迷倒吗？"

"如果是为了任务的话……"

"这倒也是。"

庆次仿佛赞成般地点了点头。

"杀还是不杀？"

舍丸迅疾地堵住了门口。

"我不会对曾经信任过的人下手。"

庆次不假思索地说道。

"寅时一点本阵将会受到袭击。"

"骨"淡然出声。寅时一点即是凌晨四时。

"忍者五人，武士二十人。"

"本间一族吗？"

"不是。"

庆次面上略现惊奇之色。

"那，是芦名吗？"

"也不是。"

"骨"的声音中带着几分揶揄。

舍丸双手捏着手里剑，已是怒不可遏。

"这家伙在取笑主公。"

庆次瞪了他一眼，舍丸这才好不容易把自己的怒气压了下去。

"那我就不清楚了。"

庆次放弃了猜测。

"是关白大人啊。"

这一句话令庆次大出意外。
"关白？"
"羽茂本间高茂大人的靠山可是关白大人哟。若非如此，他又怎会如此果断地挑起战争？"
"关白为何这么做？"
庆次不禁叫出声来，其实他心下已经知道了答案。
"当然全都是为了得到直江大人。只要高茂大人能够把战争拖上一个月，关白大人就会颁布停战的旨意。上杉家的佐渡将被没收，成为关白殿下的直辖领地。这之后，佐渡将会被下赐给直江大人。可没想到，还没过十天城池便被攻陷了……"
便仿佛是在责怪庆次一般，"骨"叹了一口气。确实，如不是庆次的蛮勇打开了局面，战局至少会停滞一个月之久。
"真是令人不快的小把戏啊。"
庆次慢慢站了起来。
他刚想把酒盏扔下，"骨"却一把夺了过来，一饮而尽。
"就让在下一觉睡到天明吧。虽然说不定在梦中会被那些孩子们尽情戏弄一番……"
就算这杯里的是断肠毒药"骨"也会毫不犹豫地喝下去。只有那样才对得起庆次那更无遮掩的信赖之情。
"真是事不关己高高挂起啊。"
庆次一笑而出。
"纵马飞奔的话应该赶得上寅时一点吧。"
一边跳上松风，庆次一边说道。
"途中可是碎石遍地哦。"
"松风已经习惯了。"
庆次和舍丸回过马头，在漆黑的夜中毫无畏惧地向前行去。
波浪之声大作。
"简直就是恶鬼罗刹下凡啊。"
"骨"大大地伸了一个懒腰，如此自言自语道。

## 第十五章 傀儡子舞

公许游郭一词指的是当时政府机关正式许可挂牌营业的花街柳巷。至于这一制度是从什么时候开始的，诸说纷纭已不可考。

但青楼集中于市镇一角、游女们住进一字排开的青楼中各施所长卖笑为生的历史，可以追溯到在京都万里小路的柳马场一带初次建成游郭之时。

原本这里并非京都最初的风月场所，在各种文献中都记录道，西洞院地区本也有着青楼区域，但在应仁之乱中毁于战火，于是迁移到了这柳马场以求该地的繁荣。当时将二条押小路南北三町分为上中下三町，也就是日后的三筋町[1]之始，由于在游郭周围遍植杨柳，因此也被称为"柳町的游里"。

由于这处公许游郭是关白秀吉原马夫原三郎左卫门和浪人林又一郎在秀吉的许可下开办的，因此非常气派。这些都是天正十七年的事情。

之所以设置三筋町和种植杨柳，都是模仿明国妓院的布局。而据说这明国的妓院又都是遵从唐代起长安有名花街柳巷"平康里"的传统而设立的。日后游郭从柳马场被迁回西洞院、移往六条三筋町的时候，由于此地民家过于密集、无法用杨柳来围住游郭，于是只得象征性地在出口处种了一株柳树。这一习俗在游郭搬到了朱雀野新地的岛原游郭之时也继承了下来，此外在江户建成吉原之时也效仿了这一做法。这就是俗称的"回首之柳"。

新的青楼所在自然有着为数众多的新鲜面孔，男人们冲着这个争先恐后而来，一时之间令柳马场繁荣异常。白天就来这里的多半是倾奇者，为了一些小事而发生斗殴甚至刃物伤人乃是家常便饭，由于此类事件层出不穷，即使是所司代也懒得再理，因此可以说在游郭里丢了性命也是咎由自取。当然，这种不成文的规定更是助长了无法无天者的气焰。

这一日，庆次穿着华美的衣服走进了游郭。松风和舍丸被他一起留在了游郭的入口之外。

七月本就是酷暑难当的季节，而京都的炎热更甚，实在是无法窝在家中，是以庆次这才晃晃悠悠走了出来。

自佐渡之战以来已经过了一年。虽然对阿松的思念之情丝毫未改，但庆次已并不再为此而狂躁不安。这一年来庆次埋头在学问、和歌与连歌的世界之中，获得《源氏物语》和《伊势物语》的讲解许可也是这时候的事情。此外他还频繁地出席当时日本连歌第一人绍巴举办的连歌会。文人前田庆次之名在京洛之地不胫而走。

前面围了老大一堆人，不时还传来阵阵脏话，好像是因为碰了肩膀一类的小事在那里高声指责吧。毫无疑问是倾奇者在那里找碴儿。

"天这么热还……"

庆次有些不快。听到这样的声音令人更觉燥热。他条件反射般地分开人群走了进去，打算阻止这些人的污言秽语。

令人瞠目结舌的是，被找碴儿的居然是一个少年，而且长相还相当俊美。身上穿的虽不是什么奢华的衣物，但依旧令人觉得眼前一亮。他留着前发，皮肤十分白皙，唇色艳红如涂朱。但只要看了他那朴实的打扮和凛然的表情就能明白，这个少年并不是一个以色侍人之辈。

他腰间的佩刀也相当古怪，那是一口长得吓人的中国宝剑，而且并不是插在腰带中，而是挂在腰侧。插在腰间的那把肋差从外形来看，分明也是一把中国的短剑。少年随身的物品之中，唯有这两把剑特别引人注目。围在他身边的倾奇者共有六人，都只穿着一层薄薄的小袖，浑身是汗，每个人的脸上都是一副色迷迷的表情，意图昭然。

在当时，男色之道并非什么不雅之事，必然是这少年的美貌令这些人起了邪念。

"真是不明事理的家伙哪。都说了只要一起到店里喝几杯就原谅你了。"

"我还有事赶着要办，敬请原谅。"

少年的应对相当泰然，毫无怯色，令庆次心生好感。

倾奇者们的表情变得险恶起来。

"好吧。那你就转三圈学狗叫吧。要是连这也做不到的话……"

其中一人呛啷一声亮出了小半截刀身。

就在庆次打算挺身而出的时候，少年的声音响起：

## 傀儡子舞

"这个倒是容易。"

于是他便真的转了三圈学起了狗叫。精彩之处在于，他的身形仿佛跳舞一般飘逸，漂亮地转了三圈之后，突然伸出脖子在倾奇者的鼻子前大叫了一声"汪"。

这声突如其来的大喊令倾奇者吓了一大跳，情不自禁地向后缩去。

围观人等一齐哄笑出声，甚至有人还拍起了手。

"干得真是漂亮啊。"

庆次忘记了至今为止的不快，心情犹如一阵凉风拂过般格外愉快。

倾奇者自然是怒不可遏。

"混账……"

眼看着他就要拔刀行凶。庆次踏上一步，以左手将他的刀柄压回了鞘内，右手赏了他一个嘴巴：

"既是倾奇者的话就要遵守约定。你提出的条件对方已经做到，要是再敢造次的话我的刀可不留情。"

一见出手的人是庆次，倾奇者们的脸色立刻为之一变。庆次向来是个说到做到的人，好汉不吃眼前亏，还是早点息事宁人吧。

然而就在他们所有人转过身打算离去的时候，少年却发话道：

"请等一下。"

倾奇者们停下脚步回过身来，他们可不想被人以为是逃走的。

少年接下来对庆次说的一番话着实令人意外：

"恕我失礼，但还是请您不要多管闲事。我还没沦落到要靠他人施以援手的地步。"

言语掷地有声，带着珠玑般的爽快之感。

"哦？"

庆次不禁脸上绽起笑容。

"他们先前像是在寻开心，因此我也以游戏之心应对。但作为武士，面对决斗或者寻衅绝不会以这样的举动来逃避。若是在决斗之前被他人相助，则无异于奇耻大辱。那我只好不得不选择切腹。"

少年所言也有几分道理。

"看来是我考虑得不够周到。抱歉，那就重新再来一遍吧。喂，你们从拔刀的地方开始吧。"

庆次向刚才打算拔刀的人招招手，让他回站到原来的地方。

"站好了，嗯，就是这里。我来做见证人。"

庆次简直像是相扑比赛的裁判一般向后退了一步。

"好，开始吧。"

倾奇者拔出刀来，此人对这事态的奇妙发展显是怒不可遏。

"来吧，你这兔子。"

听了这句侮辱之语，少年的脸也不禁变得煞白，唰的一声抽出了宝剑。刃长三尺五六寸，是一把双刃的长剑。剑脊不如日本刀那么厚，仅微微隆起。少年将这柄宝剑举到齐眉高度，直指向前。日本剑法中可没有这样的架势，这一定是中国剑法。

少年的口中念诵着什么咒文，原本苍白的脸上逐渐涌起了红潮。

"呀呀呀呀呀。"

倾奇者以八双[2]的姿势突然向前一冲，斩击而来。

少年的口中响起了明显是汉语的呼喝声，手中长剑如毒蛇出洞一般挥出。

原以为这下是两败俱伤，但少年手中的剑却更长更快，锐利的剑刃瞬间斩中了倾奇者的双腕，与此同时他向横里一跳，已预备好了下一波的攻势。与此同时，他的左手也已拔出了短剑，成为了双刀的架势。

"干得漂亮！"

庆次拍手赞道。围观者们也一齐热烈鼓掌。

余下的五个倾奇者怒容以对。若是就这么退下的话他们的脸面将是荡然无存，因此这个少年必须得死。五人一拥而上围住了少年。

少年身形纹丝不动，从容的目光扫过一圈，已算计好了五人的位置。刹那间他身形拔起，如飞燕一般从正面二人的头顶高高掠过，电光石火之间其中一人天灵盖已吃了他右手一剑，而原本握在他左手的短剑更是先一步早已飞中另一人的胸口。非但如此，他落地的那一瞬间像是背后长了眼睛一般，反手就是一剑，将追赶上来的又一人砍翻在地。

庆次一下子皱起了眉头。

"好残忍的剑法。"

他心道。刚才被斩的三人都是被一刀毙命。

余下的两人胆战心惊。但无论如何都不能就此逃走，要是那样的话就再没脸走在京洛的街上了。

"哇！"

伴随着自暴自弃般的喊声二人同时袭来。少年的长剑向横里一挥，只一下便斩倒了二人。

眼见这凄惨的一幕，围观者无不悚然，张嘴无语。尤其下手之人是这样眉目如画的美少年，更是平添了几分残酷。

少年拭去剑上的血迹收回鞘内，又将投出的短剑从死者胸口拔出。

"官府在哪里？"

少年向庆次问道：

"您能当我决斗的证人吗？"

少年像是不懂这游郭内的争斗规矩。

"不用向官府交待。你直接走吧。"

少年踌躇着说道：

"但是……我可是杀了人呢……"

"在这里因争斗而死的家伙都是自作自受，这里的规矩就是如此。"

少年瞪大了吃惊的眼睛。

"我会跟龟奴传话让他们处理后事的。你不用担心。"

"感激不尽。完事之后我当登门致谢……在下乃是相州浪人庄司甚内……"

"本人前田庆次，等下待在那里。"

庆次给他指明了自己即将前往的游女屋。

"真是个古怪的孩子啊。"

庆次一边喝着杯中的酒，一边念念不忘那个少年。

为何以那样的年纪竟有着如此高超的剑术呢？为什么使用的是中国宝剑和剑法呢？那样一个少年又为何来游郭呢？

一切无从得知，而此事颇有几分蹊跷。

他虽然自称相州浪人，但从那身打扮和思路来看，绝不是一介浪人。若是相州之说属实，那他必然就是北条家的家臣了。

但在眼下这个时期北条的家臣不该出现在京都。

北条家自藩祖早云以来已历经五代，乃关东地区岿然不动的雄藩，与武田和上杉之间经久不息的战争就很有力地证明了它那强大的武力。而作为北条家根据地的小田原城则历经多次攻城而依旧傲然耸立，乃是天下之名城。再加上西面国境的箱根天险，北条第四代家主氏政和第五代家主氏直都对本国防御力量相当自信。不仅如此，北条家还与三河的德川家康有着姻亲关系，真可说是万无一失的安排。

去年五月，秀吉派出使者前往小田原催促氏直上洛，意思就是命他向自己臣服。而氏直却让叔父氏规代替他上京。氏规在聚乐第谒见了秀吉，并提出占有真田昌幸沼田领地的要求，说是只要让出沼田城的话氏直也会上洛。秀吉并没有当场表态，恐怕他是对北条那种高傲的态度相当不满吧。

今年（天正十七年）六月，秀吉再次派出使者催促氏政氏直父子上洛。对于之前氏规提出的占有沼田领地的要求，秀吉将相当于其三分之二的利根郡仓内一带让给了氏直，给真田昌幸保留下的仅为名胡桃城。氏直对这个裁定大喜过望，回信告之父亲氏政将于十二月上洛的消息。

在这个节骨眼上，北条家和秀吉之间的关系虽然貌似顺利，但其实并不那么简单。北条父子可以说实在是小觑了秀吉，他们没意识到秀吉之所以会让步，实则是出于对德川家康这层关系的顾虑。然而秀吉的委曲求全没有起到应有的作用，反倒令北条家众人对自己的实力产生了过大的自信，态度也转而变得极为傲慢。

北条家并非秀吉那样的暴发户出身，虽则藩祖北条早云同样也是出身不明，但北条家到底也是延续了五代的名门，况且自与当代最强的武将上杉谦信、武田信玄相争以来未曾退让过一步。他们自以为秀吉因此而畏惧北条，因此擅自行动起来，那就是不仅盘踞秀吉许以的领地，还要把名胡桃城也占为己有。

这件事要是被秀吉知道了，只怕是会引起战争的吧。氏政氏直父子认为这个可能性不大，而氏政的弟弟——同时也是德川家康好友的氏规却深信战争会爆发。只有亲自接触过秀吉的氏规才知道这位关白的可怕之处。

而秀吉已经将这一切都尽收眼底。

通过与直江兼续、上杉景胜以及公卿、商人们的风雅交流，庆次对眼下的时局也相当了解。

因此他才认为北条家的家臣不应该在这个时候出现在京都。不过若是细作的话那就另当别论了。

相州小田原距离京都路途遥远。

在眼下这一时期还不辞辛劳千里迢迢上京的北条家臣，只可能是细作无疑。自称相州浪人的说法，只会叫人平添几分怀疑。

但庄司甚内不过是十四五岁的少年，名门如北条家也不至于使用这样的少年做细作吧。北条家麾下有着全国闻名的忍者——风魔众，他们以箱根为据点，威震关东一带。这个忍者集团由一位名叫风魔小太郎的巨人所统领，据说都是海外

## 傀儡子舞

渡来的异族，可谓团结一心，其他的忍者根本无法潜入他们的势力范围。自藩祖早云时代以来，他们一直领受着北条家的封赏。一旦北条家动用细作的话，必定会派遣这些人吧。这么一想，将这个少年看做细作好像又有几分不对劲。

想到这里，便是庆次也有些头昏脑涨了。这些事情还是不要去多想为好吧。细作也好忍者也好不都一样是人吗？要说不同，也不过是他们是比普通人更有趣一些罢了。

四半刻（三十分钟）之后，有关庄司甚内的事情已从庆次的脑中一扫而空。

庆次的游乐习惯向来都是明确得很，并非那种找来中意女子灌下几杯黄汤后便强享床笫之欢的下流目的。虽然他也会找女人，但并不会特别指定对象，当然最好是性格开朗而又擅长表演的。简而言之对他来说所谓游乐就是纵情玩闹嬉戏。

这一时代的游郭之中，还尚未出现后世被称为"太夫"的那种职业化的艺伎，但历经古来江口、神崎一带的游女文化以来，一种艺能的风气正在形成，聚集在这柳马场的女子也无一例外有着寻常女子所不及的才艺。击鼓弹琴、唱歌跳舞自是不在话下，吟诗作画、精通笔墨的也不乏其人，甚至其中还有着深谙源氏物语和伊势物语的才女，毕竟与后来凭栏卖笑的女子有着天壤之别。自然，她们也长于房中之术，但这决不是技能的全部。

可以说庆次并非是来此花钱买笑的。虽然也有动情上床的时候，但这并非他本来的目的。开开心心热热闹闹地玩上一场，将一时的忧郁扫诸脑后才是最重要的。因此他往往将新造[3]、小侍女、娘姨也一并叫来，同享玩乐。庆次深知独乐不如众乐的道理，因此他在意着在座的每一个人，总是尽情营造欢乐的气氛。对女人们来说，庆次所包下的房间真可谓是一处非常愉快的游戏场所，只要庆次一来，她们就会争先恐后地接踵而来。庆次在这里的人气相当之高。

老板娘这时走进，坐在了庆次的背后，这是有事要说的信号。

"有事的话先喝一杯再说不妨。"

庆次把杯子向前一推。

"真讨厌。"

老板娘边抱怨着边一饮而尽，这说明一定是什么棘手之事。庆次暗中咂了咂舌头，但当然不会因为这点事情而生气。

"是何事啊？"

在接受老板娘回敬的时候庆次问道。

"有位武士前来，说是务必想当面致谢。"

"致谢？"

"是的。还带着一个非常漂亮的孩子呢……大爷您该有印象才是吧。真是的。"

老板娘这话一出口，所有人都哗然起来。

"等等，到底是怎么回事？漂亮的孩子是什么意思？是多大的女孩呀？"

"不是女孩，是男孩哦。"

"什么啊，原来是他啊。"

庆次眼前一亮。一定是庄司甚内了。恐怕他是和父亲一起来道谢的。

"请他们进来。不过……"

庆次嘿嘿一笑。

"跟他们说，进了这里就得展现一下自己的才艺。"

那个少年除了中国剑法之外还有什么才艺呢？庆次对此相当感兴趣。

"真是可怜啊。那看上去可是个挺古板的武士呢。"

口中虽是说着这样的话，站起身来的老板娘却是满脸截然相反的愉快神情。

此人自报的姓名是庄司又左卫门，是一名五十岁左右的武士，或许是经常日晒的关系皮肤黑黝黝的，干瘦紧绷的脸上满是皱纹，头发斑白。跟甚内一样，他也自称是相州浪人。

"什么浪人啊。"

庆次不禁心中好笑。他的在仕武士身份简直是再清楚不过了，而且俸禄还肯定不少，那是因为他随身的物品随便拿一件出来都价值不菲。

又左卫门开门见山地对庆次相助儿子一事表述了感谢，言词之中甚是恭敬，却也并不显得做作，可见颇具教养，令庆次心生好感。

满座之人的视线此时都集中于他的儿子甚内的身上。即使是身处这华美的场所，甚内的美貌依然出众，连女人们都一时为之屏息。

"令郎哪里用得着他人相助。在下的出头反倒是把事情闹大了，结果断送了那几人的性命，实是心下戚然。"

庆次将内心的想法坦然说了出来。

没想到甚内听了此话脸刷的一下红了起来，更是平添了几分艳色。就连完全对男色没兴趣的庆次一瞬间也不由得心中咯噔一跳。全场人等也禁不住叹息起来。

## 傀儡子舞

"哪里哪里。连善后都不明白就涉险争斗，不过是意气用事。他的修为还远远不够哩。他道之前是真心打算切腹，我心中暗叫好险。要不是阁下的通情达理，他很可能现在已是命丧黄泉了。"

庄司又左卫门在榻榻米上俯下首去，再次称谢。

"不用再说啦。"

庆次挥挥手。他最不擅长应付这样的场面。别人在此玩得正兴高采烈，这不是来败兴么。

"倒也是啊。打扰了您的兴致真是抱歉……"

这时又左卫门的声音意外地变得识趣起来。

"在下已经听闻了进得这房间的条件，那就容我献丑一番吧。"

说着他轻巧地站起身，来到捧着琴和鼓的新造们的面前，小声说了些什么。新造们的面上现出略为惊讶的神情，可见是令人意外的要求。

"真的可以吗？"

有一个新造担心似的问道。

"就尽管放心演奏吧。"

又左卫门语气为之一变。他的脸上神情也豁然开朗，像是开心得不得了一般笑露出洁白的牙齿，两手将裤裙的下摆高高挽起。

庆次心道他可能是打算跳一曲，于是瞪大了眼睛看着他的动作。

与此同时，演奏开始了。这曲子庆次从没听过，音调又快又高，充满了欢快。

跟着这快速的节奏，又左卫门机械地跳了起来。跳得真难看啊。庆次心中不禁想道，但这一抹轻视很快化为了赞叹。原来这舞蹈模仿的正是被人操纵的木偶，不但动作看来滑稽，同时也带着一抹哀愁，令人深切地感到没有心灵的木偶的那种愉悦和悲伤。

曲子的速度逐渐加快，又左卫门的舞步也随之急了起来，令人眼花缭乱。异常的兴奋之情也充斥了全场。有人用手打起了拍子，更有人忍耐不住站起跟着跳了起来，转眼间场上的舞者已多达四人。

"这到底是什么舞？！"

对此庆次完全是闻所未闻。但这曲子明显有着能鼓动人心的力量，庆次自己也不禁胸中骚动不已，无法再那样坐着只顾看了。

他唰地一下站了起来，就好像是被什么人拎起来一般，照着又左卫门的动作依葫芦画瓢地跳起舞来，举手投足都是在完全模仿又左卫门。这些动作并不复

杂,难度仅仅在于速度异常之快。庆次游刃有余地跟上了又左卫门的动作。

甚内吃惊地向他注视而来。庆次并不知道,这种舞并不那么容易效仿,若非兼备过人反射神经、柔软劲力与敏锐音感三者之人,无论如何都是模仿不来的。而庆次却仿佛是早就练习过一般轻松地跳着,当真是不同凡响。显然他不但是在剑术和体术方面浸淫已久,更是在音律方面也有着非凡的造诣。甚内发自心底地感叹着,眼睛只顾盯在面前这位大汉不可思议的优美舞姿之上。

舞步毫无停歇的意思,换在平时这一舞蹈有时甚至会彻夜不休地跳将下去。但真要这样的话一旁伴奏的新造们就要先累死了。她们各自扔下手中的乐器叫道:

"饶了我吧。已经不行啦。"

简直就像是惨叫一般。

曲子这突然一停,又左卫门也颓然倒下一般坐在了原地,连喘粗气。

庆次伸手将又左卫门拉了起来,他呼吸不乱,额上也未见一滴汗水。

"哎呀,真是太开心了。从没见过这样有趣的舞蹈。这叫什么舞呢?"

庆次向一旁的新造问道。

"傀儡子舞。"

新造带着有些讳莫如深的神色答道。

庆次第三次见到庄司甚内是在四条河原。

那已是柳马场以来的十日之后了。

河原和往常一样人头攒动充满活力。

傀儡子一族[4]还是照常驻扎在此,向观众展现着木偶戏、魔术、曲艺、投剑等诸多的表演。

旁边还有一个临时的小茶铺。

甚内就站在那里,一边喝茶一边同一个典型傀儡子打扮的老人在说着什么话。

今天他的美貌之中带着几分阴霾,面上显出分明的焦躁和疲劳之色。

庆次在松风的背上一眼就见到了甚内。

"嘿唷。"

庆次一声叫,松风从数个男子的头上飞越了过去,落在了茶铺之前。卖茶的吓得一屁股坐在了地上,老人和甚内啪地一声向后跳去摆出了迎敌的姿势。

庆次半开玩笑地叫道:

## 傀儡子舞

"唷，怎么啦？美少年。"

甚内的双颊染成了粉色。

"原来是前田大人……"

"脸色看起来不太好呢。出什么事情了吗？"

庆次下得马来，将缰绳递给了追上来的舍丸。

"令尊上哪里去了？"

"父亲回相州了。"

"原来如此。到头来还是决定要攻打名胡桃城啊。"

庆次出其不意地冒出这么一句。

甚内和老人闻言脸色都是一变。甚内条件反射般地把手移上了宝剑剑柄，老人急忙按住了他的手。

名胡桃城是位于沼田领地中真田昌幸辖下的城池。北条氏要求支配沼田领时，秀吉之所以将此处留给了昌幸，是因为名胡桃乃是真田氏的发祥地。贪心的北条氏政、氏直父子不满这一处置，打算获得整个沼田地区的统治权。

"秀吉不足为虑。"

正是北条氏那山野村夫般的自以为是和贪得无厌导致了他们这样的决定。

但北条家中也不乏开明之士，氏直的叔父氏规便是其中一人。他不断告以秀吉军团的可怕之处，意图阻止这一不明智的举动。庄司父子会被派来京都，正为此故。

庄司又左卫门的女儿——也就是甚内的姐姐，乃是北条氏直的宠妾。托了这层关系，庄司家得到了提拔，又左卫门便留在氏直左右负责收集各地情报。而庄司家的出身正是方便了这一工作。

庄司又左卫门是傀儡子一族的首领。原本为数众多分散于全国各地的傀儡子一族，均为人数不多的小集团，各自有着自己的族长。又左卫门作为族长之一，手下也有着四十人左右。

傀儡子乃是漂泊四方之人，时常周游各国，故而全国情报事无巨细悉数可知。又左卫门以小田原为据点，从全国的族人那里收集情报，并且作为回报给予他们相当程度的各种便利。

但唯独这次却不能坐等情报的上门。事关北条家的兴废，又左卫门必须亲眼来确认秀吉的意图和其军事力量。

秀吉是个令人捉摸不透的人物。以为他会很冲动地下决定吧，有时他却又会花上漫长的岁月来筹划周密的作战。要掌握到底哪一面才是真正的秀吉，首先就

要从这一点上入手。

但北条氏直并未等待二人的报告。他甚至没有对二人下达任何的通知便开始了对名胡桃城攻略的准备。听闻这一消息之后又左卫门急忙赶回了小田原去，仅将甚内作为与傀儡子的联系人留了下来。名胡桃城攻击一事氏直应当是极力作了消息封锁吧。北条家满以为只要造成既定事实秀吉也不得不默认这一事实。

而如今此事却被庆次猝不及防地捅了出来，也难怪甚内升起了杀意。

庆次笑了。像是发自内心觉得可笑一般，他咧开嘴哈哈大笑。

甚内自然是更为生气。但他听了庆次接下来的一番话后不禁愕然，失落之色一览无遗。

"真是井底之蛙。难道你以为这是什么了不得的秘密吗？昨天真田昌幸已经赶到聚乐第向关白大人告了状哦。今天只怕是整个京都都知道了。"

这不像是谎话。庆次不管再怎么厉害，也不过是一介浪人，当然不会去养着探子。这一消息只可能是聚乐第传出来的。

"北条会灭亡哦。不过是一群光是贪心不足的村夫而已，哪里会是丰臣军团的对手。"

庆次目光注视在甚内身上。

"你留在了京都，也算是某种缘分吧。一直留在这里好啦。回故乡赴死也完全帮不上什么忙。"

这时那位傀儡子老人插嘴道：

"看，和我说的一样吧。少主。"

"少主？"

庆次面现惊奇。

"你是傀儡子出身吗？傀儡子做到武士可是如今罕有的事情呀。"

傀儡子本是云游四方之人，单凭这个特点，就很少有见傀儡子侍奉单一主君的。到镰仓幕府末期为止，有不少知名武士的母亲都是傀儡子，从这层意思上来说，傀儡子武士数量不少。但庆次强调的是如今，而且少主这个称呼显然是族长之子的证据。

"难怪令尊的舞蹈堪称一绝啊。"

这一来对甚内剑法的疑惑也就不问自解了。因为傀儡子中多有渡海而来的他国异族。

"以父亲为首的一族四十余人都在小田原。我不能不回去。"

## 傀儡子舞

"这又有什么关系呢。"

庆次质疑道。这时傀儡子老人插话道此地交谈不便,将他们请到了表演的小屋之后。

河面架着一口生着火的大锅,热气腾腾地正煮着什么东西,飘来异常甘美的醇厚气味。看来这里是表演间歇休息的人前来填饱肚子的场所。庆次坐下之后,一个颇为标致的女子马上递来碗筷。

庆次毫不客气地将长筷子探进锅内,向碗中夹了一块看着来历不明的肉,一口嚼了上去。

"好吃。"

仿佛是一股暖意融化在口中一般,美味无比。

傀儡子老人和甚内二人的脸上明显消除了紧张,浮现起了微笑。他们均感受到了庆次的称赞是发自肺腑之言。

"关白大人是真打算不惜一战吗?"

老人问道。不用说,刚才他与甚内的争论焦点正在于此。

"那还用说吗。问题不在于此,而在于攻打北条会纠集多少兵马吧?"

一边鼓着腮帮子吹直冒热气的肉块,庆次一边顺口回答道。

"最多三万。"

甚内叫道。老人则道:

"不,至少会有五万……"

庆次白了二人一眼。

"你们两位都没上过战场吧。"

这句话像是引起了甚内的反应,他涨红着脸回答:

"确实如此。但这点常识还是……"

"关白的……不,应该说织田军团的战法你们是太不了解了。看着你们,就像是亲眼见到了北条氏的危急存亡。"

庆次依旧是一边表现着旺盛的食欲一边应答道。

"您认为是更多吗?"

"数量级有误。"

"数量级……?"

"没错。关白大人聚集的兵士数量将会有……"

庆次扬脖向天上看去。

"少则十五万,多则二十万。"

他的话引来的是一阵沉默。甚内和老人俱用怀疑的眼光看着庆次。在他们的观念中哪里会有如此数量庞大的兵团。

"怕是会有二十万吧，基本上。而且还都不是农民武士哦。"

关东和甲信越地区的武士至今仍是农民武士，这意味着他们一方面需要耕种自己的土地，一方面还需要打仗。追溯这片土地的战争史便可明白这一点，战争只有在农闲的时候才能进行。

但信长军团与之不同，信长最初便致力于将兵士从农活中解放出来。他手下的兵卒并无需要耕种的农地，取而代之养活自己靠的是领取米粮俸禄，因此平日里唯一要做的就是训练，带着这样的士兵去打仗，自然也不需要选择农闲的季节。当然，这样的军团并非一朝一夕便能建成，一开始采取的是例如这样的做法：长兄作为农民守护土地，次男三男等作为专属的武士参加军团等等。

而到了延续织田军团做法的秀吉时代，他手下的军团已全部由这样的专属士兵所组成，可说都是专业的兵卒，在战场上的战斗力自然是不同凡响。

"就算如此二十万也实在有些……"

这说得也有些夸张了吧。甚内的脸上这样写着。

"若是集中西国、九州、越前、越后的兵马，易如反掌。况且关白要么不出手，要么就是雷霆一击。他想是打算击溃北条之后挟余势一举连奥州也拿下，因此必然会征集如此之多的兵士。你还是居留在这京都，亲眼瞧着吧。"

庆次总算放下了筷子，之前的女子手脚麻利地沏茶端了上来。庆次谢得一声，从容而饮。

"这些都很好吃啊。真是好手艺。"

"多谢您的夸奖。"

老人发自内心高兴似的鞠躬谢道。

"这身打扮和傀儡子住在一起未免有些引人注目了。何不来我家？"

在庆次如此的邀请之下，甚内踌躇着说道：

"我还是得回相州……"

"好好欣赏了关白的出阵之后再回去吧。这样做的话对你和北条家都好，不是吗。"

对于被当成村夫一事甚内虽还有所愤愤不平，但毕竟真要留在京都的话，显然是和庆次住一起更为方便。最大的好处就在于，只要待在庆次身边，自己的身份就不会遭到怀疑。要想了解关白的出阵，这样做最是合适。

关白秀吉下决心攻打北条是在天正十七年的十一月二十四日。

秀吉写下了攻伐的理由，交给德川家康令其传达给北条，并命令诸侯出阵小田原。

与此相对的是，北条氏直决定于小田原城中坚守不出，并将小田原的商人百姓都聚集一处，分发了武器。此外他还从伊豆召集了渔夫和农民，据说总兵力达到了五万三千。

北条氏直对这一人数深感志得意满，在翌年二月七日写给富田知信和津田隼人正家的信中还讥讽地说道，要是秀吉将母亲大政所作为人质交出来的话，他倒是也可以考虑考虑让父亲氏政上京。

同年二月，小早川隆景、吉川广家的部队业已入京，清洲城、星崎城一带的守备也已完成，就连北条确信会加入己方的德川家康都来到了聚乐第参见秀吉，讨论攻打北条的事宜，北条这回可真是彻底失算了。不仅如此，家康还充当了讨伐北条的先锋。如此一来，可说是大势已去。氏直情急之下打算与伊达政宗结盟，想让他来对付常陆佐竹氏，清除背后的威胁。但政宗当时正和芦名义广打得难分难解，无法出兵，而其他的奥羽诸侯均响应了秀吉。北条氏终于陷入了完全孤立无援的境地。

一切准备停当，德川家康与织田信雄沿着东海道、前田利家与上杉谦信沿着东山道（现中仙道）进兵而来，分别由信浓、上野方面直击小田原腹背。胁坂安治、九鬼嘉隆、加藤嘉明、长曾我部元亲等则率领水军前赴清水港而来。

三月一日，秀吉本人从京都出发，十九日进入骏府，二十六日渡过富士川，次日来到了沼津三枚桥一带。

秀吉全军总数共计二十二万，真可谓是一场华丽壮观的大会战。

庄司甚内和庆次一起，就近亲眼关注着这场作战的徐徐展开。庆次也真是胆大包天，居然通过申请进入了秀吉的帷幕。

老实说甚内早就吓破了胆。一场作战行动中居然会动员如此之多的军兵，当真是远远超乎了他的预想。此时甚内才深感自己确实是个没见过世面的乡下人，甚至进而认为连北条氏也不过是井底之蛙罢了。

北条氏赖以为险的箱根在如此庞大的军队面前自然是不堪一击，四月三日秀吉已自汤本兵发小田原，最后布阵于可俯瞰小田原城的笠悬山顶，并在此筑起石垒，自称为石垣山之阵。

在这一仗中，秀吉并不急于取胜，他预料到了这场战争将会拖得很久，于是允许京都和堺的商人往来阵中，甚至招来游女屋老板让他们自由开设酒宴游戏之

所。他自己则把宠妾淀姬叫到阵中，同时也让各路大名招来妻妾。

"便是在此阵之中安度余生，也并不以为无趣啊。"

家康的家臣神原康政在给加藤清正的信中曾写下过这样一句话，可见秀吉阵中的种种快活。

而载着一万数千水军的安宅船和关船则密密麻麻地遍布了整个小田原海峡，每隔一定时间，便会用大炮向城内射去炮弹。

对北条方来说真是没有比这个更令人痛苦的战斗了吧。

与支城之间的联络皆被拦断，又受到海上的炮击，身处铜墙铁壁一般的包围之中动弹不得。虽然粮食和水源尚属充足，但也不过是仅够存活度日而已。相比之下走出城外一步便是载歌载舞的极乐世界，从城头甚至可以看到白昼便喝得酩酊大醉的士兵走进游女屋的情景。围城的大名们也各自设置茶席，或是开办连歌会，其乐融融。这城内外的反差简直是天壤之别，真可以用一步天堂一步地狱来形容。在激烈的战争之中，身处地狱虽然也是家常便饭，但不发一枪而敌人身处天堂我方身处地狱之景，毕竟非常人所能忍受。

这就叫心理战。不管是谁都无法长期直面这样的战争，叛徒和逃亡者的陆续出现自然也在情理之中。

七月五日，北条氏直亲自出城投降。秀吉接受了北条氏的投降，条件是氏直的父亲氏政、叔父氏照以及老臣大道寺政繁、松田宪秀四人切腹，氏直与氏规前往高野山蛰居。氏直与氏规之所以能留得性命，只因为他们一个是德川家康的女婿，一个是家康的竹马之交。

一世纪以来称霸关东的北条家就这么灭亡了。北条所统治的关东地区则就此交由家康管理。

庄司甚内不敢相信自己所见的这一切。

"这就是战争吗？这真是……"

"何必多问，这确实就是关白风格的战争。"

庆次像是厌烦般地说道。

"可是真格的战斗几乎都没有发生过呀。"

"只是这里没有发生罢了。周围据说可着实打了好几场硬仗，死了不少人。"

"为何在此地没有战斗呢？"

"所有人都已经厌倦啦。关白特别擅长察知人的情绪，要是真有心想打的话早就杀得血流成河啦。这次他是认为硬攻的效果不好。仅此而已。"

甚内肩头一垂，叹了口气。

"真令人失望。我还以为战争都是比此地更为激烈的你死我活的较量呢。"

"那样的战争也不是没有。但这次却是不同。这就像是一场棋局上的较量，又怎能在棋局间轻易赌上自己的性命呢？"

"但对于父亲来说可并不是一场棋局啊。对姐姐来说也是如此。"

甚内的父亲又左卫门在城破之际切腹向氏政殉死，姐姐也被氏直所杀，只因氏直不愿这么好的女人落入他人之手。

"令尊本来并非武士吧。"

庆次心里一百个清楚自己正说着很过分的话。

"因此他才不得不死。"

甚内注视着庆次，隐隐带着可怕的目光。

"只因他若不能表现得比武士更像武士，便无法消解心头之气。"

甚内依然死死地注视着庆次，但神色之中显已多了几分了然。

"还记得在柳马场初遇的时候吗？那时你可说了吧，要是逃过决斗的话，就必须切腹。"

甚内的表情为之一松，看来这句话才让他真的有所理解。

"也就是说，紧张的程度实在是有些过头了。武士不是那么死板的人，和傀儡子可没什么两样哦。不管什么时候都会选择继续存活下去。这并不是说要一直靠逃避来苟延残喘，有时也必须选择勇往直前才能有活路。明白了吧。总能做出正确选择的才配称得上是真正的武人。你和令尊毕竟还不能算是啊。"

甚内仿佛是体内的空气被一下子抽干，身体无力地萎缩了下来。

"你是打算教授这个道理才把我带到这里来的吧。"

"因为我是个大闲人，没什么非得要紧去做的事情，又偶然遇上觉得你人不错。就是这样啦。我可不忍心见到一个年轻又帅气的人急着去死啊。"

"那我该怎么活下去呢。虽说承蒙您救得一命……"

"振作家业就行了啊。不是还有需要依靠你的一族郎党吗？说是有四十人吧。首先想着怎么养活他们吧。"

庆次停下了脚步。

"听说有个叫江户的地方，不如去看看吧？听说德川家康将会搬到那里去。不管怎么说，将来那里或许会变得很热闹噢。"

"我考虑考虑。前田大人您呢？"

"我去会直江。咱们有缘再见吧。"

不久以后,甚内与一族人等在东海道吉原地方一度经营旅馆生意,后又来到江户办起了游女屋。经过几度向家康的强烈请愿,他终于办起了江户最初的公许游郭吉原,并当上了它的老板。甚内将名字改为庄司甚右卫门[5],正是那个时候的事情。

注释

【1】三筋町:京都六条室町游郭的通称,后移往岛原,作为岛原的异名留存了下来。

【2】八双:又称八相,一种剑道姿势,左足在前,右足在后,持刀双手在右肩前方。

【3】新造:级别较低的新人游女。

【4】傀儡子一族:类似杂耍艺人的团体。

【5】庄司甚右卫门:吉原的创始者,江户游郭文化的奠基人。主张进入吉原大门后便再无身份之别,若是不合花魁心意便是大名也可拒绝。被称为是女性的赞美者和解放者。

捕童

## 第十六章 捕童

"那是怎么回事?"

庆次骑在松风的背上叫道。

这是离出羽国角馆不远的一处小村之中。

这一日晚秋之风令人觉得身上阵阵发凉。

只见一群身着胴丸[1]的兵士正前后押送着二十多个孩子向村外走去。这些孩子们的年龄从七八岁到十一二岁不等,其中既有男孩也有女孩。从他们那寒酸的衣服上来看,无一例外都是农民的孩子。这些年幼的孩子们一边走动一边放声哭泣。

不仅如此。一些像是母亲的农民妇女也在后面紧追不舍。守卫的士兵们不时用长枪将她们拨开,然而这些女人依旧执拗地不愿散开。她们的脸上带着绝望的表情,不少人还抽泣不已。

"打算如何处置这些孩子?"

庆次又问了一遍。

与他并马而行的,乃是无论何时举手投足间都不失风度的直江山城守兼续。二人各自带着一名随从,不用说,庆次的随从自然是舍丸。

直江兼续那秀丽的脸上闪过一瞬苦涩的表情。

"那些是人质。"

"人质?上杉连农民的孩子都要夺来作人质吗?"

在当时的武士社会,一国领主之子乃至首席家老的父母妻儿被派往他国去做人质,乃是司空见惯之事。

特别是丰臣秀吉夺取天下以来,从属秀吉的大名们无一例外地必须将妻儿作为人质安住在京都。而这些大名们又命家臣们的妻儿住在自己的城下,这同样也

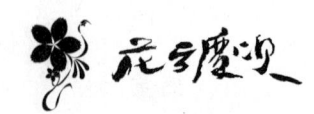

是人质。

　　庆次自然是知道这些事情。虽然这种做法颇为巧妙，但他心下却极其讨厌这样的施政方针，甚至轻蔑地想道，难道你们这些人就如此不信任自己的部下吗？要在以前，只有在战略性的和谈之时才会使用这一做法。

　　然而竟不知这种制度居然已经波及到了农民这一底层阶级。

　　"这是关白大人亲下的命令。可见百姓对检地[2]的抵抗已经强烈到了如此的地步啊。"

　　兼续叹息般地说道。他的语气中含着罕有的不满之情。

　　"真是服了。"

　　庆次黯然摇了摇头。

　　"我等会好生善待人质的，会给他们安排比村里更好的饮食，还会分配衣物，绝不会行打骂之举。"

　　"这还用说吗？但即便如此还是不合情理哪。"

　　庆次的语气少有地尖锐了起来。

　　天正十八年九月。

　　距秀吉消灭北条氏已过去二月有余。

　　小田原城陷落次日，秀吉便公开发表了进发奥羽的宣言，自此丰臣政权开始了东北地区的统治——史称"奥州处置"。

　　八月九日，秀吉到达会津黑川城。他在一路之上不断遣急使陆续发出指令，逐渐解明了这一统治的构图。

　　未参加小田原之战的大小武将的领地悉数被没收，伊达政宗尽管前往了小田原，但其依旧被没收了治下的会津领地，不得不回到了旧领米泽城。所有被没收的领土在成为了秀吉的直辖地之后，又被分封到其麾下各路诸侯的名下。

　　秀吉只在会津停留了三日，八月十二日便离开了黑川城，九月一日抵达京都。后事的处理都交给了外甥秀次所率领的征讨军。

　　"奥州处置"的最大关键便是奥州各地的总检地。上杉景胜负责的是庄内、最上、仙北地方，前田利家等人则负责了秋田、津轻、南部地方的检地。

　　小田原之后，与直江兼续同行的庆次之所以会来到角馆一带，便是为此缘故。

　　上杉家分担的检地任务到九月下旬就暂告一段落。庆次和兼续都以为很快便能回京都了……

　　"真是麻烦啊。"

捕童

庆次不禁叹了口气。
"这一来想回京都可就没那么简单了。"
兼续面带惊奇地问道：
"为何这么说呢？"
"事情哪能这么容易结束呢。若你真以为会就此相安无事，那名闻天下的直江山城可就真是个不折不扣的大傻瓜喽。"
兼续苦笑一声。他早已习惯了庆次的辛辣言语。
"并非我过于乐观。但那样的变故并无近日乍生之虞吧。被夺去领地的土豪们可不会那么容易就联合起来……"
"谁知道呢。"
庆次吸了吸鼻子。
"我的鼻子向来很好，它已经嗅到了战争的气味。"
并非吹牛也并非夸张，庆次的鼻中确实已经嗅到了浓重的血腥与硝烟的气味。

这天半夜时分，身处角馆城一室的庆次被马蹄声闹醒了。之前虽然庆次再三婉拒，但上杉景胜依旧将他尊为上宾，硬是请他住在城内的这间客房之中。
庆次拿起藏在蒲团中的刀走出廊下。
舍丸飞跑而来，足下却未发出半点声息。到底是训练有素的忍者。
"好像是逃了。"
"谁逃了？"
"白天的那些孩子们。二十三人全部逃走了。据说小屋的三名守卫也被杀了。"
庆次皱起了眉头。不该杀害兵士啊。这样一来那个村子恐怕会被付之一炬，弄不好连全村人都得人头落地。救孩子的那些人难道就没想过这些吗？
"能抓回来就好了。"
舍丸用意外的眼神看着庆次，在他印象里主人对孩子和动物向来是疼爱有加。
"逃走的孩子再也回不到村里了。就算被抓住，孩子也不会受到什么处罚。要是他们能有家可归就好啦。"
庆次说着，心情益发不好受起来，若是关白秀吉此刻就在面前，真恨不得赏他一个耳光。

次日一早，庆次再次和兼续一同前往那个村子。据说村子并没有受到烧毁的处分。

兼续为难地挠着鼻子。

"真是伤脑筋啊。村人深信我等杀害了孩子，愣是不厌其烦地要求至少让他们领回尸首，不管怎么辩解都听不进去。"

"这也难怪……不过还真是奇怪啊。"

"确实。此事极为奇怪。若是相信他们的一面之辞，那放跑孩子的便不是村民了。但除了孩子们的父母之外又有什么人会多管这种闲事呢？二十三个孩子只是一堆麻烦而已，并无利可图吧。"

兼续所言极是。此时已非人贩横行的年代了，究竟是谁，又是出于何种目的做了这样的事情呢？

此时前面传来了争吵之声。村人们聚在一处与担任警备的上杉士兵们正你推我搡着，从数量上来看村人占了压倒性的优势，而且他们手里还拿了不少刀枪弓箭之类的武器。

上杉的巡逻队长恐怕是感到了危险，立刻下令开火，二十多挺铁炮同时轰响，密集的村人们立刻四散而开，地面上留下了十人的尸体。铁炮队迅速地填装弹药，再次准备射击。

"快住手！"

庆次叫了一声，飞马而去，兼续也拍马紧跟。松风从侧面向铁炮队闯去，一口气冲散了士兵们的队形。队长正待发作，却看到兼续跟在后面，立刻换上了恭敬的神情。

"速将事情的经过如实道来。"

兼续冷冷地命令道。其实并没有啥复杂的经过，据报巡逻兵们刚踏进村子还没来得及对村民们解释，就遭到了袭击。

"真奇怪啊。"

兼续自言自语道。他注意到自己已是第二次说奇怪了。

庆次上前调查了一下村民的死尸，将他们手中的枪和刀取下，走回来无言地递给了兼续。

兼续仔细一看，这刀残缺不全，哪里砍得了人，再看长枪，枪尖生锈，套在粗糙的白木杆上，这些东西哪里配称得上是武器。

显然，这些粗制滥造的武器证明了村民的闹事并非事先有所计划。当时的农民们也都称得上是久经沙场考验，一到战争爆发他们便会被征编入伍，被推往最激烈的战斗之中，因此能活下来的男人大都杀过两三个敌人。这些人自然不会拿着这样粗劣的武器来白白送死。这次冲突摆明了是突发事件。

"背后是有人在煽动村人吧。"

庆次冒出一句。

兼续点头道：

"看来又要早早准备战事了，而且这还是一场令人生厌之战。"

他的脸色黯然。言下之意就是一揆[3]很快就要爆发。

庆次默然拨转马头。

庆次也和一揆打过好几次交道，那是他尚在泷川一益麾下的时候，交战的对手则是一向一揆。正如兼续所说，与一揆的战斗相当令人生厌。敌人尽是一些深信死后将前往极乐净土的兵卒，与这样的死士交战，武士的光荣和功绩根本无从谈起，有的只是无穷尽的杀戮。全身都会充满了血腥气，无论如何清洗都挥之不去，便如同是陷入泥沼一般。

"这样的战斗可不想再经历第二次了。"

庆次想道。但是一旦撞上一揆就只能战斗下去，避而不战的下场只有枉送性命。但庆次依旧无法释然。为何必须这样做呢？他的心中极不是滋味。

"我回京都了。"

庆次唐突地说道。

"或许那样做确实是更好一些吧。"

兼续无奈地说道。

庆次在土崎港等待船只。北国的海运当时已十分发达，前往小浜、若狭的船只络绎不绝地从这个港口出发，它们货仓之中堆积的大都是木材或金银。

庆次在这个港口见到了"骨"。

"骨"正从小舟登上大船。这会儿他是商人打扮，手中握着厚厚的账本。

"喂——"

庆次叫了一声，"骨"啊地一声张大了嘴。

"在这儿干吗哪？"

"骨"并没有回答他的问题，而是反问了一句：

"您是回京都吗？那真是太好了。"

他面上现出了发自心底般放心的表情。

庆次的胸中一动，心里忽然升起一个念头。

"骨"招呼庆次和舍丸来到离船较近的突堤之上。

"两位坐的是哪条船啊？如果还没定，不如由在下来安排吧……"

他口中说得热情，眼睛却目送着从港口启航的一条船，目光闪烁不定。

"原来是这样啊。"

庆次说道：

"你把孩子们送上那条船去了啊。"

舍丸大吃一惊忙向"骨"看去。

"骨"微微一笑。

"到底是瞒不过大人您啊。"

说着欠下身去。

"打算把孩子们送到哪里去啊？家可是回不去了哦。"

"送到某个岛上去，把他们全部训练成忍者。"

这个回答出乎庆次的意料之外。

"忍者？"

"对，憎恨天下霸主的忍者。我打算将他们培养成无论何时何地、只要一有机会就要反叛天下霸主的一群忍者。"

"正如你这样吗？"

"正如在下这样。"

"骨"仿佛是鹦鹉学舌一般说着，展颜一笑。

"不觉得孩子和他们的父母可怜吗？若不是你出手，他们本能安稳地回到家中啊。"

"这之后他们的余生将过着半饥不饱的生活。"

"但总要胜过一死吧。"

"不，这样的话还不如死呢。哪怕有一丝做人的尊严，这样的情况下都会选择死吧。"

"做人的尊严吗？但我觉得大部分人更愿意选择一捧粮食吧。你的这种做法过于强人所难了吧。"

"骨"的脸上流露出异常倦怠的神色。

"总有一天就会像那赛之河原一般，不管堆积了多少石子只要鬼风一到便会全盘覆灭。这些都只不过是徒劳之举而已。"

船终于离开了港口，航向看起来是西方，此时庞大的船帆也升了起来。

"即便如此，人们依旧是饱含着各自的愿望和悲伤堆着石头。而这思绪终将传达给后人。那又有什么不好的呢？"

庆次没有回答。他同"骨"一起目送着船只，仰面向天看去。北陆的天空阴云密布。

"若是不起风暴就好了。"

庆次自言自语般地说道。

天正十八年十月，仙北郡六乡的农民们因憎恶秀吉的法令而蜂起反抗。起义以燎原之火的势头迅速蔓及到整个出羽一带，据说总人数甚至达到了二万五千人之多。然而起义兵马最终还是被上杉的精兵强将悉数镇压了下去。

注释

【1】胴丸：一种简易的日式铠甲，仅桶状包裹主躯干，故而得名。自平安时代起便多为步卒使用，室町时代之后逐渐为大铠所取代。中世纪之前也称为腹卷。

【2】检地：为了测定年供和徭役而由官方进行的耕田丈量，战国时期便有部分地区实施，全国性的实施由丰臣秀吉始。

【3】一揆：室町中期以后，反抗统治者暴政的农民起义行为。战国时期代表性的一揆为百姓一揆和以净土派一向宗佛教徒为主体的一向一揆。

## 第十七章 洽部（上）

"奥州处置"引起的余波——仙北一揆之所以难以平定，是因为有着"骨"等人的暗中协助。庆次虽然清楚这一点，但最终也没有告诉最好的朋友直江兼续。这其中一个原因，就是他对近期上杉家的动作相当不满意。

上杉景胜和以石田三成为首的五奉行中央集权派有着不浅的交情。在丰臣政权的内部，这中央集权派和以德川家康为首、包括了前田利家与浅野长政等人在内的分权派明争暗斗由来已久。秀吉的弟弟丰臣秀长属于分权派，凭借其稳健踏实的人格魅力长期以来制约着中央集权派，然而却在天正十九年一月不幸病故，年仅五十一岁。于是天平开始向中央集权派一方大大倾斜起来。

这一年正月，为了前往聚乐第拜谒秀吉而上洛的上杉景胜与直江兼续二人，脸上毫不掩饰为难之色。

庆次完全明白他们不满的原因。

通过这次的仙北一揆，如今二人必然深有体会石田三成等人那强硬的做法是如何的不得人心。若是强制推行现有政策的话，必然会造成不必要的流血冲突。农民百姓的血流成河才是换取总检地和刀狩[1]顺利实施的唯一办法。而逼得民众加入这种无益的反抗，原可说是作为领主的失职，但三成等人却认为这完全是腐朽的领主观念。他们所希求的领主，并不是爱民如子的仁厚长者，而是忠实地贯彻中央——也就是秀吉和五奉行的方针，并且能提供兵役需求的高级代官而已。

景胜身为上杉谦信之子，自尊之心毋庸多言，他如何能满足于丰臣家一介代官的地位？但与此同时不轻易舍弃长年友谊也是越后人典型的性格特征，自天正十三年的落水会谈以来，石田三成一直都与上杉家保持着亲密的关系，同时也是上杉家的恩人。事到如今再要与他分道扬镳谈何容易。这正是景胜与兼续二人面现难色的原因。

## 治部（上）

庆次照例是大摇大摆进了兼续的屋子，一边擅自翻阅藏书，一边不时从兼续那紧锁的眉间琢磨着他的苦恼，冷不防如此问道：

"若是治部消失的话，你眉间的皱纹也会消除的吧？"

治部说的就是三成，他官居治部少辅。

兼续吃惊地看向庆次。虽然这句惊天之语触及了问题的核心，但这几乎是不可能的事情，而且这种想法本身就危险得可怕。最令人担心的就是庆次那说到做到的性格，只要自己附和一句，庆次立刻便会一跃而出，紧接着或许真的会提着三成的人头回来。兼续此时可谓切身感受到了庆次这类人的可怕。

三成若是在这个节骨眼上死了的话，时局会变得如何呢？恐怕就如同丰臣秀长死去所影响的那样，中央集权派的势力会大大衰落吧。这同样也令上杉头疼。

为了不让庆次误解，兼续用力地摇了摇头。

"哪有这么简单。"

庆次点了点头。

"真可怜啊。"

说着便埋头回到了书本之中。

兼续这才放下心来，与此同时他心中涌起一股羡慕之情。

"如果能活得像他那样就好了……"

兼续发自心底想道。

对庆次来说，人生简单得很，想睡就睡，想起就起，把所有想做的事情做完，死也无憾。这种生活方式为无数人所追求，却无人能够达到。为什么呢？那是因为必须舍弃一切的欲望，只有摒弃了所有的欲望和虚荣，才能忠实于自己的生存之道，才能如庆次那般生活下去。

不仅如此，想要如庆次那般生活，还需要有着天赋的才能，精通文武两道，有着过人之才。或许这也可称之为运气吧，但好运气显然也是一种才能。

"真是上天眷顾的人物。"

看着庆次，兼续心中不断如此作想。

"上天也真是不公平。"

然而人终究是没有办法向老天爷作任何的抱怨。

"我想起了利休大人的事情……"

话题一转，兼续突然说起了千利休的事情。

从兼续的角度来看，利休也同是深受上天眷顾之人。作为千年难得一见的茶道家，连关白秀吉都巴结于他。而凭借着堺商人们的财富背景，利休与丰臣秀长

一同站到了分权派一边。然而随着秀长的死去，利休的命运也一夜之间发生了巨变。一方面世间盛传他鉴定茶器怀有私心，另一方面因他捐赠建造了大德寺山门之上的金毛阁，寺院特意安置了利休的木像，而据说此事极大地触怒了秀吉。兼续却心下清楚，这只不过是石田三成等中央集权派在背后进谗言之故。

庆次不假思索地说道：

"我最讨厌的就是那种麻烦之极的茶道了。当然，关白那金光闪闪的茶道也不怎么样。"

对庆次来说，只要茶够好喝就满意了。茶道中所谓的和静清寂听在他的耳朵里就会觉得浑身不自在。

"而且要是配合关白的口味过了头，反倒成了一种危险哪。"

这句话说得非常精辟。

"尽管如此，治部的气量也委实过小了。就算是处罚一两个茶人，天下又能有什么变化呢？"

"那个人可做不到忍气吞声，他不分清是非曲直就不愿作罢。就算是原本正确的想法，也甚至会因为这个缘故走歪了道。至少看在旁人眼里就是这样。真是可怜的人哪。"

庆次颇不以为然似的摇了摇头，然而并没有出一句怨言。只因他从不将自己的想法强加于他人。这就是他的生活方式。对于石田三成的未来走向，他已看得很透彻。这类人能够平步青云只限于和平的时候，也就是有强权庇护之时，若是失去了背后的这棵大树便会立刻倒上大霉。到那时候可一定得想办法避免兼续和上杉家成为三成的陪葬品，庆次暗暗下了这样的决心。

二月十三日，利休突然被秀吉赶回了堺。这一夜利休离开聚乐第回堺町的时候，在他为数众多的茶道门人之中，据说只有古田织部和细川忠兴二人前来淀川的渡口相送。

半个月后的二月二十八日，利休切腹自尽。许多人之前都劝其向秀吉谢罪，但据说利休却坚决不从。或许是他无法忍受事到如今还要告命求饶的丑态吧。

大德寺山门的利休像也被拉到一条回桥处以了串刺之刑。木像居然会被处刑，这一前所未有的处置立刻传遍了整个京都，贵贱人等咸集而来。

庆次也带着舍丸前来观看。

木像的串刺不但滑稽，更带着几分诡异，不难看出下命令之人扭曲的心理。

庆次在木像之前站了许久，最后显是颇为不快地吐出一句：

"这就是治部的所作所为啊。气量狭小、滑稽可笑，而且残忍之极，简直非

## 治部（上）

我族类。"

听到他这样的大声言语，附近的观者慌忙纷纷退让。在刑场附近必定混杂着所司代的下人，他们前来是为了搜集庶民的流言蜚语和评论。大大咧咧批评五奉行中的首席人物，自然是不可能全身而退。

果然，庆次在过桥的时候，有五六个下人围了上来。

"跟我们来一趟所司代。"

领头的下人长着一双冷血动物般的眼睛。

"逃也没用。我们已经知道你的名字和长相了，要通缉你很容易。"

"啰啰唆唆的真烦人。"

庆次一把将此人掀下桥去。河水虽然不深，但甚是寒冷。余下的那些人脸色大变，还没等他们明白过来，就又被庆次接二连三地抛了下去。

"想要带我走，提早十天预约吧。"

庆次骑上松风若无其事地扬长而去。

舍丸心知此事绝无可能就此罢休，立刻火速做起了紧急逃离的准备。跟上次一样，所谓准备，大半都是金钱方面的安排。

庆次却像什么事都未曾发生过一般，窝在家里终日沉醉于书籍之中。

这一日黄昏时分，院子里传来了开门的声音。

松风没有发出声响，证明无须担心来者。于是庆次继续阅读手中的书本。不一刻房门口露出一个人脸来，却是兼续。

说起来这还是兼续第一次登门造访庆次家，但庆次只是瞥了他一眼，不以为意。兼续也只是默默地坐在那里。

第一个开口的还是庆次。

"是所司代吗？"

"非也。"

"那就是治部了？"

兼续略略点头。

"那么……"

"并非是流放的处分。"

"哦。"

"取而代之的是……"

兼续罕见地顿住了话头。看来一定是相当难以启齿的内容。

"没有这个取而代之的话他一定是咽不下这口气吧。治部此人真是小肚鸡

肠。"

庆次嘲笑般地说道。有了他的这句话，兼续才得以把话继续下去。

"想请你去一趟朝鲜。"

"啥？！"

这也太事出突然了。

天正十五年以来，秀吉一直催促朝鲜对日本入贡，而去年七月朝鲜遣使节上洛之后，秀吉却命其担任征伐明国的先锋。这真可说是强人所难。朝鲜使节于今年正月离开京都踏上了归途。

"对马的宗大人的家臣会陪同使节回到朝鲜京城，但其实关白殿下并不太信任宗大人，怀疑他只会禀告对自己有利的情况，因此才决意派一个对马藩之外的人到朝鲜去，彻底掌握当地的实情……"

无论哪个藩国都有着自己心里的小算盘，若是此行失败的话显然全藩都会蒙受秀吉的处分，而且因为语言上的隔阂，失败也并非不可思议。因此自然不会有任何人愿意挺身而出接下这个任务。

"这个无人担任的任务，是叫我来承担吗？"

庆次呆若木鸡地说道。

"这是治部的主意吗？"

"是的。"

"这和流放有什么不同啊。"

倒不如流放还来得安全一些呢。

兼续轻笑了一声。

"这只怕是比流放还要严重吧。普通人的话十有八九要断送性命呢。"

"你为何发笑？"

"因为庆次大人并不是普通人哟。如果说还有什么人能活下来，那只会是庆次大人了。而且其实呢……"

兼续少有地停顿了一下话语。

"其实呢，我忽然认为如果是庆次大人的话，应该会应承下来……"

庆次苦笑了起来，心道：

"被看穿了。"

他在乍闻此事之初，便已经十分想去了。

朝鲜？那真是不错。十有八九要丧命？那就更棒了。这听起来好比是送上门去伸脖子挨那一刀，不过要认为这是白白送死那可大错特错了。

## 治部（上）

　　至于语言方面他也没有任何不安。虽然庆次对于朝鲜语可是半点不懂，但总应该有办法疏通意思吧。对方不也是人吗？连马都能对话的人，与同样的人类交流自然是不在话下。

　　当然，对于此行的结果庆次并不乐观。他并不认为秀吉真期待着听到朝鲜方面的实情，就连秀吉的意思是否正确传给了朝鲜也还难说哩。

　　派遣庆次的理由只有一个，那就是威胁对马的宗氏。就如同是在恐吓道：关白殿下正怀疑你的报告哦。在这一点上，庆次确实能派上用处。不过与此相对的是，宗氏麾下的刺客随时随地都会对他下手。也就是说，庆次完全是一枚弃子。

　　"弃子也罢。"

　　比起其他莫名其妙的任务，倒是这个看上去来得有趣一些。再说，庆次也早就习惯了这样的处境。

　　"有带路的人吧？"

　　要是连向导都没有，恐怕到了朝鲜连东南西北都分不清了。

　　"应该有。"

　　"船呢？"

　　"明国或是南蛮[2]的船会负责送你过去。"

　　"会为我举办壮行会的吧？"

　　说完这句，庆次自己第一个笑喷了出来。


　　此人并非日本人。

　　虽然他在日本生活多年，已学得一口呱呱叫的日语，穿着的也是日本的衣裳，但只要一看长相就明白他不是日本人。他乃明国之人，约莫三十五六的年纪，满脸精悍神色。

　　赤铜色的肤色显示出他并非长期生活在陆地之上。这个男子的名字叫做金悟洞，乃是倭寇的残党。

　　倭寇原本是骚扰明国港口一带的日本海盗的称谓，因为明国人相当惧怕这些人的剽悍，所以到后来连明国本国的海盗都打起了倭寇的旗号。两年前的天正十七年七月，应朝鲜王李昖的要求，关白秀吉逮捕了大量倭寇押送往了朝鲜，而这金悟洞却巧妙地隐藏了行踪得以脱逃。那之后他潜入了新兴的博多港町，主要靠担任刺客为生。

　　金作为刺客的本事有口皆碑，一旦被他盯上的猎物决计难以逃生。他一般会慎重地先进行一番前期调查，确定好对方的活动范围后再花上充分的时间做刺杀

的准备。他使用的武器也花样百出，从铁炮、弓、吹矢这样的远距离攻击武器，到枪、刀、短剑、绞杀索等近身刺杀工具用来都得心应手。

博多町一位名叫宗兵卫的饮食店老店主则是金的中介人，其实宗兵卫和金同为明国人，也是倭寇的残党。由于他擅长烹饪明国的料理，饮食店里客似云来。如果与这个宗兵卫暗中联系并全额支付费用的话，他就会代为联络上金。金首先会调查委托人的底细，确认这不是圈套之后才会正式开始工作。

一般金不会接受定死了期限的委托，实在万不得已，他会要求三倍的费用。加上这次连期限也非常之短，所以他更是要求了五倍的费用。事先甚至没有充分的调查时间，只知对方今天乘坐大阪的船抵达，借宿于神谷宗湛府上，或许明日便会换船前往朝鲜。弄不好刺杀的时间就只有这短短的一天。

金在左思右想之后，将刺杀地点定在了港口。虽然选择这里的缺点是不得不以真面目示人，但当船抵达港口后岸上也该是人潮汹涌之时，混在人群之中一刀刺下，然后迅速撤退，他自信如此一来便不会被任何人所察觉。而且为了以防万一，他甚至在短刀上涂了剧毒，就算这一刺未能造成致命伤口，毒药也能要了对方的命。

最大的问题是金不认识对方的长相，要是杀错了人玩笑可就开大了。因此他请求委托人在确认对方出现之后对自己予以指示。

委托人是一个略呈老态的武士，明显是某个藩的藩士。作为一介武士来说，他肤色实在是黑得可以，恐怕和金一样，是常年在海上太阳下晒的缘故吧。虽然九州拥有水军的藩国相当之多，金却凭直觉认为对方应该是对马藩的藩士。对马是和朝鲜有着频繁贸易往来的藩国，据说藩主甚至接受过朝鲜的官位。若是对马藩藩士的话，晒成这个样子也就不足为奇了。

人群之中响起了一阵阵的惊呼。

大阪来的船已经到达，在浅滩上投下了铁锚，人和货物陆陆续续地上了小船向海岸边划来。

令人群发出惊呼的，正是其中一艘小船上载着的两匹马。

两匹都是难得的好马，特别是那匹黑马，马鬃猎猎，仿佛是野马一般精悍无比。像这样的烈马要让它们上小船实在很不容易，但放眼看去这两匹马却正泰然地站在船上。金正在感叹驯马之人训练有素之时，站在身旁的委托人却用略带颤抖的声音道：

"就是他，拉着那匹马的男人。"

金拉开望远镜将视线的焦点对准了小船。船上一人体格高大，身着华丽之极

## 治部（上）

的衣裳，单手提着朱柄长枪。奇妙的是那匹黑马没有缰绳，这个男子正用一只手抚摸着它的鼻梁。另一人虽然也穿着华丽的小袖，但显然是个下人，一脸寒酸相。

"是那个大个子吧。"

金大大咧咧地说道。武士虽略有怒色，但仍强压火气说道：

"此人武艺高强，别掉以轻心了。"

说完此话，他便慌慌张张地拂袖而去。

金哼笑了一声，把望远镜回归原状放回了腰间吊着的布囊，顺手又摸了下怀中的短刀，自若地向船靠岸的地方走去。

庆次一边温柔地对松风说着话，一边眺望着渐渐逼近的博多港口。

"松风，这个博多町啊，以前据说住户有十万之多，与明国的交易船只出入络绎不绝呢。后来一度因为龙造寺和大友的战争化为了一片废墟，四年前九州征伐结束之际，关白下命再建此地。据说从图纸构架到分划街区都是他亲力而为的呢。而且他还禁止武士在町内居住，从而使博多成为了一个彻底的商人聚集之所。"

松风轻声打了个响鼻，抖了抖腿，船随之剧烈摇晃了起来。舍丸拼命拉住野风的缰绳制止住它的蠢蠢欲动。要是两匹马同时抖动马蹄的话这条小船可真要翻个底朝天了。看庆次倒是对船的摇晃丝毫不放在心上。

"关白看来是打算把这里当成入唐的兵站基地哪。岛井宗室、神谷宗湛等有钱人据说已派出了大量船只打听朝鲜和明的情况呢。我们应该就会坐上那些船只吧。"

岛井宗室和神谷宗湛是博多屈指可数的大商人，秀吉在博多赐予了他们庞大的宅邸。

据说岛井宗室作为金融业者积累了大量的财富，神谷宗湛则是凭借着祖上传来的石见银山积累了无穷的财力。两人与堺的大商人们交往甚密，又同为利休门下的茶道学友，博多再兴的实务便是以此二人为中心展开的。

小船终于靠了岸。

岸边围满了小商贩、迎客人等和看热闹之人，相当拥挤混杂。

小船之上放下一块跳板，舍丸首先牵着野风上得岸来，庆次和松风也随后登陆。

然而松风上岸之后便不再动弹，野风也学着它的样，任凭舍丸如何拉扯都纹丝不动。

"真奇怪哪。"

庆次的目光向附近的人群扫去。

"好像有杀气。"

舍丸也慎重地向人群扫视而去。

不远之外的金悟洞虽然表面上不动声色，心中却大为震撼。

"这两个到底是什么人！？"

他暗自在心中叫道。他担任刺客多年，从未遇到过如此谨慎而又敏锐的对手。

再看去时，庆次已骑上松风，拂去了枪鞘。舍丸也骑到野风之上，站在庆次的左后方。

两人就保持着这样的间距走进了人群之中。

那将近两尺带着穗花的枪刃令人胆寒，挡在庆次前方的人纷纷退避三舍，左侧和后方则由舍丸形成完美的保护。要发动袭击就只有从右侧，然而右侧正是长枪的守备范围，无论如何都难以近身。

况且今天金带在身边的是短刀，难以够着骑在高头大马身上的庆次，要刺的话只有瞄准脚部。虽然短刀上涂了毒药，刺中脚也能夺走性命，但金却没有这个自信。要是被那把枪扫中的话自己当场便会命丧黄泉。

而护在左侧面的那人显然是个忍者，虽然他看似漫不经心地面对前方，轻松自如地骑马而行，但这正好是警戒的基本姿势。若是盯着一处看的话必然会导致视野的狭隘，只有漠然而开的双眼才能既看到前方，又能最大限度地观察到身侧乃至背后的动静，也就是说视野更为开阔。周围任何细小的动作都逃不过这样的眼睛。

"看来今天是干不成了。"

金当即决定放弃。委托人的要求是不能让这两个人到达朝鲜，那样的话只要在他们乘上去朝鲜的船之前发动袭击就行了。原本委托人也没交代他们是骑马而来，只有以此为借口延迟一下了。

打定主意之后，金便隐去了杀气，暗中目送着这二骑人马离开人群向镇上走去。他们的背后也并无任何可乘之机。

"真是可怕哪。"

金不禁激得全身一震，心情反而有种说不出的愉快。越是困难的任务，才越是值得去完成啊。

## 治部（上）

"杀气？"

神谷宗湛问道。

这里是一间茶室。为了试探五奉行之一石田三成特别指名派往朝鲜之人的器量，宗湛将庆次请到了此处。

庆次和往常一样动作自如，赞不绝口地接连喝下三杯茶去。他举止大气，从容不迫，可谓是表现出了豁达之茶的境界。

宗湛立刻喜欢上了面前的这个人。确实，若非这样的人物，也无法前往朝鲜完成使命吧。

"石田大人毕竟也有着识人的眼力啊。"

他心道。其实宗湛相当讨厌石田三成，三成恃才傲物，出了名的胸无容人之量。宗湛本以为三成赏识的人理应也是狂傲狷狭的秀才类型，没想到此番来的却是截然不同的人物，心下不禁觉得有趣。

两人闲聊一阵之后，庆次将在岸边感受到强烈杀气一事告诉了宗湛。

"没错，那千真万确是一股杀气。"

庆次淡然说道。

"若是在京都和金泽也倒罢了，可在此地为何会有如此的杀气冲着我呢？在下不明就里故而一问。若是尊驾并无头绪的话也是无妨。"

庆次心直口快，并无在意的神色。

"要说头绪倒是有的，或者说头绪太多了，无从分辨呢。"

宗湛笑呵呵地回答道。

"哈哈，有如此之多吗？"

庆次像是在说他人的事情一般，毫不在意被盯上的是自己。

"也就是说不愿让我前往朝鲜吗？"

"应该是吧。"

"这是为何呢？"

庆次直截了当地问道，他的语气中带着发自内心的不可思议之情。

"就算我到了朝鲜，状况理应也不会有任何转变……"

既不通语言，也不会与朝鲜的高官来往。庆次畅快地认为，自己只会漫然地游荡在朝鲜的土地之上，与庶民们一同食饭饮酒，依靠手势进行微不足道的交流，略微了解他们生活状况的一面就够了。若是官府来捉拿就大战一场后逃之夭夭，虽然如此一来就没法再堂而皇之地走在大街之上，但只要进了山总会有解决的办法。听说山里面还有老虎，自己倒是很想找一只来较量一番……

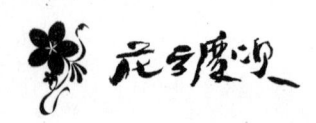

宗湛一边听着，心情一边禁不住地舒畅起来，直到听到老虎这段，终于忍不住笑喷了出来。这真是个破天荒的人物，要是让这个无法无天的男子踏上了领土，朝鲜官府一定会相当头痛吧。

　　宗湛对朝鲜也略有几分了解。朝鲜乃礼仪之邦，身份与秩序便是立国之本。在这个国家里，离经叛道便意味着低人一等，有时不啻于谋逆之举。况且若是倭人的话便更难以处理了。朝鲜也吃了倭寇的不少苦头，因此尽可能是想跟倭人撇开干系。虽说如此，真要对这样一个人放任不理的话，还不知道他会闯出怎样的弥天大祸来呢。

　　对于关白秀吉多年来的要求，朝鲜之所以一直采取暧昧的态度，也正是基于同样的理由。秀吉所说的话既僭越了礼法，又不合常理，原本就应该被一口回绝。朝鲜本是咸服于明国的属国，现在却要它向日本进贡，又要它带路讨伐明国，根本就是狂妄之徒的一派无稽之谈。只不过朝鲜之前通过倭寇一事体验过倭人的厉害，担心就此回绝的话会引起战争，因此并不敢直言拒绝，改而使用模棱两可的言语来长期搪塞秀吉。

　　宗湛怀疑，在朝鲜这暧昧的态度之后，对马的宗氏也插了一脚。对宗氏的当宗义调和其子义智来说，朝鲜是他们衣食父母的同时也相当于主君。可以说义调和义智同时奉有秀吉和朝鲜王李昖这两位主君。两国之间兵刃相见是宗氏最不愿看到的事情。因此宗氏才主动承担了与朝鲜的外交，对双方都传达着模棱两可的言语，企图把眼前的事态糊弄过去。时间一久秀吉就会放弃，说不定还会寿终正寝。这样一来两国之间的关系不就恢复如初了吗？

　　对宗氏来说，日本全国的统一是一件可怕之极的事情，即使是他们再不情愿，秀吉的眼睛也会从国内转向朝鲜。

　　如今宗义智已经前往朝鲜，这预示着他脚踩两只船的日子也快到头了。这个时候庆次这样身份的人出现会产生怎样的后果呢？

　　万一庆次被捕，被绑到了国王李昖的面前接受审问的话，迄今为止宗氏所有的欺瞒之举都必将大白于天下。

　　"派出刺客的人不会是来自宗氏一门吧。"

　　宗湛如此推测。


　　注释

## 治部（上）

【1】刀狩：禁止武士以外的人持有武器。其中以丰臣政权进行的刀狩尤为著名，与检地和身份统制一起构成了兵农分离的国策。

【2】南蛮：当时对西洋列国特别是葡萄牙、西班牙等国的称呼。

## 第十八章 治部（下）

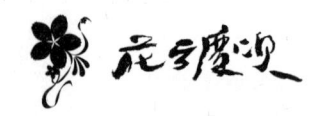

有关丰臣秀吉侵略朝鲜，也就是"入唐"一事的理由，诸说纷纭。

第一是秀吉要求恢复日明勘合贸易的说法。据说他希望通过朝鲜与明国搭上关系，恢复室町时代以来的勘合制度，开通官船商船的往来。

第二是基于秀吉名利心的海外征服说。他希望将自己的名号传播到唐土与天竺。

"予更无他愿，唯望佳名显于三国（日本、明、朝鲜）。"

在与朝鲜国王往来的文书之中秀吉曾留下这样的只言片语，有力地成为了这一说法的论据。

第三是秀吉的领土扩张说。天正二十年五月，朝鲜主都汉城府陷落之际，秀吉颁布了包含明与朝鲜在内的征服地藩国分割方针，成为了该说的佐证。

第四种说法出自秀吉那专制的性格。封建领主们希望转移日本国内频频发生暴动的农民阶层的视线，日本的豪商们也希望获得可与葡萄牙等国一较高下的商业资本，秀吉就在这两股力量之上施加了压力，并将他的矛尖瞄准了近邻诸国。

每种说法都有各自相应的论据，并无高下之分。

秀吉下定吞并朝鲜决心的最早记载，据说出自于天正十三年。天正十四年，他命令对马的宗义调派遣朝鲜国王参谒日本的禁里，换句话说就是命令朝鲜向日本臣服。

秀吉对当时朝鲜形势有着极其严重的错误认识，他以为朝鲜附属于对马，事实却正好与之相反，对马才是被朝鲜一直以来当做是本国属岛的对象。

"对马岛太守宗盛长镇守马岛（对马），服从吾国。"

"对马岛乃吾国之藩臣。"

诸如此类的记载在当时朝鲜的文献中比比皆是。

## 治部（下）

宗氏企图通过欺瞒的手段来摆脱被夹在中间的窘境。以秀吉为首的日本方不懂朝鲜语，朝鲜方也不懂日语，只要能适当在翻译上含糊其辞，双方在误解之中便可皆大欢喜。宗氏打定了这样的如意算盘，便首先前往朝鲜请求恢复派遣以前曾有过的通信使，然后对秀吉又诈称国王因病无法应约只能派遣代理前来。多次交涉之后，朝鲜才勉强派出了以黄允吉为正使、金诚一为副使、许筬为书状官的一行人等前往日本，那已是天正十七年十一月的事情了。而说到底这不过是一个普通的通信使团而已。

天正十八年十一月七日，使节们终于在聚乐第与秀吉会面。他们带来的国书上写道：

"大王一统六十余州（中略）……今遣三使，以致贺辞。"

秀吉完全把他们当成了臣服使节，于是写了一封极为无礼的回信。在书中秀吉自称"日轮之子"，称呼朝鲜国王宣祖为"阁下"，还阐述了"一朝直入大明国，以吾朝风俗尽易四百余州"的抱负，希望朝鲜成为日本兵马的先锋。通信使们虽然指责文书之中多有言辞不当，但秀吉哪里听得进去。于是一行人等只好在天正十九年正月踏上了归国的路途，当时僧人景辙玄苏与宗氏的家老柳川调信还一路陪同使节回到了朝鲜。回禀国王之时，正使黄允吉强调若是朝鲜不愿当日本向导的话，秀吉就会肆无忌惮地出兵，应及早备战为上；而副使金诚一则主张这不过是虚张声势的恫吓而已。最后宣祖虽然采纳了金诚一的说法，但还是同意姑且将这件事情报告给明国……

前田庆次正是在这样一个微妙的时刻出现在了博多。


金悟洞爬上的这棵树，从上面可以将神谷宗湛的宅邸一览无遗。

金的左手挂着一根奇妙的东西，几乎有一丈之长，咋一看会被当成是一条短矛，但其实这是一挺用于远距离射击的超长铁炮，光准星就有三个之多。这并不是当时日本生产的火器，而是金从南蛮人手中买来的。由于它过人的长度，重量也颇为可观，常人无法举着射击，只能用折叠式的支脚架起来开火。金根据自己的身高制作了支架，和铁炮一起背运了过来。

这是庆次抵达后次日的事情。

天色未亮之际金便找到了这棵树，避过所有人的眼光爬了上去。

铁炮的支架已安好在树杈中间，用葛藤加以了伪装。只要将铁炮架在上面便可笔直对准下面客房的门口。

金对宗湛的府邸的每个角落都了如指掌，之前他也在这里执行过一次任务，

因此已做过充分的调查。不过上次的行刺方法只是潜入房内给睡着的目标无声地来上一刀，然后不慌不忙地逃离，这一方法对这次的暗杀对象可完全不管用。那个忍者的随从也令金格外小心。金在朝鲜同样接受过忍者的训练，多少了解在日本被称为乱波、素破的这些忍者的实力如何。况且还有那匹不可思议直觉惊人的马。

昨夜金思考了整整一个晚上，终于决定把赌注压在这远距离狙击之上。不管怎么说，这样下手的话哪怕失败也有着充分的时间来逃离。

"出现了。"

远远地瞅见廊下走出一团华丽的色彩，金拿起铁炮，放在了支架之上，然后掏出怀中火种，点燃铁炮的火绳，最后是打开火盖，扳起击铁将枪托凑近了脸颊。

庆次坐在廊下，拿着一支小毫，在便笺之上开始写起了什么。金并不知他是在吟咏汉诗。

距离五百步。

金屏住呼吸，手指自然而然地压向扳机。准星正牢牢瞄准了庆次的头部。数秒之后那大好头颅将不复存在。

扳机被扣动了。

轰响与白烟同时迸发。与此同时强烈的反作用力将金顶在了树干之上。透过白烟朦胧地看去，金愕然不已。

庆次站在那里，满脸愤怒地挥舞着发麻的手。

弹丸的准头差了分毫，将他手中的便笺轰得粉碎。

庆次一声大叫，向树这边一指，那矮个子下人立刻以惊人的速度奔跑而来。

金扔下铁炮，跳到一旁预先扎好的绳索之上，一口气滑下树去，逃之夭夭。

"对方就是用这支怪物一般的铁炮……"

舍丸一边将树上找到的这支长得可怕的铁炮递给庆次，一边说道。

"……架在这上面射击的。"

仿佛是要发泄没追上对方的遗憾一般，舍丸将支架扔在了地上。

庆次像是很快便忘记了满腔的怒火，出神地摆弄起铁炮来。他开始用搠杖清理满是火药残渣的枪筒。

"火筒。"

庆次伸出手来。火筒就是放入适当数量硝药的纸筒，是快速装填弹药的必需品。舍丸无可奈何地递了过去。庆次将火药自枪口倒了进去，用捌杖填紧。

"弹丸。"

他再次伸手。舍丸递过一枚比寻常要大得多的弹丸，顺手又递出了防止弹丸从枪口掉出来的压弹物。

这次庆次还是使用捌杖，将弹丸和压弹物紧紧地塞进了枪筒。

"火。"

他又伸出一手。舍丸从怀中取出引火之物，点燃了火绳。庆次扳起击铁，打开火盖在火皿中点上火药，打算将铁炮举起来，但这杆枪实在是太长了，枪口有所向下倾斜。舍丸见状将支架固定在适当的地方，这下枪身便稳定了。

"自上而下的第二根树枝。"

庆次说着，瞄准了之前金所停留的树枝前端，扣动了扳机。他毫不在意那声轰响，只顾看向命中点。这一枪顺利命中，树枝啪地一声一折为二。

"真是一把利器。"

庆次的声音变得恍惚起来。

"不知道可不可以收下呢？"

这略带几分歉意的表情正是庆次的可爱之处。舍丸呆呆地张大了嘴。

"对方应该不会来抗议的吧。"

"这是当然。居然把我的便笺打得粉碎，要知道那首诗花了我多长时间酝酿啊。真气人。下次要是叫我遇上他的话……"

"但是托了便笺的福大人捡了一条性命啊。要是被打个正着的话……"

"那首诗就变成辞世诗了。那可是首相当不错的诗哦，嗯。山城等人也一定会认为我死得很可惜吧……"

看庆次这话的意思，简直好像是在说脑袋没被打中是个老大不小的遗憾。真是个不管在什么情况下都能安逸自得的人。

"请您一定多加留心啊。我到镇上去调查一下。看来是甭想一路顺风地坐上去朝鲜的船了。"

"真的是一首好诗哦。"

庆次突然朝自己的脑门上揍了一拳。

"怎么都回忆不起来了。被那啪的一枪从脑海里打得无影无踪了，真是可气。见鬼！"

就好像是错过了一生中最重要的大事一般，庆次依旧在那里愁眉苦脸。

"主公真是个福大命大的人哪。"

舍丸一边这么想着一边向镇上走去。

作为刺客，金悟洞得到的评价也真够高的。
"是倭寇的残党吗？"
作为倭寇来说这刺杀手段可真够巧妙的。
"又有人说他是朝鲜的忍者。"
某人吐出的这句话刺激了舍丸，令他紧张了起来。
"难不成又要出现一个朝鲜的'骨'吗？"
舍丸心中暗叫不可小觑。他回想起了"骨"那炉火纯青的变装本领。这一联想并非事出偶然，舍丸得到这一情报是在宗兵卫的饮食店中，而口中说着"朝鲜忍者"之类话的不是别人，正是金悟洞本人。此时的金悟洞身着深色背心，腰系围裙，一副铁匠打扮。他声称自己是铁炮工匠，原本在国友处工作，后来因为忤逆师父被赶了出来，辗转流落到了博多一带，从事修理和改造等无聊的工作云云。

不过作为铁炮工匠而言金也实在晒得过黑了些，况且他又是一副典型明国人的长相。在联想到"骨"之后舍丸注意到了此人的蹊跷之处。
"那真是太好了。其实我家主人刚得到一挺奇妙的铁炮，足有一丈之长。"
舍丸伸开双臂向金比画着长度。
"那是长铁炮，又叫远町筒。俺曾经见到南蛮人手中拿过，真是想亲眼看看呢。"
这远町筒实在是难得的武器，金无论如何都想把它弄回来。要是能巧妙地蒙混过关的话，说不定这次就可以再度用它在近距离精确无误地击毙目标。
"那真是太好了，主人说火孔不太通畅，能麻烦你顺道来看一下吗？"
宗兵卫警觉地看向金，他闻到了一丝陷阱的气息。金当然也明白，但他相信对方在确认自己就是那个刺客之前是不会痛下杀手的。利用对方设下的陷阱将计就计予以反击，不正是刺客最大的乐趣吗？

金来的时候提了一个铁匠的工具箱。这其中除了修理工具之外还夹带了两个炸弹，这炸弹是在可一分为二的球状外壳之中填入二三十个铅弹与烟硝硫黄等物制成的，外侧包有多重厚纸与牛皮，带有导火索。只要点燃导火索后投掷出去便会爆炸，雨点一般射出铅弹。而铅弹之中同样也是塞满烟硝的双重构造，可说是具有大规模杀伤力的强劲武器。在他的脚踝内侧则绑了两把涂过剧毒的连鞘短刀。工具箱中还放着长铁炮的铅弹和早合[1]，身上挂的烟草袋中则暗藏有引火之

## 治部（下）

物。他已做好了刺杀的一切精心准备。

"主人，找到修理铁炮火孔的铁匠了哦。"

舍丸含糊不明地说道，但庆次并未流露出丝毫惊讶之色。长年的主从生活之中两人早已养成了默契。他立刻意识到舍丸暗指此人可能就是之前那个刺客。

"是吗？就是这个。"

说着庆次动作自然地将铁炮递了过去。

"让俺来看看。"

金打开击铁和火盖，看了看枪膛内槽，那里非常干净。他冲枪口吹了一口气，确认火孔依然通畅，并无异常。

"能借一些烟硝吗？"

金撕破一张怀纸团了起来，打算用它代替弹丸塞进去，也就是射一发空包弹。庆次将火药壶递了过去。金关上火盖，从枪口灌入火药，将团起来的怀纸也塞了进去。与此同时，他掌心中暗藏的一枚弹丸也迅速地滑落了下去。然后他再用搠杖捅紧，打开火盖往火皿中倒入火药后再关上了盖子。

"劳驾，递根火绳。"

舍丸点上火绳递了上去。不知何时他已转到了金的身后紧贴其背心。金面色不改。反正射击的冲击会将身体向后震飞，正好能撞上身后的舍丸，利用这股反作用力将他击毙即可。于是他将火绳夹在火挟之上，完成了所有的准备。他一边瞄准庭之中一边打开了火盖。这样的话只需要扣动扳机，火挟就会落下，火绳便会点燃火皿中的火药，进而从火孔引燃枪管之中的火药，将弹丸射出。

金算着自己呼吸的节奏，猛然一转枪身，将枪口对准了庆次。

"别动！"

庆次一声叱咤。这并非是对金悟洞的呼喝，而是冲着金背后的舍丸。

说时迟那时快，舍丸的匕首刚好浅浅刺入金的后背。

原本金要是在此之前扣动扳机的话，在杀害庆次的同时完全可以利用反作用力撞飞舍丸。

然而那并不可能。

因为金无法扣动扳机。

理由是一根指头。

庆次左手的中指，插进了铁炮的枪口之中。

仅此而已。但仅靠这一个小动作，金便无法再扣动扳机。

若是开火的话庆次的左中指必然会当场粉碎，但牺牲的也就仅止于这根手指

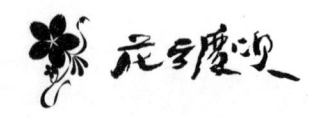

了。枪管之内被堵塞的话弹丸就会向相反方向弹去，击碎铁炮的机械部分。被击碎的机械部分自然会向后飞溅，而离之最近的就是紧贴着枪托瞄准的金那眼睛和额头，被碎片击中的后果只有一个，那就是立毙身亡。

扣动板机死的就是自己，这样一来金自然无法开火。庆次仅靠一根指头就化解了行刺危机。

金已做好了死的准备。暗杀失败的刺客只有一死，这就是这一行里铁一般的规矩。金的身体正因为准备承受舍丸匕首刺入内脏的痛苦而紧张之际，庆次喊起了停。

舍丸的手法相当高明。匕首刀锋只进得背中五分，便纹丝不动地停在了那里。真是不同凡响，金心中暗叫好险。

"金是你的本名吗？"

真是无聊的问题。名字不过是一块符牒罢了，符牒要多少就有多少。原来的名字连自己都不知道。金心里这样想着，保持着沉默。

"你是朝鲜人还是明人？"

这也是个无聊的问题。金虽然是明人，但自小在朝鲜长大，朝鲜的每寸土地他都知之甚详。但金还是沉默不语。

但这大个子日本人仿佛是能读懂他人的脸色。只见他会意般地点头道：

"是吗。对朝鲜很熟悉是吧。"

接着他说了一句匪夷所思的话。

"怎么样，愿不愿意在朝鲜为我等当向导？"

金难以置信地看着庆次。

"为啥？"

他终于忍不住问道。这大个子说的话也实在太出人意表了。

"因为我等对朝鲜毫无认识，也不懂那里的语言。"

"不是这个意思，为啥是俺？"

庆次呵呵一笑。

"因为有趣。"

金嘴巴张得老大。这家伙说的尽是不知所云的话，实在猜不透他心里到底打的是什么主意。

"不杀俺？"

"你想死？"

庆次微笑道。

## 治部（下）

"当然不想。"

"那就不杀。"

舍丸忍不住插嘴道：

"还是杀了好。此人看来很是难缠。不知什么时候就会着了他的道也说不定。"

庆次闻言好笑似地反问道：

"那不是和你一样吗？"

舍丸为之语塞。确实，他也怀揣着总有一天要杀掉庆次的念头。

金打心眼里感到惊奇般地叫出声来：

"你打算杀害主人？"

"是的。总有一天。不过和你不同，我可是有正当理由的。"

舍丸没好气地说道。就仿佛是在说：拜托别把我跟刺客混为一谈。

"杀就是杀，哪有什么理由或借口。"

"这是当然。"

庆次带着愉快的神色说道。

舍丸的脸因为怒气而变得赤红。金心道，这还是个意料之外的单纯之人呢。

"要是交给他带路，还不知道会被带到哪里去哩！"

"那不是很有趣吗？"

"说不定我们会被带到什么怪地方剥个精光……"

"就凭我们两个，会被剥得精光吗？"

"虽然不会……"

"那不就好啦。"

"好什么呀！"

庆次突然向金问道：

"你被官府缉拿之时，可有藏身之所？当然，我问的是朝鲜……"

金带着别把我当傻瓜般的神情回答道：

"俺这不活得好好的吗？"

言下之意就是，要是没有藏身之所，怎能活着离开朝鲜。

"能否一直隐藏在深山之类的地方，然后重新回到这个国家来？"

"哪里用得着躲在深山之中。"

"好，决定了！"

庆次用力拍了一记金的肩头，由于吃痛不已，铁炮从金的手里跌落到了地

上。舍丸迅速地关上火盖撤灭了火绳。
　　庆次对着金用下巴指了指地上的长铁炮。
　　"拿好了。"
　　金被庆次的这个举动彻底征服了。
　　就算花上两三个月的时间到朝鲜去看看也不赖嘛。一时之间，他心中竟涌起了这样的念头。

　　神谷宗湛派来随行的朝鲜向导是个叫弥助的人。自称三十三岁，看上去却怎么都不像还不到四十岁的样子，他身材肥胖，举止稳重，无论何时都笑嘻嘻的。他生得一副好福相，动作迟钝，让人有着做起事来从容不迫的感觉。
　　然而眼光尖利的庆次等三人几乎是在一瞬间便看穿了他那缓慢举动不过是伪装而已。
　　"装得真好啊。"
　　庆次说道。
　　"是个笑面虎，当心当心。"
　　说这话的是舍丸。就连金悟洞都说：
　　"那家伙杀过人，用鼻子一闻就知道了。"
　　这个弥助不但是精通朝鲜语和汉语，就连荷兰和西班牙两门外语也略懂一二。他的怀中经常揣着一把大算盘，据说不但是算术的达人，更会用算盘来做占卜。
　　提到带金悟洞同行之时，庆次便初次见识了这种算盘占卜。
　　弥助在宗湛面前突然掏出算盘，皱着眉头噼里啪啦地打了几下算盘珠，才开口说道：
　　"不祥之兆呐。"
　　弥助的日语会根据他当时的心情在大阪腔、京都腔、长崎腔之间随意切换。
　　"怎么个不祥法？"庆次问时，弥助回到了笑呵呵的神情回答道：
　　"会发生多余的争斗之事。弄不好会危及性命。"
　　"正合我意。旅行嘛还是有趣一些为好。"
　　庆次毫不在意。
　　"而且那人是冒牌倭寇哦。"
　　并非日本人却自称倭寇，那就是冒牌倭寇，在朝鲜和明国，冒牌倭寇是比真倭寇更令人厌恶的海盗。

## 治部（下）

"早就知道。"

庆次连眉毛都没有动一下。

"真把他当成同伙的话可是会吃苦头的。"

"我喜欢这种人，就算是真倭寇也无所谓。这不是很有趣吗？"

庆次不管什么时候都把有趣整天挂在嘴边，弥助也只得放弃了劝说，长叹了一口气就此沉默。

但事情并没有就此平息，弥助可不是那么好对付的人。

三日之后，他出现在庆次面前急匆匆地说道：

"那人是对马的宗大人派出的刺客，是打算对前田大人您……"

"他下手已经失败了。"

"委托人是斋藤五郎左卫门。据说金的毁约令他相当生气。"

"要让我碰到他，一刀砍了。"

一刹那，庆次体内的杀意陡生，令弥助为之胆寒。

"那可不行，并无真凭实据啊。"

"性命攸关之事，还需要证据吗？"

实在是说不过庆次。或许是害怕打草惊蛇的缘故，平日里素来从容的弥助也只得慌忙退了下去。

次日黄昏时分，金的唇边噙着一丝笑容回到了宗湛府邸。

"五人哦。"

他没头没脑地冒了一句。

"五人怎么了？"

舍丸问道。金伸手在咽喉边比画了一下。

"全杀了？"

舍丸傻傻地问道。

"扔到海里了。"

这一日，金前往了宗兵卫处。因为要暂时离开日本一段时间，于情于理宗兵卫应将之前累次所得的酬劳中金应得的比例支付他一部分。宗兵卫在发了一通牢骚之后说道：

"走海边回去吧，镇上有委托人的埋伏。"

他是指宗氏的家臣斋藤五郎左卫门调集了高手准备杀死金。对委托人来说，暗杀失败虽然是无可奈何之事，但派去的刺客反过来被对方雇用的话便不能置之不理了。不知道何时自己的身份就会暴露。对方是关白秀吉亲口允许在全国都能

率性而为的男子，真不知道他会对宗氏做出什么举动来。而且斋藤在金面前暴露过自己的真面目，因此才必须将金火速灭口。

金相信同伴宗兵卫的话，借道海边，没想到却受到了五个刺客的袭击。他们之中没有一个是武士，都是身带海水气息的水手，或许是倭寇的余孽。五人都正当壮龄，满脸横肉。

然而水手的身手在船上才施展得开，在陆地之上就有欠敏捷了。在金这样的职业刺客看来，他们的动作简直是破绽百出。金单凭一把剃刀做武器，不多时便割断了五人的咽喉，将尸体抛入了大海。所幸的是，当时周围没有其他目击之人。

金折回到宗兵卫的店中。宗兵卫一见到金的脸，身子便不由自主颤抖起来。

"刚才的钱，全部还来吧。"

金面色平静地说道。宗兵卫忙不迭拿出了所有的钱。

"五人委托金的尾款也拿来吧。"

宗兵卫只好也拿了出来，他以为这样一来就能逃过一命。

"委托人的名字是？"

宗兵卫吐出那个名字的瞬间，金一笑拔出剃刀，切开了宗兵卫的咽喉……

"您猜委托人是谁？"

金一边笑一边问道。

"弥助吧。"

庆次立刻说了出来，让金惊愕不已。

"为何您会知道？"

金认真地问道，之前他完全没有料想到会是弥助。

"武士会雇用水手做刺客吗？只有博多的商人才会打这种主意。"

庆次的眼光相当精准。金再次感受到了庆次的可怕之处。

"而且那家伙固执得不同寻常，你可要好好记着。"

"必须带他去朝鲜吗？要不要杀了他？"

"把弥助叫来。我会当着你的面问他是否派了刺客。要是他直率地承认的话……"

"那他怎么会承认呢？"

金怔怔地说道。

"所以啊，要是他承认得很干脆的话……"

庆次盯了金一眼，眼中射出凄厉的光芒。

## 治部（下）

"就不得杀他。明白吗？"
"他不会承认啦。"
金又重复了一句。
庆次击掌叫来了店里人，吩咐将弥助带来。
庆次纹丝不动。舍丸坐在廊下，专心致志地做着之前金工具箱中放着的那种炸弹。
这样一来没人能够提前去给弥助通风报信。
弥助总算出现了。恭敬地打完招呼后，他突然笑出声来，还敲了一下自己的前额，摆出诚惶诚恐的神色，但又像是内心其实甚为愉快的感觉。
至此还没有人说过一句话。
"什么事这么开心啊？"
庆次问道。
"哎呀，真是不服不行。其实我打算试一下金先生的身手，因此拜托了宗兵卫邀人去寻衅，结果彻底失败了。啊哈哈。金先生，对不住喽。不过你还真是厉害啊。"
金那张大的嘴怎么都合不上了。
"你真够可以的啊，弥助。"
听了庆次的话弥助笑得更起劲了。
"哪里哪里。"
二日后，四人乘船离开博多，前往朝鲜的釜山。

注释

【1】早合：放有事先调配好的适量火药与弹丸的小纸袋，原始的子弹雏形。

## 第十九章 入唐

海峡之间笼罩着一层浓雾。

对面看不见任何的岛影，仿佛是置身于梦境之中一般。

波浪不兴，船平稳地在这梦幻般的大海上滑行前进。

这条船是最大载重三千石的日本船，庆次和舍丸都从未乘坐过这么大的船只。

庆次横躺在船尾的屋顶之上，悠闲地呷着美酒，那个寸刻不离身的大葫芦放在他的手边。

金悟洞抱着膝头坐在他的身边。

舍丸说是要照顾松风和野风，分身乏术。金却怀疑他是因为晕船而躲到哪个角落去了。

庆次默然不语地将大盏递给金。

金也默然不语地将酒喝下肚中。

"真是个奇怪的主人。"

金虽也服侍过几任主人，但还从未遇上过这样的主人。庆次那无论何时取走性命都无妨的言语已是十分奇怪，但在交往之中金才逐渐意识到他的奇言异行又何止这些。

这个男人的脑中没有主仆之分，所有的关系对他而言不过是人与人、或者说是男人与男人的关系。因此刚才所喝的酒也不是庆次赏赐的，而是递与的。这种感觉倒有几分像是酒肉朋友。要是推辞不受的话，庆次必然会面露出不可思议的神情，仿佛问道：

"莫非是身体不适？"

因此完全不需要跟他客气。

而庆次发怒之时也从未咆哮过,他只会直勾勾地盯着对方,但即便只是被他这样盯着也会令人不寒而栗。他真要是勃然大怒的话,恐怕会立刻拔剑砍来吧。因此无论是谁,只要对上他这样的一瞥便会立刻紧张到身体僵硬。

但在心平气和的时候他又是多么的安逸啊。就说现在这般身处大海之中,为浓雾所包围,大口地喝着美酒。金这辈子从未有过如此满足的心情。为了能享受这样的时刻,男儿只怕会是不惜一切为之奋斗的吧。金如此作想。

"咳咳。"

身后响起了一声故意的干咳。

金皱起了眉头。讨厌的家伙来了。这指的当然就是弥助。

"两位在看啥呀?"

爬上来之后佐助这样说道。

"雾好大啊。啥——都看不到。真可惜了这海上的景色。"

"我们看的就是这雾。"

庆次似是非常满足地说道。

"我真搞不懂,雾有什么好看的呢?原本这时候这边能看到五六岛,那边能看到影岛。说到五六岛名字的由来,是因为从东面看是六座岛,从西面看却是五座岛……"

"弥助啊。"

庆次带着困意说道。

"你好烦人呐。"

"烦……"

弥助无语了。

"我可是向导啊。这不正努力地想介绍朝鲜吗……"

"不用介绍。"

"这……"

"我说不用就不用。"

庆次一个翻身坐了起来。

金一瞬心里打了个格楞,不过转念一想触怒庆次的并不是自己,随即又放松下来。

"马上就要到朝鲜了,因此我得把话说清楚。我不需要任何的介绍,你只要回答我提出的疑问就行了。"

"那样的话,来朝鲜这边岂非毫无意义了?"

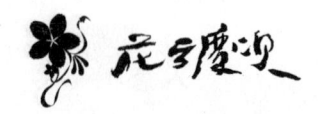

"并非如此。"庆次的声音又变得柔和起来。

"我既没打算进攻朝鲜,又没打算描绘地图,就想着到处闲逛一下,见识风土人情而已。朝鲜人穿什么、吃什么、喝什么酒、做怎样的梦,只要明白这些就足够了。若是有幸结识一二知己的话那便更好不过。"

"连语言都不通,如何结交朋友?"

弥助的话语中带着几分嘲弄。

"我并不这样认为哦。原本跟朋友之间就不用多说什么话吧。"

这超乎了弥助所能理解的范围。金情不自禁失笑出声。弥助只好嘴里唠叨着谁也听不懂的话早早地爬了下去。

庆次于是又一个翻身躺倒了下来。

金默默无语地给庆次的杯盏满上了酒。

或许是开始起风的关系,浓雾开始逐渐散去。

此时,在朝鲜都城汉城的东平馆,一位日本僧侣正接待着黄允吉和金诚一的访问。东平馆是日本使节的下榻之所,这位僧侣也是今年正月与宗氏家臣柳川调信一起到来的人物。

他的名字叫景辙玄苏,是博多圣福寺的僧人,作为外交僧,他已几次前来访问朝鲜。

"于倭人之中,颇通文墨,长于诗歌,精通书文。"

在朝鲜文献《宣祖实录》中有着如此的记载,作为教养人士,玄苏在朝鲜得到了颇高的评价。

对马藩主宗义智非常器重这位僧人,天正十七年,他甚至任命玄苏为正使自己为副使前来朝鲜。

黄允吉与金诚一是前年作为朝鲜通信使的正副使前往日本、与关白秀吉会面的二人。黄深信不疑秀吉即将侵略朝鲜,金只认为这不过是恫吓……至少归国之后,他们便是各自向国王宣祖如此禀告的。

今日的访问虽是应酬,但话题却不可避免地触及了此事。玄苏可谓是当时的国际人士,这并非说他多有外国游历的经验,而是指他的思路并非以本国为中心,对列国的状况了如指掌,能正确判断它们的动向和趋势,用今天的话来说那就是全球化思维。

这位僧侣深知关白秀吉的愚蠢,所谓的入唐实不可取。让朝鲜作为先锋攻打明国的主意——"征明向导"之言不过是痴人说梦而已。朝鲜绝无可能会对明做出这样的举动，这个道理对了解朝鲜国情的人来说不言自喻。然而秀吉却不明白。朝鲜拒绝的话秀吉一定会激怒之下出兵朝鲜吧。虽然这只是单方面的迁怒，只能说愚昧之极，但事情无论如何都无法作罢的话，受苦受难的将是日本全国的诸侯百姓与朝鲜的官民。

玄苏的目的只有一个，那就是制止这场对谁都没有好处的战争。为了达到这个目的，不管是怎样的牛皮都得尽力吹下去，必要的时候甚至得拿出威胁的手段。作为僧人来说这些虽然都是犯了大忌，可他已经顾不了那么多了。

总而言之，只要忍耐数年就行了。在玄苏看来，秀吉的寿命绝不会长久。只要秀吉一死，这场愚蠢的战争必然会一夕之间烟消云散。到那之前尽力隐忍，牛皮也好欺骗也罢，只要能不引起秀吉的狂怒，就能免去无辜人们的牺牲。这就是玄苏心中由衷的愿望。

"中朝久与日绝，亦不通朝贡。平秀吉以此心怀愤耻，欲起兵端。朝鲜若能先奏于明，得通贡路，则必安然无事。而日本之民亦可免去兵革之劳。"

这就是《宣祖修正实录》中玄苏对金诚一所说的话。这些话未必表达了秀吉的真意，但显然更容易被朝鲜所接受，而且这也是指出了一条使朝鲜免于卷入战火的明路。

秀吉的目标乃是明国，朝鲜只要积极地在两者之间斡旋，或者自称斡旋也好，至少就能争取到一段相当长的时间。说得极端一些，哪怕是对明国什么都不说也没关系。只要自称已经传达秀吉之语，间或说一些让秀吉听了舒坦的话就行了。如此拖延时间，等待秀吉亡故。或者与明国充分沟通，加强自国的军备，这样一来秀吉将无法轻易发动进攻。因为若是得知朝鲜不好对付，秀吉也会变得慎重起来。

这就是玄苏的想法。

然而就如同秀吉误解朝鲜一般，朝鲜也误解了日本和秀吉。朝鲜将日本当做是化外之国，认为秀吉只是个既喜欢恫吓又态度傲慢的牛皮大王而已，况且明国是朝鲜的宗主大国，玄苏所说的敷衍之法完全不合体统。那之后的六月，宗义智也怀着和玄苏同样的想法打算说服朝鲜，当时朝鲜方的回复在《朝鲜通交大纪》中如此写道：

"诚如所言，贵国乃友邦，然大明乃君父是也。若许以贵国便路，此为知友有事，不知有君父也。匹夫亦耻之，况于礼仪之国乎。"

金诚一回复给玄苏的话应该也是类似的意思吧。或许玄苏还因此而受到了责备。

玄苏或许是过度焦虑的缘故，那之后说了一句晴天霹雳一般的话语：

"昔日朝鲜不是也为元兵领路侵犯过日本吗？日本此番是打算一雪前耻。这也不能算是蛮不讲理。"

玄苏话中有话。他是在暗示，"昔日为元兵领路"为整个朝鲜带来的巨大灾难，当年朝鲜可是举国惨淡不已。难道还打算再吃一次这样的苦头吗？因此朝鲜担当的不应该是领路者，而应该是斡旋者的角色，换句话说应当成为调停者。

然而这套理论对朝鲜却说不通。他们只是一味标榜自己"礼仪之邦"的形象，为此，甚至不惜付出几万乃至几十万人的生命代价。

此时的玄苏，已是心乱如麻。

当时的釜山，也被写作釜山浦，只不过是一个小小的渔村。离釜山浦十五公里之远，位于金井山麓的东莱才是庆南地域行政商业交通文化的繁荣中心。

庆次一行在釜山浦登陆之后很快来到了东莱。

这还是弥助嘴里嚷着釜山浦没有什么可看的东西，强行把庆次等人带到这里来的。

松风登陆之后貌似完全没有受到船的影响，野风却和它的主人舍丸一样，精神萎靡不振，人马看似都还着实没有从晕船中清醒过来。好在踏上土地后多少恢复了一些。

首先吸引住庆次目光的就是朝鲜的服装，他似乎是对那轻缓飘逸的款式相当中意，果然不愧为与生俱来的倾奇者。

"真想穿上那个。"

庆次这样说着，完全不听弥助的劝阻。抵达朝鲜的第二日，他便换上了白色的朝鲜服，还戴上了高高的朝鲜帽，一边点着长烟枪，一边悠然地骑在松风之上。

可气的是这副行头居然跟他还很般配。不过他的衣服上多了条腰带，插着两口刀，在当地人眼里或许是一个异类吧。往来之人都呆若木鸡地张大了嘴目送着他。

"拜托了，请千万别这样，会惹来麻烦的。"

弥助一脸异常认真的表情请求道。他一旦认真起来，声音会变成东国的地方腔。庆次暗中猜想，他的出身不会是箱根山以北的江户到小田原一带吧。

"为何会惹来麻烦？"

"为何会……"

入唐

弥助一时也无法很好地解释。

"前田大人若是见到南蛮人穿着日本的和服，也一定会觉得打扮很奇怪吧。难道不会平白无故地冒出一股怒气吗？这样一来便会有人来找不必要的麻烦，要是发生纠纷的话连官府都会跳出来吧。"

"真是太好了。"

庆次露出大喜的神色。

"到了朝鲜不但能行倾奇之举，与此同时还能打上一架的话，那真是求之不得。"

弥助脸色发青，心道：

"这人不是在开玩笑。"

至今为止弥助都以为庆次不过是嘴上说说罢了，没想到他是真心如此作想。

"真是接了个烫手的山芋啊。"

弥助在心中暗暗叫苦。光是给这个人带路只怕都会给自己引来祸事，弄不好还会有杀身之祸。

金悟洞突然在一边说：

"麻烦已经从对面走过来了。"

他脸上也带着开心的神色笑了起来。

但弥助并没有闲工夫看他的笑容，金说得完全正确，麻烦正从路的对面向这边走来。

那是一位骑着骏马的武将和他的一队部下。看起来，应该是东莱城中的巡逻队吧。

这位武将名叫郑拨。

在朝鲜，武将的地位相当之低。只有学习儒学、在文举中及第之人才能平步青云，武官位于文官之下，不过是被文官随意摆弄的对象而已。

郑拨对此非常不以为然，心道学者难道能领兵打仗么。或许这些文官读过一点兵书，但光靠书本又怎能得了战场。而且在军籍簿中虽然载着一大堆人的名字，但这些人都没有接受过任何训练，到了危机时刻只有一哄而散或是白白送死的份。在这个国家除了极少的一部分下级武官之外，几乎可以说没有职业的兵士。

即使是打算将军籍簿上的农民和镇民召集起来训练，他们也会找出这样那样的借口不来报到。若是强行把他们揪来的话反而会遭到控诉。说到底，还是因为

国王宣祖非常讨厌战争，受其影响，不要说是镇民了，连农民都沉溺于享乐之中，镇上整日里歌舞不绝，如醉如痴。深陷吃喝玩乐以至家徒四壁的败家子也大有人在。在年轻人中，则有着很多人类似日本的"倾奇者"那样耽溺于奇言异行，为了一点小事有时甚至不惜赌上自己的性命。

郑拨深以此等风潮为苦，因此才几乎每日都不辞辛劳地巡察城下，遇到这样的"倾奇者"就加以逮捕，送往城中予以严格训练，磨炼他们的性子。与前田庆次相遇的这一天，对他来说正是有如例行公事般的平淡一日。

庆次的打扮当真是十分扎眼。

他骑在一匹在朝鲜也很少见的巨马之上，穿着一件奇异的服装，用长长的烟枪吸着烟草。他的随从担着朱色的长枪，走在马的左侧。右边则跟着一个身背奇长火枪、面色严峻的男子。

这自然引起了郑拨的注意。

然而一瞬之间他感到有些不可思议。那是因为这一行人主从都已不算年轻，早就过了"倾奇者"的年龄。而且那马上的男子明显是倭人。

但他显然不能置之不理。

"停。"

郑拨让部队停下脚步，散开了阵形。他们中的半数人手中拿着弓箭，并已拔出了箭矢，一声令下就能立刻展开射击。

舍丸迅速将朱柄长枪递给了庆次，自己则在离开松风身畔的同时拿出了藏在怀中的火绳和炸弹，握在了手中。

金悟洞也走向路边，手中攥紧了几枚飞镖。飞镖是与手里剑相似的来自唐土的投掷武器，金可以在一呼一吸之间连续投出五支飞镖。

走在松风后方的弥助惊慌失措地跳到了前面，与郑拨形成犄角之势。

庆次单手握着朱枪，漫不经心地吸着烟枪，表情实在是再悠闲不过。他饶有兴味地看着弥助和郑拨，仿佛发生的事情与己无关。

郑拨对弥助喊了一句什么。

弥助一边赔笑一边回答着什么。他倒也颇有胆量，面上居然毫无惧色，朝鲜语也相当流畅。

"喂。"

庆次向弥助叫了一声。

"你们在说啥呢？"

"请稍等片刻。这位队长看来是把我们当成倾奇者了。"

"好眼光，我确实是倾奇者哟。能转告我的话，多谢他的赞美吗？"
弥助慌忙摆摆手：
"请暂时不要打扰我们的谈话，正跟他说到紧要的关头呢。"
这时金悟洞的声音带着几分嘲弄之意似的从一旁传了过来：
"他在把主人您说成是傻瓜呢。"
弥助恨恨地瞪了金一眼，他忘了这里还有一个懂朝鲜语的人。
庆次哈哈大笑：
"我早料到是这样。"
"别在旁边多话。你想被射成刺猬吗？"
弥助向金咆哮道。
"弥助。"
庆次冒出一句：
"要是你再乱说话，小心我把这些人全都杀得一干二净哦。给我嘴下小心了。"
"这，这怎么能行。这些人是城里的……"
庆次用脚给了松风一个信号。
突然之间松风以迅雷不及掩耳之势跳向前去。
郑拨所乘的马人立而起，将他掀翻在地。郑拨正想翻身跃起，庆次那不知何时拂去枪鞘的枪尖已抵在了他的咽喉之上。郑拨就这么呈"大"字状躺倒在地动弹不得。
"弥助哟。"
庆次用异常温和的语调说道：
"对他说，命令部下们把弓箭收起来。要是想不分青红皂白就找麻烦的话，我就一枪结果他的性命。他的部下也一个都活不成。舍丸手里握的是炸弹，金的飞镖在他部下把弓举起来之前就能收拾掉五人。来，就这么告诉他。"
舍丸已经用火绳点燃了炸弹的导火线。
弥助被这突如其来的变故惊得一时之间说不出话来。
"再不快说的话可要扔出去了。"
舍丸用平稳的声音道。
"这是帮什么人啊。"
弥助用仿佛看到一群恶鬼般的眼神打量着主从三人，急忙向郑拨翻译起来。
郑拨瞪大了眼睛。

庆次将枪尖从他咽喉处挪开，向舍丸伸出手去：
"给我一个。"
舍丸将炸弹交给了他。庆次将它扔在郑拨的面前。郑拨大吃一惊翻身跳起，一边向旁边纵身跃去一边向部下们叫唤着什么。
部下们也惊恐万状，一齐伏倒在地。看来所有人都知道炸弹的可怕。
庆次笑着用枪尖挑起炸弹，一手接住，迅速地用手指将所剩无几的导火索掐灭，还给了舍丸。
为了保险舍丸又掐了一下导火索。
"用枪刺的话可是会爆炸的哟。"
他用责备的眼光看向庆次。
"知道，所以只是挑起来而已嘛。"
庆次平静答道。
郑拨与部下们依旧还趴在地上，小心翼翼地窥视着这边的动静。他们被庆次的动作吓破了胆，战意早就不翼而飞。实际原本他们之中就没有一个用弓箭射过真人。
"弥助。"
"在，在。"
弥助的声音略略发颤。
"向那位队长打听一下哪家店有好酒。就说我想跟他畅饮一番。"
弥助战战兢兢地向郑拨做了翻译。
郑拨的眼睛再一次瞪得滚圆。

是夜。
庆次痛饮着美酒，或者用鲸饮来形容更贴切一些。
这是一间东莱的酒家，好像郑拨是这里的常客，酒和食物都相当不错。
此时的郑拨已经醉得不轻。他虽然酒量已算是不错，但到底及不上眼前这个倭人。此人的武艺、胆色、酒量都非常人所能及。
起初二人只是默默地喝酒，郑拨似是渐渐有些喝高了，开始断断续续地说着什么。弥助只得在一旁不停翻译，连喝口酒的闲工夫都没有。金悟洞在邻桌小口地喝着酒，不时用锐利的眼光扫视一眼店内，又笑眯眯地继续饮酒进食。作为庆次的护卫本不该饮酒，但正是庆次不停地劝他喝上几口，更况且他的身手也不会因为这几杯酒下肚而有所迟钝。

只有舍丸和松风一起站在店外，滴酒未沾。

郑拨终于醉得开始前言不搭后语地喋喋不休起来，话题也是瞬息万变，可把弥助忙坏了。

他口中说的尽是一些对蔑视武官风气的愤懑、对不知战争为何物却耀武扬威发号施令的文官的轻蔑，以及对无法培养起训练有素兵卒的军制的不满。这些都可说是如今日本方面一心想要搜集的情报。说得性起之时这位武将还随口列出了具体的数字。

弥助简直不敢相信。真是了不起啊。庆次作为密探的高明之处实在是远远超乎自己的想象，不费吹灰之力便取得了这么多的情报还面不改色……

这时庆次说话了。

"弥助哟。"

"在。"

"代我告诉他，你如今大醉之际正在泄露国家的秘密。虽说这些数字多半是胡七八糟的，但即便如此，将本国的缺憾告诉异国人物之举还是不甚妥当。"

"什么！"

弥助情不自禁叫了起来。

"将这些情报带回国内不正是前田大人的职责吗？"

"你太小看我了。我可不是密探。我只是来见识这个国家的风土人情的。如今遇上了这样一位忧国忧民的武将，托他之福，今夜醉得甚是愉快。就这样转告他吧。一定要正确传达哦，要是敢糊弄，你就等着瞧吧。"

弥助条件反射般地向金悟洞看去。金露齿一笑，点了点头，意思是我可在一旁听着哦。

弥助身子不由微微颤抖，脖子上一阵凉飕飕的感觉。他认认真真地一字一句向郑拨翻译了起来。

突然间郑拨的脸色为之一变，噢地一声直起身来，眼神变得格外锐利，身形再无一分迟滞，醉态一扫而空。原来，适才不过是他装醉而已。

"为什么他会识破？快问一下。"

郑拨简直是对弥助叫了起来。弥助不懂他话中的意思，但还是如实向庆次作了翻译。

庆次笑了起来。在弥助看来那笑容也分外教人舒服。

"对一个真正的酒徒来说，自然能对对方的心情了如指掌。"

弥助大致也开窍了。郑拨见到庆次那过人的身手和异样的外表之后，打一开

始就怀疑他是密探。因此他才佯醉说出国防上的机密来观察庆次的反应。那些数字自然也都是信口胡诌的。

郑拨必然早已做好了准备，若是庆次对他的这些话表示出强烈的关心，当场就会被逮捕处刑。十有八九这间酒家早已被精兵所包围。说起来，此时坐在店中的这些客人无一不是强壮的男子，并无一人携带女子。店中伙计也个个身强体壮得有些过分，端茶送水的动作颇不熟练。也就是说自己等人已深陷敌群重围之中。

弥助仿佛是当头被浇了一盆冷水，但还是将庆次的话正确地翻译了过去。

郑拨的脸色又为之一变。

这次他换上了难为情一般的神色，站起身来向庆次郑重地深施一礼：

"抱歉，在下耍弄了为武人所不屑的小伎俩，因此发自内心地向您致以歉意。可否从现在开始真正地陪我大醉一场呢？"

已经不需要弥助的翻译了。

庆次默默地举起酒壶，斟满了郑拨的酒杯。郑拨也开心地拿起自己的酒壶，回斟给庆次。两人同时举起杯来一饮而尽，愉快地笑了起来。

郑拨喊了一嗓子，先前一直都漫不经心地自顾吃喝着的店内客人们都一齐站了起来，挨个走上前来，恭敬地举起酒杯。郑拨挨个地将他们的名字告诉庆次，庆次泰然自若地取过送到面前的杯子，美美地饮下。连弥助都明白，此次再无诈意。

这其中只有对心许友人的一片诚意。弥助无法明白，哪怕是初次对面，哪怕是连对方的真实姓名都不知晓，男人也能在一瞬间成为莫逆之交。

"到如今为止我都是怎么活过来的呀。"

弥助有生以来第一次对自己的人生产生了疑问，但同时胸内也涌起了一股警戒之心。

"要是向此人折服的话可就完了。"

弥助本能般地明白，一旦如此，自己辛辛苦苦建筑起来的人生信条将会悉数崩溃。

"说到底他不过是个癫狂之人，不愿碌碌而死罢了。"

弥助特意这样想道。若非如此他只怕是无法阻止内心的动摇。

"难道你也想这样死于非命吗？弥助。"

不得不在内心如此叱责自己，真是一件艰辛之事。但庆次的生存方式便是如此令人羡慕。

## 入唐

"这人可是个怪物。寻常人物要是模仿他,只怕是须臾之间就会完蛋。"

至少在酒量方面,庆次是个不折不扣的怪物。究竟喝了多少杯谁都已数不上来,但他依然没有醉倒,依旧还保持着那般飒爽温和的笑容。不知道什么时候起,他居然还开始学说起朝鲜语来了,正用古怪的只言片语与郑拨相互交谈着呢。好像弥助都没有登场的必要了。弥助感到醉意正渐渐涌上自己的脑袋。

"不行啊,醉倒就危险了。"

不知怎地,弥助开始有些讨厌起如此做想的自己来了。

## 第二十章 伽琴

庆次听到这琴音之时，正身处一条从东莱向密阳的山道之上。

这琴声混杂在足畔流动的溪水声之中，宛如天籁一般的音色，依稀可辨。

于是庆次停下马来侧耳倾听。

一不留神已经跑到前面的弥助慌忙拨转马头。弥助和金悟洞都骑在釜山所购的朝鲜马上。弥助操纵缰绳的动作相当老练，再一次证明了他的多才多艺。

"怎么啦？"

"是琴声。"

庆次抬起眼来眺望着山顶。

"不过好像有几分蹊跷。"

话音刚落庆次已催马离开了道路，向山腹中走去。

"会迷路的啊！"

弥助慌忙叫道。

"山里很危险，还有老虎呢。"

"会弹琴的老虎吗？我倒想见识一下。"

庆次谈笑风生，依旧没有停步的意思。他不用做任何的指示，松风就自然而然地向琴声的方向行去，可谓是人马一心。

舍丸所乘的野风和金所乘的朝鲜马也跟在松风之后，这两匹马虽然不懂庆次的心思，但都已无条件地服从于松风。就连弥助所乘的朝鲜马也毫无抵抗之力地跟在三马之后开始登山，完全不听弥助手中缰绳的指挥。弥助真是一肚子火。

"连马都听他的……"

不管是谁都照着庆次的心思去行动，这一点令弥助相当不满。弥助是因为熟悉这个国家才被选为向导的，跟路的人不听良言相劝可是相当没面子的一件事，

伽琴

同时他也没法负这个责任。但他又不敢抱怨，如果多嘟哝几句的话庆次一定会干净利落地回答道：

"那你就打道回府好了。"

这才是弥助最害怕的事情，拂了庆次的心意倒也没什么大不了的，但若被神谷宗湛当做是连带路都带不好的无能之辈，那将来就没法作为一个商人混下去了。因此他虽满腹牢骚但还是只得追赶过去。

随着他们的一路蜿蜒而上，琴声也渐渐转响，余音缭绕，令人仿佛魂飞俗世之外。演奏之人固然非等闲之辈，所奏的乐器也必不是凡品。

突然间这琴声中断了。

同时响起了女子的悲鸣。

松风拉开步伐，仿佛是跳跃一般疾驰而去。

于山腹之中的斜坡上建有一所不大却规整的房屋，仿佛是某位隐士的庵所。在房檐之下，一个男人正将一个女人压在身下。这虽不是什么稀罕之事，奇怪的是一旁居然有五个明显是练家子的男子正背对着他们抱臂而立，仿佛是一群护卫。树上系着六匹马，林中可见一条蜿蜒小道。

见到和松风一起跳出的庆次，五人齐刷刷地拔出剑来。

"舍丸！"

庆次怒吼一声，背后朱枪飞射而至，正好是落在庆次伸出右手堪堪抓住的距离，可见舍丸投掷之精准。

在庆次抓住枪的下一个瞬间，五人中自右起的三人便已翻倒在地，他们的脑门上都挨了重重一击。紧接着自左起的二人也呻吟着摔了个仰面朝天，那是因为他们的胸口被枪尾捅个正着。

奇妙的是，那个欲行苟且之事的男人一次都没有回过身来，看来此人相当信任他的护卫。这种狂妄自大的态度刺激了庆次。

枪尖一闪，正刺在了他那突起的屁股之上。

"啊呀！"

男子惨叫一声，从女子身上滚落下来。庆次的枪穿透衣服将他挑起，男子沿着抛物线的轨迹飞过，迎面撞上一棵松树，落下来时又重重压在一名护卫的身上。

庆次再没有多看他一眼。

他的眼光落在了那个从容爬起整理衣襟的女子身上。

在当时的审美标准看来，这算不上是一个美女。她的下颚线条刚毅，长着一

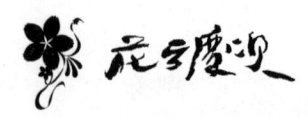

副意志坚韧的面容，不过肤色雪白无比，有着一双大大的漆黑眼眸，长长的头发自然地束在脑后，身材小巧而敏捷。

"没事吧？"

庆次并没有这样问，而是用枪尖指着女子身边的乐器问道：

"这是？"

"Kayagun[1]."

女子答道。

"在我的国家被称为新罗琴，乃是非常稀罕的乐器。"

在日本的正仓院存有三面新罗琴，这是一种古代的乐器。

"Kayagun."

女子断然截然地说道。

"字怎么写？"

庆次比画了个写字的动作。

女子盯着庆次看了一会儿，从屋里取出了笔墨，在纸上写下了"伽倻琴"三个楷书大字，字体气势非凡。

"原来如此，是Kayagoto啊。"

"Kayagun."

女子再一次纠正他的念法，接着或许她自己也觉得拘泥过头了，咯咯笑了起来。这一笑有如春风拂面百花盛开。庆次估计她的年龄不过二十出头。

"明白了，Kayagun."

庆次这样说着的时候，突然响起了马蹄之声，被刺中臀部的男子和五个护卫慌慌张张地沿着小道夺路而去。

"完了完了。那人是密阳府使朴晋大人的亲弟弟。干什么非得用枪去刺他。这下子麻烦大了。"

弥助埋怨地叫道。

府使是由中央政府派遣的地方官，地位大致相当于现在的市长吧。刺了府使弟弟的屁股，自然是无法轻易了事。所幸受创不深，弥助刚才慌忙给他涂了金创膏，疗伤止血。自称府使弟弟的男子盛怒之下一言不发，包扎结束后赏了弥助一个耳光，跳上马扬长而去。估计他在回到密阳之前会因为马上颠簸而伤口再度出血。

庆次仿佛根本没在听弥助的话。他一边儿盯着女子的脸庞，一边儿比画了个弹琴的动作。女子像是吃了一惊，说了些什么。

## 伽琴

"现在弹吗？"

像是在如此问道。庆次点了点头。女子又歪着头想了想，最后总算轻咬着下唇像是下了决心一般，将伽倻琴抱了起来，调了下音便演奏起来。

"犯傻吗？现在可不是……"

弥助刚叫起来，脑门上就吃了一记枪杆，痛得抱着脑袋蹲了下去。

清越的琴音如泉水一般涌起，这美妙的音色仿佛能将心底的每一个角落都涤荡得干干净净一般。

舍丸一边儿取出炸弹，金悟洞一边儿向狙击枪中填入弹丸，二人同时沉浸在这音色之中。就连弥助也揉着脑袋在那里老老实实地听着。

不知何时庆次饮泣起来，虽然没有发出声音，但大滴大滴的泪珠还是接连不断滑过他的脸颊。

一曲终了。

"多谢。"

庆次深施一礼，提起笔来，写下了"亡国"二字。

女子瞪大了眼睛，缓缓地点了点头。这首曲子中所倾诉的，正是亡国之殇。

伽倻是繁荣于古代南朝鲜的国家，它是由六个小国集合而成的，因此又称为六伽倻。伽倻气候温暖、土地肥沃，同时也是一个兼容并蓄了中国大陆先进文明与技术的文化国家。然而不幸的是，它的东面是拥有着强大军事力的新罗，最终伽倻在公元五六二年被其吞并，伽倻这一国名也同时消失于世上。只有以此为名的琴和几首古曲辗转流传至今，泣诉着思念故国的满怀乡愁。这个女子是伽倻王朝的后裔，至少父亲是这样告诉她的。连她自己也不知道为何全家人会住在这深山之中。他们在山中耕种着小块田地，用弓箭狩猎，自己纺织衣物，过着完全自给自足的生活。然而母亲先离开了人世，父亲也在不久前去世了。父亲所告诉她的，全都是古代伽倻国的美丽传说，至于如今朝鲜的情况和习俗则是只字未提。因此她无法下山生活，只能依旧住在此处。今日，两个男人为琴声所吸引来到了山中，一个想要侵犯她，另一个却救了她。她的名字叫做伽姬。

"只有尽快逃跑才行了。对方可不是好惹的。我们就这样直接逃往釜山，我来想办法安排船只……"

"我要前往的可是汉城府哦，弥助。"

庆次一边用不在乎的口吻说道，一边打量着房间内部。只见房中供着一副明国的铠甲和一张巨大的铁弓，以及一壶粗长的镝矢。铁弓上并未张有弓弦。

"这哪里行得通。"

"行不通也要去。这位小姐也要跟着我们。"

弥助慌作一团。

"这真是太乱来了。"

庆次已不再理他，转向伽姬指着弓问道。

"这是令尊的遗物吗？"

伽姬理应是不懂日语的，但她却不知为何明白了庆次话语的意思，用力点了点头。

"能让我看看吗？"

伽姬默默地站了起来，捧来弓箭放在檐下。庆次拿起之后惊道：

"这可是铁弓啊。是令尊使用的吗？"

伽姬自豪地点了点头，然而在下一秒她便惊奇地瞪圆了眼睛。

庆次正以非常自如的动作将弦挂到弓上，这需要的可是惊人的膂力。伽姬尚记得，晚年的父亲要使出浑身的力气才能将弦挂上去。而眼前的这个男人看起来并未使用多少力气。而且他还站起身来，面不改色地将弓拉满，一松手之下发出了凄厉的弓鸣之声。

就连舍丸和金都吃惊不小地看着这张弓。

"真是可怕的弓啊。"

"这一箭能穿透三四个人吧。"

两人几乎是同时叫道。

"弥助。"

庆次恋恋不舍地看着铁弓说道：

"告诉这位小姐，请她将这弓借给我，还有那副铠甲。我用这个来吓唬一下府使的兵卒。但是，从今以后她不可再居于此处，请随我一道离去。"

"可是，这怎么可能办得到呢？"

"能办到，我会做到的。"

庆次瞟了他一眼，弥助不由得心惊胆战。他匆匆调整了一下呼吸，对伽姬一五一十转达起庆次的意思。

他原本满心期待伽姬会一口回绝，没想到伽姬只是安静地听着，眼中的光彩却越来越亮。

弥助说完之后，伽姬做出了令人意外的举动。她突然一把抱住庆次，一头扎进了他的怀中，肩膀微微颤抖着。这个坚强的女孩怕是不愿意让别人看到她落泪

伽琴

的样子吧。
　　庆次带着奇特的表情,一言不发地搂着伽姬纤细的腰身。
　　"喜欢上她了。"
　　看到他的表情舍丸立刻醒悟了。
　　"这下完了。"
　　通过之前阿松的那件事,舍丸已深知庆次只要是真心喜欢上对方就会变成一根筋的性格。所以他敲了敲还打算再说些什么的弥助的背:
　　"算了吧。你没长眼睛吗?"
　　这样一来弥助也只好把到嘴边的话吞了下去,深深地叹了一口气后陷入了沉默。

　　到密阳的途中有一处名为鹊院的栈道,乃是在千丈绝壁之上凿造出来的唯一通路,上下悬崖峭壁,谷底流淌着的则是黄山江的奔流,称得上是一条完美的狭路。无论来了多少千军万马,在这里都只能两人并行。
　　庆次站在靠近釜山的这一头,身着明国的盔甲,手握铁弓,鞍上的箭壶中满插着又长又粗的镝矢。
　　他的斜后方站着的是手拄朱枪的舍丸,再之后是和弥助同乘一马的伽姬,断后的则是将那把长狙击枪横置在鞍上的金悟洞。他负责的是狙击从背后杀来的敌兵。
　　此时逐渐传来了人马的响声。之前他们已经看到,远处三十人左右的骑兵正沿着弯弯曲曲的道路向这边赶来。
　　先头的一骑出现在栈道的对面,由于突然见到庆次而吃惊地想停下马来,却因为后面人马的催赶而一时难以止步。
　　骑兵队络绎不绝地自后赶来,一时之间栈道上人马满溢。
　　这时庆次才开始了他的动作。
　　他将镝矢架在弓上,绷紧了弓弦,发射。
　　咻,咻,咻。
　　镝矢原本就是一种会发声音的箭矢。如今它带着仿佛要将人的魂魄都冻结住一般的声音,擦着骑兵们的头皮飞了过去。
　　被吓坏了的首先是那些马匹,它们无一例外地惊嘶着,将骑手们掀落,打算沿原道返回。但这样一来在拐角处刚好撞上了后面的马匹,有好几匹头马和士兵都掉下了黄山江之中。

"但愿各位都会游泳就好。"

庆次一边自言自语，一边抽出了第二支箭。

第二支镝矢飞了出去，第三支镝矢也飞了出去。伴随着每一箭就有两三个兵士从断崖绝壁之上落了下去，若是从最初开始算起，已是有十人掉入了河中。

于是再没有兵士敢从拐弯处过来。

"舍丸。"

庆次一声叫，舍丸立刻将朱枪交到他手中，从野风背上滑了下来，以惊人的速度向前跑去。

当跑到近拐角处时，他一扭身子，斜跑上了近乎垂直的绝壁。

弥助的眼珠都快弹了出来，他哪里见过这样的忍术。

舍丸爬上了一块山岩，探出半个脸去窥向拐角的另一边。由于他所处的位置相当高，因此那些在山道上拉开弓箭的兵士们在短短的数秒之内都不会注意到他。

舍丸向身后竖起两根手指，然后又打开手掌摇了两下，这是表明有二十人的手势。紧接着他从口袋里掏出炸弹，又取出怀中火绳点燃了导火索，看着它快燃烧到尽头之际，猛然向岩石的对面扔去。

传来了爆炸之声。

与此同时庆次驱动了松风。

当他转过拐角之际，兵士们已经是乱成一团，看样子又有数人落下了断崖。余下的士兵们争先恐后地向着密阳方向逃跑。而站在他们身后扯着嗓子打算阻止他们的，正是先前被庆次刺中屁股的男子。他转过身来时面色惨白，因为庆次正如疾风一般拍马而来。他忘记了躲避，仿佛是中了定身法一般呆站当场，顷刻之间脑门上已吃了一枪杆，昏死过去。在他落马之前，庆次伸手不费吹灰之力地抄手将他提了过来，横放在马鞍之前。

此时舍丸也拍打着野风赶了上来。庆次将枪扔给他，再次拉开了铁弓，向败退的士兵头上放出了第四支箭。

咻、咻、咻。

镝矢带着令人心惊胆战的声音划破长空，加剧了兵士们的恐慌，虽然明知在这狭窄的道路上加快速度是一件危险的事情，他们还是无一例外地飞奔不已。

庆次一行悠然地紧随其后。

伽姬在弥助马的前鞍之上探出半个身体不住地拍手称快眸中熠熠生辉。

弥助带着气急败坏的声音对庆次说道：

"接下来您打算怎么办？不会是就这样直接冲入密阳城中吧？"

庆次平静地回答道：

"正有此意。"

"别开玩笑了，这不是等于去送死吗？为啥要如此犯险……"

"得把这个傻瓜还给他的兄长吧？"

庆次敲了两下鞍上还没从昏迷中清醒过来的男子。

"原本我打算取他的性命，但可不能因为我的缘故让朝鲜人把倭人都当成杀人凶手啊。"

不料那个男子动弹了起来，仿佛是想要从头的那个方向滑下马鞍，他是被庆次刚才的那两下敲醒的。

庆次并没有阻止他，而是让松风靠向了河的那边。男子的身体立刻僵直了，若是就此滑下去的话无疑会从峭壁上跌落，他拼命想抓牢马鞍，身子却不由自主地向下滑去，他口中惨叫着什么，就算不懂朝鲜话的人也应该能猜到他是在呼救吧。但庆次依旧是不为所动。顷刻之间男子的大半个身体已滑向了断崖，就在他脚飞离马鞍的一刹那，庆次终于一把抓住他的脚踝，将他身体引了回来，这一手用的力气着实惊人。接着他又在男子的腰间轻轻一按，嘎嘣一声令其腰骨脱了臼。

"这一来就别想再胡闹了。"

庆次带着平然的神情说道。

密阳府使朴晋简直无法相信部下的报告。

在此之前，他曾接到报告说弟弟朴义因臀部受伤包扎，回来后又带着三十个士兵满脸杀气地夺门而去，正思量着等朴义回来后要好生叱责他私自动用城兵的荒唐行径。但回城来的兵士们却声称他们中的半数人都在鹊院的栈道之上为粗长的镝矢所射，从断崖上掉入到黄山江之中。然而据报并无一人真的中箭，只是头顶被镝矢掠过，马被惊得狂奔起来才导致骑手被甩落江中。

光是这些话已经是令人难以置信了，但逃归的士兵们还描绘得有鼻子有眼的，说什么射出镝矢的是一个倭人，另有一个投掷炸弹的矮子也貌似倭人。朴义被对方俘虏，而那些倭人正向着密阳城驰马前来。人数共有五人，其中一人似是女子。

谁能相信这等天方夜谭般的话语？朴晋一开始以为是弟弟为了推卸此次胡作

非为的责任才编造出来的弥天大谎,据说如今正有一个胯下巨马手拿铁弓的倭人出现在城门处,口口声声非要与府使会面。朴义正横躺在他的鞍壶之上,倭人口中叫着若是朴晋不予会面的话就要当场结果他的性命……

"索性置之不理让朴义死在倭人手里罢了。"

朴晋一瞬间甚至这样想道。

他对于自己这个无赖一般的弟弟也实在是头疼得紧。然而在儒教之国显然是不允许他这个兄长如此行事的。

无奈之下他只能同意见面,可不一会儿使者又折了回来,说是对方要在城门外会面。

仔细想想这也是理所当然的要求。哪怕是跨入城中只一步,城门一关的话就插翅难飞了。城中至少有上百名的士兵,纵是有天大的本事也只能束手就擒。

"为了那个傻瓜居然要受这样的屈辱……"

朴晋一边在肚中大骂不争气的弟弟,一边无可奈何地向城门赶去。

出得城门,他一眼便看到朴义正横躺在地上。

朴晋不由得怒从心生,怒喝道:

"看你像什么样子!不知羞耻的东西!亏你还是府使之弟!全城的人都在看着呢!"

护城河的这一边已是聚集了黑压压的看热闹人群。

"给我站起来!至少站着迎接兄长才符合礼数吧!"

朴义依旧躺在那里,有气无力地回答道:

"我是有心无力啊,大哥。"

"为什么?!"

"腰骨被弄脱臼啦。"

朴晋吃了一惊,他这才注意到弟弟躺在地上的姿势有些古怪。

"你对我弟弟做了什么!"

朴晋对跨在巨大的马上的倭人唤道。

对方像是不通朝鲜的言语,一旁骑在朝鲜马上商人打扮的倭人在对他说着什么。于是这个武人打扮的男子作出了回答。

"为何不先问问你的弟弟干了些什么好事?"

商人打扮的男子用纯正的朝鲜语大声说道。

朴晋心底一怯。城里的人都在听着呢。弟弟的恶行虽然是人人心知肚明,但如此这般在大庭广众之下被说出来也实在有伤体面。

"此人是我弟弟。虽不知他做了什么事情，但我绝不容许你做出将他腰骨弄脱臼这样的暴行来。"

商人打扮的男子翻译后，武人风度的男子怒吼了起来。

"他对伽倻的公主意欲强行非礼之事，被我阻止之后又带着三十名兵士前来加害，难道在这个国家这就不是暴行吗？为此我出于自保不得不杀害了多名兵士。本来我是要当场取他的性命，但闻得他是府使之弟，这才将他活着带来。若是你无视这番道理的话也罢，我非但要杀你弟弟，还要取你性命，敢于敌对的士兵也将悉数杀戮。这之后我更将前往汉城，向国王禀告杀你的理由。"

听过商人长长的翻译，朴晋的身体不由得轻微颤抖起来。这个倭人确是言之有理，至少，在护城河这边听着的城中百姓都会认同他的这番话。而且这个倭人并无任何恐惧，口中还说着要向国王上诉，能说出这样话的绝对不是倭寇，而是正儿八经的倭人武士。还没听说过有带着翻译的倭寇呢。

朴晋在先前通信使回国之际，曾前往釜山城听闻了倭国的情况，也知道倭王丰臣秀吉有着侵略朝鲜的意图。弄不好眼前的这个男子，就是丰臣秀吉的密探吧。

也保不准这是一个陷阱。哪怕是再剽悍的倭寇，也不会仅靠四人与三十名兵士战斗，通常情况下他们一定会逃之夭夭。而这个男子却毫无惧色地大战了一场，将半数兵士赶落绝壁，又追着残余的十五人前来城门口兴师问罪，这真是超乎了常理。无论是从相貌还是随身的武具来看，此人必定是丰臣秀吉手下相当有名的武将。若是将这个行事完全符合道义的武将抓起来断罪的话，必然等于是给了丰臣秀吉一个开战的绝好借口吧。

朴晋不禁心下凛然。

他绝不愿意自己成为战争的导火索，而且这样一来自己更是会被当做包庇恶人弟弟的府使，使得恶名流传后世。这不但影响到家族中人的官场升迁，更将成为一个永久的耻辱。

不仅如此，弟弟还企图凌辱很久之前便已亡国的传说中那个伽倻国的公主。

伽倻国的公主之类的说法自然是真伪难辨，然而那同行的女子确实有着王室帝胄一般的气质，何况手中还抱着伽倻琴。民众最喜欢听的就是这类亡国公主在遭受侵犯之际获救的故事，就算是多少存在着疑点，他们也甘愿去相信。这样一来朴晋那恶府使的名声更是会不胫而走。

不管从哪个角度来看，朴晋都必须极力避免扩大眼前的事端。

"看来只有谢罪求和一途了。"

朴晋心中猛然如此判断。断不可让此事成为一族的耻辱。

"此话当真？"

对朴晋的疑问庆次没有回答，而是指了指伽姬。

伽姬用她那清脆优美的声音详细讲述起发生的事情，黑压压的看热闹人群也将事情的经过听得一清二楚。

庆次翻身下马，拉起朴义，敲击了一下他的腰间，脱臼的腰骨立刻恢复了原位。庆次扔下朴义，再次跨上了松风，拔出一支长长的镝矢，架上了铁弓。

趁这个机会伽姬高声说起了这铁弓乃是父亲所使、常人绝难拉开的强弓，而这倭人却能轻松自如地使用，他身上所穿甲胄也是父亲遗物，只因这倭人乃是父亲的转世，所以才会在千钧一发之时救助了自己的危难吧。

围观的人群赞叹不已，显然被伽姬的这番话所深深打动。

庆次朝天射出了镝矢。

伴随着凄厉的声音，镝矢消失在空中，显示出这张铁弓的力道之强劲。

人群发出感叹之声，甚至有人拍起手来。

这时候，一旁茫然伫立的朴义突然采取了意料之外的行动。他向朴晋径直跑去，显然是想寻求这位哥哥的庇护，逃躲到他的背后去。

就在朴义转到朴晋背后的一刹那，朴晋一沉腰抽出佩剑来。他虽是文官，但自幼习武，剑法倒也不弱。

剑光一闪。

高举着的双刃宝剑以迅雷不及掩耳之势落下，砍向朴义当胸。朴义惨叫倒地，当场气绝身亡。

朴晋大声向周围说道：

"朴义乃是我心爱的弟弟。此举虽是情非得已，有违人伦，但我作为府使，不得不仗义诛之。谨以此向倭人以及伽倻公主表达我心中谢罪之情。"

百姓们爆发出一阵热烈的欢呼，拼命拍手赞扬朴晋的义气冲天。

"厉害厉害。真是干得漂亮。"

庆次对弥助说道：

"就说我接受谢罪，并致上对令弟与兵士之死的哀悼之意。"

与此同时他解开了铁弓上的弓弦，以此来表达自己已经化解战意。

弥助作了翻译之后，朴晋收剑回鞘，向庆次深施一礼。

仿佛是被这眼前的一番精彩较量打动一般，围观人等也安静了下来。

正在此时，消失于空中的镝矢又带着响声复自落下，不偏不倚地偶然落在倒地的朴义的脑袋附近，深扎在泥土之中。

目睹这戏剧化的一幕，人群中再度爆发起狂热的鼓掌，每个人都心醉不已。

朴晋这才内心松了一口气。

如此一来便免去了整个家族的耻辱，城中之人也会深信自己这个府使所代表的公正吧。此外还除掉了到处惹麻烦的弟弟，真可谓是一石三鸟。

当然朴晋面上并没有流露出半点这样的思绪，他只是作出悲痛的表情来，对围观人群挥手以作回应。

天正二十年四月十八日，朴晋在鹊院的狭路之上迎击一路杀到的倭军，这是因为他记得庆次曾单枪匹马在此击败了三十名骑兵。然而倭军爬上山去，从背后出其不意地发动了排山倒海般的攻势。据说当时朴晋的手下人马吓得落荒而逃，他也只得回到密阳城中，放火将军器仓库付之一炬后弃城逃入深山之中。

注释

【1】Kayagun是伽倻琴的朝鲜语发音，后文庆次说的"Kayagoto"是日语训读的发音。

## 第二十一章 伽姬

"主人这样子还真是少见啊。"

舍丸这般想道。

少见指的是伽姬之事。从密阳出发虽已有数日，但庆次至今还未与伽姬一度春宵。

伽姬只是一味地仰慕着庆次，就像一个对父亲或兄长撒娇的女孩一般，整天缠在庆次身边。庆次则也带着怪怪的神情与之迎合，明显是在压抑着自己。这可是从未有过的事情。

舍丸察觉到伽姬尚是处子之身，但他并不认为庆次是出于这个原因而踌躇不前的。

若说是出于对异国女子的顾虑——这个假设似乎也难以成立。在舍丸看来，像庆次这样没有地域差别感的人也真是世上少有。他将自己和金悟洞当做朋友一般对待就是最好的证明，以郑拨为首的朝鲜武人与官吏也都毫不见外地与之推杯换盏、倾心长谈。就连女人也不例外。前田庆次就是这样一个充满了神奇魔力的人。因此他才走到哪里都能为所欲为，无论是怎样的激战都能不可思议地幸存下来。是天性的开朗让他拥有了远远凌驾于普通人之上的好运。

那他为何不与伽姬同床共枕呢？对方又不是十四五岁的小女孩，虽是未经人事，但好歹也是过了二十岁的成熟女子。总不会是几百年前灭亡的伽倻国的公主这一名头唬住他了吧。说到底这也不过是她父亲的片面之词，并无真凭实据。

"你怎么认为？"

舍丸问金悟洞。

"老大这是迷恋上了她呗。"

金不假思索地回答：

"因为迷恋上了她而乐在其中呢。"

"乐在其中？"

舍丸难以理解。

"不上床的话如何乐在其中？"

金瞟了舍丸一眼，眼光中明显带着轻蔑之色。

"你不明白。男人和女人之间，也有不上床而更乐在其中的时候，老大正享受着这种乐趣呢。真是个有情趣之人啊。"

"是啊是啊。"

连弥助都热心地插嘴进来。

"我也深感佩服啊。原以为他只是个豪气干云的武士，没想到大错特错了。这彻头彻尾就是个登徒子啊。"

看起来弥助口中的这个"登徒子"并无任何的贬义，相反是非常值得尊敬的对象。他的语气中充满了油然而生的敬畏之情。

"你说主人是登徒子？"

舍丸听了有点生气。

"别理会错了。不管是人长得多帅，又或者如何有钱，普通人可成不了真正的登徒子。得是那仗义疏财的，同时又能对女子细致入微的心理了如指掌的人物，才配称得上这般称呼。人皆道关白大人是登徒子，那可是半点不沾边。这话只能私底下说，世上哪有这般浅薄的登徒子啊。那种程度连好色之徒都算不上。"

舍丸完全明白不了弥助的这套理论。这正是平安时代以来以京都为中心辗转流传至今的好色理论，同时也是京都民众潜移默化中的高贵象征。这种高贵不仅在京都，甚至在全国的大商人之间都是广为憧憬的对象。有志于成为大商人的弥助自然是对这套理论倍加推崇。

"可这实在是令人着恼啊。"

舍丸直截了当地说道：

"这一路走得也实在太慢了。"

他说得确实没错。

他们一行出得密阳前往清道，又从那里翻越了八助岭的峻险之地，进入了大邱，那之后又经由仁同沿洛东江而上，在支流甘川与本流交汇之处乘舟渡往对岸。这一带被称为月波亭，据说再往前走几步就能抵达善山府。伽姬极为喜欢月波亭，结果在这山顶之上一住就是三日之久。确实，月光倒映在洛东江上那波光

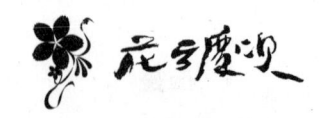

粼粼的一幕可谓是天下绝景，但舍丸哪里顾得上欣赏什么沿途风景，只挂念着赶路而一个劲地着急。

庆次和伽姬两人此时与舍丸等人已不是身处一个世界的人了，说得确切些，是已不在这个世界上了。他们似乎身处古代的伽倻国。

伽姬虽然生在当代但心却不在当代，她所知道的只有二百年前的伽倻国。

由于迷恋上伽姬的缘故，庆次迅速掌握了朝鲜的语言。虽然还没熟练到能听懂那些关于古代伽倻国的故事，但他可以通过汉文的笔谈来进行沟通。顺便一提，当时访问朝鲜的日本僧侣和文化人士也全都是通过汉文的笔谈来进行交流的。

对庆次来说汉文也好朝鲜文也罢完全并不在意，他是通过伽姬的眼睛来看一切事物的。爱恋上一个人不就是这样一回事吗？庆次心道。在无意识之中舍弃了自己，从对方角度用对方的眼睛来眺望这个世界，不正是爱上对方的表现吗？因此恋爱难道不是一件非常棒的事情吗？以他人之眼来看这迥然不同的万事万物，难道不正有着无穷无尽的新鲜之感吗？

通过伽姬之眼可见一斑的古代伽倻国，可说是将庆次越发地引入了恍惚之中。

那是一个礼仪之邦学问之国，土地丰饶风景宜人，国民也容姿美丽。他们不喜战争，爱好和平，正因此故，伽倻在新罗的武力攻击面前惨败了下来。有道是国破山河在，虽然伽倻国灭亡了，但伽倻的国民们却流往了各地，将那些光彩耀目的礼仪学问一直流传到了后世。

伽姬说也有很多伽倻人前往了倭国。在近江和山城有着强大势力的秦氏，以及渗入大和朝廷的汉氏等宗族据说都是古代伽倻国的后人。

"如此说来或许我也是伽倻人哪。"

庆次说道。

"能拉开那张铁弓的，一准是伽倻人呢。"

伽姬说道。

据伽姬的父亲经常给她讲，伽倻国也有着数量虽少但刚强无比的武人，个个都使用这样的铁弓。

"如果我是伽倻人的话应该叫什么名字才好呢？"

庆次问道。

"庆郎。"

伽姬开玩笑地说道。

# 伽姬

"如果我生在倭国的话又该起什么名字呢？"

伽姬回问道。

"伽子。"

庆次笑着回答。

自那以后，庆次与伽姬之间便开始以伽子和庆郎相称。

伽姬的父亲向她反复灌输的好像只有伽倻国的传说，至于说到对当今朝鲜的了解，伽姬连自己都不如，庆次对此相当吃惊。

"伽子的父亲大人到底是有何打算呢？"

庆次伴随着叹息问道。这真是太不可思议了，这位父亲的教育方法简直就像是任其自生自灭一般。难道要她作为古代亡国的公主在这荒山僻岭之中悄然死去，任凭一族的血脉断绝，才是伽姬父亲的愿望吗？若不是这样作想的话，实在是令人难以理解。

"如果我有着活下去的运气，应该会有谁出现来拯救我的吧。如果没有这样的运气，凄美地死去或许更好。父亲对我曾经这样说过。"

伽姬带着明快的表情说道：

"父亲或许是预感到庆郎会来吧。"

"我能拯救得了伽子吗？"

"已经拯救了。"

"那点事算不得拯救。"

庆次仿佛是痛苦般摇了摇头。

"伽子需要的是更可靠的拯救者啊。"

庆次深知自己没有这个资格。一个无论何时死去都无所谓的男人，又怎能救得了一个女子呢。

"我只要有庆郎就足够了。庆郎要是死的话我也会痛苦得死去。"

伽姬的面容真是悲伤而又美丽。

庆次无意识地拉起了伽姬的手，伽姬那姣好的身子顺势倒在了庆次的膝上。

像是什么物什被打破一般，又像是瓜熟蒂落一般，二人的脑中一瞬间变得一片空白，只有激荡的热意充满了全身。

回过神时，两人已是裸身相拥。

伽姬的双腿间流下了处子的证明，但不可思议的是她并没有感觉到任何的疼痛。或许疼痛已经被那段空白的时间冲洗掉了吧。

"我会带伽子去倭国。"

庆次作出了如此的承诺：
"我虽不知能做到何种程度，但带你回倭国后愿尽力而为。"
"伽子任何地方都愿意前往。"
这是伽姬第一次自称伽子。

庆次一行出得月波亭，通过善山，沿着洛东江畔的街道径直北上，进入了洛东里。

此处有一个非常大的港湾，停满了数不尽的船只。洛东江的水景虽然是美不胜收，但要逆流而上则非常辛苦，船上需要结起粗绳，由数名纤夫在岸上拽行。岸边的道路异常险峻，有时还不得不与急流相抗衡，此中种种辛苦真是笔墨难以尽数。

离开洛东里三四里路，翻越城洞里和仙郎岭，前方便会来到一处豁然开朗的盆地。这里便是为城壁所包围起来的尚州城。

尚州，在朝鲜又被称为洛阳或上洛，城壁周围长三千八百尺，高九尺。

伽姬介绍道，这里的地势是一处山岭之下的盆地，在那里有一座小小的城池自成一国，那便是以前伽倻国的雏形。

伽姬横坐在松风的前鞍之上，庆次那粗壮的胳膊抱着她的腰肢。

自从水到渠成般结合的那天之后，两人之间的种种亲密就令得周围其他几个男人心恼不已。不过虽然他们是如此的亲密，却又表现得落落大方，令旁人看了只有叹气羡慕的份。不管是哪个男人都会渴望过能与女人结为这样的关系的吧。就连向来不解风情的舍丸此时也产生了这样的念头。

"看吧，就是这样的感觉。这才是真正的男女之情。只有登徒子才能到达这种常人所不能及的境界。真是没料到在朝鲜居然能见到这样的光景。"

弥助夸张地在那里吵吵嚷嚷着说道。

就连金悟洞都想得出神似的在那里摇着头。庆次与伽姬的亲密之态一至于此。

正打算通过尚州城门之时，松风自然地停下了脚步。显然它是察觉了城内的异常情况。庆次一边迅疾地给铁弓挂上弦，一边用令弥助都吃惊不小的流利朝鲜语向伽姬说道：

"伽子，上弥助的马。看来有麻烦。"
"伽子就待在这里，和庆郎一起。"

伽姬的回答非常断然。

"好吧。"

庆次将镝矢搭上铁弓,双腿挟了一下马腹。

舍丸双手握着迅速点好火的炸弹,金悟洞也点上了铁炮的火绳。两人就这样跟着庆次向门口冲去。

城墙之中,有大量的士兵正端着弓箭等候在那里。

庆次先发制人地拉开铁弓射去。

咻、咻、咻。

镝矢带着可怕的声音低掠过兵士们的头顶,他们缩起了脖子,面上现出畏惧的神色。

庆次此时已经搭上了第二支箭,瞄准了士兵先头中央一个肥胖的男子,用朝鲜语叫道:

"吾乃倭人前田庆次。前来此地虽非为了寻衅生事,但倘若尔等意欲挑起争端吾亦全然不惧。且尝尝伽倻国铁弓的厉害吧!"

庆次不用向后看去,就知道舍丸已经做好了投掷炸弹的准备,金悟洞也用狙击枪瞄准了同一人。那个胖子慌忙叫喊了几句,士兵们收起了弓箭。

接着是伽姬将此人的话翻译给了庆次。

"此人自称庆尚道巡察使金晬,因为收到密阳府使的联络,为了接待庆郎特意在此恭候。之所以带着弓箭,是为了见识一下庆郎的本领,言称万望恕罪。"

巡察使乃是正二品的高官,在朝鲜的每一道(相当于一个省)都设置有一位,负责实施朝廷的命令,因此也可称得上是一道之王。当时朝鲜共分八道,也就是说全国共有八位巡察使,金晬便是其中一人。

"就说若是能饮上美酒,就不追究他试探我的失礼之处。"

庆次呵呵笑道。

这是一场豪华的宴会。

庆次吃得尽兴饮得畅心,兴之所至则写下汉诗,与金晬、尚州府史金澥和尚州判官权吉等人相互交换。

庆次不仅擅长和歌与连歌,同样也长于汉诗。京都曾频繁地举办混杂着汉诗与俳句的连歌会,可见汉诗在当时是如何地深入日常生活。

朝鲜是儒学之国,作为士大夫的教养来说,诗文之学必不可少。金晬、金澥、权吉等人都是文官,因此均长于诗文。

然而他们对庆次的汉诗却是大吃了一惊。他们一直都只将庆次当做是一介武夫，以为他虽是膂力过人武艺绝伦，但也比倭寇好不了多少，可看了这些汉诗后不由得态度有了极大的改变。

"此人不同凡响。"

三人不约而同地如此想道。这诗律意韵深远且精巧雅致，分明是士大夫所作，就连这笔迹，都格调非凡。

于是三人带着认真的神情议论开来。

这个人怎么看都不是普通的旅客，是否应该作为正式的使者来接待呢？但若是正式使者的话，则应该在釜山浦登陆之际便提出奏文，等待汉城那边国王宣祖的批示。而庆次等人并没有走这个程序，自然国王也没有颁下任何的许可。再说他带来的随从也只有三人，作为使者来说完全不成体统。因此按常理来看无法以使者的待遇来接待。

事实上，担任翻译的弥助一开始就对他们说，这一行人是博多商人神谷宗湛的客人，此番是为了朝鲜观光而来，既不是什么有来头的使者，也并没有见国王的打算。因此金晬等人原本不用去多费心。

但庆次的教养委实不同寻常，一开始众人以为他是密探，但世上哪有这样的密探呢。

如今，倭国来的特使正滞留在汉城。柳川调信与玄苏二人之中，玄苏的诗文之才相当不错，深受国王的信赖，而庆次之才几乎不在这玄苏之下。

"阁下抵达汉城府之后打算与玄苏和尚会面吗？"

金晬之所以这样问，就是因为想到了这层关系。

听了弥助的翻译之后，庆次摇了摇头，不假思索地说道："就说我并无与和尚会面的打算。"

说着他更以怪异的眼神看着金晬等三人：

"从刚才开始这帮人就在窃窃私语些什么啊？"

弥助费劲地进行了解释。要将这个国家烦琐的规矩讲解给一个完全外行的人听，这其中实在是有着太多难以说明的部分。

例如倭人上京使者的往复道路被称为"倭人上京道路"，规定了只能走右路、左路、中路，以及利用汉江和洛东江的水路等四路，四者必择其一。根据使者的级别，同行的人数也受到了限制，再有送迎官员的级别甚至途中举办宴会的次数都一一相应做出了详细的规定。

国王使 从者二十五人 宴会五处

巨酋使　从者十五人　宴会四处

对马特送使及其他　从者三人　宴会二处

这其中巨酋使指的是强大守护大名的使者。

进食则是分早饭、朝、昼（点心）、晚饭等四回，除了早饭以外其他三餐食物都作出了明确规定。

拜托别问为啥定这样的规矩，因为连我自己都完全搞不明白。弥助汗流浃背地这般说道，令庆次等人哑然无言。

这会儿朝鲜的三位官员所认真讨论着的内容不是其他，正是是否该将他归纳入第三等使者——也就是对马特送使及其他的分类中去。如果是这样的话，那宴会的数量就应该是庆尚道一回、忠清道一回。庆尚道的宴会眼下正在举办自然是没有什么问题，但至于翻过鸟岭后在忠清道的另一场宴会就必须及早安排了……

对于这样可笑的一幕，庆次却实在是笑不出来。他忪然地对弥助说：

"就说这酒已经乏味，我要出发了。这样令人作呕的地方还得及早离开为好。"

弥助心下一咯噔。在朝鲜这个礼仪之邦岂能如此任意妄为？但以庆次这一路的所作所为来看，却是说得出做得到。

"您消消气，这可不行啊。难道您想让倭人都被当成是不知礼节的人吗？"

"当着客人的面讨论起接待方法的，才是不懂礼数之人吧。"

"您说得固然有理，但操之过急可不行哪。他们这么做并不是出于恶意。相反，是因为对前田大人有着过高的评价。您要生气那可真是大错特错了。"

大错特错的不是别人，而是弥助。庆次哪里是会受用这种话的人，他噔地一声把酒杯放下，拾起刀已准备站起身来。

弥助慌了手脚。

"等、等一下啊。怎能不解释一下就离席而去……"

幸运的是，此时廊下响起了怒号一般的声音，一个重重的脚步声越逼越近。

门被一把打开，一个高大的男子站在那里。年龄看起来有五十左右，但通体仿佛是生铁铸成一般强韧有力，个头雄伟，虎背熊腰，全无半分赘肉。一见便可知力大无穷。

金晬等三人惊叫出口：

"李镒将军！"

被称作李镒的这个壮汉右手握着庆次的铁弓。这把弓是庆次进门前安放在玄关处的。他将此弓扔在地上大声叫道：

"这张弓的主人是哪一个？"

李镒，字重卿，中宗三十三年（1538）生人，是年五十四岁。八年前，他担任咸镜道庆源府使之际，成功镇压了女真族的叛乱，猛将之名不胫而走，与申砬二人同为国王最为信赖的武将。但二人性格均极为粗暴，动辄杀人之事也频频发生。是以作为文官的金晬、金澥、权吉三人见了他都战战兢兢。

"将军，这张铁弓乃是身居此处的倭国客人之物，切勿大惊小怪。"

金晬好不容易摆出官威道。

"倭人？岂有此理。这铁弓分明是伽倻之物。倭人怎么会用伽倻的弓呢？"

"这个嘛……"

权吉将伽姬的事情与铁弓的由来说了一遍。

李镒的目光转到了庆次的身上。

"在密阳将朴晋威吓得半死的倭人便是他吗？"

金晬等人慌了手脚，要是在这样的场合下发生了争斗，不管是谁赢都会出大事情。眼看着金悟洞已经将那把长长的狙击枪拿到了膝头之上，舍丸也将手探入了怀中，一定是已经握住了炸弹。

"正是应了朴晋的委托才于此地召开宴会的，李镒将军。请别坏了这难得的和平飨宴的兴致哪。"

李镒用鼻子冷笑了一声。

原本这位武人便并非为了向庆次挑衅而前来，只是听闻了他仅凭四人之力便将朴晋逼迫到了不得不手刃胞弟的地步，对其义勇之名相当不服气，因此才出言恫吓。

这期间，庆次一声不响，甚至都没有去看李镒的脸。他仿佛对李镒视而不见一般，继续自顾自地喝着手中的酒。

虽然他听不懂李镒的半句话，但从对方的态度和语气上来看，摆明了是气势汹汹的威胁。因此庆次故意无视李镒的存在。何况李镒并没有直接对庆次，而是对金晬等三人说话，这就更没有去答理的必要了。

可伽姬显然是心存几分畏惧，将身体向庆次靠来。

庆次抚摸着她的手温柔地说：

"不用在意。不是说会叫的狗不咬人吗？"

舍丸和金悟洞都偷笑了起来，但伽姬却不明白这个关于狗的比喻。于是庆次模仿着逼真的动作来告诉她这句话的意思。这下伽姬才看明白了，但与此同时李镒和金晔等人当然也看懂了意思。李镒不由得火冒三丈，金晔等人则是脸色发白。

"喂，我说那个倭人。"

李镒终于向庆次发声叫道。

"在叫您呢。"

弥助赶紧提醒。他听说过李镒的传闻，此时也早已是魂飞天外。

"不用理会。"

庆次依旧对李镒不置一眼。

"据说他可是个一言不合便会杀人的将军哦。"

"我也一样。"

弥助无话可说。

李镒转向弥助道：

"告诉他，别以为能拉开铁弓就摆出这副臭架子。在实际的战场上，普通的弯弓可比铁弓更派用处。战场之上速度决定胜负，你还在那里慢腾腾地射镝矢的时候，敌人早已近身报以几倍的箭矢了。所以伽倻国才会被新罗灭掉的哦。"

弥助将这番话正确地翻译给了庆次。

"你跟他说，伽倻的灭亡是因为厌恶战争，非弓之过。顺便一说，就讨厌战争这点上，如今这个国家跟伽倻倒有几分相似。"

"要是这样对他说的话，那就要引起决斗啦。"

"什么决斗啊。不过是他在找碴而已。送上门来的挑衅我可是从不回绝的。这就是倾奇者的意气。快给我翻译。"

弥助只好尽量将庆次的话直白地翻译给了李镒。

没想到李镒满意似的高声笑了起来：

"说得好。确实如今我国正如伽倻一般，讴歌太平而松懈军备……迟早要受报应的吧。不过……"

笑声为之一止。

"弓的优劣可是不遑多让。铁弓乃是无用的摆设，如果否认这一点的话就用实际的射术来证明吧。"

李镒摆明了是向庆次发出了竞射的挑战。

金晔等人闻言不禁愁眉一展。比试射箭算不得争斗，没有人会因此而流血，倒不如说这近乎游戏而已。

"甚好甚好。"

"真乃好主意。"

他们纷纷拍手赞成。

庆次见状扭头对金悟洞说道：

"你做好随时开火的准备。"

说完他便站了起来。虽然并没有被告之任何理由，但此时的金悟洞已对庆次深信不疑，他默默地为铁炮加上了火绳。

比试弓箭的地点就设在了宴会厅外的庭园之中。

二十米远的地方放了两个小靶子，这个距离对铁弓来说有些太近，对弯弓来说则是恰好。

"命中当然是必需条件，但关键在于速度。大鼓三度擂击的时间能射中多少箭，就以此来一决胜负吧。"

李镒说道。

"明白。"

庆次简短地回答道。

任谁来看这场比试都是庆次吃亏。铁弓和镝矢的威力在于射中远处的目标或是一箭贯穿近距的数人。而要在相同时间内以射中的数量来决定胜负的话，显然是不公正的，弯弓一定会占据上风。

李镒自然知道这些道理，因此他料定了庆次会有所异议，并做好了另行商定评判胜负细节的心理准备。没想到非但是庆次，就连他手下的三个随从也都毫无异议。

"这帮人都是傻子吗？"

一瞬间他如此想道。但从对朴晋的应对态度来看，这干人等绝非愚类。但他们肚中到底打的是什么算盘呢？李镒不由得疑上心头。

权吉负责来敲击大鼓，他将从容地击鼓三通，胜负将以这期间射中靶子的箭数来决定，脱靶之箭则不计入内。

"预备——"

伴随着权吉的声音，庆次和李镒各自将箭搭上了铁弓和弯弓。庆次的箭依旧是长大的镝矢。

咚！

鼓响了第一下。

两人同时张弓放出了第一支箭。

意外的事情发生了。

庆次的箭带着可怕的声音斜斜地命中了李镒的靶子并将其击得远远的。李镒的箭落了个空,这自然不能计入射中的数量。

李镒一怒之下打算第二箭向庆次的靶子射去,结果又被庆次抢在了先头。铁弓拿在庆次的手中便仿佛比弯弓更为轻便一般,镝矢比弯弓的箭更早射穿了靶子中心,将迟到的李镒之箭弹飞在一旁。

咚!

此时终于响起了第二下鼓声。

第三箭也同样如此,镝矢更早命中了李镒之箭本该射中的地方,将其再次弹飞。李镒再次回瞄自己的靶子放出一箭,却又被庆次的镝矢抢先将靶子射飞到了更远的地方。

咚!

第三下鼓声敲响之际,庆次怒吼一声:

"金,射这支箭!"

第五支镝矢向天空中射去。金悟洞以迅雷不及掩耳之势打开火盖,将长长的枪身架在了舍丸的肩上,迅速瞄准后开了火。

砰!

伴随着这声枪响镝矢在空中一折为二。

以李镒为首的金晔、金瀣、权吉等人,甚至连伽姬在内,都被这神乎奇技的枪法惊呆了。

虽则庆次已是个相当古怪的人物,这位李镒将军的有趣之处也真不是一星半点。

尽管在这场射箭的较量中输得一败涂地,他却跳过来一把抱住了庆次。

"太棒了!"

"真乃一骑当千之人哪。"

"务必请交个朋友。"

"如果战场上与你交手的话,我只怕要落荒而逃了。"

他口中一边滔滔不绝地大放赞词,一边由于兴奋而脸涨得通红地用力敲着庆次的后背。不过他这番连珠炮似的快语庆次可没听懂半分,多亏得弥助在一旁大汗淋漓地同步翻译。两人就像是在同时叫唤一般,场面煞是滑稽。

"够了。住嘴。"

庆次先对弥助喊了一句，然后从李镒的怀抱下挣脱了出来。

"起——"

伴随着一声大喝他将李镒那沉重无比的巨躯高高举起过了头顶。

能将他举起的庆次固然不同寻常，被举起的李镒的表现也毫不逊色。

若是常人的话，必然是为了应对可能被抛出去后的冲击而闭嘴缩紧身躯，这个常识却对面前的这位奇人毫不管用。李镒身处空中依然口中叫道：

"好厉害，力气真大。"

"把我投到千里之外吧。"

说着他居然还拍手喝彩起来。

"那我可要认输了。"

庆次大声这般说着，哈哈大笑起来，将李镒放回到地面，热情地握住了他的手。

李镒将庆次举起也是这一瞬间的事情。原以为他同样也会将庆次举过头顶，却没想到他却使出浑身力气将庆次抛了出去。

全场都屏住了呼吸，庆次却毫不在意。只见他在被抛出之际脚尖在李镒肩头一点，加速飞了出去，身子一拧，漂亮地双足着地，动作之精彩，简直可比一头巨大的猫科动物。周围观者无不汗毛直竖。

"太棒了！"

这句话从李镒口中已经不知说了多少遍了。他再次跳步向前握住了庆次的手。

"你是老虎，真正的老虎。"

较量貌似到此就结束了，金晬等人这才放下心来。但是舍丸不同。

"今晚不可饮酒。"

他悄悄对金悟洞说道：

"那家伙不知道还会耍什么花样呢。"

"他不过就带了二十五个部下，没什么大不了的。"

金悟洞轻抚着重新装填了弹药的远町筒答道。

"况且取那个将军的性命只需一枪。"

听到了两人的对话，弥助的脸色发白：

"喂，别乱来啊。"

"别吵，会被人知道的。那家伙可不是傻瓜哪。"

"那也得先想好怎么逃命啊。"

弥助也算是鼓足了勇气。

"只要进得鸟岭,就算是几百人追来也管教他铩羽而归。"

金悟洞嘿嘿一笑。

鸟岭的意思是连鸟都飞不过的山岭,可谓是尚州与汉城之间巍然耸立着的一座天然要塞。道路均是在悬崖峭壁上凿成,无论是何等的大军都只能排成一列前进。只要一个带足了弹药的神枪手埋伏在此,就能连续毙敌阻其前进。况且此处山岭连绵起伏,有的是逃生之路。如果翻越山岭顺汉江而下甚至可以出海。

"我们需要粮食、弹丸和箭矢,以及驮马两匹。此外还需要火药和火绳。"

舍丸连珠炮般地说道。

"交给我了。"

说着弥助的身影便就此消失。

以李镒在次年秀吉进攻朝鲜——也就是朝鲜方所谓倭乱之中的表现而论,他实在称不上是名将之器。据说在尚州合战之际,他甚至都没有派出斥候,以至于小西行长的大军到了眼皮子底下都未曾察觉,只能说他是个大老粗了。而且与以小西行长为首的第一军一万八千人马相对的是,李镒兵马只有临时征集起来的百姓八九百人,不管怎么看都注定要吃败仗。

这一仗中,李镒最值得注目的便是他那精彩过人的逃命情景。此役朝鲜军几乎全灭,而他却不可思议地活了下来。

"弃马脱衣,披发赤体而走,以至间庆。"

倭乱之时,位居中央政府要职的柳成龙在其事无巨细详记战争的著作《惩毖录》中,曾如此记叙李镒的逃命情景。千万不要将其抛弃一切裸身逃走的行为当做是胆小,这应当看做是他的果敢和执拗吧。

在紧接着的忠州弹琴台合战之中,与李镒相提并论的申砬将军同样也不堪一击,最后投河而死。而李镒则再度从东侧的山谷之间成功逃离而去。

之后当出现在平壤的时候,据说他头戴丧事时才使用的竹笠,身着庶民的白色上衣,脚穿破落不堪的草鞋。而这场平壤之战中他又吃了败仗。也就是说,到明军出动为止,此人是屡战屡败。

但即便如此他还是执拗地活了下来,一直到倭乱九年之后的宣祖三十四年(1601),他才以六十四岁的高龄去世。这种对活下去的执著信念还真是令人敬畏呀。

正式加入了李镒的酒宴再度开始了。

因为弥助不在场,所以翻译的任务就交给了金悟洞。大概是因他生性寡言,又或者是出于怠惰,总之他只在认为必要之时才会进行适当的翻译。

对庆次来说这反倒是再好不过。他比金悟洞更是疏懒,好酒当前,哪里愿意喋喋不休。默默饮酒,时而提笔作诗,对他来说就足够了。

出人意料的是,李镒倒是个明白人,并没跟庆次啰啰唆唆地说上许多,而是话锋一转对上了金悟洞。而话题也主要是围绕着铁炮展开的。

铁炮从中国传入朝鲜已是很早以前的事情了。在朝鲜铁炮被称为小铜铳,由于做工比较粗劣,经常会产生故障,射击时甚至会发生枪身破裂的问题,因此在战场上很少使用,铁炮的铸造技术也一直没有得到很好发展。朝鲜的铁炮射击距离较短,命中距离只有三四十米,与弓箭并没有多大的差别。而且射击一发后必须清洁枪管,再通过复杂的操作装填弹丸,过程实在繁复得令人无法忍受。

虽然铁炮在日本也有着同样的缺点,但通过将为数众多的铁炮分成几队交替射击的战术,克服了射击间隔过久的弊病,而通过铁炮的改造又使得射击距离提高到了百米之遥。此外日本还发明了被称为"早合"的事先填装完火药和弹丸的纸筒,令弹丸装填的时间也得到了缩短。倭乱(秀吉侵略朝鲜之举被朝鲜方称为倭乱)之时日本军之所以在先期取得了压倒性的优势,可说是靠了铁炮之利也并不为过。

而在大炮方面——也就是所谓震天雷的发展上,则是明和朝鲜领先一步。因此在海战上朝鲜军占据了不小的优势。而日本国内真正意味上的大炮连射战术,则要等到日后的大阪冬之阵才首次登台亮相。

正因为此,李镒对金悟洞手中的远町筒产生浓厚的兴趣也是理所当然的事情。

但金悟洞原本是个杀手,杀手又怎可能向他人详细介绍自己的武器呢。因此对于李镒的询问他也只是含糊其辞,并不作正面回答。李镒当然不肯罢休,并由此渐渐地不耐烦起来,眼看着就要发作起来的时候,庆次对伽姬说了一句话:

"我想听曲子,伽子。"

"好啊。"

伽倻琴的调音刚一开始,李镒便把怒气忘到脑后去了。伽姬的琴声便是有着如此的魔力。

调律已毕,伽姬开始了弹奏,满座静如止水。以李镒为首的四位朝鲜文武官员自然之前也听过伽倻琴,但如此沁人心扉的音色和曲调却是初次耳闻。他们都仿佛忘却了如今身处的场所和时间，回到了遥远的过去，沉溺于美不胜收的古代伽倻国风景之中。

李镒眼中溢出了泪水，流淌到了双颊之上，最后终于恸哭失声：

"这真是何等的音色，何等的曲调啊。"

他拍着膝头感叹道：

"为何我从未听过这首曲子啊。如此摄人魂魄的曲子不可能出自倭国，绝对是我国之曲，可为何我竟未曾听过呢。怎会有这样的事情。"

同席的其他朝鲜官员恐怕也是相同的心情吧。

"我都未曾听过的曲子，为何倭人会知道呢？为何倭人一语之下这女子便会弹奏如此的曲子呢。"

显而易见，李镒心中的陶醉已经变成了愤怒。

"你这女人！"

他终于向伽姬怒吼道：

"听说你是伽倻之人。伽倻女子为什么与倭人厮混一起？为什么还要演奏伽倻之歌给倭人听？"

这真是毫无根据的怒火，但李镒此时迫力十足，那气势仿佛要将伽姬生吞活剥一般。

然而伽姬并没有害怕，微微一笑：

"这还用问吗？当然是因为喜欢。"

"就是这个令人不解，为何喜欢的不是我国男子而是倭人？"

"嗯，这个嘛……"

伽姬可爱地偏着头：

"我也不太清楚。"

"哪有这样的蠢事！"

李镒再度叫起的时候，庆次对金悟洞静静说道：

"对将军说，想用对女人的吼叫来掩饰即将施展的企图，完全是多此一举。"

金悟洞嘿嘿一笑，翻译了过去，李镒的脸上立刻浮起了狼狈之色。

"说什么呢。我怎会行此违背仁义之举……"

"想来你是打算先拿住马吧，这可办不到，那匹马可是魔物。"

"魔物？"

李镒吃了一惊，面现几分畏惧。

"而且我同伴中的一人已经前往马厩。那人使的是炸弹。会死很多人呢。况且……"

金悟洞的动作仿佛像魔术一样。他从怀中掏出火种，给火绳点上了火，然后拉开击铁将火绳夹入火挟中打开了火盖，火药业已装填入内。粗长的铁炮径直指向了李镒。

"在出现伤亡前先叫住你的部下。不然想哪里吃枪子儿你就痛快说吧。额头、眼睛还是胸啊？"

伴随着他的话语枪口也一一指向这些部位。

"仁义从你的嘴里说出来真是可笑，将军。你真是个卑鄙小人！"

"住口！"

李镒吼道。

"我乃沙场上的武人，不管使出怎样肮脏的手段都要获得胜利！仁义之说一文不值！"

听了金悟洞的翻译后庆次大声笑道：

"代我向将军道谢。多亏了他，我也不用再有所顾忌了。转告其他各位，难得如此盛情款待，变成这样的收场多有得罪。"

金悟洞翻译完之后吹了一口火绳。

"可以下手了吗？"

他向庆次问道。

"不用了。招待我们的各位官员会很为难吧。"

突然，外面传来了惨叫之声与马的嘶鸣。

"是松风。"

金悟洞话音未落，庆次已经站了起来，他将怀抱着琴的伽姬扛了起来，一手拿着铁弓和箭壶。

"哪里逃！"

李镒敏捷地纵身一跳拦在了庆次的身前，这一跳也是为了避开枪口的准心，与此同时他拔刀向庆次砍来。

然而庆次的反应更快，他顺手以铁弓砸在李镒的脸上，同时金悟洞的远町筒也火光一闪。鲜血飞溅，李镒的左耳被击得粉碎，昏死过去。

"多谢各位的款待。"

庆次向金晬等人深施一礼，悠然向门外走去。金悟洞也一边擦拭着枪口一边紧随其后。

伽姬

外面传来了轰然的爆炸声。一发、两发、三发,伴随着每一次的爆炸都响起了惨叫声。

"弥助还没回来。"

伽姬带着担心的神色道。

"没事,听到爆炸声他会在途中等着的。"

一边走出玄关庆次一边如此说道。

舍丸牵着连松风在内的四匹马等在玄关门口,一只手拿着点火的炸弹。

"像是叫来了五十人之多,不过已经减少了八人。"

他说着又将手中的炸弹投了出去,爆炸声起,悲鸣声不绝于耳。

"减少了十一人。"

庆次助伽姬登上松风之后,将弦挂上了铁弓搭上了镝矢。

嗖的一箭射去,直贯三人。

"十五人。"

金悟洞也扣下了远町筒的扳机,一个军官打扮的人从马上跌落下来。

"走吧。"

庆次跨上松风,向北疾驰而去。

天正二十年的倭乱之际,金晔集合了尚州兵马以待李镒,但因为李镒的迟迟未到再加上兵粮不足的缘故,大半士兵哄逃而去。金澥言称迎接李镒却从此消声匿迹,金晔也迫不得已逃之夭夭,据说结果只有权吉一人迎接了李镒的来到。

穿过数个山村狭道,又是另外一番光景。四周山峦叠嶂,贴面而来。弥助介绍这里乃是名称幽谷里的鸟岭入口。过得幽谷里后,山道两侧一下变得有如刀削斧凿一般。此处被称为缘崖栈道,不用说,人马只能排成一列通过。

越过山岭之后便到达了犬滩里,街道自断崖之间穿过,一行人沿着溪流向前走去。不一刻,突然峡谷以半圆之势向左旋去,紧接着又是一个向右急转,前方断崖矗立,街道沿着其下左旋北上而去。在断崖之上有一座古老的城壁巍然耸立,这座城被称为姑母山城,而急流对面的鱼龙山顶则有着一座姑丈山城,两者以合抱之势完全钳制住了这座山谷。

庆次停住了松风。

"真奇妙啊。"

他仿佛是喃喃自语道。

"怎么了?"

舍丸问道。

"我说的是那两座城。那里若是有五百士卒，哪怕来了几万大军都通行不得。可不知为何此处却既无半点生气，又无半分杀气。"

金悟洞带着无趣的神情回答道：

"这是自然，原本就是两座空城啊。"

"空城！！为何啊？"

庆次不敢相信自己的耳朵。

"这个国家厌恶战争，因此才会有如今这般光景。这样的城池，只有像我等这般隐居于世之人才会将此充作暂栖之地。"

庆次一时无语，眼光从一座城移向另一座城。

"这真是个奢侈的国家啊。"

他摇着头问伽姬道：

"那城从伽倻国时代开始就有吗？"

"不知道。"

伽姬答道：

"我觉得多半不是。"

"这倒也是。伽倻国不会有那样的城池。但是奢侈这一点上不正是相同吗？"

"什么意思呀？"

伽姬用认真的神情注视着庆次。

"有道是极乐净土乃国家的最高奢侈之举。因此在那之后才会走向灭亡。不过哪怕是陷入灭亡，奢侈也可说是一件非常棒的事情。"

"如今这国家可称不上极乐净土。"

金悟洞少见地愤然说道：

"如此作想的只有国王与廷臣，外加上有钱商人而已。其他的人要么就是生活艰辛，要么就是自暴自弃沉溺于酒色，什么极乐净土呀。"

"你应该不是这个国家的人吧。"

庆次惊讶地问道。

"明国也同样如此。"

金悟洞吐出一句。显然，逼得他走上杀手之路的原因便在其中。

"难不成此人是奴婢出身？"

庆次心中闪过这样的念头。在这个时代，在中日朝三国尚有着奴婢，或者说是奴隶。虽然身为活人，却是官家或个人的私有之物，主人有着买卖、继承、赠送的自由，无论被如何苛刻使役都不得有半点怨言。而且这一身份有着世袭制度，子孙后代都永远无法跳出这个火坑。在朝鲜，为了管理这些奴婢防止他们逃跑，于主都汉阳设有名为掌隶院的机构，记录奴隶的户籍。后来汉阳遭受倭军攻击被烧毁的时候，首当其冲被付之一炬的正是这掌隶院。

对庆次来说，奴婢毫无任何意义。人就是人，如果是男人，是不是战士；如果是女人，会不会温柔，这才是问题的关键。

"能骑马登上那座城吗？"

舍丸把话题引回到现实中来。这个男人正是一个典型的战士。

"看来不行，而且似乎也没有这个必要。"

庆次转过身去，身后不见一个追兵的踪影。

"悟洞，有其他路可以超过我们先赶到汉阳吗？"

"没有。"

金悟洞干净利落地回答道。

"那就没问题了，只要沿着这条山路一直走，我们就很安全。等到了宽敞的地方再考虑下一步吧。总之我是要去汉阳的。"

庆次说完再度驱动松风。

道路渐渐变得狭隘，道边的树木却变得一棵比一棵粗壮。不知其名的野鸟之声阵阵，山百合的浓郁香气时时扑鼻而来。

开始下雨了。道路须臾之间变得泥泞不堪，甚是难行，若不是松风一马当先，很可能一行人马就此踯躅不前。

登上一个急坡，眼前豁然开朗，原来已是登上了山顶，眼下是一片辽阔的草原。远方小白山脉以急速倾斜之姿陷入谷中，再往前看去是数重山峦，草原彼方可远远见到一缕道路。

"那是忠清道。"

弥助说道。沿着那条道路向前便可经过忠州抵达汉阳。途中也可通过汉江水路而上。

"不过，到了汉阳之后打算干啥呢？"

舍丸问道。

"观光。"

庆次回答得极为自然，仿佛那是理所当然的事情。

"观光吗？"

舍丸叹了一口气：

"哪有这样的闲暇。尚州的报告一到，朝廷自然不会置之不理。都城的话，恐怕早已布下了天罗地网。"

"不用担心。汉阳的隐蔽之所多的是。官府管不到的地方我也知道好几个。"

金悟洞带着嘲笑般的口吻说道。

"我国的使者应该还在汉阳吧。景辙玄苏和尚与对马家老柳川调信大人。投靠他们两位的话一定能庇护我等。"

弥助竭力如此主张。

"玄苏和尚的话不妨见上一面。不过托他调停之事就免了吧。我不想打扰无辜的使者。自己的事情我自己会处理。"

庆次将这话说得理所当然一般。

"可大家都是日本人呀。何必抱着这样无谓的虚荣……"

弥助话还没说完，就被庆次凌厉的一瞥吓得缩回了舌头。

"和你就在此别过吧。接下来一个人要如何行事就随你高兴。被官府逮到就说和我们毫无瓜葛好了。"

弥助差点没从马上滚下来。他最害怕的事态终于还是发生了。要是在这里被解雇的话自己的一生就完了。神谷宗湛永远都不会原谅自己。要是被宗湛排斥的话，无论是在九州还是京都大阪，要想成为一个大商人就下辈子再说吧。

"这可不行啊。"

弥助挺起胸膛说道。原本这样的场合应该是就地跪下请求原谅，可弥助凭着商人的直觉打算反其道而行之。庆次这种类型的男人最讨厌的就是道歉之人，即便是不合他眼，只要能坚持自己的主张就能得到他的认同。当然了，就算是作为男人予以认同，也未必一定会原谅。弥助赌的正是这一点。

"我受宗湛大人的委托，宰领这一行人等。不管发生何事，都有责任将各位平安带回博多。就算被说成不需要我也不能就此抽身。况且，我要是不在的话，旅费也就一文不剩了吧。怎么着都想撵我走的话，就请杀了我取走钱吧。"

舍丸和金悟洞冷冷地对视了一眼。弥助真是个彻头彻尾的大傻瓜。要是常人的话当然不会因为这点事情痛下杀手，庆次则不同。他不但是讨厌这种强词夺理的态度，更常常会一反旁人的猜测来行动。

果然，庆次的眼神晦暗。松风就仿佛是察觉了庆次的心意一般，自然地向弥助靠近。

弥助脸色一下变得苍白，他这才发现自己的失策。

"要被杀了。"

他动念之际，一条黑糊糊的东西以迅雷不及掩耳之势当头落下。当他意识到这是铁弓的时候已经晚了，脑门吃得重重一击翻身落马。

"我们走。"

庆次不快地扔下一句，将松风马头拨转向忠州方向，猛然疾驰而去。

## 第二十二章 汉阳

即便是如景辙玄苏这般的高僧，此刻心中的阴霾也是挥之不去。

日本使节已经滞留东平馆长达一月有余，但事态依旧没有任何进展。

玄苏生于天文六年，今年五十五岁。原本他是博多圣福寺的住持，天正八年（1580）受邀渡往对马开设了以酊庵，自此之后作为外交僧活跃于日朝两国。

玄苏的宗派在禅宗中称为中峰派或幻住派，由十三世纪中国天目山幻住庵的中峰明文兴起，由远汉祖雄等人传来日本。虽然其与主流的五山派格格不入，但由于受到了守护大名大内氏的支持，该地方宗派中多有僧侣受到起用担任与中国朝鲜的外交工作。玄苏也是这其中一人。据说这以酊庵到后世的江户时代也一直都是起草朝鲜外交文书之所。

之前也已说过，这玄苏乃是彻头彻尾的和平主义者，他既不愿意见到朝鲜为秀吉的军队所蹂躏，也不愿意见到日本的百姓受征兵之苦客死异乡。在他看来，秀吉也好宣祖也好都是醉心于权力的愚者，欺骗这样的人根本不是什么罪过。朝鲜只要声称为日本和明国斡旋，对双方都传达对方想听的话来糊弄一阵就行了。这期间垂暮的秀吉就会老死，天下情势会为之一变，日本也便不再会执著于对明和朝鲜的侵略。到那个时候来临之前，不管是怎样无理的要求，都应该一味忍耐下来，用发誓效忠或赔礼道歉以求安然度过。

玄苏业已伙同对马的宗家一起欺骗了秀吉和宣祖。秀吉虽是命令朝鲜作为日本的先锋进攻明国，玄苏和宗家却对宣祖换成了"请求朝鲜成为日本向明国朝贡的向导"这样的说法。

但即便如此，朝鲜也一直是没有答应下来。玄苏不得已吐露了秀吉将以武力来驱使朝鲜的意向，但这个将日本看做是傻瓜的国家丝毫不为所动。

基督教大名小西行长和五奉行中的石田三成也都赞成玄苏和宗氏的意见，在

## 汉阳

背后予以暗中支持。因为这二人也深知这场战争势必劳而无功。特别是对石田三成来说，这还是关系了丰臣家兴废存亡的大事，因此对玄苏也是倾力支持。

尽管如此……玄苏此刻心中正是郁郁不已。

"这简直不是跟赛之河原一个样吗？"

不管是如何堆积石子，到了晚上就会被鬼全部推倒，终究是白忙活一场。

正是这样的一日，弟子传来了庆次到访的消息。

"有位名叫前田庆次的大人说是务必求见大师一面……"

玄苏摸了摸脑袋。"倾奇者"前田庆次之名连他这个和尚也是如雷贯耳。但他怎会跑到这朝鲜的都城来呢？

"请他进来。"

弟子去后，他再度摸了摸脑袋，想起了庆次受秀吉赏识，被允许无论何处都可尽兴而为的事情。

"难道是关白的密使？"

他一瞬间如此想道，但很快又打消了这个荒唐的念头。然而庆次进得厅堂之时，他的脑中再度掠过了这个想法。这庆次仪表堂堂，举止端正，彬彬有礼。玄苏完全没想到鼎鼎大名的"倾奇者"竟会是如此一个伟丈夫。

"何时来的朝鲜呀？"

玄苏从无足轻重之处开始发问。

"尚不足半月。"

庆次的回答从容不迫。

"这等时节为何而来？"

"为了观望此国。"

"观望感想如何？"

这句问话中充满了禅僧风格的意味深长。

"在下看到了一个沉醉于灭亡之美的国家。"

玄苏的目光牢牢地盯在了庆次的脸上，但他并没有问为什么。

"灭亡可是美好之事？"

"灭亡虽美，却也残酷。"

玄苏微笑起来。

为何这个男人会成为"倾奇者"呢？

这个疑问强烈地涌上了他的心头。

"我正是为了避免这残酷之事才固执至今……"

庆次摇了摇头，这个动作既不是肯定也不是否定。
"不正是因为人力不可及，才会灭亡的吗？"
玄苏一时无语。庆次说得没错。但若真是这样的话人还有存在的意义么。
"或许逆天道而行才可称之为人吧。"
虽然是这么一说，玄苏自己也觉得话中大有辩解之意，不禁微哂。
庆次大笑出声。
"不料和尚竟也有倾奇之举。"
玄苏也扬声笑起。仔细想想，这还是来朝鲜后他第一次露出笑容。
"此人甚合我意。"
玄苏击掌命人准备酒肴。

"前田大人前来朝鲜所为何事？"
玄苏问道。
"照例仍是为倾奇之事而来。"
"所谓倾奇之事是？"
"打架。"
"打架？！"
饶是玄苏也吃了一惊，一瞬间提高了音量。
"没错，大体如此。还有就是恋爱。"
"恋爱？！"
玄苏也知道鹦鹉学舌一般实在是够傻，但庆次口中之言委实过于不可思议，也难怪他惊讶。
"打架和恋爱吗？"
玄苏叹息般地说道，听上去又像是在自言自语。
"单这些事情就够忙的了。"
庆次像是害臊一般摸了摸自己的脸。
"打了几次架？"
玄苏又问。老实说他有些难以置信。但第一眼看到庆次之时他认定这个男人不会撒谎。
"基本……算三次吧。"
"三次！"
玄苏再度提高了声音。待得庆次将这三次"打架"的经过简单说来，玄苏又

## 汉阳

倒抽了一口凉气。虽然倭人之中多有渡海来朝鲜之人，还没哪个能在如此短的时间之内惹上这么多的麻烦。虽是用"打架"一语以概之，可这回回不都是战斗吗？要是普通人的话早就死上好几遍了。

"此人对这个国家来说或许是凌驾于倭寇之上的灾厄吧。"

玄苏心中如此作想，同时却又觉得有趣。这个倾奇者的精彩之处就在虽然是如此激烈的战斗，却又极力避免无谓的杀戮。至少不管是文臣还是武将，都无一人死在他手下。而且除了第三次的李镒之外，甚至更无人受伤。

"那如今可是后有追兵？"

玄苏一瞬间猜想庆次前来东平馆是否为了寻求庇护，便如此问道。

庆次自然地摆了摆手。

"奇怪的是并无一人追赶而来……当然，也毫无寻求大师庇护的打算，敬请放心。"

接着他将来汉阳一路之上全无追兵之事细细说来，言道本以为鸟岭之地会有一场厮杀，然而却未遇一兵一卒，令他失望之极。

"这个嘛，追兵应该会赶上来的吧。不过到那时我等应已是沿汉江而下了。"

说着庆次爽朗笑了起来。看着庆次，玄苏心中闪过一个念头。

"以防万一，我派人调查一下。"

"哪里哪里，何劳费心。"

庆次连连摇手。玄苏鸣铃传来了近侍的僧人，命其前往官府打听可有自尚州发来的对前田庆次的任何诉状。

"凭我的感觉……"

玄苏干下杯中酒后说出一句惊人之语。

"并无追兵。"

"哦。"

庆次的反应依然从容。

"可如此一来武将们的面子就难保了。"

"恰恰相反，正因为武将们的面子难保，才不能派出追兵。"

"嗯——？"

庆次偏着脖子状似思索。

"你想一下，李镒那般有名的将军，带着五十余人的官兵，却被三个倭人打败，还丢了一只耳朵，要是被天下人知道了该当如何？在边境击破胡人（女真

族）的军功只怕也要堕地不起吧。这样一想的话，再派出追兵就无异于更添耻辱。"

"可金睟等几位文官都在现场目睹了一切啊。"

"他们是把前田大人当成国使一般来接待的，若是责问前田大人的话就等于是承认他们的过失。因此越发不会派追兵了。"

庆次又咕哝了一声。玄苏所言确是非常现实。在这个国家，比起仇恨来，或许是体面更为重要。密阳府使朴晋斩杀亲弟弟，结果不也是为了保住自己的体面吗？

"或许有可能吧。不过不管怎样都没关系。"

玄苏不禁失笑出声。居然还大言不惭没什么。就算对庆次本人来说是如此，对这个国家来说可是大有干系的吧。

庆次一路来的对手们，釜山的郑拨、密阳的朴晋、尚州的金睟、金瀞、权吉，乃至李镒，究竟会怎样看待这个男子呢。玄苏对此很感兴趣。

简直就像是看准了倭国国使柳川调信和自己正在这汉阳的时机一般，庆次从釜山登陆，每到一处便掀起惊涛骇浪，却又正确地沿着国使的正式通路向汉阳而来。这一群异样的武士说是倭寇，人数委实过少，况且行事又十分的堂堂正正。但说是国使，行事又太过于诡异。若说还有其他的可能性，他们怎么看既不像贸易商人，也不像亡命之徒。

实际接触之下，既是令金睟吃惊的才子，又是能击败李镒将军的武人。究竟该怎样评价这样一位奇男子呢？可以想象朝鲜的文臣武将都摸不清他的底细。

间谍。

只怕这个国家的官员们到头来只会这样认为了。玄苏心道。而且这还不仅仅是停留在调查情报这个层次上的间谍，而是近似于某种诱饵、亲入虎穴来探查该国武力与兵力的间谍。若非如此，是断然没理由在所到之处屡屡挑起争端的。

还有，这个间谍或许更是一条导火索。也就是说关白秀吉特意派来麾下优秀的部将（以其武勇显而易见），若是不幸被朝鲜方杀害了，秀吉便有理由向朝鲜抗议，并以此为开战的口实。

面对如此棘手的男子，朝鲜的各位官员能怎么办呢？集合官兵追捕？这绝对不行。对他们来说这不仅是最大的耻辱，也有着极高的危险性。如此想来，要杀他就只有一个方法了，那就是秘密杀害——由不明身份的暗杀者暗中下手，得手后将尸体埋藏在荒山野岭的秘密所在。这样一来在世人尤其是倭人的眼中，庆次并不是遭到杀害，只会被以为是毫无前兆地失踪了。自古以来，以这样的方式消失于世间的人多的是啊。

想到此处玄苏心中一寒，望向庆次。如此大好男儿若是被此等阴险方式杀害实在太可惜了。他犹如阳光一般地开朗豁达，行事光明磊落，密杀这种死法怎么适合他呢？就算要死，适合他的死亡场所应该是堂堂正正血流成河的激战才对吧。

"前田大人。"

玄苏用急迫的声音叫道。

"阁下或许还是早些离开这个国家为妙。"

"为何呢？"

庆次若无其事地回问道。

"这个嘛……"

玄苏压下了自己的话语。要是直言有被秘密杀害的危险未免也有些太残忍了。

"阁下乃是老虎，而且是吃人的老虎。"

庆次皱起了眉头。

"并不是因为想吃人才吃的哦。"

"老虎或许也会这么说吧。"

玄苏回道。

"但老虎依旧会遭到猎杀。人们设下无数陷阱，将它远远地引来，逼入其中。官府因为畏惧而不敢靠近，也不会告诉村民，因为若是闲话传得广了便会惹来更大的麻烦，而官府是不喜欢麻烦的。他们会把狩猎的任务全权委托给猎人。"

庆次端详了一会儿玄苏的脸色，突然微微一笑。

"猎人吗？真有趣。"

庆次说道。

此人一看便知是久经沙场之人，不过显然已是垂垂老矣，而且身带伤残。

他遍体裸露在外的皮肤都被大小伤痕所覆盖，脸上更是惨不忍睹，连五官都仿佛是拼凑在伤痕中一般，左右两耳皆无，有的只是两道狰狞的伤口。

他的手指也少了三根，左手两根，右手一根，都是从指根处便消失的，这双手显然不可能拉动弓箭，就连使剑都会相当困难吧。

右脚跛得厉害，或许是因为大腿上有伤的缘故。

这遍及全身的伤痕并非都是战斗中的负伤，有些显然是被敌人俘虏后遭受严酷拷问的结果。尤其脸上的伤痕更是如此，这种状况下居然没有失明真是近乎奇迹。

此人靠什么为生也并无人知道。

他现在已非士兵，身边既没有佩带任何刀枪，穿的衣服也比寻常士兵要破旧得多，这身衣服原本或许是白色的吧，可如今已是沾满灰尘接近褐色，脚上套着破烂的草鞋，腰间垂着一个葫芦。

此人如今没有姓名。不管是谁询问他都只会傻傻地一边笑着一边摇头，挨打受踢也是如此。人们都深信他是一个在战场中连自己的姓名都忘记了的愚笨士兵，不免对其怀有一丝怜悯。官府也如此以为。在激烈的战斗中丧失记忆的例子出乎意料的多，或许这也是一种战争恐怖症的表现吧。每个人都以为这不过是又一个胡族战争中的不幸者而已。

可一介男子怎会无名无姓呢。他名叫朴仁，是名门望族朴氏的后裔。但在成为胡人的俘虏后，因为耻辱而舍弃了自己的姓名。密阳府使朴晋正是他的堂兄。

朴晋凭借着手刃胞弟好不容易保住了府使乌纱，但此事一俟平息之后，却有不尽的遗憾涌上心来。斩杀朴义时的罪恶感不时会跳出来折磨他，令他整日无法忘却。

"只有杀了那个人才行。"

当他如此下决心的时候，堂弟的脸在他脑海中浮现了出来。朴仁虽是隐姓埋名潜居于汉阳的街头巷尾，但唯独和朴晋一人还保持着联系。昔日二人意气相投，关系甚为融洽，朴晋成为了文官，朴仁则当了武将，二人约好了要从文武仕官两道共同携手出人头地。这一联手若不是因为遇上胡族的反乱，又或是朴仁没成为俘虏的话，本该是一帆风顺的。而即便是朴仁落到了如今这个地步，朴晋也并未忘记一直以来的友情，不时给予朴仁适当的照顾。

朴晋知道朴仁不知何时加入了一个杀手组织。他加入这个组织并不是为了钱，朴晋大可提供他充裕的金钱。他这么做只是出于怨恨，怨恨的对象则是胡族以及在自己经历长年俘虏生活之后终于成功逃回京城后却给予蔑视和冷遇的朝廷。只有依靠杀人这一行为才能得以抑制这种怨恨，不至于令它爆发。

朴晋写了一份长信给朴仁。在信中他并没有提及杀死前田庆次，只是尽述了庆次给他带来的苦楚，以及庆次如今的动静。只要写上这些，朴仁就会主动进入杀手的角色。他对这样好的猎物垂涎三尺已久了。

朴仁所属的组织非常巨大，其成员遍布全国，多是一些沉默寡言但却本领高

## 汉阳

强之人。该组织不允许个人单独接受委托，凡有委托必须由组织出面接受，并交由一个小队执行。每个小队至少由五人构成，因此朴仁开始行动之际，也是其他四人同时展开行动之时。

当然，这五人并非都是杀人的高手，其中一人负责侦察，一人负责武器的调配和变装衣物的准备，一人负责事成之后的接应，再有一人是下手之际直接的助手，最后才是杀手。一个小队便由如上这些人员构成。

如今朴仁正根据侦察者的调查向东平馆走去。前田庆次与其同行的四人在玄苏殷切的劝说之下宿留于此。侦察者还报告说庆次部下中有两人皆为高手，如果趁这两人和庆次在一起时发动袭击无异于飞蛾扑火，因此必须各个击破。

今日朴仁便正是为了研究这一战术而亲自前来，而他的助手也正在前方十间[1]左右的距离走着，此人打扮成的是极其平常的卖菜农民，之前来过两次东平馆，并不会惹人疑心。

而朴仁后方十间左右的距离走着的则是负责掩护撤退之人，他的打扮是正规的士兵。

前方的助手停下了脚步。

紧挨着的东平馆门中走出一个男子。

正是弥助。

弥助走到这名赵姓的男子面前蹲下身来，审视着篓中瓜果说了些什么。

"干得漂亮。"

朴仁心中一笑，慢慢向弥助靠近，但在走到五间左右的距离时，他感觉到脖颈间传来一丝凉意，这证明有谁正凝视着他。

"果然有人。"

朴仁并没有向视线射来的方向看去，而是将目光集中于赵放在地上的菜篓，晃晃悠悠地从一边走过。

朴仁身后负责撤离的沈突然走近卖菜的赵，买了一个瓜。这是为了帮助朴仁，主动吸引监视者的目光。赵按照沈的吩咐剥下瓜皮递了上去，弥助则怔怔地看着这一切，丝毫未察觉到异样。

沈一边吃瓜一边继续走着赶上了朴仁，此时早已走过了东平馆很久。

若无其事般擦肩而过的瞬间沈说道：

"墙上架着那把鸟铳。"

"果然如此。"

朴仁等人最初的打算是诱拐庆次一行中破绽最多的弥助，然后以要求赎金为

由将一行人引诱出来,再伺机刺杀庆次。之所以放弃这个计划,是因为得知庆次身边二人都不是易与之辈。

据说年龄不详的那个矮子是忍者,擅长使用炸弹。朴晋的部队和李镒的亲兵都吃足了这炸弹的苦头。

另一个拿着竹竿一般长的鸟铳的男子,姓马的侦察者却偏巧识得他的面容。此人名叫金悟洞,出身明国,乃是假倭寇,凶悍异常。由于他在朝鲜屡屡闯下大祸,只得避往倭国。据说他也是靠当杀手为生,那把长鸟铳被称为"远町筒",其惊人的射击距离和命中精度已在李镒将军身上得到了证实。

至于作为刺杀目标的庆次本人,据说也能拉动罕见的铁弓,能在普通弯弓三倍的距离之外用镝矢轻松射中靶子。

也就是说这主从三人都是远距离武器的高手,而且肉搏战恐怕也都不好对付。马的这一调查结果恐怕会令大多数人沮丧,但朴仁可不是寻常之辈,相反却涌起了前所未有的高昂斗志。

放弃绑架弥助计划的原因,是因为这个方法非但不能分散三人,相反还会令他们团结起来。而且这一做法弄不好还会惹得官兵出动。

庆次等人如今正和倭国使节住在一处,对方一定会向官府报案声称使节同行者遭到绑架的吧。如今正是倭国与朝鲜关系紧张之时,宫廷自然不能置之不理,必然会动员官兵布下天罗地网来搜查。这样的话就有些麻烦了。

通常使用的狙击乃至潜入刺杀的方法也根本用不着考虑。狙击也好潜入也好,或许对方更为擅长呢。至少在狙击方面明显对方的武器射程更远、精度更高。

这次暗杀任务,只有一个办法才能完成,那就是使用某种声东击西的计策。

朴仁等人做出了这个结论,也想了很多方法,诱拐便是其中之一。

最后终于众人讨论并决定了一个方案。

这个作战方案相当复杂。

首先是必须将庆次等人的注意力从自卫转向保护他人。

为此被选中的人物是玄苏和尚。

这位外交僧凭着他的渊博的学识和在诗词方面的造诣,在李王朝中有着很多知友。换句话说,也有着同等数量或是更多的敌人。当时的文官根据其出身地分为东党和西党两大派阀,日后甚至引起了被称为"士祸"的激烈政争。因此东党派若是拥护玄苏的话西党派必然会反对玄苏。况且,玄苏擅长直截了当的说辞,这次多半已是惹怒了李王朝。对朴苏等人来说,这正是一个不可错失的良机。

## 汉阳

　　本来实施计谋是侦察者的任务,但因为马认识金悟洞,存在着对方也认识马的风险。故而这次行动中由助手赵负责贿赂东平馆的守卫,以便能作为卖菜之人进出这栋建筑。

　　警惕着毒杀的庆次一行命弥助负责购买食粮,因此赵迅速搭上了弥助,不但提供给他极为新鲜的蔬菜,价格上也略低于市价。之所以没有给太多的便宜,是因为那样做反而会引起疑心。

　　赵言称自己虽不过是一介普通的卖菜人,但兄长通过科举在宫廷中担任文官,对此他相当引以为豪。弥助之所以跟赵套上近乎,这也是一个重要的理由。

　　弥助的打算是通过这个卖菜的获知宫廷中的情报。当他问赵跟其兄往来是否频繁时,赵回答道自己虽因耻于营生尽力避免与兄长会面,但内人却因为跟嫂子很谈得来而几乎每日都出入兄长家宅,回来后还会转述不少对他来说一无是用的宫廷情报。

　　那真是求之不得。弥助立刻告诉赵,或许你还不知道,如今倭国和朝鲜正处于一场麻烦纷争的前奏之中,万一宫廷中要是流传出有关倭国或是倭人的流言,务必请立刻告知。当然,我也会支付相当的谢礼。实际上,弥助是为了及时得知宫廷中对庆次一行的反应,若是庆次之名在宫廷中被提起就完了,官兵一定会拥到这东平馆来拿人的。

　　不过这其中倒是还有若干转圜的余地。再怎么说,他们也是跟倭国的使节住在一起,要逮捕的话也须得经过一定的手续。趁着这短暂的耽搁,一行人便可逃之夭夭。这一来既能逃得性命,也不会给玄苏造成麻烦。所以眼前这个卖菜人的出现对于弥助来说真是雪中送炭。

　　姓赵的这个男子乃是使短剑的高手,也擅长吹矢之术。不过看上去虽是人高马大面相倒也憨厚,因此非常胜任卖菜这个角色。

　　弥助可说是完全进了他的套。

　　今日,赵又通过告诉弥助的消息将计划推进了一步。

　　他兄长在宫廷中听到了秘密的消息,特意通过嫂子叫赵这几日不要来东平馆做生意。据说国王对此次倭国的态度极为恼火,有意将使节以及随行之人尽行屠戮。武官们已经在秘密准备行动了。当然,他们并不能公然带着官兵讨伐倭国的使节,要是这样的话立刻会给战争以口实。因此他们打算先派人在东平馆放上一把火,然后借灭火的理由率兵冲入,在混乱之中杀掉玄苏和尚,再将其他使节和从人杀个干净。要想逃命的话只有立刻离开都城沿汉江直下,才能踏上归国之途。因为陆路不知会设下哪些埋伏。云云。

弥助听了他的话脸色一下变得苍白，但他毕竟不愧是老奸巨滑，并未全盘相信赵说的话。于是他将赵带到了庆次的面前，将他的话转述了一遍。

庆次根本不吃惊，仿佛完全在意料之中。但事关重大，他又将赵带到了玄苏那里。

玄苏摇了摇头。

"贫僧深知这个国家讨厌我，但并不认为已经讨厌到了要诛杀的地步。"

他如此说道。

"杀了我会立刻引起战争。可没有比这个国家更厌恶战争的了，因此他们怎么会做这种会引发战争的蠢事呢。"

庆次也是如此认为。这种想法代表的是一种常识。但谁也保不准人不会做出常识以外的行为来。对方若是国王的话则更是如此了。

"有个测试的方法。"

玄苏浅浅一笑，让赵坐在自己的面前。

他刷地一下抬起了手，虽然未施以任何压力，赵却已硬直了身体。这在当时被称为不动金缚之术，其实是一种瞬间催眠术。如果中了这种法术，用今天的话来说，就像是被打了一针告白剂，不管问他什么都会老老实实地交代出来。

玄苏先从姓名、年龄、职业等简单的问题问起，终于问到了宫廷的事情。

令人吃惊的是，赵嘴里说出来的话完全跟与弥助说的一模一样。

如果玄苏从头开始问起的话就会立刻注意到异常，其实赵早已被施以了反催眠的法术。也就是说他已经被提前催眠，被灌输了要说的话。虽然通过催眠术让赵暂时忘记了这些，但之前已经向他下达了只要陷入催眠状态的话便会将这些重新想起来的指令。这就是反催眠的办法。玄苏的不动金缚法术在朝鲜相当有名，因此朴仁等人才预想了这样的应对方法，果然派上了用处。

结果是玄苏和庆次也相信了赵。但对于赵说的这些令人震撼的消息，二人却是不动声色。

"要逃吗？"

庆次悠然问道。

"看来你们还是逃命的好。"

玄苏也用和平日一般无二的沉着语气说道。

"我等并无所谓，这条命死不足惜，况且凶险早已是家常便饭，不管是何等的麻烦总有办法可想。但大师一行可不能效仿。何况你们也有自己的立场吧。"

玄苏一笑。

## 汉阳

"我再不济也是倭国的使节。此等事态自渡海而来之际便早有心理准备。事到如今又岂能临阵退缩。"

说着他的脸上掠过一丝阴霾。

"然而,这样一来战争便无法避免。这实是令人遗憾。枉费我带着无论如何都要避免这场愚蠢战争的心意走这一趟啊。"

他深深地叹了一口气。比起自己和使节全员微不足道的死来,玄苏这位一心想要阻止战争而奔走两国之间的一代名外交僧一定是更遗憾这点吧。

赵不懂日语。但玄苏的感叹跨越了语言的障碍传达到了他的胸中。

"我们不会是正要犯下前所未有的大错吧。"

连怨国憎民以至走上犯罪道路的赵都如此作想,可见玄苏叹息之情如何真切。

"可还不能这么快下定论哟。"

庆次微笑着说道。

"我们是不会坐视大师赴死而不理的。"

"这话真是令人欣慰。不过可别忘了你们还有女子呢。"

"那就让伽子紧随大师左右吧。"

玄苏瞪起了眼睛。

"你是打算让我破戒吗?"

庆次笑得前仰后合。

过了两天、三天,还是没有发生任何异状。

朴仁和赵慎重地数算着时日。

事实上在赵对庆次和玄苏说出那些话的时候,放火的准备都已经完成,随时随地都能将东平馆付之一炬。

第三天破晓之际,金悟洞才第一个提出了大家心里都埋藏许久的疑问。

"不会是假情报吧?"

庆次摇摇头。

"我不这样认为。"

卖菜的赵中了玄苏法术的时候,不仅是庆次,所有人都目睹了这一幕。

"就算是卖菜的没说谎,也有可能是他哥哥在说谎。"

"甭管那卖菜的。"

庆次带着高深莫测的眼神说道。

"直觉告诉我会有事发生，肯定会有。"

对他这种断然的态度，金悟洞只得默不出声。

"就是等着你说这样的话呢。这正是对方的目的。"

舍丸对金悟洞这样说道。金为之愕然。

"他们总不会想跟倭人较量耐心吧？这个国家的人可是出了名的心急气短呢。"

"官兵不也是没见半点动静吗？"

弥助与金悟洞同样也有着朝鲜人生性急躁这样的主观认识。

"官兵向来都是大大咧咧的，不喜欢久候。可能宫廷毕竟觉得派官兵不妥吧。"

这话也对也不对。负责准备的白已经花钱买通了官兵的队长。这队长并没有什么事后受追究的风险，只需要在市内巡察之际"偶尔"遇上火灾，带人进来救火就行了。官兵用不着动手，只需要大声喧闹四处奔走灭火，实际下手杀人由朴仁负责。

庆次等人平安无事地迎来了第四天的黎明，看来这一天又将平静度过。

就在这时，发生了爆炸。

爆炸发生在东平馆建筑的六个区域，而且是同时发生。由于炸药设置在浓油之中，爆炸的同时蹿起了冲天的火焰。

这炸药是由负责行动准备的白在十天前设置下的。白的身高有如孩童，满面皱纹，仿佛一个慈爱的老爷爷，这外貌怎么看都温和无害，但实际上他内心充满了怨毒，而且还是个炸药方面的行家。这次行动使用的炸药也是白亲手所制，用现在的眼光来看这简直就是燃烧弹，制作相当精巧。

白凭着他那和善的外貌在十天前被东平馆雇为负责打扫的仆人。他在打扫的同时也安好了炸药，今天则一边打扫一边给炸药加上了长短不一的导火线。

负责点导火线的是负责撤退的沈。

此刻已是黄昏时分，沈手持松明而行，若无其事地点燃炸药，服装则是士兵的打扮。

不管是从服装、火把还是从身躯的高大来看，沈在这薄暮之中都是异常地醒目，但这反而成了一个盲点，谁都没有注意，况且手持火把点燃庭院之中灯笼的话，更是再平常不过。

然而却有一人对沈起了疑心，那就是金悟洞。

这个男人正蹲在东平馆最高的屋顶之上，他刚和舍丸交替完值班任务。

## 汉阳

登上这个屋顶之后,别说是东平馆的庭院了,就连门外的大路都看得一清二楚,这里真是一个绝好的瞭望台。这四日间舍丸与金悟洞在此轮流把守。

黄昏已过,在暮色迷茫的庭院之中,沈手持的火把格外醒目。他接连不断靠近建筑的各个角落以及各处石灯笼,足足绕了庭院一周,举动颇为可疑。一般哪会有人点个灯笼都这么着急?

金悟洞慢慢端起了远町筒,用准星瞄准了火把的主人。

沈将六处的炸药都点火完毕后,将松明伸入池中熄灭。这下他可是犯了个致命的错误。池塘另一端的石灯笼还没点燃呢,要真是负责点灯笼的人,绝不会犯这样的过失。

金悟洞再无怀疑,扣动了扳机。这种当机立断正是杀手特有的性格。雷鸣一般的枪声响起,沈应声倒地,胸膛上开了一个血窟窿。

这一枪成为了战斗实际开始的信号。

枪声的余音尚未散去,爆炸声便响成一片,四处涌起红莲般的火焰。

此时白安排的五十人官兵纷纷冲进了宅邸之内,大声喧闹着动手救火。

金悟洞见景立刻从屋顶上滑了下来,钻入了玄苏等人所在的房内。

进得房内的一瞬间,饶是金悟洞这般的男子也瞪大了眼睛。

室内居然有马,而且还是三匹。

庆次正端坐在松风之上,玄苏和伽姬则坐在野风之上,另一头朝鲜马上坐的是弥助,作为舍丸武器的炸弹装满了两个箱子,挂在马鞍的两侧。

"官兵约有五十人,阵势虽大却看不出有杀气。"

金悟洞呆呆地禀告道。

"你击中了一人吧。"

庆次像是看到了。

"那人四处转悠点燃炸药。在下动手太晚实在抱歉。"

庆次摆摆手。

"真奇怪。"

他吐出一句,面上现出难得的沉思。

此时另一位使节柳川调信的家臣气急败坏地跑了进来,看到三匹马后吃了一惊,粗声粗气地说道:

"你们在干啥呢?着火啦!这会儿正都忙得不可开交,居然在此遛马……"

"不用救火。"

庆次说道。

"你说啥？！"

"救火自有人去，你们专心保护主公即可。我等四日之前应该就提醒过柳川大人，会有刺客到来。"

"这、这……"

家臣的脸色变得苍白。

"如今你家主公身边还有几人？"

"是！多、多半只有两人……"

"真是愚蠢的家臣。难道为了救火要害死主公吗？"

这个可怜的家臣看来连回应这句侮辱的话的余裕都没有了，慌里慌张地打算跳出房去。庆次冲着他的背影喊道：

"不要来给我们添麻烦。我等保护大师已是人手吃紧了。你们的主公不管是被杀还是被烧都与我等无关，听明白了吗？"

这名家臣一瞬间回头怒目以对，但最终还是不发一言地跳了出去。

外面的骚乱越发大了起来，伴随着噼噼啪啪的声音热气和黑烟也逼了进来。

但玄苏和伽姬都镇定自若，这是出于对庆次的完全信任。松风和野风也面带平静，只有朝鲜马有些慌乱，一刻不停地在那里摇头摆尾，弥助拼命地按着它叫道：

"别乱动，拜托啦。简直就是在说我不可信任嘛，太难堪啦。你打算丢我的脸吗？"

舍丸嗤地一笑：

"这匹马倒还挺聪明的嘛。"

"说啥呢。它聪明个啥……"

"我没说你啊，说的是它驮的货物。要是这些炸弹着火就完了，连人带马都会炸得粉身碎骨啊。"

金悟洞在一旁发出怪鸟一般咯咯的笑声。

弥助像是刚明白过来，一阵愕然之后便忙不迭地打算下马。但庆次手中的枪挑着他的后襟又将他提回到鞍上。

"你要是下来的话马就会跳出去。绝不原谅让马独自去死的举动。"

"天哪……"

弥助都快哭出来了。

事实上四面逼来的热气已是非同小可，房中的众人都已汗透重襟。涌入房内的黑烟也是越来越浓。

"房间斜前方有一个池塘。"

舍丸对庆次望去，如此说道。

"那正是绝对不能靠近的场所吧。"

庆次擦着汗道。

"是啊。"

从火中跳出来的人第一个跑去的便是有水的地方。而从这房间向左斜行十数步便有一个池塘。那里百分之百已经设下了陷阱来对付他们。

"我不行了！要爆炸了！快出去吧！不用靠近池塘就行了吧？总之已经撑不住啦！"

弥助歇斯底里地大呼小叫起来。

"再稍等片刻。"

庆次依旧是一副沉着的模样。

"等？还等啥呀？！"

"应该会有人来。看到是谁，便可明白陷阱的究竟。"

"还什么陷阱不陷阱的，要是烧死了可就全完啦！"

"人哪有这么容易烧死。这点热度就再坚持一下吧！"

"这点热度？！"

"以前曾有一位高僧说过，心头灭却火自凉。"

玄苏脸上挂着温和的笑容说道。

"有人来了。"

这时舍丸低声说道。

"总算来了啊。"

庆次一笑。

此时的庆次根本不相信国王宣祖会下达杀害玄苏和柳川调信的命令。因为若是那样的话官兵们早就杀扑到内室来了。正是为了对付数量众多的敌人，庆次才在这间房内按兵不动。那是因为狭窄的室内并不适合人数多的一方展开，陷入混战的话很有可能会误伤自己人。而迄今为止并无一个官兵冲进房内，也就是说金悟洞方才所见的五十名官兵不过是烟雾弹而已。

"刺客的人数很少，说不定只有一人。"

庆次如此推断。

若是如此，这很有可能并非国王的命令，而是出自一两名廷臣的计划。

"这种可能性是否又存在呢？"

庆次思索着。廷臣会有这样的胆量吗？会有人愿意冒着与倭国开战的危险来杀玄苏吗？

就算是成功杀得玄苏，国王宣祖必定会雷霆大怒。主使者要是被查出来可就难逃一死。

这就是刚才庆次说"真奇怪"的理由。

外面有个用朝鲜语叫唤着的声音靠近了。

跳进房间的是卖菜的赵与素未谋面的一名大个子。这自然正是朴仁。两人都被烟熏得脸上黑一块白一块的。

赵用朝鲜语向弥助喊道：

"大爷你们还在这里干啥呀。想被活活烧死吗！我来带路赶紧出去吧。"

舍丸看向庆次。二人都见过玄苏向此人施以不动金缚之术的场面，得出了此人没有说谎的结论。但如今看来，此人却最为可疑。

"问一下他带来的人是谁？"

庆次向弥助说道。

弥助一问之后赵心急火燎地摆着手说：

"他是我的同伴。我听说这里失火便带了帮手赶来，他打架非常厉害，相当可靠哦。"

"你叫什么名字？"

弥助翻译之后庆次直接向朴仁问道。

"朴仁。"

朴仁不耐烦地回答道。他自从进房间之后便一直在寻找刺杀庆次的机会。但由于庆次骑在马上，无法轻易靠近下手。

而且这匹怪物般巨大的马一直用怀疑似的眼神盯着他，相当具有压迫感。

朴仁拿手的暗杀武器是锥刀，锥刀是一种类似将粗针开刃后加在木柄上的武器，长度刚够隐藏在手掌之中，非常细锐。

使用方式是从前方或背面对心脏一刺。由于锥刀又细又尖，就算是刺中了心脏也难以引起受害者的注意，并不会当场毙命。当犯人离开现场逃得远远的时候，被刺之人才会突然死亡。

对刺客来说这真是再好不过的暗杀武器。首先因为远离死亡现场不会惹上任何嫌疑，其次因为伤口过小，验尸的时候很容易被忽略。这般死亡的人大都会被当做心脏病发作处理，也就是说并不构成他杀，自然也不存在什么犯人。这正是刺客完成任务的最高境界。

## 汉阳

但若想使用这件优秀的武器,对方的身高必须和自己一样,朴仁自然无法对高居马上的庆次出手。

金悟洞说道:

"此人缺了好几根手指,只怕是连匕首都握不住。"

朴仁故意张开双掌,以便让对手放心。

"是吗?"

庆次冷冷答道。从松风的反应他已认定对方是个相当厉害的角色。

至于赵,必然也是个高手。就凭他能破了玄苏的法术这一点,就不是泛泛之辈。

火舌开始探进了门口。

"问一下打算把我们带到哪里去。"

弥助将庆次的话翻译过去之后,赵迫不及待地回答道:

"池塘。"

不需要翻译所有人都明白了。这简直就等同于二人对行刺一事供认不讳。

"好,走吧。"

庆次和松风率先跳出房门,跨过回廊的栏杆站定在庭院中。

紧接着载着玄苏和伽姬的野风也跟了上来,舍丸和金悟洞紧紧地护卫在两侧。

最后弥助的朝鲜马也落了地。弥助由于害怕紧紧闭着双眼。

朴仁和赵对这群人的态度忽然一百八十度的转变大为吃惊,赶紧追了出来。

赵急急地拉住了野风的马嚼。

"快去池塘。"

"你先去。"

庆次的枪尖穿过赵的衣襟,将他轻而易举地挑落到池中。

赵的身体落入池中的瞬间,一道轰然巨鸣,最后的炸药爆炸了。原来这道致命机关正是设计成一入池塘后就会发动。

"混蛋!"

朴仁跳了起来向庆次扑去。松风敏捷地向横里一跳,令其扑了个空。

"问一下要杀的是我还是大师。"

金悟洞比弥助更快作出了翻译。朴仁咬牙切齿地答道:

"就是你!"

令朴仁意外的是,庆次露出了安心一般的神色,微微笑道:

"果然如此。"

朴仁再次一跃而起，身形凝固在了半空中。

庆次的长枪贯穿了他的胸口，朴仁那巨大的身躯像旗帜一般在空中摇摆。

注释

【1】间：日本古代长度单位，1间约合1.818米。

归还

## 第二十三章 归还

天正十九年八月末，正是秋风乍起之时，京都的大路上走来一队装束奇特的人马，令过往的行人瞠目结舌。

这一行是由分骑着三头马的男女四人所构成。为首骑在一匹巨马上的是一个身长六尺的大汉，怀中抱着的显然是个朝鲜美女。跟在后面的两匹马上坐着的分别是一个捧着朱柄长枪的小矮个和一个竖捧着长得出奇的铁炮、不知是朝鲜人还是明国人的男子。

"这不是前田庆次吗？"

"天下第一的倾奇者回来了呀！"

"还抱着个不错的女子，艳福不浅啊。"

一路之上的百姓们感叹般地目送着这一行人。

庆次离开京都已有三个月之久了。

京都的人们完全不知道他去了哪里，只知道他某日突然凭空消失。有人说看到他在大阪登上了海船，也有人说他是回到了金泽，自此之后便杳无音信。

于是京都的倾奇者们卷土重来，庆次不在他们就无所顾忌了。纷争再起，每天在四条河原都发生着决斗。这三个月间持续不断的争斗总算有了结果，一个有着鸟边野死右卫门这样不详名字的男子被众人认可为京都倾奇第一人。死右卫门时常带着为数众多的手下招摇过市，令得京都的民众颦蹙不已。

然而庆次却在这个时候突然回来了。

这传闻转眼之间已经传遍了大街小巷，自然也传到了死右卫门的耳中。

死右卫门虽是身高不亚于庆次的高个子，体型却是异常瘦削，而且脸色简直就像死人一般青黑。据说当听闻这个消息的时候他的脸色刷地一下变白，高声叫道：

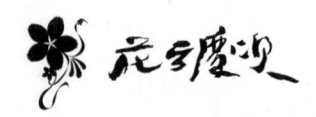

"只要杀了他就行了吧！"

当事人庆次对此却毫不知情。十日之前他刚自博多津上陆。
东平馆受到袭击的次日他向玄苏致歉，接着便离开了汉阳。这是因为他不愿因为自己而连累了使节。这个义理坚定的奇男子拒绝了玄苏等人提出的沿汉江乘船直下的建议，沿着来时的道路又慢悠悠地走回了釜山浦。
此举是为了诱出对自己派出刺客的幕后主使。但奇怪的是，直到最后他们也没有再受到任何袭击。李镒故意避往了他处，朴晋则是打心眼里感到震惊，根本不敢再度出手。这个恶鬼一般的男子居然能将该国最强的杀手朴仁击毙，再次对他发动攻击无异于飞蛾扑火。
庆次等人就这样从釜山浦坐船，一路风平浪静地回到了博多。
回博多后庆次再三向神谷宗湛致以了谢意，并将弥助还给了他。
"他干得非常出色。"
庆次虽是大大赞扬了一句，宗湛却笑了起来。
"那家伙的神情就像是把一生的胆量用完了，看来是受了很大的惊吓哦。暂时是派不上用场了。"
"也并非发生了什么大不了的事情啊……"
庆次显然是不赞成宗湛的说法。
"就算对阁下来说不是什么大事，对常人来说就已经是终生难忘的啦。不用担心，让他休息上个把月就会恢复过来，到时候应该会成为比之前更有器量的商人吧。"
金悟洞的处置有些麻烦。庆次本也打算将他留在博多，但他却坚持要随行。有趣的是连舍丸都为他求情。结果庆次只好丢下一句"随你的便吧"。
就是这句话令得金悟洞和他一起出现在了京都。
虽然庆次等人回到了京都，但一时之间并无住处。原先借的房子，早已在去朝鲜之前就被舍丸处理掉了。如此他们能去的地方就只剩下一个了，那就是直江山城守兼续的宅邸。
不巧的是兼续正好不在。前一年，陆奥地区南部信直一族的九户政实以九户城为据点举起了对丰臣政权的叛旗，因南部信直无力讨伐，该年六月秀吉派遣上杉景胜、德川家康、丰臣秀次、伊达政宗、蒲生氏乡、佐竹义宣等人前往征讨，兼续正是跟着景胜前往了陆奥。
但就算主人不在，对庆次来说也没有任何不便，他简直就像是回自己家一般

## 归还

大摇大摆走了进去。守卫的武士们也丝毫不加以阻挡，任其自便，这是因为他们知道主人与庆次的关系非比寻常。当然，庆次一俟安顿下之后便立刻遣出舍丸去寻找新的居所。

兼续不在只会带来一件麻烦事情，那就是不得不直接向石田三成报告前往朝鲜之行的收获。

庆次在朝鲜每天都坚持写下旅行日记。虽然这样一板一眼的方式似乎不太符合他的作风，但这日记时而用诗文、时而混用和歌或俳谐写成，体例不拘一格，因此庆次并不讨厌这样的写法。原本他打算通过兼续将这本旅行日记交给三成，可如今却不成了。

庆次讨厌石田三成，虽然他认可三成的才能，却怎么都喜欢不起来，一百个不乐意直接与三成会面。要是遇上的话三成一定会征询自己意见的吧。不过庆次对三成的想法已是了然于心。

三成与小西行长、对马的宗义智是一个想法，那就是尽量避免与朝鲜的战争，虽然这三人的理由各不相同。宗义智是深惧失去与朝鲜明国的贸易往来；小西行长则因为热心皈依基督教，不愿发起战争；石田三成担心的莫过于庞大的军费开支摇动丰臣政权的基石。

三成之所以派遣庆次去朝鲜，就是为了让他查看朝鲜的现实情势，向秀吉报告朝鲜不愿协助日本，进攻是相当困难的。

宗和小西迄今为止都谎称朝鲜愿意协助日本，届时将成为征讨明国的向导，希望说动秀吉不用向朝鲜出兵，而是将跟明国的交涉委托给朝鲜。而他们同时又向朝鲜方面撒谎道日本是希望向明国进贡成为其属国，希望朝鲜从中斡旋。他们的目的只有一个，那就是将事情拖得越久越好，直到秀吉一命归西就万事大吉。

然而耐心耗尽的秀吉决定出兵朝鲜之后，形势为之一变。如果真攻入了朝鲜，那么朝鲜从未愿意协助日本一事将会真相大白，三成等人的谎言也将不攻自破。三人深恐届时秀吉勃然大怒，于是打算提前向秀吉捏造朝鲜国王宣祖打算出尔反尔之事。庆次的报告正可方便用来制造这样一个转机。

三成通过神谷宗湛派来的使者得知庆次已经平安归还，在放下一颗心的同时又满心期待庆次能及早来大阪城报告。然而左等右等庆次却一直没有出现，令三成狼狈不已。他急忙派家臣前往京都寻找庆次的下落，最后得知他现正寄宿在直江山城守府中。据说庆次还从朝鲜带回了美女，日夜欣赏她不可思议的琴声，闲来写诗作文悠悠度日。

三成一听之下怒上心头。他原本就是心急气傲之人，得知情况后立刻命京都

所司代前田玄以派出一队全副武装的士兵将庆次带到大阪城来。

庆次听了所司代使者的命令后嗤之以鼻地说道：

"好吧，那就跟你们走一趟吧。请你们稍等，我换下衣服。"

没想到传闻中爱到处惹麻烦的庆次会这么老实，众所司代的武士们反而有些不知所措起来。然而当他们见到换装出来的庆次后都不觉惊倒。庆次穿着的是一套彻头彻尾的朝鲜服装，而且还是朝鲜乡下的打扮，一本正经地戴了高高的帽子，叼着长长的烟枪。他就这副模样骑上了松风，同样打扮的舍丸捧着枪跟在后面。就这样走过京都的街头前往大阪也未免太引人注目了些，武士们在吃惊的同时也免不了担心秀吉见到会有何反应，要是惹恼他，弄不好连他们也要受牵连。话虽如此，但庆次是绝不会答应另换衣服的。真要是为了这点微不足道的小事掉脑袋，那也太冤枉了。

等在大阪城的石田三成见到他的服装之时也不禁惊讶得合不拢嘴。

"快换身衣服，怎能以如此的服装觐见殿下啊？"

"那我就打道回府咯。"

庆次吸了口烟枪说道：

"我并非故弄玄虚，这身打扮自有用意，若是阁下不准，我只能归去。"

三成听得血往头上直涌，但又不能就这么放庆次回去，包括自己在内一干人等的性命还要靠他来救哩。

"那就听一下你的理由吧。"

三成按捺住怒气说道。

庆次用哀怜的神色看着三成。

"以阁下这样的人物，难道也会害怕掉脑袋吗？"

意料之外的发言让三成瞪大了眼睛，他还没来得及发怒，第二记重拳又扑面而来。

"阁下与小西行长、宗义智三人始终欺骗着关白殿下，虽然是事出有因，但谎言终究是谎言。"

三成的脸色变得苍白。

"阁下等人令殿下一心以为朝鲜如同日本的属国，事实却截然相反，朝鲜才是将我们当成了附庸国。你们还告诉殿下朝鲜国王愿意成为征明向导，而对朝鲜方面却称是假道入明，结果连这样的要求不都被拒绝了吗？阁下或有所不知，世间可将这等做法称为信口雌黄！"

三成张口结舌，庆次的话正打中了他的要害。看来小觑了倾奇者真是要受报应的，本以为他这等不通语言的人即便去了朝鲜，最多也就是终日饮酒作乐，或是买个把女人回来，实在是做梦也没有想到他竟会将局面看得如此通彻。

"我生来讨厌说谎，若是强令我与关白殿下会面，我便会将朝鲜所见所闻和盘托出。因此这才一直等着直江山城归来，打算请他代为报告。"

庆次的话语变得尖锐起来。

"既然阁下以京都所司代的兵卒相威胁，那我也就不客气了。虽然对阁下等人不利，我也只得如实禀报。况且关白殿下也并非傻瓜，很可能早已知情。"

三成震惊不已。为了利用庆次的报告，今日他将小西行长和宗义智也一并叫了来，本打算一起在秀吉面前说明朝鲜形势为之一变的现状，要是被庆次这么一搅和的话就彻底完蛋了，弄不好三人只能一起切腹谢罪。就算要否定他的说辞，在座人等去过朝鲜的只有宗义智，况且那还是数年之前的事情，在说服力方面显然比不过庆次。

"还是就这么让他回去的好。"

虽然三成的直觉这样提醒他，但要命的是他已经向秀吉通报了庆次的到来。三成的急性子这次终于给自己惹来了大麻烦。

三成突然在庆次面前伏下了身子，向榻榻米上磕下头去。

"前田大人，请您见谅。请允许我把您当做一位真正的武士来对待。"

三成的遣词用句一反常态。越是傲慢之人，在必要之时就越是会果断地放下架子，三成就是一个典型的例子。

"刚才所说的假道入明与征明向导之事，拜托绝对不能传入殿下之耳。这绝不是出于在下畏死的心理。我等有着无论如何都想阻止这场战争的理由，谎言实在是情非得已。务请网开一面……"

庆次这类人最不习惯的就是这样的场面，显然三成对此心知肚明。庆次虽然也情知三成正是利用了这一点，但他依旧不愿见到这位天下才子在他面前低声下气。

"乞求原谅的对象不应该是我，而应该是关白大人吧。"

庆次面现不快。

"也就是说您同意不向关白大人禀告了么？"

三成在那里自说自话地问道，也真是滑稽得可以，但庆次也懒得再去反驳了。

"好吧，那我就不使用这两个字眼。但结果也是一样。"

三成又是一惊。

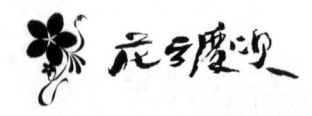

"你是什么意思？"

他总算是回到了普通的说话方式。

"原本这一切就是让关白认为朝鲜乃对马属国的宗氏的过错，唯有这一点我不得不说。朝鲜可是一直以来都向明国进着贡，要说属国的话那也是明国的属国，叫这样一个国家带路进攻明国开的是哪门子的玩笑？这个道理关白大人不会不懂吧。"

三成已是全身大汗。

"你跟宗氏可有仇恨？"

"未逢一面。不过倒是在博多被宗氏的刺客袭击过。"

"他居然干出此等傻事！"

三成仰天长叹。

庆次摇摇手。

"无所谓，我倒是习惯被人追杀了。但用谎言引起战争的罪魁祸首绝不可姑息放过。宗氏之罪当大白于天下。"

这下真是彻底陷入了绝境。要是宗氏被追究起责任，小西行长和自己也必然会受牵连。石田三成心道，如今唯有杀了这个男人一途了。

然而，石田三成自然是没有斩杀庆次的过人武艺。就算是和小西行长及宗义智三个人加在一起都不是庆次的对手。

三成已是无计可施。

"难道我就要这样完了吗？"

他带着绝望的表情上下打量庆次。

庆次脸上也带着罕见的为难神色。

他也眼皮一眨不眨地直勾勾盯着三成。

"难道我会命丧这样一个倾奇者之手？"

三成是个自负天下第一才子、傲慢之极的人物。但其实他的这种傲慢都是假象，原本的三成不但是一位义理坚定之人，也是一位心灵纤细的文人，与其说他是理想家，不如说他是梦想家更为合适。他之所以能与直江山城守兼续成为好友，原因正在于此。能吸引兼续目光的人物，自然不会只是一介倨傲不羁的秀才。对三成来说，这种倨傲只不过是为了掩护他那柔软纤细心灵的一面盾牌，同时也是为了不易被他人察觉那执著梦想的一份伪装罢了。

陷入绝境的如今，这层伪装终于剥落了下来，露出了三成的本质。他口不择言地破口大骂：

归还

"傻瓜！混蛋！不开窍的木头！"

庆次愣住了，三成的态度骤变令他目瞪口呆。

那个傲慢自大的才子已经消失了。

此时在庆次面前的，是一个执著于梦想而拒绝长大的孩子。这个少年立下梦想，却又被梦想所背叛，在受到伤害之后因为遗憾而一边跺着脚一边迁怒于庆次。

"铁石心肠！天杀的灾星！自以为是的畜生！"

三成像是已经失去了控制，咬紧牙关，握住了拳头不停地捶着比自己高大得多的庆次那厚厚的胸膛，大滴的泪珠从双眼中满溢出来。

"你明白什么！天下百年安泰的大计你又懂什么！居然说什么讨厌谎言！那是当然！我比你还讨厌得多！谎言之类的，真叫人作呕！但你能理解即便如此也不得不说谎之人的心情吗！这真是比跌到了粪坑还恶心！自己都觉得没脸见人！倒不如死了一了百了！正是忍耐着这样的想法在那里信口雌黄啊！还说什么用谎言引起战争！这谎言不正是为了阻止这战争吗！哪怕是重复一千遍一万遍谎言，哪怕全身沾满污秽，唯独不愿意掀起这场战争！这谎言不正是为此而生的吗！虽说如今，战争已是无可避免，我等也完全是问心无愧！再看看你们，又做了什么！为了避免这愚蠢的战争，你们又做了些什么！要么是连大战迫在眉睫都不知道，要么是就算知道也冷眼旁观，浑浑噩噩生活在这太平世间的你们，哪有什么资格说三道四！你倒说说看！你有什么资格！"

大概是捶得累了，三成抓住庆次的胸襟开始摇晃。以三成的力气哪里能撼动庆次半分，但他依旧不肯罢休，那情形就好比是蚍蜉在撼大树一般。这番举动越发显得三成像个孩子，本人却丝毫没有注意，也根本没有时间去注意。

三成的脸上已是泪痕凌乱，连鼻涕都不争气地流了出来。

"擦一下鼻涕吧。"

庆次说着把怀纸递了过去。

时间仿佛冻结住了一般，三成的动作停了下来，他终于注意到了自己近乎癫狂的丑态。

他死死盯着庆次的脸，接过怀纸在脸上胡乱抹了几把，再塞入了怀中。

再次挺起胸膛之后，他已经回复到了平时的三成。只有那受伤少年般的眼神与平日略有不同。

"我来带路。"

三成平静地率先站了起来，迈步而行。

刚才那般的狂态已是荡然无存，举手投足间仍是那个不可一世的才子。这真是了不起的摇身一变。

"……！"

庆次什么都没有说。他也堂堂正正地挺起胸来跟上了三成。

"咯、咯、咯、咯。"

秀吉的笑声像猴子一样。

他手指庆次笑得前仰后合。

"这副模样是啥意思？拜托，一代赫赫有名的倾奇者这个样子也太不像话了吧。"

白色的朝鲜服配上黑帽子和长长的烟枪，而且还不是坐在那里而是蹲着，这就是庆次此时的模样。秀吉自然不知，他模仿的不但是朝鲜人，更是朝鲜国中身份低下的百姓。

同席的石田三成、小西行长、宗义智三人也呆呆地看着庆次的这副打扮。

三人都做好了切腹的思想准备。三成心中打算，在自行了断之前好歹要将侵略朝鲜是如何的愚蠢和无益直截了当地说个明白。与他那悲壮的决意形成鲜明对照的，则是庆次那近乎滑稽的态度。

庆次泰然自若地吸了一口长烟枪，吐出一口淡淡的烟圈。

"朝鲜如何？玄苏等人的交涉顺利吗？朝鲜王打算怎么办？"

秀吉急不可待地问道。

庆次又噗的一声吐出一口烟圈，口齿不清地回答道：

"俺完——全不懂倭国的语言呢。"

三成胸口的汗一下子淌了下来。他只觉热血上涌，紧接着又是掉入冰窟一般骤冷。

没有比这更猛烈的抨击了。这话仿佛在三成胸口重重一击。

确实，从朝鲜方面来看，日本人说的话完全不得要领。这一切都不过是建立在朝鲜是对马属国这一巨大妄想之上的片面之词。这对于将倭国看做是蛮国的朝鲜来说，自然是莫名其妙，日本方越是说得天花乱坠他们越是糊里糊涂。事态便是这样在误会中变得一发不可收拾。

庆次只靠一句话就把这当前事态说得清清楚楚。

"是说不明白我说的话吗？"

秀吉的面色一下子变得阴沉下来。

"不——明白。"

又是噗的一口烟圈。

"玄苏等人不正是为了让他们明白才留在那里的吗？"

庆次摇摇手。

"嘿啦嘿啦嘿啦，就是不——明白。"

"你这个傻瓜！"

秀吉用扇子结实地打了一下凭肘几，室内回响起清脆的声音，令众人心头一颤，气氛一下子变得紧张起来。

"你到底去朝鲜干什么啦？旅行了整整三个月，只知道说不——明白吗？"

"不——明白国王。不——明白大臣。不——明白官吏。不——明白军人。不——明白庶民。"

庆次不意间转成了尖锐的语调。

"不管是旅行多少年俺都明白不了啦。"

"呼——嗯。"

秀吉脸上现出了沉思的神情。

"也就是说迄今为止的再三交涉都白费了吗？"

来了！三成行长义智三人同时想道，冷汗涔涔。重复着谎言的交涉岂能令对方明白。要是庆次这样回答的话万事皆休。三人一起屏住呼吸注视着庆次的嘴。

但是庆次没有开口。

他只是动着手，呼啦呼啦地摇着。呼啦呼啦、呼啦呼啦。庆次就用这个动作说明着一切，同时也化解了三成等人的担心。看来他最终还是接受了三成之前的请求。

三人齐齐松了口气，动了动之前僵硬的身体。

"这个家伙……"

何曾有人将这世间闻名的三位武将如此玩弄于股掌之上。

"果真是个倾奇者呀。"

各人的心里都这般想道。

秀吉自然是不能体会这三人的感慨，话题一转，急切地再度发动了质问。

"对方的战力如何？士兵人数呢？武器呢？"

庆次又摇摇手。

"什么意思？"

"朝鲜是儒教之国。以国王为首的百官都厌恶战争。"

"说啥呢？"

这次轮到秀吉不明白了。这问的不是喜欢或讨厌战争，而是迫在眉睫的现实。

"厌恶战争的国家自然没有真正的战士。派出再少的兵马都能在京城大道上畅行无阻。"

三成心中一紧。这番话不等于是在煽动战争吗？

"有这么弱？"

秀吉像是泄了气一般。

"铁炮也少。没有真正的战士。光凭小西大人和宗大人的先锋就能完全取胜吧。"

小西行长和宗义智闻言大惊，向庆次看去。但仔细想想的话，确实只有自己担任先锋了。若非如此，又怎能掩饰自己先前的种种谎言。

"臣拜请受赐先锋之职——"

行长当即扑倒在地。他不愧是堺商人之子，对时机把握得相当精准。而且小西行长从自己担任先锋一事上也见到了一丝的光明。若是自己做为先头部队，既能防止无益的杀戮，也能早早促成和谈。

"在下也务请拜受先锋之职……"

宗义智也慌忙趴倒在地。

"这到底是个怎样的人啊……"

三成呆呆地望着庆次。庆次的意思是，既然是由你们的谎言引起的战争，就自己去收拾吧。而他用了一句话就实现了这个意图，令三成心中再次感叹庆次的可怕之处。

"不愧是直江山城看中的人啊。"

对于这意外的事态发展秀吉也颇有些茫然无措，怔怔地看着行长和义智。正如庆次之前尖锐指责石田三成的那样，秀吉已经看穿了二人，不，是含三成在内三人的谎言和计谋。他甚至已想过了如何处罚这些人。

宗义智的欺上之罪最是可恶，真是诛灭九族都不足以泄愤。小西行长只是为了包庇女婿义智，罪减一等。至于三成嘛，那是为了保存丰臣家的实力而希望避免战争，跟无罪也差不多。但若是处罚义智的话势必也要处罚行长和三成。这正是他老人家头疼的缘由。

而如今，秀吉渐渐悟到事情正急转直下得到了解决。处罚自愿担任先锋的武将那可是会影响到全军的士气，况且充打头阵本就是最巧妙的处罚方法。而这都是发自庆次的一语。

"真厉害呀。"

他再次恋恋不舍地看了庆次一眼。居然会放走这样的人才,前田利家也真是无能之辈。

"准奏!"

秀吉一边对行长和义智说道,一边将心思集中到庆次身上。

"有什么办法能诱使他投靠我吗?"

秀吉一心想让庆次成为自己的直臣,就这样让他当个倾奇者实在是太可惜了。

"你不一起去吗?进攻朝鲜也需要有人带路吧。"

庆次再度呼啦呼啦摇摇手。

"哪里用得着如此麻烦,只要越过鹊院的狭路和鸟岭的山道,到汉城也就是一会儿的事情。"

说着他顿了一顿。

"要当心的应该是那之后的事情。不过那也与在下无关了。"

"当心指的是什么?"

"殿下,不管是谁,被打都会还手的啊。即使官兵之中没有真正的战士,民间可有不少哟。况且那个国家是一个义字当先的国家,民众的数量也多。恐怕当官兵败退之时,真正的战争才刚刚开始吧。"

此时庆次正是忆起了在汉阳东平馆遭到刺客袭击一事,那真是巧妙之极的战斗方式。官兵起了声东击西的迷惑作用,真正的刺客仅仅数人便发动了凌厉的攻势。与密阳的朴晋和李镒将军的官兵们相比较,这场战斗要惊险得多。他们中除了一个全身带伤貌似残废士兵的男子之外,都看来不像有当过兵的经验。可以确信,他们都是中下层的庶民出身。

"义军师出有名。若是小看了他们可是离败北不远了。更别说要是明军越过国境进击而来,与他们联手的话……"

说着他的话为之一顿,停了一会儿才继续说道:

"在下并不喜欢与一揆军打仗。"

秀吉的脸色变了。

"门徒一揆吗?"

这说的是从信长到秀吉年间,令武士们吃尽苦头的一向一揆。一揆军乃是彻底的死士,个个都相信前往彼岸净土才是逃离现世的唯一拯救方式。与他们作战

就有如聚沙成塔——再怎么努力也是白费力气。

此时秀吉这才初次对这场战争产生了不祥的预感。

天正十九年九月四日，投降的九户政实被斩首示众，陆奥全土平定。

以德川家康为首的各路征讨武将被允许回到各自的领国，直江山城守兼续也陪同主君上杉景胜一起回到了越后，直到十月才又出现在京都。

在进门之前兼续耳中便听到了不可思议的琴声，跨过门槛之后，这乐声越发地清晰了。

前来迎接的一位家臣苦笑着说道：

"正在茶室。"

兼续点点头翻身下马。

茶室之中，伽姬弹着伽倻琴，已进入了忘我的境界。

庆次则舒坦地在一旁沏着茶。

兼续坐下之后，他默默地将茶碗放到客人面前。

真是一碗绝妙的好茶。

"再来一碗。"

兼续如此请求道，于是庆次又默不作声地沏了一碗。这碗茶比之前稍热几分，一碗下去，浑身上下三万六千个毛孔，无一不熨帖。

这期间伽姬的琴声持续不断，终于一曲终了。

见到兼续之后伽姬面现吃惊的神色。她全神贯注之际根本没留心旁人的进出，对她来说兼续就仿佛是凭空出现一般。

"这是？"

兼续直勾勾地盯着这把充满了异域风情的乐器。

"伽倻琴。音色不错吧。"

庆次答道。

"她名叫伽子，是位很不错的女子。"

伽姬双颊绯红低下了头去。

"我还是第一次听到伽倻这个名字，是土地的名字还是人的姓名？"

"古时灭亡的国家之名。据说位于南朝鲜一带。如今剩下来的，似乎就只有这琴了。"

"而你和这位姑娘……"

兼续微笑着说道。

庆次少有地难为情一般笑了起来。

"是的，和她……"

"你这个家伙……"

兼续感触良深地说道。

"不管跑到哪里都会撞大运啊。真是运气好得惊人，令人羡慕不已哪。"

"也不是什么惊天动地的大事，也不知是运气好还是不好，总之都叫我给撞上了。"

庆次毫不在意地笑道。

"归纳起来的确如此。"

兼续心道。无论发生什么遇上什么，庆次都不以为苦，仿佛是早已预料到一般甘之如饴。他既不诅咒上天也不哀叹自己的命运，正因为此神才格外钟爱他吧。这说来也是理所当然的事情。

"听说结果你挺身救了石田大人啊。"

石田三成和庆次是截然相反的类型，他会对所有预想会产生的事态都一一定下应对之法，而事态却又往往出乎意料。如此一来他就会诅咒神明埋怨他人，最后还会怨恨自己。他处理万事向来都是搞得鸡犬不宁，事后又到处向人大吐苦水。

兼续在陆奥期间已经收到了三成的信函，里面详细记录有庆次一事的始末。

"简直是个无法无天的大傻瓜，令吾几欲胆裂。然而又是托此大傻瓜之福，令吾等拾回了一条性命。"

信的最后三成如此总结道。三成对庆次敬而远之的神情仿佛是历历在目，令兼续忍俊不禁。石田三成、小西行长与宗义智三人简直就像被庆次耍得团团转一般，也难怪他会这般退避三舍了。

庆次用鼻子哼笑了一声。

"他就是个孩子。或许初衷是好意，但行事方法却与孩童无异。和他共事的话可得做好充分的准备。"

看得真准，兼续心道。确实三成身上有着类似孩子一般的梦想家成分，虽然思虑精深手段近乎卑鄙，但支持这一行为的动机却是异常脆弱。但反过来要是缺了这一部分的话，三成就只不过是一介傲慢的才子而已，会被看做是人见人厌的小人吧。

不仅如此，兼续认为最大的讥讽之处莫过于三成通过这次的事件反倒是越发欣赏庆次了。这从信文中的字里行间都可以感觉到。

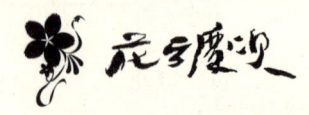

"大傻瓜也自有可用之道，窃以为务必不可任其远走高飞。"

三成甚至在信中如此写道。

要是把这个告诉庆次的话他会作何反应呢？一想到此节，兼续便觉得有趣。不过真这么做的话，看来连自己都会被当做孩子般受到嘲笑的吧。他肚中苦笑道。

不过真要说起来，庆次本人也存在着够不上大人的成分。

"三个孩子吗？"

兼续忽然觉得这其实也没什么不好的吧。

舍丸忙得不可开交。

他奔走于之前曾进行投资的各个商人府上，商谈利息与获利分配之事，取出眼下所需的金额，将剩余的部分再行投资。要是光这些也就罢了，由于庆次去过朝鲜之事已是路人皆知，商人们争先恐后地向舍丸打听该国的详细情报，令舍丸每到一处都要被缠问许久。

那是因为商人们知道距离发动对朝鲜侵略的时刻日益临近，都整天忙于思考安全有利的投资方法。

舍丸还得为庆次租借新的屋子，添置家私等等。

最重要的是及时掌握京都和天下的形势，否则庆次这样的人随时受到袭击都不足为奇。

舍丸很快便得知了乌边野死右卫门坐上了众多倾奇者中第一把交椅的事情。不过有关死右卫门此人的情报就连见多识广的商人们也说不清楚。

只是每个见过他的人都必然会说出他的特征是脸色犹如死人一般苍黑，甚至有几人说他不会是染了什么怪病吧。但舍丸可不相信什么人能以一副病体登上倾奇者头领的位置。

舍丸作为忍者的优秀之处就在于一旦开始调查就会贯彻到底。舍丸登门拜访了几位京都有名的医师，就死右卫门的脸色一事征询他们的意见。

医师中有一人说了句奇妙的话：

"弄不好，此人不会是鬼役出身吧。"

鬼役也就是负责尝毒的人。在充满着权谋术数的战国年代，鬼役同影武者一样，是武将们不可或缺的必需品之一，不管是哪个武将都必定会养几个靠得住的鬼役。

"为何这么认为呢？"

舍丸一问之下，医生挠挠脑袋答道：

"哎呀，虽然我也没亲眼见过，但据说鬼役之中有人会经常服用各种微量的毒药，最后会成为百毒不侵之身。传说那些人毫无例外地脸色如死人一般……"

舍丸虽未置可否，但心道或许还真就是这么回事。成日担任鬼役这般的工作，总有一天会厌烦的吧。或者是某日突然决意倾奇一番也不奇怪。若是连毒药都能面不改色吞下的男子，自当不惧生死，只因这死生的一线之隔本就是他们的家常便饭。

然而舍丸还是做了一番盘算。

庆次无论现在还是以前都算不得是倾奇者的头领，而且也从未主动向其他倾奇者发出过挑战，除非是对方主动挑衅。因此只要死右卫门老实一点，庆次和他也不会有任何交集。要是知道之前那些倾奇者的下场，死右卫门应该也不会特意来找碴。舍丸乐观地猜想。

然而不久后便从这个死右卫门处送来了一份招待请柬，而并非意料中的挑战状，令舍丸也不得不改变了想法。

事情发生在直江兼续刚回到京都的时候。

三个典型倾奇者打扮、穿得花花绿绿的男子驱马来到了直江府邸，殷勤地留下了一封给庆次的信。这就是那封有问题的请柬。

素来得知阁下武勇过人，在下满怀敬意，并无任何争斗之念。唯愿亲眼一睹阁下之风采，若能得许推杯换盏，实乃三生有幸是也……文面之中简洁地阐述了对庆次的仰慕之情，并写清了作为会见场所的柳马场一处有名的扬屋[1]以及见面时间。

从庆次手中拿过这封请柬的时候，舍丸的脑海中一下子冒出了那个医师的话语。

在柳马场的游廊之中自然是无法进行卑鄙的决斗。要是敢在那种场合几个人扑向一个人，可是会立刻遭到围观人等的痛责。

但要进行毒杀的话则是另当别论了。对方将地点设在一流的扬屋想必也是经过了深思熟虑。若是在那里发生了毒杀，扬屋为了自家的名声一定会拼命隐藏事实。恐怕最后死因会被看成是旧病复发或是食物过敏之类的吧。

对方要是鬼役的话，这毒杀就更容易进行了。在扬屋主人和太夫，乃至小厮等第三者证人面前，只要死右卫门吃喝的也是相同东西，而单单只有庆次出事情的话，一定会被归结是宿疾发作。

不该去啊。只有不去才能避开这种阴险的伎俩。但若不去的话，别人会以为庆次是害怕了吧。那就正中了对方下怀。

"您不会是想去吧……"

舍丸小心翼翼地问，却听到了他最不想听到的回答。

"当然去。盛情难却。"

"他打算用毒药加害呢。"

舍丸把医师的话向庆次复述了一遍，但完全没起到任何效果，反倒是引起了庆次的兴趣。

"居然还有这样的人？真是值得一见啊。"

庆次的神情一下变得兴奋起来。这样一来再说什么他都听不进去了，只有尽快制定应对之策。

该日，庆次依旧是坐在松风背上前往约定的地点。舍丸则是徒步而行。今天他照例穿着华丽的衣裳负责牵马。虽然他因为担心庆次的安全再三请求将自己带进扬屋，但庆次坚决不同意。

不过舍丸自有准备。他订下了一路之隔的另一家扬屋的房间，让金悟洞带着远町筒等在那里，自己则把松风留在马厩之中，同样钻进那个房间向这边窥视。

所幸的是扬屋的乐趣之一就在于观望往来的游女和客人，因此上等的房间大都是面对大道打开着窗户，用木棒撑起青竹帘，从对面的房间可以将这里看个一清二楚。然而虽是能看得仔细，可出了意外却依旧是鞭长莫及哪。舍丸心中不由得涌起了一股久违的不安。

此时坐在房内的庆次倒是毫不担心自己的处境。

他一见到鸟边野死右卫门那阴沉的脸色后便冲口而出：

"原来如此啊。太厉害了，确实是死人。"

乍听此言死右卫门自然怒上心头，但此时发火计划就落空了。于是他生生压下怒气强颜欢笑。然而庆次的第二击又已不容分说地扑面而至。

"听说你以前是鬼役，是因为时常服用毒药脸色才变成那个样子的吗？"

自己最大的私密被人轻描淡写地道出，死右卫门差点跳了起来。

"果然是个如传言般可怕的人呀。"

死右卫门不禁多少有些心怯。如此一来原订的作战方案便行不通了。他本打算自己当着庆次面先饮一杯毒酒，再劝庆次饮下，但既然鬼役的身份已被识破，对方自然是不会上这个当了。

## 归还

死右卫门按捺住了心下的动荡，对部下中的一人点了点头，让此人将一只金漆绘画的酒壶放到自己面前。

"虽然阁下这个玩笑开得有些大了，但谨慎一些倒也合情合理。那此酒不容在下先饮，而是改请此处的店主来尝毒吧。"

扬屋的店主面现难色地看着酒盏。死右卫门亲自擎起酒壶来给他斟上，店主心道总不至于给自己下毒吧，便勉为其难地屏住呼吸一口喝了下去。酒香四溢，确是上品。

"真是好酒呀。"

接着死右卫门又让店主给他倒了一杯，一气饮尽，就这样坐等了一会儿。毒酒发作通常花不了多少时间，店主和死右卫门都安然无恙。死右卫门眉开眼笑地说道：

"如何？阁下可以放心了么？"

庆次拿起了店主用过的酒盏。如此举动是为了提防下毒之人把毒药涂在杯子之上。

死右卫门端起酒壶向酒盏中注去。

一声枪响，酒壶四分五裂，酒水洒落满席。庆次捡起酒壶的残骸仔细一看，原来这里面竟暗藏玄机，壶嘴内侧一分为二，死右卫门给店主倒的是普通的酒，其他人不知机关，倒出的便是毒酒。

"这机关也太简单啦。"

庆次无趣似地吩咐店主道：

"拿些别的酒来吧。既然好不容易来喝酒，那就喝个通宵吧。"

令对面扬屋中开枪的金悟洞和舍丸都惊诧不已的是，后来庆次居然真就一直喝到了次日清晨。

死右卫门和其部下们自然也被他强行留着作陪。有趣的是死右卫门是第一个醉得不省人事的。看来他的毒药免疫力对酒精却起不到半点作用呢。

注释

【1】扬屋：战国后期至江户年代类似现代夜店的娱乐场所，设有饮食，多有艺伎陪伴。

## 第二十四章 入唐之阵

天正二十年四月十二日，已升为釜山佥使[1]的郑拨正在釜山浦的绝影岛狩猎。黄昏时分，饮酒不止的郑拨在半梦半醒之间被部下叫了过来。

"队长！看那边……"

慢悠悠站起身来的郑拨突然间瞪大了双眼，醉意一扫而空。

出现在他眼前的是遮天蔽日的庞大船队。一艘艘都是船头飘扬着华美旌旗的军船，满载着数之不尽身着盔甲的武士，层层叠叠跨海压境而来。

郑拨的脑中蓦地浮现出那不明身份倭国武士的身影来。那个奇怪装束的武士自称前田庆次，一眼便知是足可信赖的沙场勇士。当时正是他提到过不久之后倭国将会发动侵略之事……

"是倭国！倭人攻来了！"

此时响起一片枪声，这排枪弹是射自先头载有红色长旗军船上的鸟铳。居然会从这么远的距离打来真是难以置信，虽然没有出现牺牲者，部下中却有好几人负伤。

"回城！快！"

眼下这个距离远远超过了郑拨等人所持弓箭的有效射程。必须火速回城固防，同时向汉城府紧急通报才是。

郑拨立刻命兵士们分乘几艘小舟全力向釜山的方向划去，同时内心还在想着关于庆次的事情。当时虽是立刻遣使前往汉城报告了倭国即将入侵的危险，但得到的回复却只有叱责，说什么不要捕风捉影，动摇军心等等。那之后朝廷也并没有制定任何的对应之策。

"我早就说过了。"

郑拨愤愤地咒骂着那些文官。

## 入唐之阵

"到头来就是你们害得朝鲜亡国。"

郑拨此时已做好了以死报国的心理准备。

"是日，倭船自对马岛蔽海而来，一望无际。适逢釜山金使郑拨于绝影岛出猎，不敌，铩羽而归。倭兵紧随登陆，四面云集。顷之城陷。"

这段记载是朝鲜政府要职柳成龙在《惩毖录》中写到的情景，实际釜山城陷落是次日的事情。在李氏王朝的正史《李朝实录》中如此写道：

"翌日破晓，贼兵围城百匝，登西城外高处，弹如雨注。泼（郑拨）守西门，战良久。当贼兵矢弹而死者甚众。泼亦矢尽弓折，中铳身死。城遂陷。"

这一段才是如实描绘出了作为武人的郑拨如何奋战与壮烈战死的真实一幕吧。

该时的倭军是由小西行长与宗义智率领的第一军一万八千人马。

这一天正可谓是由秀吉发动的长达足足七年之久的侵朝战争的开始。

有关这场战争的愚蠢，以及对任何人都不会带来益处的预见，直江兼续已从庆次口中得知。除此之外他还接受了庆次"倒不如为了应备将来的事态，预先充实国力为好"的忠告。

兼续本人也是当代一流的名士。尽管他并没有实际踏足过那些土地，但对朝鲜和明国也有着一定的了解，特别是深知以两国幅员辽阔，凭借日本这点微末的兵力根本不足以全部加以占据。兼续已经预见到了丰臣军团终将深陷泥沼，一败涂地。因此他坦率地接受了庆次的忠告，对上杉景胜也作了如此禀告。

在这场被秀吉称为朝鲜攻略、被朝鲜又称为倭乱的战争之中，最消极怠工的武将就是德川家康和上杉景胜，此外前田利家与伊达政宗也按兵不动。

有关家康还流传下来一则逸事。有次家康的心腹之臣本多正信问道：

"主公渡海吗？"

家康最初置若罔闻。如此被问了三遍他才不快地斥责道：

"别说傻话了，当心隔墙有耳。我渡海的话那谁来防守箱根啊？"

这是家康的真心话，他当然不会愿意为了这场战争把好不容易走上正轨的关东经营弄得鸡飞狗跳。故而家康虽然最后甚至来到了作为日本军前进基地的肥前名护屋，但终于还是未遣一兵一卒渡海。

上杉景胜就没那么幸运了。他来到名护屋后本打算作为预备军在此驻留，却被任命成秀吉的代理，六月三日不得已渡海前往朝鲜。

据说这是因为德川家康和前田利家二人拼死劝说秀吉，令他打消了亲自前往

朝鲜的念头，也有说是后阳成天皇好言相慰挽留了秀吉，实际秀吉未能渡海主要是因为制海权被朝鲜军夺了回去。在陆地之上，日本军确实是接连取胜，如行无人之野，但在海上，李舜臣却数次击退了日本水军。在五月七日巨济岛的东岸玉浦、五月二十七日泗川、六月一日唐浦的三次海上激战中，日本水军尽皆大败而归。吃败仗的主要原因是朝鲜水军装备了龟船和大炮，而日本军船上则根本连大炮都没有。

据说当时在名护屋发生了德川家康和前田利家对石田三成一派的激烈争论。石田一派希望秀吉去朝鲜，认为只要他踏上朝鲜的国土就会明白这场战争有多愚蠢。但当时正好又赶上大政所（秀吉之母）染病在床，秀吉的渡海计划也就顺理成章地跟着告吹了，秀吉转而派遣石田三成、增田长盛、大谷刑部吉继等人作为奉行前往现地。同时上杉景胜也作为秀吉的代理前往了朝鲜，不过他的步伐仅止于釜山。

这期间，兼续收缴了大量险些毁于战火的图书，悉数送回了日本。

而上杉军也于该年的闰九月陆续归国。

对直江兼续而言，朝鲜战争的意义仅此而已。

庆次理所当然与此战无缘。

他并不认为秀吉的想法是出于单纯的狂妄自大，虽然在他看来这些计划都不过是痴人说梦。尤其天正二十年五月十八日秀吉向关白秀次（秀吉养子）提出的二十五条备忘录更是如此。那是收到汉城府陷落报告二日之后的事情，汉城的陷落大大地助长了秀吉的气焰。

首先他任命秀次为明国的关白，据说赐予了他北京周围相当于百国的领土，然后又订立了让后阳成天皇移驾北京的计划，作为天皇御领献上十国的领土，并为公家众人增加俸禄。前往明国的行幸定在了后年，为了研究届时的庆典他甚至还让公家们进行了调查。

再有，天皇移驾北京之后，日本的天皇将由皇太子良仁亲王或是皇弟智仁亲王（曾是秀吉犹子）担任，日本关白将由羽柴秀保或是宇喜多秀家担任，朝鲜安置羽柴秀胜或宇喜多秀家，九州则安置羽柴秀俊。秀吉本人将移居宁波，进一步计划征服天竺。

真是前所未有的痴心妄想。

但庆次却从这夸下的漫天海口背后看到了秀吉的恐惧，那正是对战争平息之后的恐惧。

## 入唐之阵

　　天下统一的战争期间倒还令人比较放心，部下的诸将坚信打仗关系到自己地位的升迁和俸禄的增加，必然会拼死作战。然而战争结束之后该怎么办呢？秀吉无法再给予新的领国和俸禄，武将们的身份和收入都将固定，因此而产生不满也是很正常的吧。更有甚者，有些武将还会对治世无所适从。那么接下来，他们的出路便只有叛乱一途。这正是秀吉最担心的事情。

　　与部下无限的欲求相比，可给予的领地却是有限的，这无底洞一般的欲望无法永远满足下去。若是意志坚定之人就应该在此扭转方针，宣布战乱之世的终结，继而向世间力陈和平之道。当然，这其中不可避免地会出现意见相左之人，有些甚至会是昨日的莫逆之交。不过，为了大局着想，这个时候无论如何都应该做出决断。

　　但秀吉却做不到这一点。他的心永远充满了炽热。这都因为秀吉本人正是战阵行伍出身，也是那种无法适应恒久和平的典型人物。

　　如果在人事安排上无法做到冷酷无情，解决办法便只剩下一个，那就是让战争永远地持续下去。也就是率领有限的家臣，向无限的战争发起挑战，不断地授予他们新的占领地。

　　这就是庆次所理解的秀吉本意。虽然或许这种想法过于狂妄，甚至有蚍蜉撼树之嫌，但看在他那份炽热的心意上，也应该能被原谅吧。庆次这样想道。

　　但是，这份充满热意的心向着的只是那些家臣，民众百姓以及如庆次一般的浪人终究与其无缘。因此他既不想去蹚那摊浑水，也觉得没有那个必要。倾奇者中自告奋勇渡海参战的想必是大有人在，那样也不错，也称得上是醉狂一场。庆次要是没亲眼见过现实中朝鲜的话或许也会那么做，但如今却是连动一根指头的兴趣也没有。

　　倾奇者数量的锐减为京都迎来了值得庆贺的宁静。庆次在原先的住址附近租了新的房子，度过了一年多珍贵的平稳时光。这期间他时而读书品茶，时而与商人、僧侣、公家众人吟诗作文，又或是欣赏伽子的琴声，仿佛身处世外桃源一般幸福快活。

　　文禄三年春，太阁秀吉率领关白秀次等人在京诸将前往吉野山赏花，庆次也带着伽姬骑上松风，在舍丸和金悟洞的陪伴下前往鞍马踏青。

　　庆次之前便已知道，在此山中不为人知的地方有着一棵孤单的樱树，无人知晓地悄然绽放之后又寂寂孑然地凄美凋零。比起京都的樱花来，庆次更喜欢这棵樱树，是以他每年都独自前来赏花。伽姬初次见到此樱花树的时候，也深深折服

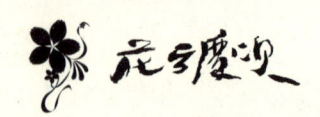

于这无比奢华之景。这已是他们今年第三次前来了。

这件事情便发生在庆次前往赏花途中、一条只容一人通行的狭隘山径之上。

庆次一行与下山的一队骑马之人几乎撞个满怀。行在先头的是个二十岁左右的年轻武士，看起来脾气不太好的样子，一直铁青着脸。从者五人，也都骑在马上。

庆次温和地说道：

"抱歉，山道之下没有可以退避的场所，能请阁下退到那片树林吗？"

庆次指的是上面的一片杂木林，一方走到那里暂避的话，两队人马便可擦肩而过。

年轻人的眼角一皱。

"我乃结城秀康，断然不行后退之举。该快快退下的是汝。"

庆次微微张口愣在当场。

他听说过结城秀康的名字。这位公子是德川家康的次子，其母亲本是正妻筑山御前的侍女，与家康一度春风后偶然怀孕，受了正室的排挤，幸得家臣本多作左卫门秘密保护，才生下了秀康。

可家康并不喜欢这个儿子，给他起了个于义丸的名字。据说这是因为年幼的他脸长得像黄颡鱼，这种鱼形似鲶鱼，身形稍小，被抓住就会发出吱吱的叫声。虽说只是个幼名，但起这样的名字也可以看出家康对这个孩子的冷漠。而且直到他两岁为止家康都没有看望过他，据说最后还是家康长子三郎信康起了怜悯之心，才硬是拉着这名义上的父子两人见了面。

十一岁那年，秀康又成了秀吉的养子。听起来养子是个不错的头衔，其实与人质无异，据说秀吉旗下将士对秀康的无礼举动屡有发生。秀康之所以自尊心会高到不可理喻的地步，行事作风飞扬跋扈，大半也是出于对这些人的愤懑之情。

天正十七年秀康十六岁之时，有一天他正在伏见的马场纵马奔驰，一名秀吉手下得宠的马丁打算戏弄他，拍马上前与他并肩而行。秀康在马上一声大喝：

"无礼之人！"

话声未落已是拔刀将其斩落马下。面对周围陡然变色的武士们，秀康如此说道：

"即使是殿下的御用之人，也不可如此无礼与我列马并进。"

《松平津山家谱》中如此记叙道：

"我虽不才，亦乃家康亲子，又为本家养子，旗下贱人之辈，怎可轻蔑于我。今后若再有无礼之人，当即立斩不饶。"

## 入唐之阵

众人对他表现出来的威严悚然不已。之后秀吉虽然当面赞扬了他的刚勇，内心却也有所忌惮，便趁着名门结城家的当主结城晴朝无子嗣，前来秀吉处请他物色合适继承者的时候，把秀康送了过去。这一年年仅十七岁的秀康便成了下总结城五万石的小大名。但不管再如何声称是足利幕府以来的名门，五万石的领地根本成不了大气候，秀康可谓不满之极。由于他那乖张的行事方式，"结城悍马"这一外号在倾奇者之间相当有名。

庆次目不转睛地凝视着秀康的脸，好一会儿才温言道：

"您是不喜欢后退吧。"

"是的。武士断无后退之理。"

秀康傲然应道。

"甚好。"

庆次微微一笑，冷不防从马上探出身子，冲着秀康的坐骑迎面就是一拳。马儿吃痛本能地背过脸去，在这狭窄的路上转了个圈，面向了来时的山顶方向。庆次再次给了它屁股上一拳。

马狂奔了起来，从人们的马也畏畏缩缩地掉转了方向，朝山上奔驰而去。

秀康拼命试图拉住坐骑，庆次冲着他的背影叫道：

"前进的话就没有怨言了吧。"

他一边呵呵笑着一边跟在秀康身后追去。

"唏唏——"

松风大吼一声。这明显不是嘶鸣，而是咆哮之声。

这真是致命的一击。

或许这正是长年作为野马头领与人类奋斗至今的气势吧，这一声吼令得秀康等人的马立刻本能般地服从了松风。它们不再听从乘者的命令，不管是怎样拉缰绳还是用腿夹紧它们的肚子，这些马都没有止步的势头，一口气跑到了杂木林旁边。非但如此，它们还主动踏入了树林，为松风让开了道。

秀康的愤怒在此时达到了顶点。

他拔出了佩刀，毫不迟疑地朝自己坐骑的脖子上砍去。与此同时，庆次手中的长枪枪尾扫中了他的手腕，佩刀脱手抛向空中。下一个瞬间，枪刃划过半个圆弧，顺势抵住了秀康的胸口。

"阁下的行为真是让人忍无可忍。给我下来，你没有骑马的资格。"

虽然秀康已是面色苍白，仍硬撑着坐在马上。庆次手腕一翻，枪尖刺穿了他的衣襟，将秀康挑落于马下，仿佛是拨弄他的玩具一般。

"混蛋！居然对主公……"

家臣中的一人拔出刀正欲冲上前来，只听得一声巨响：

"口当！"

枪声响起，刀身可怜地一折为二。金悟洞那远町筒的枪口冒出一股青烟。他冲着脸色发白的家臣们叫道：

"再乱来就不客气了！"

庆次悠然说道：

"我是来赏花的，可不打算败坏难得的如此雅兴。"

说着将长枪递给了舍丸。

"我乃前田庆次。想要打架的话随时奉陪。不过请另选日子吧。"

扔下这句话后庆次从僵住的结城家臣眼皮底下施施然走过，看也没看坐在地上茫然自失的秀康一眼，沿着山道一路登去。

或许是为了缓和一下这因为争斗而变得紧张的空气吧，伽姬在马上开始弹起了伽倻琴。这哀切的音色一下子击中了秀康的心。

"啊啊。"

他情不自禁地从喉咙里发出困兽般呻吟。

秀康与人至今争斗未尝败绩。这一方面是拜他过人的膂力所赐，另一方面也是因为他那种自暴自弃般的战斗方式常常都起到先声夺人的效果。秀康一生之中从未有过如此惨不忍睹的输法，然而他更是败给了这不可思议的音色。

自幼时起不断积累的屈辱与愤懑，以及对自己出生的诅咒，这些负面的情绪仿佛一下子都被冲洗得一干二净。

不知何时秀康已是泪流满面。他就这样双膝并拢沉坐在杂木林的湿土之上，垂首蔽颜泣不成声。

樱树依旧孤独地矗立在那里，竭力绽放着华丽的花朵，甚至令人有奢华之感。

"我又来了哦。"

庆次怀旧般地招呼道。

"我也还不可思议地活着呢。"

舍丸将野风驮来的红毛毯摊在地下，摆好酒食。

"真是不管看多少次都会觉得美不胜收啊。感谢你为我开出如此漂亮的花朵。"

## 入唐之阵

庆次对着樱树深深地低下头去。这并非醉狂之态，而是发自他的真心。对庆次来说，人兽树花都没有任何的差别，都是自己的朋友。奇妙的是，就连对自己生命虎视眈眈的敌人也算是朋友之一。这世上还有比生命的交流更深刻的交往方式吗？庆次对此深信不疑。

宴会开始了。

庆次时而将自己的酒倾注在樱树之上。

"就算是樱树偶尔也想醉上一回啊。"

做出如此奇行之后他这般说道。

"让我听听你的琴声吧，伽子。"

这也是为了樱树。伽姬深爱庆次，故而已与他达到了心意相通的境地，也发自内心地为樱树弹起了琴。

在这从无一人拜访的深山之中，独自一人挺过夏天，迎来秋天，耐过冬天的寒冷，这是多么刚毅的一棵树呀。面对种种寂寞辛苦丝毫不以为意，唯独在这一时之间狂乱地绽放自己的美丽。哪怕一年中仅仅只有这么一天，能有这样一同饮酒一同弹琴的朋友不也是一件美妙之事么？

弹着弹着，伽姬的脑海中浮现起了朝鲜深山中自己的家，那个与父亲长年生活过的家。真令人怀念啊。要是那个家能有这样的一株樱树该有多好啊。当然，若是有这个狂放不羁的男子做伴就更不用说了。

"真想住在这里啊。"

伽姬心中憧憬。若是和庆次、舍丸以及金悟洞四人一起在此建一所小屋生活的话，那该有多好啊。

但她也知道这是不可能实现的愿望。

庆次绝不是那么安分的男子。或许他能在这深山之中生活三个月、半年乃至一年的时间，但这已是他的极限，终有一天他会突然出走，而且将不再回来。这是必然的事情。

伽姬不明白这中间的理由。或许连庆次自己也不明白。这个男人的胸中潜藏着一颗驿动的心，这颗心拒绝着平静的生活。除非是生活在严酷的环境之下，否则绝不能认同自己。安适的休息绝不是他的希求，将身心置于极限之下，或有一日忽然死去才是他的追求。倒下的场所是荒凉的野外就足够，若是死于沙场的话就更好。若是无人相葬，就这样被置之不理，最终成为一具在风中欷歔的白骨的话，那真是简直没有比这更幸福的事情了。

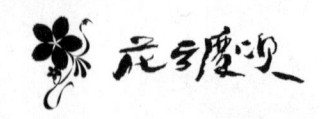

庆次就是这样一个不适合去爱别人的男子，他也绝不会与哪个女子白头偕老。

在无尽流淌着的时间之中，女子不过是短暂的一段插曲而已。但这短暂的一段插曲该是如何的华丽和豪奢，若是与寻常男子相伴的话终其一生也绝对无法领会的绝妙体验。正因如此，伽姬才没有丝毫不满。与庆次能一起生活着的现在，比起什么来都更为重要。

如今，伽姬正将这所有的思绪托付于琴声，向樱树尽行倾诉。

"我明白哦，真可怜啊。"

樱树或许会这样说吧。

"我明白哦，真是幸福的女子啊。"

还是会这样说呢？

伽姬与樱树的对话，同时也清晰地传达给了三个男人和三匹马。或许此刻他们正在各自的心中寻求着答案吧。

令人伤感而又美好的时间就这样流逝着。

喀喇。

金悟洞无意识地打开了远町筒的击铁，这是由于他杀手的本能感知到有谁正在接近。仅此而已。

相同的本能令舍丸握住了棒手里剑，松风开始刨地。

庆次扬起手来，制止了这二人一骑。

"想听的话，就来这里听吧。"

为了不影响琴声，庆次的声音不大却带有穿透力。

在树丛中站起来的是秀康和他的家臣们，但庆次等人并不惊奇，便仿佛一切尽在意料之中。

秀康矮着身子，像是爬行一般到了红毛毯的边上，默默地向庆次施了一礼。庆次也不多话，将酒杯递到他手里，舍丸则适时地斟上酒。

这期间，琴声未曾中断，一直持续着。伽姬的眼中既没有秀康也没有众家臣，只有面前这怒放的无数薄桃色樱花。

秀康小口地品着酒。

家臣们也在金悟洞的陪同下纷纷作饮。

秀康饮尽之后，将杯子还给了庆次，接着他拿起大酒葫芦，恭恭敬敬地为庆次斟满。

庆次仰头一饮而尽，放下杯子后又再次倒上。

"哈——"

秀康长长地舒了一口气。

"原谅我了。"

他放下心来。这次他比之前更快地将酒杯喝了个底朝天。还到庆次手中之后，秀康不忘细心地把酒斟满。

庆次微微一笑，从容地将酒倾入喉中。

秀康也报以微笑。

"我，终于交到了终生的朋友——"

这股思绪麻酥酥地贯穿了秀康的全身。

但是结城秀康是如此的深情厚谊，便是庆次都快经受不住了。

隔三差五秀康就会出现在庆次的家里，一坐就是半天。

原本庆次本人也有过这样的前例，他喜欢上直江兼续的时候便是如此。

这样一想的话他便也不再打算抱怨秀康了。而且庆次担心要是言语不周的话，很可能会严重伤害这个年轻人的敏感心灵。

"真是丑女情深过美人[2]啊。"

庆次最多也只能苦笑着向伽姬发几句牢骚了。

可伽姬并不这么想。她觉得被自己琴声所吸引的毫无例外都是内心深处有着创伤之人，秀康也不例外。同为悲伤之人彼此依靠又有什么不好的呢。

"并非如此啊。"

庆次这么说道。

"悲伤之人才更不该聚在一起呢。这样的话只会变得越发凄惨。而且无人可挨靠的人不是会显得更悲惨吗？大家都是独自一人，这样正好。"

伽姬心道，这就是男人啊。特别是像庆次这般强大的人更是如此。

年轻人或许总有一天也会变强，但到那之前无论多么想要依赖别人都是不行的。

就算秀康到来，庆次也很少和他搭话，只是任其坐在那里，自己也随意看书品茶饮酒。

就这样秀康都很满足。偶尔想说话的时候他就冲着伽姬说话，就仿佛是对着姐姐那样。一来二去，伽姬对秀康的前半生了解得比谁都详细了。

当她听说秀康二岁时初次与父亲会面经过的时候，几乎是哭出了声来。

家康的长子三郎信康不但是一位难得的优秀武将，同时也是个心地温柔的男

子。十七岁的时候他得知自己有一个异母的弟弟，而且并没有得到正式的承认，只是由本多作左卫门收养。他还听说了至今父子都未曾谋面。信康当时住在冈崎城，一日得知家康即将到访，便叫来秀康让他坐在家康会经过的走廊边上的房间，并且嘱咐他在家康走过之时拉开纸门奶声奶气地喊道：

"父亲大人。"

秀康照他的话这么做了，可当时家康表现得极为绝情，迅速转过身向城外走去。

信康捉住他的袍袖道：

"在下打算让弟弟于今日正式面见父亲大人，难道您竟打算一走了之吗？"

当时的场面借用《潘翰谱》的作者新井白石的记叙来看的话便是这般：

"家康公面色甚是难堪，但念及若是今日不允此番将难以收场……"

据说家康这才允许了秀康的正式面见。

秀康至今仍清晰地记得当时父亲回身快步离去的背影，或者说秀康的记忆正始于此。不用问也知道家康在他心目中到底占据的是怎样的位置。而且正是这个父亲，还杀害了对秀康来说是唯一值得信赖的兄长信康。虽然他也清楚那是信长的命令，但这种冷酷无情依旧迥异于世间的普通父亲吧。而自己十一岁时之所以被送去做丰臣秀吉的人质，也根本就是因为家康固执地认为自己总有一天会向他复仇吧。秀康从那时候起就主观地如此认为。而被迫继承结城家也是基于完全相同的理由——仅仅五万石的小大名就算是一心想报复也绝无成功之理。对家康来说，秀康就是一个时刻不可放松警惕的血亲之敌。

伽姬难以想象世间居然会有这种父子关系。

庆次听过之后笑了。

"在战国之世这极为正常的。"

对男人来说，父子和兄弟都是最亲近，同时也是最该警戒的敌人。被儿子杀死的老子和被老子杀死的儿子大有人在。

"没什么可大惊小怪的。相信父子亲情的人才是天真呢。任谁都是顶天立地的一介男儿、一只野兽，出于各自的理由针锋相对乃是本性。若是因为畏惧而除子之牙，此子必会陷于他兽之口。若无敢于叛亲之牙，男儿又能有多少的作为？"

庆次用自己的道理认可了秀康作为一匹野兽的价值。

就在这样的光阴之中文禄宣告终结，新的庆长之世业已展露出它的曙光。

入唐之阵

注释

【1】釜山佥使：朝鲜仿照明朝建立的武官要职，司掌釜山府辖区的全部官军。

【2】丑女情深过美人：原指丑女比美女在爱情和嫉妒等情感方面更为强烈，后借指虽是出自好意却给他人带来困扰的行为。

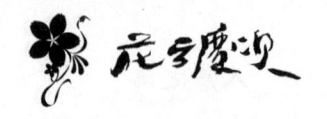

## 第二十五章　难波之梦

　　朝鲜战局正如庆次所预言的那样。

　　虽然朝鲜官兵不堪一击，但各地的义兵却相当执著地战斗不息，和明国的援兵协同作战，屡屡击破日军。若是能确保补给的话，日军或许还有胜利的机会，可朝鲜海峡的制海权已完全落入了朝鲜水军的掌中，长线作战的希望彻底破灭。

　　于是日本军最大的敌人便成为了饥饿。

　　小西行长等人充满虚伪和欺诈的媾和政策也迟迟不得进展，虽一度停战，但很快硝烟又起。这便是历史上有名的庆长之役，朝鲜方则称之为丁酉倭乱。

　　这正是一场好比陷入泥潭的战争，日军逐渐被逼入了困境，仿佛随时会被这个大沼泽所吞噬。

　　这期间故国传来的也尽是诉说着令人不安的消息：年富力强的男性劳动力尽数为战争所征用，留下的只有老人和女人孩子，而贡租却是丝毫未减。不管留下来的人如何卖命，都无法满足赋税的需要。那该如何办呢？以石田三成为首的文官们只得通过斡旋向大商人借来米粮，而这样的方式又产生了数量庞大的利息。前方的武将一边翘首企盼着永远也到不了的补给一边拼命作战，国内民众的生活却一日不如一日。唯有文官们通过这样的斡旋捞到了无数的好处。对大商人来说这是理所当然，但其他人却不会允许这样的行径。

　　滞留在朝鲜的将领们就这样被强烈不安和焦躁所煎熬着，归国无望，每天还不得不投身于惨烈的战斗。他们对文官集团产生强烈的怨恨也是自然而然的事情。

　　不管在谁的眼中，这场战争都只有失败这一个结果了。及早议和撤兵才是剩下的唯一希望。而阻挠这个希望的，正是命不久矣的太阁秀吉那对虚幻梦想的执念。

## 难波之梦

"太阁真是死不得其时啊。"

庆次在秀吉举办醍醐赏花之际对伽姬等人说道。

"就看看眼下这警备的状况吧。"

这一日是庆长三年三月十五日,一直以来的淫雨霏霏的天空好不容易放了晴,真是绝好的赏花时间。

北政所、淀君、松之丸殿、三之丸殿等秀吉的正室侧室陆续地乘坐轿子来到醍醐,在京的诸将也受到了邀请,茶室建造了八所之多,处处人满为患。确是一场穷奢极欲的赏花宴。

然而与此同时,这一日从伏见到醍醐沿途都由全副武装的武士严加警备,简直连蚂蚁都爬不过去一只。这正形象地表明了秀吉现在所处的位置,他已不再是万民景仰的庶民英雄,而是变成了一个一意孤行的专制君主。

"哪有这样荒唐的赏花呀。"

庆次虽是也应邀前往,但因为厌恶面前这种场面,中途便打道回府了。

之后的五月十五日,秀吉病倒,八月十八日,以六十二岁之龄逝世。

"露落露消如吾身,难波[1]旧事亦梦沉。"

据说这便是秀吉的辞世之作。

当务之急是停战和从朝鲜撤兵。但断不能出现大规模的溃退,若是溃退的话多达十四万驻留朝鲜的将士将再无法踏上故国的土地。

秀吉之死的消息被严格封锁起来,停战工作也迅速地展开。十月一日,使者德永寿昌与宫本丰盛抵达了釜山。这恰好是泗川之战的当日。

在这场战斗中,岛津义弘率领的剽悍无比的萨摩隼人族在庆尚道泗川大破明国与朝鲜的联军。

这之后日军便完全失去了战意,但完全从朝鲜半岛撤离则是十一月二十日的事情,与此同日负责殿后的岛津军尽管在明与朝鲜的联合水军包围追击之下损失惨重,但总算也脱离巨济岛回往对马。

前后长达七年的愚蠢战争,终于因秀吉之死而画上了休止符。

"接下来会变得很有趣。"

庆次咂着舌头说。

伽姬面带悲伤地看着庆次。庆次的血液正在沸腾,那是因为决定新天下霸主的大战一触即发。弄得不好又会再度天下大乱,所至之处又将硝烟再起的吧。

庆次喜欢的时势即将到来,他自然不会无动于衷,早已准备好了骑着松风东奔西走地前往各处参战。休息的光阴已经结束,庆次因为没有去参加朝鲜战争,那种说不清道不明的郁曲已在体内攒了太多,是时候需要发泄了。伽姬对此非常清楚。

但伽姬依旧认为这七年多来能跟庆次一起生活已是莫大的幸福,并无任何不满。让男人像个男人那样活下去,或许也是女人的职责吧。

"你会去的吧。"

她最多只有这样伤感地说一句。

庆次沉默了一会儿。他用这种方式表达着自己最深歉意。然后才开口道:

"不管怎样都要打仗了啊。"

打仗跟自己到底哪个更重要?伽姬可不会问这样愚蠢的问题。这两者无法相提并论。以命相搏的战场对男人来说乃是最佳的生存与死亡之所,世上无论何等的幸福和愉悦都无法取代。

"伽子该怎么做?"

伽姬这么问,她也只有这么问了。

"等着吧。我嘛,很快就会回来。"

"很快?"

"嗯——应该是吧。"

说到这里庆次的态度突然暧昧起来。尚不清楚会是怎样的战斗,自然也只能这么回答。

"我独自一人等吗?"

"不,会找人陪你。已经吩咐舍丸了。"

事实上一得知秀吉的死讯,庆次便立刻命舍丸去寻找聪明伶俐本领高强的女子负责照顾伽姬,可见她在他心目中是何等重要。

"我已找到了可靠的商人,到时就交给他们吧。"

舍丸已找好了人家,不知何时他也已变成一口地道的京都腔了。

"什么时候走呢?"

"不清楚,或许是一年之内吧。"

庆次判断来年也就是庆长四年将会有战争发生,当然,这场战争必然会由德川家康挑起。

家康对天下虎视眈眈已久,如今机会终于来了。

庆次对家康将成为新的天下霸主这一点并无任何异议,但如何取得天下——

也就是实际采取的方法才是问题之所在。

秀吉死后，世间一般认为具有夺得天下实力的武将就数家康和前田利家了。其次是岛津义弘、加藤清正、黑田如水、毛利辉元、上杉景胜、伊达政宗等人。此外虽还有宇喜多秀家、福岛正则、佐竹义宣、浅野长政与幸长父子一干人等，但显然非执掌天下之器。

秀吉指名的五大老乃是以家康为首的前田利家、宇喜多秀家、上杉景胜、毛利辉元等五人，换言之秀吉认为最有威胁的就是这五人。而这其中兵力和器量都在伯仲之间的就是家康和利家。

但是利家并无夺取天下的野心，况且此时已是重病缠身，在他心中只有一个念头，那就是遵守对昔日盟友秀吉的诺言，保护好他的幼子秀赖。

为了对抗五大老，秀吉还设立了五奉行制度，包括了前田玄以、浅野长政、增田长盛、石田三成、长束正家五人，这其中最具有攻击性无疑就是石田三成。三成很早之前便将前田利家拉到了自己一边。倘若不这么做的话，他自己很可能会有性命之虞。那是因为朝鲜回来的武将们都对这个不近人情的文官抱有恨意。世称七虎将的加藤清正、黑田长政、浅野幸长、福岛正则、池田辉政、细川忠兴、加藤嘉明等人一心想要三成的性命，三成是因着他们对利家的顾虑才得以保全。

但石田三成也并非是仅懂得苟且偷生之辈。

虽是处于下风，他还是千方百计地试图暗杀家康。

第一次居然是秀吉死后的翌日。

第二次是庆长四年正月十日，秀赖离开伏见城转往大阪城之时。家康当时与其同行，住在片桐贞隆府上。十一日半夜，三成派出的刺客团打算秘密潜入宅第之中。幸得细作通报，家康部下加强了戒备，并于次日清晨出门避开街道，乘船沿淀川来到枚方，在此遇上了匆忙前来迎接的井伊直政，这才逃过一劫。

第三次是三月十一日，家康为了探望前田利家的病情前往大阪，在藤堂高虎府上过夜的时候。这一次家康也是通过细作的报告事先做了防备，三成派出的刺客始终没有找到下手的机会。或许可以说正是因为家康自天正十年六月翻越伊贺的大难之后大量雇用了伊贺、甲贺忍者，在谍报战方面战胜了石田三成吧。总之三成暗杀家康的计划三次都遭到了失败。

庆次之所以能详细得知这暗斗的经过，是因为再度遇到了久未谋面的"骨"。

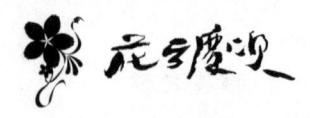

三月中旬之时，"骨"忽然出现在了庆次的面前，正确地说，是落到了庆次的枕边。

这一夜，庆次正使尽温柔解数与伽姬共享着鱼水之欢。即将惜别的预感令他越发增加了对伽姬的爱恋，这一阵几乎是夜夜缠绵不休。

伽姬也敞开了日趋谙于情事的身体来迎接庆次，不一刻便进入了羽化登仙的境界。这时，庆次突然对着天花板说道：

"想看的话就下来好好看个清楚。不打算要自己的眼珠了吗？"

不知何时庆次的右手已经握住了出鞘的肋差，根据对方的回答随时准备投出。可他身体的动作却丝毫没有停顿，继续撞击着伽姬。

天花板上一个声音立刻传了下来。

"拜托饶过我的眼珠吧。"

与此同时一个异常瘦小的人影刷地跳下，恰好落在枕边。那正是"骨"。

伽姬惊慌地盖上了被子，庆次也停了下来将肋差收回鞘内。

"就差那么一点点……真是不解风情哪。"

说着盘腿而坐。

"骨"看着他那胯间的隆隆之物，嘿嘿笑道：

"真是威风不减当年……"

"你也还活得好好的啊。"

庆次平静地回答，然后拍了拍手。

舍丸拉开门，愕然地站在了那里，脸一下子涨得通红。舍丸和金悟洞都半点没有注意到"骨"的入侵，这对忍者来说简直是最大的耻辱。

"拿酒来。"

庆次吩咐道。

"真不好意思。"

"骨"说道。

舍丸遗憾地哼了一下鼻子走开了。对手是"骨"的话那也没办法了，毕竟他是忍者中的天才，自己和金悟洞的本事都不及他。

"在下是受了阿松夫人所托前来。"

"骨"说道。接着他又解释说自己乃是受阿松所雇。强调既不是前田家，也不是利家，而是受阿松所雇这一点上，"骨"这家伙也真是相当有意思。

"有什么事啊？"

庆次的神情变得古怪起来，这是因为他察觉到伽姬听到阿松的名字后皱起了眉头。

"在下不知。不过主公大人好像快不行了……"

"又左卫门快死了吗？"

庆次的眉毛拧了起来。到头来终究还是维持着老死不相往来的局面收场吗？这么一想他心底突然涌起一股寂寞之情。

"他的意识还清楚吗？"

"和平日并无两样。但正是因为正常得过分，这才……"

"骨"犹豫再三，终于将利家对死亡那种过分热心的情形说了出来。

据说利家让阿松详细写下死后分配遗物的目录，检查保存在仓库和柜子里的物品清单，并画上花押。据说此举是为了让负责保管的奉行们日后避免贪污之嫌。

庆次大声笑道：

"到底是又左啊。那个男人的胆子怕是只有虱子那么大吧。阿松夫人估计也受够了吧。"

"骨"也苦笑出声。他想起了来之前阿松对夫君的评价正是和庆次如出一辙。

"不过……"

庆次的眼光一下变得尖锐起来。

"你并不是为了阿松夫人而来。是受了又左的指使，对吧。"

"骨"搔了搔脸。

"您都知道了？"

"若是如此热心身后事，自然没有忘记我的道理。"

正如庆次所说，是利家再三恳求阿松，让她与庆次取得联系的。

舍丸无论如何都想劝阻庆次。

庆次说是准备直接前往大阪的前田府邸。

舍丸直觉那将非常危险，但既然来的使者是"骨"，自也无法明言，明说的话那就成了对"骨"的侮辱。

"在下陪同前往。"

"骨"这么说的意思就是赌上自己的性命也要保证庆次一行的安全。

但即便如此舍丸的不安还是挥之不去。

舍丸并非最近才被雇用的下人，他亲身体会过庆次与前田利家之间那纠葛多

年的恩怨，对前田藩的气性和状况也一清二楚。

前田藩是个不会忘却的地方，不管好事坏事都不会忘记。不管岁月如何流逝，不管外界如何天翻地覆，一个人做过的事情永远都会被铭记于心。

因此庆次对利家犯下的种种无礼之处，以及整弄四井一族之事，至今还清晰地留在前田藩士的脑中。就算是因什么缘故利家宣称赦免庆次，前田藩士也不会原谅庆次。前田藩就是如此的"不会忘却"，某种程度上甚至可以称之为"容易记恨"。庆次一行踏入前田府邸之举与送死无异。

舍丸不安的是"骨"是否有这方面的感觉。

但舍丸的不安和急躁并没有影响事情的进程，庆次还是决定半夜骑上松风去大阪。带路人是"骨"，随从只有舍丸一人。舍丸在随身的口袋里塞满了炸弹和烟雾弹，危险的不止庆次一个，作为四井一族的叛徒舍丸也有遭到毒手的可能。

前田利家整个人都憔悴得厉害。他身高虽是没变，体型却瘦了一大圈，看上去已经跟"骨"相差无几。

利家躺在床上迎接庆次的到来。两个利家宠爱的年轻女子作陪一旁，两人不厌其烦地按摩着他的手腕跟腿脚。

庆次不发一语地坐到了他的枕边。他只看了一眼利家枯槁的形容便差点落下泪来。长期以来作为敌手的那份怀念突地涌上庆次的心头，同时利家那行将就木的外表也刺痛了他的心。

但他说出的话依然很刻薄。

"这就是枪之又左的下场吗？不如改名叫萎之又左吧。"

"别闹了，庆次。"

利家的声音听上去是那么虚弱。

"我不是为了被嘲笑才叫你来的。"

"那是当然。我也不是为了嘲笑一个快死的人才赶来大阪的。你是想做个了结吧。我奉陪好了。去院子里吧。"

利家愣愣地看着他。

"你脑子里只有打架吗？"

"没错。我和你之间除了打架还能有别的什么吗？"

"这世上有种人不管到了什么年龄都像是长不大似的，完全没有进步，脑瓜也不好使。不过这种人命很硬，对女人也在行。在你们面前的就是这种傻瓜的典范，好好观赏一下吧。"

利家对两个女子说道。女人们虽然对庆次有着顾忌，但也忍不住咪咪地掩口偷笑。

"看来你嘴巴倒是长进了不少。这就是你所说的进步吗。笑死人了。要是不打算做个了结的话,我可回去了。"

说着庆次准备站起身来。利家像是真的吃了一惊,努力撑起半个身子。

"别再玩了,庆次。"

"我才想说这句话哩。不把这些讨厌的女人赶走,我可真要走了。"

庆次说得认真。

利家那仿佛好色老头一般的样子,他从刚才起便看得心里憋气。早在很久之前他就认为利家这是在模仿晚年的秀吉。而这行为就像是丰臣家臣子的象征一般,令他作呕。

"德川大人虽也是一把年纪了,还没自甘堕落成这个样子吧。只怕他正为了夺取天下磨刀霍霍吧。"

利家苦笑着摆手让女人们退下。

"就是这位德川大人,能帮我收拾掉他吗?"

收拾指的就是杀死。

"这就是我的了结。"

庆次愣住般地看着利家。

"不管到了什么年龄都犯傻的,我看是你吧。"

"什么?!"

"你一直以为我欠你的吧。不管过去还是现在你都抱着这样的想法。因此才会说出只要杀了德川大人就能原谅我的蠢话。真是可笑之极。我根本不欠你什么,况且我对德川大人也并无任何怨恨。最后,我也不是杀手,只会堂堂正正地面对敌人。"

"你说不欠我?!"

一瞬间利家的眼中燃起了怒色,但这火焰很快就又熄灭了。

"欠不欠的就不提了。就当是我最后的请求,请务必帮忙。"

"我没那个兴趣。要派刺客的话用忍者吧。四井主马怎么样?加贺有名的隐秘军团都只是徒有虚名吗?"

"你觉得主马能杀得了德川大人么?两人的能力差太远了,就算是站在枕边他也下不了手。"

这是个非常正确的判断。古往今来可称一世豪杰的武将之中,没有哪个死于忍者之手正是为此。

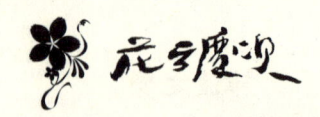

"你的话就能办到。要是有你这副天不怕地不怕的气概……"

"别说了!"

庆次的一声厉喝打断了利家的喋喋不休。

"好话不说两次。我不当刺客。明白吗,不当!"

利家的脸色发白。

"就算我这样请求都不行吗?"

"真烦人,你倒是想法子去让千里驹变成打洞耗子看看。哎,试试看呀。不行了吧。再把人当成傻瓜,就算是病人我会痛揍你一顿。"

庆次怒气冲天。

要求自己成为刺客这般的无礼也倒罢了,濒死之际居然还满脑子想着使用暗杀这种消极的手段,对于这样没出息的利家,庆次真是十分生气。

"而且,你真以为杀了德川大人,丰臣家就可以安心了吗?作为昔日的枪之又左卫门好好用脑子想一想,你真的这样认为吗?"

"我不这么想。这些道理我当然明白。但要是没有其他办法的话也只有这么办了吧。"

"没有其他办法的话就听天由命吧。总比用这种没出息的方式来反抗要好得多吧。"

为何要对丰臣家尽忠到如此地步呢?秀吉到底给了你什么好处?两个女儿都被收做了妾室,以此为代价给了你加贺百万石。这也算是恩情吗?庆次真想对利家这么说。不要再管丰臣家了,荣枯盛衰乃是乱世的常理。时代不正进入一个新的乱世吗?死去的故主之事放在一旁吧。和家康一样,走向新霸者的道路吧。这难道不才是真正的武人所该选择的路吗?

"少啰唆!"

这次换成利家怒吼了。这声充满气势的大喝令人难以置信是发自一个濒死的病人之口。

"我怎么会不明白!我也想这样做啊。我是多、多想那样啊……"

喊声戛然而止,这声叫喊中充满了无尽的遗憾。

而这声饱含遗憾的呼喊正是一个好不容易遭遇新的乱世、可生命之火却已所剩无几的武人的肺腑之言。

"你儿子不争气吗?"

"闭嘴!"

利家再次吼道。不过这声吼已不如之前那样有力。

"我的儿子很有出息,才不会让他像你那样吊儿郎当。利长也是一个顶天立地的男子汉,只不过……太年轻了。"

利家叹息般地说道,显见心情十分低落。

"就像是把刚生下的小狗送去与老虎厮杀一样,立刻会被撕得粉碎吧。"

确实如此。以家康与其麾下善战的军团为对手,年轻的前田利长只怕是连万中取一的机会都没有。

"而且还有治部。"

这说的是石田治部少辅三成。

"托了他的福,全天下的武人都站到了家康大人的一方。"

利家知道,憎恨三成的这种情绪令武断派的诸将团结了起来,一致成为了家康的同盟军。若是没有三成的话,这些武将们便会恢复原本的判断能力,均会对天下虎视眈眈。这样一来即使是家康也不得不有所顾忌。

"剩下的办法只有一个……"

"并非如此。"

庆次的声音相当稳健,他不禁可怜起面前这个男人来。利家真是个连死都会不够洒脱的小心眼,在他那大胆与武勇的外表之下,隐藏着的却是一副小心翼翼的农民嘴脸。原本利家就是荒子的百姓,并非庆次那样是忍者出身,因此全无那种如无根浮萍一般的狠劲儿。对农民来说,如果失去了土地便失去了一切。

"德川大人一死,世道将会大乱。各地将爆发无尽的战争,强者艰难存活,弱者曝尸荒野,犹如末世来临。你那引以为豪的儿子真能在这样的环境中生存下去吗?不过成了一只被投入群狼之中的小狗而已。"

利家张了张口,又闭上了。庆次所言不差。

"你不过是一心惦记着死之前要充分了结心愿而已。就像是整理仓库里的物品、清楚地分好遗物那样,想着把德川大人干脆也杀了。不就是这样吗?"

利家无言以对。

"累了就地坐下,困了就躺倒,一觉之后永不醒来,我想着的是如此死法。你那种死法太复杂了,简直是弄得鸡飞狗跳。"

庆次的话语辛辣之极。

"荒子土地之事真是抱歉哪。当时我一心想要,只因那块是前田家族的土地啊。"

利家这说的是当年庆次本该继承前田本家成为荒子城主,却因为织田信长的一句话遭到了撤销,改为由利家继承。这已是快四十年前的事情了,可利家就此

事道歉却还是头一遭。
"好啦。我本就是忍者出身，对土地并无眷恋。"
"抱歉啊。不过这下我心中就轻松了，为这事我可一直耿耿于怀。"
"真令人吃惊啊。"
庆次说的是真心话，关于荒子城的继承问题他并未有过落败遗憾的念头。
"说起来，今天真是被你好好教训了一顿哪。"
利家怀旧似地说道。此时，与庆次相争的一幕幕场景恐怕正像走马灯一般在他脑海中旋转。
"开玩笑。今天被修理的是我吧。"
"哪里。是我啦。"
短暂地重复了这两句之后，两人一齐哈哈大笑起来。
刚才的女人们此时已准备好酒肴端了上来。
"主公大人有多久未曾如此开怀大笑过了啊。"
其中一个女子说着，给利家擦了擦眼睛。
"退下。"
利家将女人们赶出去后，拿起了酒壶，唐突地说道：
"其实我还有一桩心事没有解开。"
"嗯？"
庆次盯着利家。利家的口气有些古怪，应该是荒子城一事之外的其他什么重大事情。因此利家才会迟迟没有继续开口。
"然后呢……？"
庆次催促道。
利家眼中闪着异样的光芒。
"你跟阿松上过床了吗？"
就连庆次一瞬间都踌躇起来了。但他还是坦率地回答：
"上过。"
"你这个臭小子！"
利家使出浑身力气一拳揍在庆次脸上。
"换作以前的话我会被打飞出去吧。"
但如今仅仅是略微歪了下身子便承受了下来，庆次悲由心生。没想到这样不痛不痒的一巴掌已经是现今又左卫门倾尽全力的打击了。
利家的拳头又挥了上来。

难波之梦

庆次毫无还手之意，甚至根本不作任何闪躲，默然任其殴打。

五下之后利家很快就用尽了力气，耸着肩头大口喘息起来。

"打够了吗？"

庆次追问之下，利家又补了一拳，接着便像到了极限一般，仰面朝天倒在被窝之中直喘粗气。

"没事吧？"

庆次并没有这么问，这样与侮辱无异。他只是默默地揉了揉脸。

利家终于爬起身来。

"如此我便心中再无遗憾了。"

他一边说着，一边再次端起酒壶给庆次斟满。他的手在颤抖。庆次装作没看见，酒洒了出来也不去擦拭。接着他也举起自己这边的酒壶，打算给利家斟酒。

"不，我就……"

利家扬手打算阻止之际，庆次突然吼道：

"别说那么没骨气的话！"

"是吗。这倒也是啊。"

于是利家也拿起杯来，一饮而尽。

"好喝。果然很好喝啊。"

"那是当然。"

庆次这回是给自己的杯子倒满。

二人并不知晓，此刻阿松正泪流满面地伫立在房间之外。

注释

【1】难波：大阪古称。丰臣秀吉建造的大阪城号称百万人口，为日本当时规模最大的城池。

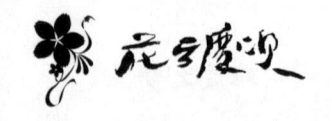

## 第二十六章 夺取天下

庆长四年闰三月三日卯时（上午六点），前田利家阖然长逝，终年六十二岁。遗体照其遗言被运往金泽，于次月八日举行了葬礼。

利家死后的当天夜里，以加藤清正为首的七名武将便袭击了石田三成府邸。这正是利家的死造成的直接后果。

三成也相当机警，事先得知了这一情报后火速逃离了大阪，钻进女眷的轿子前往伏见，居然径直来到家康的住所乞求庇护。家康可谓是众将的首领，索性做出自投罗网般举动的三成也实在是胆大包天了些。但家康整整保护了他七天，其心中也自有盘算。

据说当时德川家臣中也有人要求立刻干掉三成，本多正信急忙来到家康面前说道：

"如果眼下杀了治部大人，七将迟早会起兵讨伐主公。若是留治部一命，想来他们直到最后都会站在主公一边的吧。"

是憎恨三成的情绪让七将成了家康的同伙，三成一死，他们便会回到自己原本的立场（维护丰臣家），末了就会与家康敌对。正信说的就是这个道理。家康的回应只有一句话：

"我明白得很。"

于是家康亲自恳切地说服了七将，令三成辞去奉行之职，并派次子秀康带领军队将其一路小心地送回了居城佐和山。闰三月十三日家康踏出了自己的府邸，进驻伏见城。

家康此举日被后世认为是他为了夺取天下而迈出的第一步。

继承了父亲的地位成为五大老次席的前田利长依旧还留在大阪城。利家曾遗言利长三年之内不可离开大阪城，但年轻的利长无法忍受家康明里暗里施以的诸多压力，终于在八月二十八日愤然返回金泽。

就在离开的前一夜，奥村助右卫门带着满满一葫芦酒和足足一鞍袋的金子突然造访了庆次的住所。

助右卫门将利长离开大阪一事告知庆次，叹道：

"前田家气数尽矣。"

利长曾被父亲授以监护秀赖之职，如今却擅自离开了大阪，这意味着放弃了自己的责任和地位。如今再没有人能抵挡家康进入大阪城了。

"打算一战么？"

庆次一边劝饮一边说道。

"虽不愿如此，可看来也是迟早的事情吧。"

助右卫门说得就像事不关己一般。

"别意气用事，助右卫门。要让又左的儿子活下去。一定要想办法让他活下去。"

助右卫门没有回答。家康又怎会放过占据了加贺要地的百万石大藩呢。显而易见他早晚会找借口挑起战争。

"得出乎内府的意料。"

庆次说道。内府指的就是内大臣家康。

"提一个内府做梦都想不到的条件。"

助右卫门这才为之动容。

"比如说双手奉上百万石的领地……之类的话吗？"

"错了，这样的话没用。要是打了胜仗的话自然百万石的领地也归他了。嗯……比如说……"

庆次的声音顿了顿。

"把阿松夫人当做人质送往江户。"

助右卫门此刻脸上愕然的表情真是值得一观。要知道他原本可是个任何场合下都不会面现动摇的人物。

"你、你说这话是认真的吗？"

"当然是认真的。连你都会吃惊，内府想必也会大吃一惊吧。而且目前还没有任何人向内府送出人质。他闻言必然会动心。将加贺百万石的正室掠为人质，可是比夺得百万石更有价值啊。"

庆次所言不差。若是闻得前田家将现任主公的母亲送出去做人质，打算效忠家康的各路大名一定会争先恐后地将人质送往江户吧。这样一来家康的地位就更

加稳固。

"可是……将阿松夫人……你还真是……"

助右卫门的声音仿佛埋怨一般，这是因为他比谁都了解阿松与庆次之间的关系。阿松曾是庆次热恋的对象，而如今却要将这恋人作为人质……

"阿松夫人必然会乐意如此。她一直拼命寻找着用自己一命拯救加贺百万石的机会，并认为那才是她的赎罪之道。多半你一提人质的事情，她就会恍然大悟，心下还会宽慰不少。而若是能令阿松夫人安心，便也是多消除了我几分的罪过。"

庆次的话中并无伤感之意，一直都带着淡淡的口吻。听了这些话的奥村助右卫门反倒是心中暗暗伤感。哪有男人会希望自己的恋人如此艰难地活下去啊。而正是因为庆次洞察到这是唯一能令阿松心安的方法，才会这么说的。

两人一夜无语，只是默默地交杯换盏，天亮之后，助右卫门留下金子回去了。

十天之后，家康在大阪收到增田长盛的密告，说是前田利长指使浅野长政、大野治长、土方雄久等人企图谋害家康。于是家康径直召集大军，十二日进入了大阪城，不久后代替北政所入住了西之丸。

同时他将浅野等三人处以流放之刑，并打算对前田利长和其姻戚细川忠兴二人兴师问罪。

增田长盛大体上可说是一个墙头草一般的人物，不管跑到哪里都只会挑好听的讲，至于事实如何也根本不会去求证，有时甚至不惜捏造谎言也要讨好对方。

这次正是如此。家康需要进入大阪城的借口。如果经常出入大阪本丸的大野治长等人有暗杀的企图，家康就必须亲自入城监视他们。

非难前田利长也是如此。家康需要战争。要是等朝鲜归来的武将们头脑冷静下来事情就难办了。因此必须尽快挑起战争。当然，这场战争不能由家康发起，而是在秀赖的名义下，家康作为首席大老——也就是一介家老掌握事实上的统帅权，动员各路大名的军队动员起战争。这样一来这就不再是家康的私斗，而是中央政府名义下的战斗。

前田家就是被指名成为了这场战争的第一号敌人。

幸好细川忠兴是一个收集情报不遗余力、思维机敏的人，据说他时常派出忍者收集大阪、京都、伏见各地的传闻。他第一个注意到了家康的意图，急忙向利长派出使者，自己也匆匆赶到家康的面前解释。这不啻为一种先发制人。家康虽内心暗暗吃惊，但丝毫不形于色，为难利长的主意越发坚定。

金泽城中大乱。利长的弟弟利政向来就讨厌家康，坚持声称接受隶属的耻辱不如放手一战。

利长比弟弟现实得多。对手若是家康及其麾下的联军人马，完全没有胜算。他立刻派遣横山长知前往大阪辩解。但家康本就是打算用不着边际的借口来刁难，自然不会听他的任何解释。

就在这个时候，奥村助右卫门拜访了阿松的住处。利家死后阿松已削发为尼，法号芳春院。

助右卫门将庆次的原话一字不差地转达给了她。

阿松的眼神一瞬间飘向了远方，这眼中分明地饱含着爱慕之情，令助右卫门胸中冒出了一股没来由的嫉妒。

"他为何能如此正确地读懂我的心意啊。"

阿松带着恍惚的神情自言自语。助右卫门似有愤愤然地说了一句：

"这是恋慕之情使然吧。"

于是阿松立刻找到利长，要他将自己作为人质送出。

大为惊愕的利长本欲拒绝这一请求，此时阿松却说出一句话来，后日此话被载入了加贺藩史料的《桑华字苑》之中：

"武士当以立家为首要，怎可为护母而令家不保。生死存亡之际舍弃我可也。"

舍弃我可也——利长败在了这句凛然大义的话语面前。

家康也同样如此。据说当阿松亲自来到大阪与家康相见之际，家康吃惊不小，以至于举止失措。

但家康毕竟是家康，他立刻意识到了这种方式在政治上产生的莫大效果。

如今所有大名送出的人质都在大阪，家康虽打算成为天下霸主，可眼下江户连一个人质都没有。若是加贺百万石当主的母亲作为人质前往江户的话，各路武将也定会效仿。现今细川忠兴就是看了阿松的榜样，立刻奏请将儿子忠利作为第二号人质送往江户。

阿松作为人质转往伏见，翌年庆长五年五月前往了江户。那之后她度过了十四年的人质生涯，于庆长十九年六月利长死后终被允许回到了金泽，是年六十八岁。直到七十一岁逝世为止，想必她在金泽的晚年都过得相当心安理得吧。

虽然被前田家巧妙地躲过了锋芒，但家康并不见得有多气馁。他立刻找到了下一个对手，那就是上杉景胜。

这次同样也出现了告密者。出羽角馆城主户泽政盛、被移封至上杉旧领越后的堀秀治，以及上杉家家臣藤田信吉三人向家康报告上杉怀有叛意。自庆长五年正月以来家康不停向景胜送去信函，频频促其上京。

而仅仅在四个月前的庆长四年九月，劝景胜回领地会津致力于领国经营的，不是别人正是家康。

景胜方面，自先祖以来的越后领地被转封到会津是在庆长三年正月，等到冰雪消融后的三月他才实际赴任。然而当得知八月秀吉的死讯之后，他九月便赶到伏见，之后作为丰臣家五大老之一忙于政务，无暇归国。如此算来，他在新领国只待了半年左右。即便不是如此，治理新领地也是相当麻烦的事情，例如心怀旧主的领民们多有发生暴动，年贡体制需要确立，此外城池和道路也得修缮。这许多的事情居然搁置了一年之久，也难怪景胜坐立不安。家康正是见此情景才向他示好，拍着胸脯声称中央事务自己将负责到底，劝景胜大可归国安心处理新领事务。可不到三个月家康就又翻脸唤其来大阪，固执的景胜自然不会答应，更何况传唤他的理由是出自荒唐无稽的告密。

这时上杉方的回信便是那史上有名的《直江状》了。这封书简是直江兼续代景胜所写，行文不卑不亢、大义凛然，慷慨地陈述了上杉家的立场，作为一世名文时至今日也评价甚高。

在这封《直江状》中，兼续首先阐述表明希望家康能够详细调查三人进言的真实性，这样一来上杉毫无叛意之事立可昭然天下。若是未经查实便相信宵小之辈的空穴来风之语，进而谴责我等的话，兼续斩钉截铁地言称"情非得已"，也就是不惜一战的意思。与前田利长采取的对策不同，文中扑面而来的则是上杉家自谦信公以来武门荣耀的自负。

给庆次带来这一消息的是结城秀康。这一日是五月七日，正巧在这同一天，三奉行和三中老联名上书劝告家康延期一年进行征伐会津。任谁看在眼里都会认为，家康这次的借口实在太过牵强了。

"结果还是没起到任何作用。"

秀康如此评价奉行和中老众人的举动道。

"父亲是打算打着秀赖大人的旗号，集合丰臣的武将们，将他们一个个抓在手心。讨伐会津不过是声东击西之计。故意腾出大阪之地，是打算引诱他人起事而已。"

## 夺取天下

　　会起事的应该就是石田三成吧。不过三成手中并没有掌握军权，他估计也得去怂恿某个有实力的武将打着秀赖大人的旗号揭竿而起。也就是说两军将在同一个秀赖的名义下一决雌雄。

　　"在会津打一场仗倒是没什么大不了的。关键的一仗可能会在京都和大阪附近，又或者是美浓一带进行。这场大战的结果将决定父亲能否成为天下霸主。"

　　真是个龌龊的借口。秀康唾弃般地说道。

　　"战争可没有什么龌龊和干净之分哦。"

　　庆次说道。

　　"有的只是胜或负，死或生，如此而已。只要能战胜活下来就好，哪管什么脸面或他人的评论。你死我活之处才是战争的真髓，内府大人对此应该是深有体会吧。见得战机就会不顾一切地强行推动，这才是他了不起之处啊。"

　　真是这样吗？秀康不满似的喃喃自语道。

　　《直江状》确是一篇大义凛然清新飒爽的好文章，但正因为这飒爽之故，反而令庆次有了败北的预感。

　　其实胜负并不重要。

　　对庆次来说重要的是，莫逆之交的直江兼续眼看着就要踏入死地。兼续若是撒手人寰，自己也绝不会苟活于世。可这样一来又等于把伽姬扔下了。一瞬间庆次仿佛咀嚼这苦楚般闭上了双眼。当他再度睁眼之时，表情已为之一变，成为了一个彻头彻尾的武人。这并不是说决意去死，真正的武人并不会做出此等乍看悲壮实则愚蠢的决定，决定的只是进入生死境地而已，换句话说就是尽力而为。只要有一分力气在，就要战斗不息，可谓是投身于修罗界中。

　　"一刻之后前往会津。"

　　庆次对舍丸这样说道。这同时也等于下命，在一刻之内速将伽姬转移到安全的场所。

## 第二十七章 会津阵

对庆次来说这就是出阵。既然是出阵，自然要极尽华丽之能事。

之前为了准备这天的到来，伽姬早已一针一线用心缝制了极其奢华的小袖。不仅是庆次，连舍丸和金悟洞也有份。虽然舍丸是早已习惯了这副穿着，金悟洞可是自打娘胎生出以后从未穿过如此华美的衣服，吓得差点落荒而逃。

"想逃跑随便你，可是以后就再不能与主人见面了哦。"

被舍丸这么一说，他也只好放弃了推辞的念头。然而当金悟洞勉为其难地穿上之后，却意外地发现衣服很合身。

"真是一下子帅气了好多。"

就连舍丸也不得不愤愤然地这么说。舍丸由于个头过小，再华丽的衣服穿在他身上效果都会大打折扣。

"哪里及得上主人。"

金悟洞害臊似的说道。

确实，庆次真是非常配得上华丽二字。虽然他身材魁梧脸部线条又过于硬朗，但反倒是恰到好处地制约住了华丽，真可谓是一个相貌堂堂的伟丈夫。

以前那件南蛮铠甲早就丢了，新的铠甲放进箱子驮在了马背之上。舍丸等人所用的盔甲、炸弹、烟雾弹、弹药、食粮等物也都已经备好，可见舍丸事先准备的周到。鞍袋中还放了足够的金银，其余大半钱财都照例借给了商人们，并做好了万一全员战死就将所有财物转给伽姬的安排。

伽姬被托付在本阿弥光悦的府上。作为上流商人和法华一族，本阿弥一族有着强大的势力，只要住在这里，伽姬的安全就能得到保证。并且光悦本人也是庆次的知心好友。

伽姬独自一人将准备出征的庆次送出门。

她未落一滴眼泪。作为伽倻国武人的女儿,她充分了解出征前的规矩。

伽姬恋恋不舍地注视着庆次,动容一笑。

"非常帅气,很棒。"

"再一次迷上我了吗?伽子。"

"是的,又迷上了。"

如果是这个国家的女子,恐怕是不会轻易说出这样的话的吧。而伽姬说来却毫不犹豫,真是可爱之极。

"所以不能死哦。要活着回来接我。"

伽姬的声音略有哽咽,但仍打起精神,强颜欢笑。

"拉钩。"

伽姬伸来小指。

"拉钩上吊,一百年不许变——"

庆次的胸口涌起一股热流,但他的脸上却丝毫不为所动。

"庆郎也说嘛。"

伽姬催促道。

"好吧。"

庆次和伽姬再次一同用刚才的誓言大声说道:

"拉钩上吊,一百年不许变——"

舍丸站在一边,用手抹了一把鼻涕,他的眼眶中不禁浮现出泪花。

"只怕这是最后一次看京都的景色。"

庆次选择的北上之路依旧是从若狭路转向北国街道。此时正是暖风乍起嫩叶萌发的季节,理应是一场令人心旷神怡的旅行。

可庆次却开心不起来,这都是因为刚才和伽子的约定。

"拉钩起誓吗。"

正当他喃喃自语的时候,身后传来了由远及近的马蹄之声。一瞬间他以为是将伽姬送往本阿弥家的舍丸回来了,可那并不是野风的蹄声。回身一看,却是结城秀康正快马加鞭地追了上来。

于是庆次停下待之。

秀康总算赶到庆次面前,大口大口地喘着气:

"刚才去了一趟府上。"

他眼见人去楼空后大吃一惊,赶忙追来。

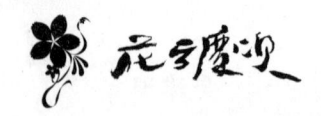

这有什么好吃惊的呢。庆次心中暗笑。只有普通人才会对这种当机立断感到吃惊吧。如果是个真正武人的话，自当不以为奇。

"我只是出阵而已。"

庆次肃然而语。

"和秀康大人或许会在战场上相见吧。愿您大展身手。"

说着庆次展颜一笑。这是个让任何男人都无法抗拒的迷人微笑，秀康仿佛被雷击中一般，张着嘴好久才愣愣地说道：

"这、这样啊。"

秀康的眼泪不争气地涌了上来。

"是加入上杉军吗？"

"直江山城乃在下莫逆之交，在下不能见死不救。"

庆次淡然说道。

"那、那也就是说会成为对手……"

那是显而易见的事情，事到如今已经没有说出口的必要。这正是秀康不成熟的地方。

"此乃战阵之常理。"

庆次打断了秀康的话头。

"他日战场相逢还望阁下切勿手下留情。"

秀康的身体为之一震，随即又莫名地亢奋了起来。

在战场之上与庆次兵刃相见的场景在他脑海中一下浮现出来，那真是无比美妙的一幕。胜负乃是小事，能和自己如此崇敬的男人一决生死才是无上的幸福。

"若能如此，死不足惜。"

秀康心中认真地思考道。

"虽力有不逮，当尽力一战。"

庆次不觉莞尔。到底是年轻，回答得真好。这个年轻人在战场上必然会像狮子或阿修罗那样奋战不息吧。那真是太棒了。正因为此，他才喜欢战争。

"那我就等着好好拜见一番了。"

庆次伸出手去。秀康紧紧地握住了他，但在下一个瞬间他立刻旋身拍马疾驰而去。他是怕被庆次见到眼中的泪水吧。

"战争太棒了，实在是太棒了！"

庆次大声赞道。此时拉钩之事已从他的脑海中消失得干干净净。

## 会津阵

在进入北国街道之时，一匹瘦马加入了庆次一行。马上骑着的正是"骨"。
"是阿松夫人的命令。"
看他口气就好似理由非常充分。
"我这年龄已经不需要保护了吧。"
庆次嘟着嘴抗议道。
"所谓女性，就是总以为心爱的男人不管到了什么年纪都像孩子一样需要自己保护……"
"骨"板着脸一本正经地说道。

越过加贺踏入越后领地之后，周围的空气也立刻为之一变，充满了硝烟与血腥之气。

到两年前为止这里还是上杉的领地，随着上杉家转封会津，越前的堀秀治转来此处统治。

上杉家臣之中，以中世纪以来半农半武的地侍居多。他们无法跟着主君景胜一同移住会津。而且，就算是自己前往会津，一族之中必然也要留人照看越后的农地。

这些留下的人看上去虽是农民，但原本都是武士，而且还是纵横无数沙场的老手。即便到了如今他们也还对旧主上杉家相当忠诚，并对自己的武勇引以为豪。

对新到任的堀家来说，真是没有比这些人更麻烦的存在了。秀治自然是不承认他们的一切特权，安排手下将那些并非真正农民的人赶出领地。他们当然也不会老老实实听从新藩主的命令。

不仅如此。

本来大名转封之际，会率先将先祖的墓地迁移到新领，并在那里建造菩提寺来供奉。

可上杉家却没有这么做。他们任凭谦信的墓留在春日山城内就这么去了。

据说这是直江兼续的计策。当时上杉景胜也不禁吃了一惊，说后来的堀秀治面子上会很难堪吧。但直江兼续只说了这么一句话：

"谦信公之墓将成为留在越后之人的心中支柱。"

于是就这么毅然将谦信的墓留了下来。果然如兼续所料，这起到了不小的作用。

此外还有，出于之前谦信对神佛怀有深厚崇拜信念的政策，越后有着很多属

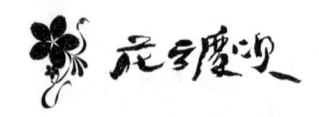

于寺庙神社的土地。而堀秀治却几乎将这些土地悉数没收了。

也就是说，堀家将农民、地侍、僧侣、神职者全都得罪了个遍。这要是不起大乱才怪呢。

于是越后领到处频频发生起义，小战不断，是以这里才弥漫着一股硝烟与血腥之气。

"山城真是干得漂亮。"

"骨"和舍丸没花多长时间就调查到了这些情报，令庆次大为倾倒，连连点头赞道：

"这下子堀秀治决计腾不出手来进攻会津了。"

事实上该年七月以后，直江兼续陆续密命多员武将潜入堀家领地，组织大型的起义运动。结果从越后到会津的三条道路都被一揆军所截断，率领村上、沟口军的堀秀治本被赋予和前田利长一起进攻会津的使命，然而如今大队人马已是陷入了动弹不得的状态。

但对舍丸来说这些事情都无关紧要，问题的重点在于此地不可久留，而且情况正在不断恶化。

这一行人的衣服实在过于惹眼，而在茶屋盘桓之时，又不住地大口饮酒。从马之上驮着铠箱，从者中的一人还拿着随时可以开火的长铁炮。

就算是再傻的人也会知道他们是打算去会津参战了。

刚才开始就有好像官府小衙役的人在店门口晃来晃去。如今只怕城中的守将已经获悉此事，正率领大批武士杀奔而来吧。

"差不多该走了吧。"

这句话舍丸都不知道说第几遍了。

"没什么好慌的。你也来一杯如何。"

"那怎么行。"

这里可是敌人的眼皮底下，作为忍者在敌人的地盘饮酒成何体统。

"骨"哧的一笑。

"看来主人打算大闹一场呢。"

说着站了起来解开了从马的缰绳。

"我带着它先走一步。"

这话说得极不负责。舍丸眼睁睁地看着"骨"骑上那匹瘦马，牵起两头从马就要大摇大摆地离开。下一刻，不知他动了什么手脚，从马突然发足狂奔，"骨"则紧随其后。三匹马径直穿过慌乱闪避的人群，很快便消失在视野之中。

"真是最差劲的护卫。"

舍丸正骂骂咧咧的时候,庆次的面前站住了一人,手中还牵着一匹马。

此人身材魁梧,与庆次不相上下,筋骨凸起,脑袋剃得锃亮,颚下长须飘飘。他手中拿着包铁的长棒,腰间横着长得可怕的双刀,衣着粗劣,风尘仆仆。

"你莫不是前田庆次?"

庆次的眼睛定在了他脸上。

"我认识你?"

"我是山上道及。昔日曾与阁下在泷川军中一起打过仗。"

庆次闻言又上下扫视了对方一遍。

"这么一说才看出来,还真是道及哪。不过你什么时候变成臭和尚了?"

"多管闲事,臭字真是多余。你才是不管穿了多华丽的衣服都隐瞒不了真实年龄呢。"

"一派胡言。"

庆次张开嘴呵呵大笑,把酒葫芦递了过去。

"来一杯吧。"

道及无言地拿起茶碗,咚咚倒满一气喝干。

山上道及乃是关东浪人,出身不明。据说他曾经做过三次首供养[1],乃是一个本领高强的武人。在行事出人意表方面,他也与庆次不相上下。

"是去会津么?"

庆次问道。

"还有其他可去之处吗?"

道及回道。一问一答之间他已是三碗下肚。

"会吃败仗哦。"

"求之不得。我喜欢的就是败仗。你也是吧?"

"算是吧。"

二人一同笑了起来。武人能充分一展所长的战斗多半是败仗,况且要是依附胜利一方的话名声可不怎么光彩,自然非一介男儿所为。

"来了。"

舍丸低声叫了一句。

只见二十人左右的武士正手握长枪纵马飞驰而来。

"哈。"

道及像是被愚弄般地笑了。

"就来了这么一点儿人吗?真是小觑我们了啊。"
"说得没错。"
庆次干下最后一杯,从容站起。
"打他个落花流水,然后尽快赶往会津吧。"
"是啊,可这实在是太小瞧……"
道及仍旧是不满地嘟哝着,翻身上马庆次也骑上松风,拂去了枪鞘。
两人的咽喉中同时发出了劲烈的吼叫,发动了冲锋。
确实,二十人太少了。不过一盏茶的工夫,这批人已全部中枪挨刀,横尸于道路之上。

这一时期风闻战争之讯赶来相助上杉家的浪人为数甚多。
若是介绍这其中的风云人物,《上杉将士书上》中有名有姓的记载包括,关东浪人中有山上道及、上泉主水、车丹波守,上方[2]牢人中则有前田庆次、水野藤兵卫、宇佐美弥五佐卫门。蒲生家的浪人也人数不少。这些人无一不是经验老到的武人。
和其他浪人一样,庆次姑且以正式出仕上杉家的形式领受了二千石俸禄(也有说是五千石的),被编入了直江山城麾下。
对于庆次和其他浪人来说,俸禄之事并未放在心上,反正也根本没有时间去接受,很快便会投入战斗之中。他们都只是因为一心想打仗,或者说是为了死在战场之上才会聚集在这会津的。这些人个个都害怕自己窝囊地死在床榻之上。
死就要死在战场上,所有人心底都只有这一个念头。因此俸禄的多寡完全不是问题。成为了大问题的,是庆次的那杆皆朱枪。
皆朱枪乃是武艺拔群武勇过人的标志,武士不能擅自使用,必须得到主君的许可才行。
庆次这杆枪是在很久以前的鱼津之战后从前田家得到的,但既然来到上杉家,理论上没有主君景胜公的许可就不该带出家门。
《可观小说》中记载道,提出异议的乃是以宇佐美弥五佐卫门为首的藤田森右卫门、水野藤兵卫、韭塚理右卫门等四人。
直江兼续虽是作了种种的解释,四人却是不依不饶。兼续只得为难地来找庆次商量。
"就让他们四人都拿皆朱枪好了。"
庆次随口说道。不得已兼续只好应允了。

## 会津阵

一半是出于意气用事的宇佐美等四人，在得知了都被许以持有皆朱枪之际，据说反倒是悚然不已。

原本这皆朱枪于一藩之中只能允许一人持有，那是因为武勇第一的武士本就该只有一个。

结果上杉军中居然出现了五人。也就是说这五人在本次的战斗之中必须立下与皆朱枪主人身份相符的功勋，证明自己的武艺才是上杉家第一。在战场上争功便意味着与死神相伴，这些老练的武人自然心知肚明。因此他们才会有这样的反应。

而且，建议兼续这么做的正是庆次本人。从某种意义上来说，这也证明了庆次过人的自信和恢弘的气量。

总之这一举措令得宇佐美等四人就算不情愿也要在战场上与庆次寸步不离了。因为若是在不同的地方战斗则无法相互比较，十个弱者的脑袋也及不上取一枚强者的首级。因此他们必须在相同的战场上以相同的立场击败相同的敌人。也就是说这五柄皆朱枪必须一致对外。庆次等于是不费吹灰之力就得到了四个得力的部下。

到底是山上道及聪明，一下子看穿了庆次的意图。

"真是个老奸巨猾的家伙。居然耍了这么巧妙的手段。宇佐美等人还真是可怜啊。"

他特意跑来见庆次，并如此挖苦道。

"这就是为了一点小事喋喋不休的报应。"

庆次淡然笑道。

"不情愿的话就把皆朱枪还回去好了。"

"那他们怎么做得出来呢。"

道及也不禁笑了。因为他已经看到那四人提着皆朱枪在茶店附近警戒般地走来走去提心吊胆的样子。

"可怜这四人性命难保了。"

庆次的脸上隐去了笑容。

"你还打算活下去吗？道及。"

"我怎么知道。不幸的是这身体太过结实，虽是我已经活腻了，却是一直死不掉。"

"跟我太像了。所以还真是羡慕那些能死的家伙哪。"

"说得好。"

对话就这样结束了。二人都只是说出了心声而已。

"谁要是在战场上遇到这两个人，还真是倒了八辈子的霉啊。"

在一旁听着的"骨"心中不禁如此想道。

庆长五年六月二日，德川家康向谱代三河军团颁发了准备出阵的命令，六月六日决定了诸大名的部署并发布了如下号令：

家康和秀忠进军白河口，仙道口由佐竹义宣、信夫口由伊达政宗、米泽口由最上义光负责，仙北诸将则分别归属这三路大名统领。津川口由前田利长和堀秀治领军，堀直政、堀直寄、村上赖胜、沟口秀胜等人归属这一路人马。

六月八日，朝廷派出权大纳言劝修寺晴丰作为敕使来到大阪，慰劳家康的出阵。如此一来家康便有了征伐会津的大义名分。此外家康还通过会见秀赖得到了黄金二万两与米二万石的军资。

接受了部署的各路大名急忙归国，整兵前往会津。家康于六月十六日出大阪进入伏见城，十八日再度出发，抵达江户已是七月二日。据说他在此悠然等待各路大名的集合，并在二之丸为陆续抵达的大名们和将兵举行盛大的宴会。

家康出阵之日定在了七月二十一日。前军司令官为秀忠，麾下有结城秀康、松平忠吉、蒲生秀行、榊原康政、本多忠胜、真田信幸、石川康长、皆川广照等将，共计三万七千五百兵马。本军由家康率领的外样大名为主体组成，兵数约三万一千八百余人。前后相加成为了一支约七万人马的大军。

对此上杉景胜的布阵是怎样的呢？

景胜与兼续正穿着粗布衣裳前往白河口附近侦察，庆次也一同随行。这一带是他年轻时候作为泷川一益部下四处奔波的土地，因此比景胜和兼续更为熟悉地形。同行的还有"骨"和舍丸这两名忍者以及金悟洞。此外更有四个抱着皆朱枪的武士，再加上几个将领，对于侦察来说人数是足够了。

"骨"对这片土地的熟悉程度不亚于庆次，因此自告奋勇地担任了向导。

家康即将率领七万大军而来，必然会经过这白河口，问题是在哪里、给予怎样的打击。试图从其他入口侵略的伊达、最上、堀等军队对景胜来说根本不足为虑，交由直江山城牵制便可高枕无忧了。只要击溃敌军主力，其余各路人马自然不战而退。

当来到白河关以南革笼原的时候，景胜停下了脚步。他判断这里正是邀击大军的绝好之地。

在革笼原更南面的越堀、芦再野一带派出小部队，首先挑战秀忠军的先锋，

## 会津阵

接着诈败，将其引诱到革笼原，再联合事先潜伏的精兵迎头痛击。闻得急报之时家康的本军必然会赶来救援。这才是决定胜负的关键。此时一举派出所有伏军发动总攻，将其追击至化为泥沼之地的西原，予以歼灭。为了完成这个战术，还需要事先令河水逆流将西原化为一片深沼。

也就是说，上杉军将在革笼原布下双重陷阱，一道针对秀忠军，一道针对家康本军。不过将全军集结至此也是一场豪赌。要是在革笼原战败，被逼入泥沼之中的就是上杉军了。

对于这个理所当然的疑问景胜干脆利落地说道：

"若革笼原一战失利，则以景胜为首，上杉家中自上而下将以白河为葬身之所，一遂战死之意。"

庆次闻言拍鞍大赞景胜的意气。

秀忠的前军在七月十三日出发，十九日抵达了宇都宫。

景胜的会津出阵定在了七月二十二日。

在决定的这一日，山上道及和四名皆朱枪武士，以及蒲生家的浪人们一同聚集在庆次临时的住处，举办了一场酒宴。在这场白昼的盛宴之中各人都喝得酩酊大醉。

蒲生浪人志贺与三左卫门与粟生美浓守二人带着醉意唤道：

"真遗憾。实在是令人挂记啊。"

庆次听在耳中招呼道：

"你二位何事如此挂记哪？"

"林泉寺的和尚。"

"林泉寺？"

庆次也曾听说，那是景胜皈依之心甚笃的一所寺庙，而寺中的住持仗着景胜的宠幸为人极其傲慢。

"那个臭和尚，将主公的虔诚仗作挡箭牌，整天大放厥词，真是一见到就气不打一处来，真想有朝一日将他疼揍一顿出出这口恶气。只可惜明天就要出阵了，也只能在这里发发牢骚。"

两人都面露愤然之色说道。

"还有今天一天呢。现在就去揍他一顿如何？"

庆次建议道。

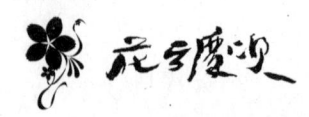

山上道及少有地插嘴道：

"出阵之前要是将负责祈祷的和尚打伤，必然会受到追究。要是无法参加这场难得的战斗就因小失大了。还是算了吧。"

但是庆次听了这话之后反而更加跃跃欲试，这是他一贯的毛病，特别喜欢恶作剧。风险越大，这恶作剧的趣味才越是会成倍增加。

"你二位意下如何？"

庆次首先问向志贺和粟生二人。

"山上大人所言极是。此乃非常时刻，还是忍了吧。"

二人齐声说道。

"我可忍不了啊。"

庆次嘿嘿一笑。道及这才注意到自己的言辞刺激了庆次，不禁愕然。如今这等重要时刻怎能失去这位当代无双的男子呢。

"喂，还是算了吧。"

"我稍微去一下。"

庆次忽然起身。

"道及，你来做个见证吧。"

"拜托了，别这样。他国之人根本难以想象上杉家有多么崇敬神佛。就算是你，也一定会受到处分啊。"

"不干一下又怎么知道呢。"

庆次大笑着扬长而去。

道及心急火燎地追了上去。一旦出事，还是自己代替庆次受罚吧。他暗暗下了决心。这就是道及承担责任的方法。

拍马不过一会儿的工夫，就到了林泉寺。在山门外下马，庆次悠然走进寺庙。道及也做好了心理准备，一起走了进去。

林泉寺的住持自然是听说过这位倾奇者的名头。在《可观小说》中此处写道，庆次是装作参拜而来，但可信度却很低。这种做法既不符合庆次的性格，住持也不至于那么蠢笨。

据说当时是庆次提出想欣赏庭院中的假山，待得引见之后，文不加点当场写下一首咏假山的五言绝句，令住持和尚大为震惊。当时，地方寺院的住持一般都是当地首屈一指的文化名人，年轻时大都在京都研究过学问，身怀汉诗与和歌的素养，因此当偶尔遇到京都来的文人墨客自是喜出望外。

# 会津阵

住持立刻大为欣赏庆次，二人滔滔不绝谈起了诗歌和京都的闲话，还相互唱和起了诗词歌赋。

此时的山上道及在一旁早已是呆若木鸡。这跟刚才所说的完全不是一回事情吧。刚才说的忍不了算是怎么回事？在这种宾主尽欢的气氛中，怎么对和尚下得了手？

在房间的角落有一副精美的棋具，因为经常把玩的缘故表面已经被摩挲得隐隐透亮。可见和尚非常喜欢下围棋。于是庆次巧妙地将话题引向了围棋，和尚果然上钩，主动提议说来一盘如何。庆次表示乐意奉陪，不过要是赌以黄白之物的话有失风雅，不赌什么的话又不够尽兴，提议要不以手指弹鼻子为输赢赌注吧。虽然多少有点痛，不过也没什么损失。和尚轻松地同意了，于是棋局开始。

最初的一局庆次故意输了。

"那就请按照约定来吧。"

庆次说着撅起了大鼻子。和尚踌躇起来。

"身为佛门弟子怎可出手伤人呢。"

但庆次还是坚持要他履约。到了真下手的时候，这个和尚反倒是完全没有了顾虑，弹得相当用力，本性可见一斑。

第二局开始，结果是庆次轻松取胜。第一局他已看穿了和尚的习性。和尚按捺着不悦，装模作样地说那你就来弹吧。

"哎呀，还是算了吧。弄痛僧人的话与毁佛谤法无异，下辈子要倒霉的。"

"哪有这回事。身为佛门弟子要是自食其言的话，也未免道行太过浅薄了。所以务必请你……"

"这样啊……那就得罪了。"

庆次貌似恭恭敬敬地弯起手指，在和尚伸出的鼻子上用力弹了下去。和尚的鼻梁当场被打断，血流如注。

"干得漂亮！"

山上道及不禁跳起来叫道。

德川家康于庆长五年七月二十一日离开江户城前往会津，二十四日抵达小山。此时，秀忠所率领的前军已到达宇都宫，先锋进出于佐久山、大田原一带。

家康在江户到宇都宫的一路上每隔一里便设置一名飞脚[3]，做好了紧急联络的准备。这是因为他已经得到了石田三成和大谷吉继举兵的消息。

但这次举兵的全貌直到七月十八日伏见城守将鸟居彦右卫门元忠派出密使才

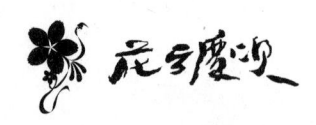

得以明瞭。七月二十四日，密使终于来到了家康布置在小山的阵地。

伏见城在派出密使的翌日，也就是七月十九日便被四万余名西军包围得水泄不通。

伏见城中仅有守将鸟居元忠与一千八百余名兵士。四万与一千八百的比例相差实在悬殊，西军之中很多将领都以为不费吹灰之力便能一举拿下，没想到遇到了激烈的抵抗，城池久攻不下，居然支撑了十二日之久，到八月一日才总算被攻克。而且这还是因为城兵之中甲贺众的背叛。鸟居元忠及其所有的守兵全部壮烈战死，元忠时年六十二岁。

七月二十五日，家康在小山召开了会议。因会津征伐而来的这些武将，大部分都不是家康的部下，而是同属丰臣家麾下的大名，而且向丰臣家送出的人质也都住在大阪。正因为这个缘故，家康才在这个会议之上详细地陈述了关西的状况，言称所有人都可以自由率军离去，前往大阪加入石田方的西军。

家康并非对此局面放任自流的人物，早在前一天夜里，他便叫来福岛正则恳谈了一番，发誓绝不给秀赖公添麻烦，请其在第二天的会议上带头表态。正则原本就憎恨三成，并且相信家康的实力，因此立刻表示赞成。他在这一日的会议上第一个站起来发言道，哪个愿意被妻子儿女扯了后腿，耽误自己的建功立业的大好机会啊。在他的鼓舞之下，诸武将几乎都加入了家康一方。

于是家康继续征求意见问道，今后的作战究竟应该是先打击上杉然后西上，还是放下上杉，留下小部分兵力牵制后大举径直西上呢。在场的所有人都选择了后者。

他们所有人都深感这场会津征伐完全是家康的单方面发难，上杉景胜就好比是平白无故吃了一个耳光。自谦信公以来以武家名门自居的上杉家自然是不可能对这番侮辱忍气吞声。景胜不过是出于自卫罢了。为此虽有家破人亡的可能，但又岂能以成败来论英雄？这份高洁操守每个参加讨伐的人都看在眼里，心中多有同情不平。

而对手要是换成石田三成，那就可以放手一战了。这家伙是个彻头彻尾的策士，是在朝鲜让各路武将吃尽了苦头的罪魁祸首。所有人都对三成恨之入骨。

家康这般的人物，自然不会不明白武将们的心情。显然这种心情也影响到了日后对上杉家的处置。

于是家康命令全军西上。自己作为本队沿东海道而行，秀忠作为第二军沿东山道（后称中仙道）西上，而牵制上杉军的任务则交给了结城秀康。

据说秀康一收到命令之后，立刻神情激愤地拍马前往家康本阵抗议。

## 会津阵

被决定天下命运的大战排除在外的这种遗憾，一至若此。

"又来了！"

秀康咬牙切齿地心道，为何父亲竟会如此厌恶自己呢。相反在秀康看来根本不是武将之器的秀忠之流却反而受到优待。东山道军三万五千有余，带领这三万五千大军直上大阪的威风凛凛之姿，与滞留在这宇都宫一带，而且还被命令尽量避免战斗的秀康相比，二者的立场当真是有天壤之别。

家康好言劝慰秀康道，西军数量虽多，但将领多为文官出身，不堪一击。与此相比上杉景胜乃是谦信公以来难得一见骁勇善战的敌手，再有几个秀忠也完全抵挡不住。正因为知道你的豪勇，这不才把这个任务交给你的吗。云云。

若是那样的话为何要避战呢。秀康追问道。家康道并未说不得战斗，但攻击要在敌人渡过鬼怒川之际方可展开。而要是见到敌军撤退的话，则应举全军之力以叩之。上杉将所有的宝都押在了白河之上，绝对不能在白河进行战斗。这就是家康的想法。到底是人称"海道第一弓手"【4】的家康，他已经彻底看穿了景胜的意图。

秀康也并非不明白这些道理，就凭少了本军的这点兵力去进攻白河，明摆着会吃败仗。但在秀康听来家康的这些话全都是托词，分明只是在安慰于他。可不管他如何恳求，家康就是不同意他参加西上的大战。

最后之所以答应这一安排，是因为秀康下了异乎寻常的决心。

"不如战死一了百了。"

他如此想道。什么避战呀，什么过鬼怒川之际再叩击呀，他决心主动出击在白河严阵以待的敌军。胜败听天由命。这才是一个武人的意气。

《庆长年中卜斋记》中写道，家康在八月四日离开小山向江户而去的时候，在途中栗桥之地架设了浮桥，然而还没等后续部队全部通过他便下令将桥拆毁，结果残余部队只好搜寻小船渡河，费尽了周折。是什么令家康如此心急火燎？当然只有上杉军的追击了。家康异常恐惧这一追击，可见景胜与直江兼续所率领的上杉军是如何的厉害。况且，对转进的军队施以追击也是兵家常理。

但上杉军究竟为何最终没有展开追击呢？

秀康非常忠实于自己的决定。

一俟家康离开小山，他便赶回宇都宫，整顿好全军之后立刻向白河进发。

被留在秀康身边的蒲生秀行、里见义康、佐野信吉、那须七党等各路将领都大吃一惊。他们之前从家康处接受了在此彻底防守的命令。对驻扎上杉家背后的

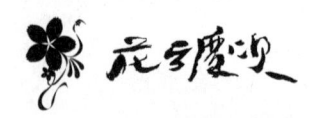

伊达政宗、最上义光等人，家康也严厉地告诫不可主动挑战。而如今秀康却这么快就决意打破这一严命。

秀康哪里听得进这些人的劝告，只是一味地想要战斗。如果可以的话，他甚至想和身处上杉阵中的前田庆次一战。于是秀康给上杉景胜写了一封斗志高昂的挑战信。

或许正是这份挑战信令景胜放弃了兵法上看来是理所当然的追击。

他回信给秀康道：

"先人谦信用兵之际，未尝一度趁人之危。我等亦不敢违之。且公年纪尚轻，非我等之敌，只待令尊内府返军之日，方是一决雌雄之时。若是军中乏粮我等亦可供给，而后自当收兵归还会津。"

这是汤浅常山在《常山纪谈》中写下的一节。八月十日，景胜不顾直江兼续等人的谏言，从前线返回了会津若松。虽然常山在书中盛赞景胜乃是极有器量的大将，但兼续想必会因错过了这一千载难遇的机会而切齿扼腕不已吧。一心期待着战斗而从各地赶来的浪人们只怕也是如此作想吧。太不懂兵法了、太迂腐了、太理想化了——他们用种种言词谴责着景胜。

只有庆次一人没有赞同他们的意见。

"这场战斗可不是领土之争哟。也并非有所求而战。虽不知对方心意如何，我等乃是凭借意气一战。揽下对方挑起的争斗，也就是所谓的游戏一场。游戏自有游戏的法则。对方换成了孩子就无趣了，这也是法则之一。所以这有什么可抱怨的？"

庆次说得也有几分道理。这也正形象地说明了庆次的战争观。或许所有的武人听了这话都会多少心有戚戚焉吧。因此听了这番意见之后，浪人们也统统沉默了下来。然而庆次却也并不认为自己所说的话句句完全在理，他朦胧地感觉到景胜也有景胜的思量。

但有一点可以肯定的是，正倾尽全力打算与"海道第一弓手"大战一场之际，对手却突然换成了小孩确实叫人泄气。也就是说这场战斗被打入了不和谐的音符。从这个角度来看，上杉景胜确实继承了被称为"战争艺术家"的谦信之遗风，是一个非常感性的武将。简要来说，战斗对手换成了秀康，对他的审美意识而言是一件无法接受之事吧。

直江兼续不得已放弃了对家康的追击，转而打算解决威胁背后的伊达政宗。

在征伐这次会津之前，家康曾向政宗许以刈田、伊达、信夫、二本松、盐松、田村、长井等七郡四十九万五千石的领地，与现今所领合并的话，伊达家的领地将超过百万石。然而由于主战场西移的缘故，这一约定也便成了一纸空文。

政宗也同样从家康那里得到了严禁挑战的命令。但即便不是如此，他对家康在西国的战场上能否取得胜利也抱有疑问。在天下形势明朗之前不该徒劳作战，因此政宗向上杉提议讲和。当然这不过是一出缓兵之计，兼续虽然看穿了这一点，但依然将计就计同意了此事。

在古往今来关原之战的历史学家的记述之中，多数采用了石田三成和直江兼续联合作战的说法。也就是说将家康的注意力引往会津，在出征会津的间隙之际由石田三成起兵。家康若是回军西上，上杉军便紧追不舍，与三成军共同形成对家康的夹击之势。贤明的家康事先识破了这一计划，故意缓慢行军，反倒是避开了这一夹击，最后取得了关原的胜利。

但二战以后这一定说产生了诸多的疑问。

如之前所说，讨伐会津并非上杉所愿，也非上杉挑起，而是以有叛意为借口，单方面掀起的战争。主动寻衅的明显是家康。要说这是上杉的谋略实在是有些牵强。

而且现实之中上杉也并未进行追击。

若是进行追击，毫无疑问会取得相当程度的战果，但景胜并没有这么做。上杉军采取的这种姿态显然证实了这是一场被动的自卫战争。

诚然，直江兼续与石田三成是多年的朋友，彼此之间惺惺相惜。但从关原之战的始末可以看出，三成往往会对这段友情痛加利用，而兼续则仅仅是被摆布的对象。越后人义理坚实的性格在此一览无遗。

因此可以这样认为，关原之战也不过是石田三成擅自利用了上杉，而并非景胜和兼续事先与三成有所合谋。

注释

【1】首供养：供养首级，指祭祀在战场上被自己亲手杀死的敌人。
【2】上方：指京都大阪等近畿地区。
【3】飞脚：古时以奔跑方式来送信的人。
【4】海道第一弓手：海道指的是东海地方，此为称赞家康武勇之语。

## 第二十八章 最上之战

接受了伊达政宗假意和谈的上杉家，转而将矛头指向了统领邻国出羽二十四万石的最上义光。

这场对最上的战斗阵容如下：总大将直江兼续，第一军由色部光长、春日元忠、上泉主水、杉原亲宪、沟口左马助等将领组成，第二军由木村亲盛、松本善右卫门、横田旨俊、篠井泰信等将领组成。前田庆次等浪人多数都直属于兼续麾下。

九月九日，兼续率领第一军二万余人从米泽出阵。春日元忠、上泉主水两部充任先锋。

最上的居城山形城的前线有二十四处城砦，其中又以上之山城、长谷堂城、畑谷城三处最是坚固。

兼续率领的第一军走小路前往畑谷、长谷堂两城，第二军则沿着大道前往上之山城。

九月十三日早晨，兼续力攻畑谷城，交战一刻之后该城落陷。城主江口道连父子自尽。最上义光派来的援军也被兼续所击破，援军大将饭田播磨战死。

附近城砦的守将闻得这一战报，悉数弃城逃往长谷堂城避难。兼续向景胜的报告中写道在畑谷城斩首五百，其余战斗中斩获二百有余。

然而进攻上之山城的第二军却中了最上军的计策，大败而归，木村亲盛战死。

之后山形北方的谷地城、寒河江城、白岩城则被上杉方的志驮义秀、下吉忠等人所破，守城军兵弃城而去。

最上义光对上杉军这迅雷不及掩耳的攻势大惊失色，迅速向伊达政宗求援。

政宗虽和上杉家达成了和谈，但若是对最上见死不救的话，家康战胜之后就

## 最上之战

会难以交待。他不得已派出叔父伊达上野介政景率领三千人马前往出羽。

兼续又对长谷堂城进行了攻击。然而此城固若金汤，久攻不下，此时在篠谷岭又出现了伊达的援军。

在包围长谷堂城十余日后，传来了关原西军战败的消息。这一天是庆长五年的九月二十九日。

在关键的关原战场石田三成等人吃了败仗，上杉军自然是没有闲工夫再和最上义光纠缠下去了。显然家康会回师向奥州袭来。不管是战是和，兼续都必须立刻赶回会津与景胜共同巩固最后的防线。

直江兼续陷入了在所有战局中最为艰难的撤退战。

有关这场战斗里上杉家的记录少得可怜。如今只剩下两本相关史料，一本是庆长二十年清野助次郎和井上隼人正所写、宽文九年五月通过酒井忠清呈送给幕府的《上杉将士书上》，另一本是宽文元年二月米泽藩士丸田左门友辅收集故老所言写成的《北越耆谈》。

从这些史料中可以略见当时这一仗的激烈程度。而在这硕果仅存的二书中，都不约而同地收录了这一天前田庆次的神勇所为。

那日，直江兼续亲率着三千兵马断后。

为了让我军平安撤退，殿后人马必须全力战斗，全军覆没或几乎全灭是常有的事情。而身为总大将亲自断后，可谓正是昭示了武人直江兼续的自豪与高洁的品性。

而追击这支殿军的最上义光有着二万人马，胜败的归属一望可知。最上军深信一鼓作气便可击溃兼续的殿军。

可这支殿后人马显示出的是前所未有的顽强。

兼续以八百铁炮队（约占全军的三分之一）进行了激烈的射击，甚至还发动了反击。

《北越耆谈》中如此写道：这一日，也就是庆长五年九月二十九日的战斗，从卯刻（上午六时）至申刻（下午四时）持续了十个小时，在仅仅一里半（六公里）的路上，进行的战斗次数达到二十八回之多。真是一场令人难以置信的激战。

庆次带着"骨"、舍丸与金悟洞三人，以及那皆朱枪四人组一起待在兼续的三百近侍之中。这时在深田负了重伤的山上道及被运了过来。他浑身是泥，就连伤口也被泥土所覆盖。伤口进了污物就容易得破伤风，这是当时人的常识。

"水。"

道及向庆次唤道。可谁都没有水。在长时间惨烈的战斗下人容易口渴，随身竹筒里的水早就都喝干了。就连"骨"身边都没水了，这场战斗的惨烈程度可见一斑。

"道及呀。"

庆次对奄奄一息的道及叫道。道及的光头上也已一片尘土。

"抱歉，没水了。要不用我的小便冲一下吧。"

道及不愧是个身经百战的武人。他不但能极为冷静地看待自己的死亡，还未曾忘记为他人设身处地的着想。他眼睛抬向庆次说道：

"算了吧。就算你再厉害，这种时候能尿得出来吗？"

战斗开始之前总会频频想要小便，可是一旦开战之后，便会尿意顿失。道及是不想让庆次在这个时候出洋相。

"当然尿得出。敢打赌吗？"

"好吧。我就赌这把刀，这可是名品千住院村正。你呢？"

"我赌这把枪好啦。"

道及情知自己的伤势已是回天无术，因此打算将村正作为临终遗物赠送给庆次。

庆次脱下裤子，将胯间之物拉了出来，捣鼓了一两下后转眼之间隆隆耸起。要知道此物在战斗之时可是无一例外缩成一团的，兼续与一旁的观者不由得啧啧称奇。这真是证明了庆次那无尽的胆量。于是庆次光明正大地喷出了小便，激烈的水流顷刻间将道及的伤口冲洗得干干净净。道及敲了敲脑袋，于是庆次又往那里浇了一通。

而后庆次更是打开葫芦口用酒来清洗伤口。

"别那么浪费。酒往这里浇吧。"

道及指了指自己的嘴。庆次给他灌了几小口，要是喝得太多不利于止血。

"好喝。拿去，这是回礼。"

道及将村正横投了过来。舍丸给他的伤口上好药，迅速缝合起来。当道及被送往后方的时候，舍丸一边目送一边说道：

"那位大人或许可以捡回性命啊。"

"真正的武人，运气也是极好的。"

庆次再次关注起战况。二万对三千，意味着这是一场苦战。人数差异带来的效果正逐渐展现开来，随着时间的推移，这一差距便越是明显。而且当战况发展到近身战之时，铁炮也派不上用场了。虽然三百近侍的阵形还没有乱，但人数已是减少了很多。

担任一方大将的沟口左马助胜路带着重伤出现在兼续的本营之中。

"夜晚之后的撤退极易引发溃逃。那边可见到的山乃是曼陀罗鼻，距此山半里处可以安营扎寨。务必请挨过今晚，待到明日清晨再行撤退。"

说完这些他便倒地咽了气。

兵法有云，依山布阵。左马助说的就是这个意思。但是要退到山前并不容易，反复血战的直江军也渐渐出现疲态。

"虽然遗憾，不过看来也只能到此为止了。至少不可让我的首级落入敌军之手。"

兼续这样说着下了马，脱下盔甲打算切腹。要是听说直江山城守兼续被取了首级，己方士气必然大跌，敌方则会气焰大炽的吧。兼续担心的就是这个。他已亲自举枪战斗多时，身上多处受创，渐感气力不支。切腹可说是兼续冷静判断下的结果。

当他拉开衣襟拔出短刀之时，横里飞过一杆长枪，将他手中的短刀打落。这正是骑着松风急急赶到的庆次。此时庆次口中所说的言语，引用《上杉将士书上》中的记载就是：

"万万不可。轻生绝非大将所为。真乃性急之人。且少待，看我等的手段。"

真乃性急之人。这话说得好。也就是叫兼续不要急着去死的意思。

庆次眼见着最上方的本阵已经逼近，立刻召集了皆朱枪四人组，就是之前的宇佐美弥五佐卫门、藤田森右卫门、水野藤兵卫和韭塚理右卫门四人。

"看这个方向……"

庆次在马上直起身子，枪朝某个方向一指。

"最上义光就在那里。如今我正要去取他首级。就让尔等好好看看，谁才是真正皆朱枪的主人吧。"

说完这句庆次莞尔一笑，一夹松风的马腹，气贯长虹地向乌云遍野般的敌阵中冲去。"骨"、舍丸和金悟洞也分别催动胯下的马匹紧跟其后。"骨"和舍丸握着炸弹，金悟洞则手中风车一般舞动一柄朴刀。他们都忘却了生死，脑中都只有一个杀字。周围全都是敌人，不管如何施展都不用担心会误伤。

皆朱枪四人组也精神抖擞，拍马向前，与庆次齐头并进。清一色举着深红色长枪的五名骑马武士，孤身冲入敌阵的这一幕，当真是格外的壮烈。

庆次该日是这样的一副打扮：黑甲胄外罩猩红色的阵羽织，脖间挂着金色的念珠，就连松风都戴上了金色的头巾。跟在他身后奇特的三骑人马也极为引人注目。这壮丽的光景令得"骨"和舍丸胸中禁不住热血沸腾。这二人半生以来都是在阴暗的世界中过活，做梦都想不到有朝一日居然能在如此华丽的战斗舞台上登台献艺。这全都是托了庆次的福。为了这样的主人，死又何妨。就连金悟洞也仿佛重新回到了少年时代一般，口中用汉语大叫着，完全沉醉于战斗之中。

惊人的是，这八人壮烈果敢的突击居然突破了最上军的阵形，令其四分五裂。他们一鼓作气地朝着最上义光的本阵冲杀而去，简直就像是一把尖锥刺破了敌阵。而直江兼续近习队的大队人马又接踵而至，将这个口子撕得更大。

挡在这八人面前的武士悉数毙命。不是被枪尖刺个透心凉，就是被炸弹轰飞，又或是被朴刀削飞了脑袋。简直就像是一堵死亡之壁，只要撞上就会一命呜呼。

即将取胜自然不想死，死了就无法品尝胜利的美酒了，生命正因为这一点才值得珍惜。可珍惜生命者又怎能阻挡这堵死亡之壁的前进呢。

此时，一幕令人难以置信的光景出现了。本是乘胜追击的最上军如今却是争先恐后地开始了溃逃。趁这个机会，直江兼续的本队平安无事地进驻到了曼陀罗鼻前半里的地点，布下了坚固的阵防。

这一段记载并非两份史料文献的作者们凭空捏造，其证据正是敌将最上义光事后的一段原话：

"显见若是将敌军逼至绝境再予以击杀的话，上杉军必将全军覆没。然直江近侍虽只三百余骑，却丝毫不乱，虽已退至对岸，却再度回身奋战，使得因追赶而乱了阵脚的我军（最上军）左右奔散，死者无数。其势令人胆寒，我军只得引兵自归。直江方自虎口逃生，遂收集残军，安然归阵。"（《最上义光记》）

不可思议的是，参加这一突击行动的八人之中，包括庆次在内竟然全数安然归队。不仅如此，甚至无一人员伤。所谓战争，就是如此的神奇啊。

庆次人等全身而退，回到了兼续的阵中。次日一早，全军向着会津方向肃然撤兵而归。

# 第二十九章 讲和

伽姬被安排住在京都本阿弥光悦宅内的一所茶室之中,由舍丸找来的一个三十岁左右的侍女负责照顾她的饮食起居,过着安详而又平静的生活。侍女名叫阿京,真实身份是一个女忍者。她和舍丸一样是加贺忍者出身,同样也是出逃在外的忍者。虽然她与舍丸并无私情,但为了躲开加贺忍者的残酷报复投靠于舍丸,从而担任了这份工作。与之前被加贺忍者头领四井主马当做奴隶一般日夜驱使相比,这里简直就是世外桃源了。而且阿京也喜欢伽姬,世间居然还有这般率直纯真的女子,实在令人称奇。阿京很自然而然地便萌生出了必须保护她的念头。

在忍术和富田流小太刀术方面,阿京也远胜于大部分男人。与舍丸一样,她也擅长火术。于伽姬而言真是没有人比这位阿京更能胜任护卫一职了。

不过伽姬本人完全不知道这些情况,她只将阿京当成虽有些沉默寡言,但不乏精明能干的人物,万事俱可轻松地托付于她。和庆次一起住的时候,还有舍丸和金悟洞二人,有些事情不得不有所顾虑。

这是师走[1]平静的一日。

廊下映来一骑巨大人马的影子。伽姬惊讶地抬头看时,正是跨在松风上的庆次。只见庆次微微一笑,露出了雪白的牙齿。

"庆郎!"

伽姬发出悲鸣般的叫声,光着脚跳到庭院之中。庆次也翻身下马,将迎面冲来的伽姬那柔软的身体一把抱起,顺势亲了上去。

伽姬觉得自己的呼吸都快停止了,禁不住泪流满面。

"我可是遵守了拉钩的约定哦。"

松开伽姬的口后,庆次依旧就这么将她抱在空中说道。

"战争，结束了是吧。"
"基本如此。接下来就是最后的决一胜负了。"

关原之战结束之后，石田三成、小西行长、安国寺惠琼被捕，并被处以斩刑。长束正家自杀，宇喜多秀家逃往萨摩下落不明，毛利辉元则被家康保证他领地安全的谎言所骗，尽管是不发一枪一箭地交出了大阪城，却被没收了六国领地，只剩下了防长[2]二国。虽然只剩下萨摩还没有解决，但其他西军方的各路大名都悉数受到了削封乃至改易[3]的处罚。

只有上杉家直到最后依旧处于战斗状态。十月六日开始，伊达政宗投入二万兵力与上杉家数度进行战斗，皆无所获。伊达家的这一进攻行动一直持续到了翌年庆长六年五月，但最终也未能踏入上杉领地一步。

这期间，十月二十日上杉家在会津若松召开了大规模的军事会议。

在战争期间残留在伏见城下、负责搜集京都和大阪方面情报的千坂对马守景亲派遣了中岛玄蕃、舟冈源左卫门两名使者前来会津，禀报目前和谈大有希望，建议停止抗战。

在诸将之中虽有不少人提出为了上杉的武名应当血战到底，但直江兼续却一力主张和平。

结果，上杉家决定派遣福岛城的本庄繁长作为使者上洛。繁长本人虽是反对和谈，但一方面兼续亲自上门劝说，另一方面上杉景胜也写来信道：

"值此寒天之际，虽长途跋涉多有辛劳，君宜早日动身前往。"

于是本庄繁长只得老大不情愿地动了身，十二月末，他总算抵达了伏见。

庆次是与这位繁长同行而来的。等待着他的，将是这次和谈中一件非同小可的重要任务。

千坂景亲之所以向会津报告和谈有希望，并非是知道了家康的想法，不过是从种种迹象中察觉到东军诸将对上杉家都报有好感而已。因此临到正式进行和谈时的交涉反而是困难重重。

关原之战后，三河时代以来的德川家谱代家臣团受家康命令审查天下诸武将是非功过的，其中包括井伊直政、本多忠胜、神原康政、本多正信、大久保忠邻、德永寿昌等六人。可说实质上是他们掌握了处置天下所有武将的权力。

来到伏见的本庄繁长与千坂一行，首要的任务是秘密或公然访问这六人的居所，阐明上杉家的主张。千坂虽是建议私下见面，本庄繁长却坚决主张一定要正式访问。千坂那委婉的贿赂建议也遭到了他的一声大喝。

"你打算用几个臭钱来赌主公的脑袋吗！"

据说在繁长那一言不合便要拔刀相向的气势面前，千坂无言地放弃了自己的主张。

繁长这般堂堂正正的态度似是赢得了德川谱代众将，特别是本多忠胜和神原康政的好感。作为文官的本多正信看上去虽也对上杉家抱以好意，实际上他是比家康更狡猾的老狐狸，不到最后关头不会吐露自己的真心。京都的丰光寺承兑也本着一直以来与繁长的约定为上杉家奔走求情。

然而光这些还不够。赞成饶过上杉家的是六人中的半数三人，而且其中一人意见尚不明朗。僧侣的求情活动也有其力量的极限。

繁长和千坂都焦急万分。这一和谈交涉绝不能拖得太久，本国至今仍处于战斗之中，时间久了容易激化矛盾。那样一来的话上杉家必然会灭亡。

一日，繁长将庆次从京都叫来。

"我等已经倾尽全力，只好求助阁下相助。"

从会津来伏见的一路之上，繁长严禁庆次擅自行动，这是因为他认为绝不能靠倾奇者那般华丽奇特的做法来进行求情活动，这关系到名门上杉家的面子。正值此生死存亡的紧要关头，还有什么面子不面子的。庆次虽然心底如此暗道，但口中还是说着：

"好吧。那就容我拜见阁下的手腕了。"

说着便退往京都，自此埋头于与和伽姬一起逍遥度日。之所以没有反驳，是因为庆次喜欢本庄繁长这位顽固不化的武将。这期间他只做了一件事情，那就是去大阪的前田府邸会见了奥村助右卫门。

庆次还只字未提，助右卫门便开口道：

"我明白了。"

听闻此言庆次面上浮现出放心的神情，做了个拈棋子的动作只说了一句：

"下棋吗？"

于是二人下棋一直下到黄昏时分，庆次这才拍马而归。

翌日，助右卫门立刻求见了主君利长，请他无论如何都要为上杉家求情。

"为何必须这样做呢？"

利长问道。

"因为上杉家此次是做了前田家的替身。"

助右卫门如此说道。利长略想了一下，又道：

"但即便如此……"

助右卫门马上回道：

"您知道是听了谁的话令堂才甘愿去当人质的吗？"

这下利长沉默了。要是没有母亲阿松的提议，加贺前田家此时早已家破人亡了。而他从母亲的嘴中也已得知这位提醒她的人物是谁。

"具体该怎么做呢？"

利长问道。

"那就如您所言。"

庆次的回话毫无踌躇，反而令繁长和千坂警惕起来。特别是千坂，对庆次一直不抱好感。

"婆娑罗[4]之人能成什么事情。"

他心底如此作想。或许你能打仗，或许你也是个身经百战的勇士，可行伍出身的人大都不适合进行和谈交涉，外交方面几乎个个都是无能之辈，连事先打点这样的做法都不懂。可说千坂内心对庆次抱以轻蔑之情。是以庆次干脆地答应下来之后，他反而心中颇有怒气，话语中明显带着侮蔑说道：

"果真有胜算么？前田大人。"

庆次嘿嘿一笑。

"可不敢打包票。"

"那阁下还应承下来？"

千坂的声音尖锐了起来。

"那是因为我钦佩上杉景胜公与直江山城啊。既然赌上了这两位大人的性命，我也只有去试试了。"

"阁下认为就凭这点心意就能完成如此艰难的使命吗？"

"无法无天，金石为开。"

本来这句俗语是"精诚所至，金石为开"，庆次却将前半句换成了"无法无天"，此时他的真意昭然若揭。

千坂惊得呆了，好容易才回过神来，对着繁长用激烈的口吻道：

"您打算相信这等人物吗？居然会口出如此……"

"这是主公亲自下的命令。"

繁长冷淡地说道。

"原本主公是吩咐一切包在前田大人身上，我只要按其所言去做就行了。是我擅自违背了命令，若说是有错，错的也是我。"

千坂缩了缩舌头，但立刻又像是火燎一般叫道：

"为、为何主公会如此信任此人……"

"很简单，我要是失败自当以死谢罪，不会像你那样活着抱怨。"

千坂像是被狠抽了一个耳光般静了下来，对这分明的侮辱他张口结舌。

"尽一切手段尚不能成事，我自当一死，岂容侮辱。"

繁长平然言道。

"失礼地说一句，倾奇者可不喜欢急着去死……"

庆次张口呵呵大笑，就此退出。到头来他还是没有说出究竟具体该做些什么。

次日卯时（上午六时），庆次出现在伏见城下结城秀康的宅邸门外。

庆次依旧穿着那件黑色甲胄，身披猩红色的阵羽织，颈中挂着金色的数珠，未戴头盔，取而代之的是给松风戴上了金色的兜巾。这身打扮与最上之战时一般无二。

"开门！"

对着尚紧闭着的大门，庆次用响亮之极的大声喊道。

"在下乃是前田庆次，为了完成昔日在京都的约定，特此前来拜访结城秀康大人。开门！"

睡得迷迷糊糊的门卫出来见得庆次那身夸张的打扮，吓得连忙缩回了门内，一路跑去禀告上司。

秀康此时已经起床，正在喝茶之际听到了庆次的喊声，从坐席上弹跳了起来，唐突地叫道：

"来人！取我的盔甲来！"

接着他便取了长枪向玄关冲去，几乎和闻声赶来的武士在廊下撞个满怀。

"主公！是前田……"

"我又不是聋子！"

秀康扔下这句话便向前冲去，到得玄关后怒吼道：

"快把门打开！还在磨蹭什么！"

门卫和集合而来武士们面面相觑。

"再不快开门的话我就亲手砍了你们！"

家臣们都清楚秀康的莽撞性格。弄得不好说不定他真会拔刀砍来。于是众人

慌忙七手八脚地将大门打开。

庆次悠然纵动胯下的松风走进门来。舍丸与金悟洞跟了上来，站在了门的两侧，此举是为了不让门关上。门要是一关这里就成了结城家的领地，无异于任人宰割。然而这些都不过是杞人忧天而已。

"前田大人！"

双颊泛着红潮的秀康喊道。

"实在抱歉，请您稍等片刻。我还没穿盔甲。要是您认为这样也行的话……"

说着他拂去枪鞘摆出了架势。

"在京都的约定乃是会于战场之上一决雌雄。不穿盔甲如何能称是战场相斗呢？在下乐意相候。"

"感激不尽。"

秀康深深鞠了一躬，命人将盔甲抬到玄关处来，也就是打算在庆次的眼前穿戴。

庆次坐在马上一动不动，似是非常满足地等待着。

一刻之后，二人在马场相对而视。二人俱身着甲胄，秀康甚至还戴了头盔。二人之间的距离约有一町（约合一百零九米）之远。

"上吧。"

庆次一声令下，秀康举起长枪，大喊一声催动坐骑疾驰而来。松风则以更快的速度向他冲去。二人的身影逐渐接近，擦肩而过。秀康连出枪的机会都没有，就被庆次的枪拨落马下。

"再、再来一次。"

秀康好不容易从地上爬起身来叫道。

"没问题。"

庆次笑着催动松风跑到先前秀康所在的地方，如此仅仅是交换了双方的位置，距离依旧不变。

双方再度拍马相向，在中途一掠而过。这次秀康也迅速地出了枪，但却被轻松地架了开去，他再度吃了庆次枪杆的一拍，翻身落马。

"最、最后一次。"

秀康的语气变得如同恳求一般。

"来多少次都可以。"

讲和

庆次说着，再次走开了一町的距离。然而这次的战法却不同了。一俟松风蹄起，庆次将枪在头上舞动得有如风车一般，口中发着凌厉的长啸，这正是一声令人血液都要为之凝结的杀戮之咆哮。秀康与其坐骑乍闻之下便缩成一团动弹不得，松风倏忽之间便行过一町的距离，一头撞在了秀康坐骑的身上。秀康连人带马栽倒在地，昏厥了过去。

"听说你是先把秀康打得体无完肤，再拜托他做中介人来为上杉求情的啊。"

此处是大阪城西之丸的一室。关原之战结束后家康立刻进驻了这里，本丸中虽然还有着秀赖和淀君，二人却均是默不作声。如今这座城池实质上的主人已是家康。房间的两侧坐着之前提到的那六位德川谱代家臣。

"没错。"

庆次穿着倾奇服装，远远地坐在家康对面。他的发髻梳得很高，扎着白色头绳。

"为何你会认为揍一顿后他就会接受请求呢？"

"在下并没有那样认为。只觉得若是爽约的话便无法出言相求……"

"完全没打算让他几分吗？"

"在下乃是一介武人。"

庆次意指如果礼让的话可谓先是对战争，其次是对秀康的极度无礼行为。

"当代的武人会有如此倾奇行为么。真是与我等年轻时大为不同啊。"

家康温和地讽刺了一句。

"作为和平的使者就更不适合了。"

庆次的脸上浮起了喜色。这是因为从家康嘴里吐露出了"和平"的言语。

"拜借您的廊下一用。"

庆次行遍一礼，缓缓退下坐到廊下。当然，他依旧在家康的视野之中。他首先脱下外衣放在一边，接着又脱去了满是骷髅花纹的小袖，里面还穿了一件纯白的小袖。

然后他把脱下的小袖放在面前，从肋差柄上取下小刀[5]，首先将发髻一刀割了下来，紧接着又刷刷地剃起了头发。眨眼之间，庆次的满头发丝已是纷纷飘落，他一手摩挲着头顶，一手又仔细地把残留的头发剃了个干净，动作看上去是如此地娴熟。

当剃成个清洁溜溜的大光头后，庆次将头发放入小袖中包了起来，叫来随从

请他一并丢弃，之后才重新穿上衣裳回到了家康面前。

周围这才注意到他反穿了衣裳，如今已是全身上下清一色的雪白，成了一套完美的白色装束[6]。

庆次这才向家康深施一礼，挺胸说道：

"这下便能胜任和平使者之职了吧。"

家康爽朗地笑了起来：

"那就谈谈和议的条件吧，如何？可有人心存异议？"

说着他看向左右。一直以来对和谈表示反对的井伊直政此番却是第一个点了头，接着本多忠胜、神原康政、大久保忠邻、德永寿昌等人也依次点头。本多忠信果然是老奸巨猾之辈，待得眼见其余五人都表示了肯定的意见，他才大声说道：

"并无异议。"

这声音就如同在说，他才是第一个表示赞成的人。

上杉景胜和直江兼续于庆长六年七月一日自若松城出发，二十四日抵达伏见，八月十六日面见家康，接受了从会津一百二十万石减封为米泽三十万石的处分。当时景胜与兼续表现出的态度可称得上是堂堂正正、不卑不亢，传为了后世永久的美谈。

注释

【1】师走：十二月的古称。

【2】防长：周防与长门二国，均位处日本的中国地区。

【3】改易：没收全部领地。

【4】婆娑罗：指行事华丽铺张、爱出风头。可看做是倾奇的代称。

【5】小刀：原文"小柄"，系插在日本刀鞘上的一种便利工具小刀。

【6】白色装束：一般临死前穿着的打扮，也有用这种装束表明以死请罪的决心。

## 第三十章 风流

"阿嚏！"

庆次打了个大大的喷嚏，苦恼似的摸了摸剃得光溜溜的脑袋，仿佛在说，都是你害的。

伽姬不禁噗嗤一笑，庆次不满般地盯了她一眼。

"快感冒了。"

"是啊。"

"都怪这个光头。"

"真是这样吗？"

"当然啦。已经快是秋天了，这里还寸草不生，感冒自然要找上门来。要怪只能怪这头形太显眼了。"

"这倒也是。"

确实，庆长六年已进入了九月，世间已是秋意盎然。

伽姬正处在幸福的顶峰，秋天那丝丝的伤感之意自然对她产生不了分毫的影响。庆次和伽姬共同生活在这本阿弥光悦的宅邸之中，已经将近九个月之久了。有一天他如往常一般外出，回来时却已变成了伽姬所看到的这个大光头。

"嗯，很可爱哦。"

看着庆次烂漫无邪的这副模样，伽姬忍不住如此说道。

那以后春去夏来，又迎秋天，庆次逐渐抱怨起自己的光头来。像是对它很不满意一般，他几乎每天都要用剃刀去蹭几下。

"为啥要这样做？"

伽姬问道。庆次说是只要家康继续留在大阪，就不能蓄发，这是一个约定。伽姬虽明白这想必与上杉家的赦免有关，但也并不打算继续追问。她对庆次的光

头并无任何不满。

但即便如此,庆次每天的日子多少还是有了些不同寻常。乍一看他和去会津之前并无任何变化,每天照样过着随心所欲的生活:阅读书物,有时会去访问僧侣和公卿、清谈至夜深时分,出席连歌大会,以及与伽姬饮酒作乐。

要说和之前不同的地方,那就是武士们频繁的造访了,而且还都是些家老级别的人物。他们都是为劝说庆次出仕而来,并且个个许以高官厚禄。这其中福岛正则的家老尤为执拗,隔三差五必定前来,许诺的俸禄也从五千石跳涨到了一万石。

最上之战时庆次的奋勇作战的英姿被世人津津乐道。仅靠八人之力便反攻杀入尾随而来的敌军之中,并将敌阵冲得四分五裂的事迹,又有哪个武将曾经听说过?怎能放任如此的勇士长期无主可依呢。

可不管是谁前来,庆次都一概加以拒绝。他言称自己全无仕官之念,并会当场敲敲自己的光头,言下之意就是已为隐遁之身。要是还有客人依旧不死心,他就会说道:

"如今我乃是一梦庵忽之斋。前田庆次已死。"

之后无论再问他什么都不会理睬了。

但伽姬所察觉到的庆次日常生活的异常并非因为这些事情。此时的庆次少有地处于焦虑状态,这种焦虑令他每天平常的生活显现着微妙的变化。然而伽姬却无论如何也不能理解这焦虑的原因。

她问了阿京,结果也是不得要领。这个女忍者甚至根本没有注意到庆次的异常表现。

接着她又去问了舍丸。舍丸不假思索地回答道:

"这还用问吗,主人在等着上杉家来请他出山呢。"

"上杉家?可庆郎不是……"

与家康成功交涉之后的当天夜里,庆次便向本庄繁长表明了离开上杉家的决意,就此回到了京都。原本庆次等人就是为战争而临时征集的浪人,战争结束后离开是理所当然。而且上杉藩从一百二十万石被减封为四分之一的三十万石,就连谱代家臣们的俸禄也不得不降为四分之一,在这种拮据的情况下自然没有漂泊武人的容身之地。因此庆次才主动提出离开。最上之战中其他四位朱枪武士都以较之前更高的俸禄被各地的武将延揽,只有庆次一人顽固地拒绝着仕官。但伽姬实在难以理解,庆次之所以这样做,居然是为了等待与他有着复杂因缘的上杉家前来相请。

风流

九月稍纵便逝，时光匆匆进入了十月。

每到这个时候，京都就会开始频繁降起冷雨。

于是庆次便待在屋中足不出户。

虽然他对待伽姬依旧是那么的温柔，但任谁都将庆次那郁闷的心情看得明明白白。

就在这样寒雨细洒的一天，直江兼续毫无征兆地来到了本阿弥的宅邸，就和庆次从战争中归来的那天完全是相同的做法。他就这样突然骑着马出现在庆次屋外的庭院之中，未披任何雨具，全身已湿成一片。兼续并未下马，就这么一直注视着屋内。

庆次头枕在伽姬的膝上，睡意正浓。伽姬原打算将他叫醒，但不知为何就是出不了声音。那是因为直江兼续在马上的姿势荡漾着一股微妙的紧张感。

伽姬轻轻摇了摇膝盖。到底是庆次，在这微小的动作下立刻睁开眼来，同时左手握住了太刀。

"人来了，在庭院里……"

伽姬总算说出这么一句。庆次就保持着躺在她膝上的姿势看向庭中，直到确认兼续的身影之后才慢慢站起身来。他走出房门后便坐倒在了廊下。虽然屋檐很宽，但此时雨势也很猛，须臾之间庆次也成了落汤鸡。兼续和庆次二人就这样再无动作。奇妙的是，伽姬觉得二人静止的这一幕分外美丽。

"主公和我十五日前往米泽。"

长久的沉默之后，兼续终于冒出这么一句。

庆次依然保持着沉默。

"你会一同来的吧。拜托了。"

兼续的声音微微发颤，带着明显是伤感的情绪。

"二千石。对如今的上杉来说……"

声音戛然而止。

"主公也在等着你。"

稍顿了一会儿后，他又补充了一句。与此同时兼续牵回马头，与来时同样般唐突地冲了出去，人马有如疾风一般消失在雨幕中。

"这家伙，骑术还真是不赖啊。"

庆次这才开了口。

"看来，我这把老骨头要长埋在雪中了啊。"

他面带满足的神情说道。迄今为止的焦虑，刹那间云消雾散。

315

庆次站在四条河原的正中间，旁边插立着一面大大的旗帜。

"一梦庵忽之斋　风流如是"

旗帜之上写着这样几个大字，迎风飘扬。风流指的不是别的，而是风流舞蹈。

这是个难得温暖的日子，虽是十月中旬，风中却也带着几分暖意。

"不会是要起地震了吧。"

舍丸悄然心道。这气象委实异常。

舍丸跟庆次一样，穿着倾奇之极的小袖。但这非常适合大个子庆次的华丽衣裳穿在小矮子舍丸身上，却总给人以街头卖艺的印象。

以庆次和舍丸身处的地点为中心，人们聚集而来。这些都是在此地讨生活的贫苦之人，他们中的大部分人都曾经漂泊四方。

比起庆次来，舍丸身边聚集了更多的人数，这是因为舍丸的脚下放着几个打开的钱箱。

"散钱啦！散钱啦！"

舍丸打着奇妙的节拍唤道：

"散了金钱来跳风流舞，忘了工作来跳风流舞。倾奇者前田庆次大人收心啦！改名为一梦庵忽之斋，跟这京都再会了再会啦！在这独一无二的日子，一起来跳风流舞吧！嘿——唷，撒喽！"

舍丸提高了声音，将钱啪的一声撒了出去。

一把、两把、三把。

围观的人们发出宛如尖叫般的欢呼声，追逐着漫天飞舞的铜钱。

庆次也将钱箱抱起在肋下，以比舍丸更快的速度一边撒着钱一边大步向前走去。

"声音！声音在哪里！"

庆次一声怒吼，傀儡子的男男女女开始拿出看家本事，敲锣打鼓歌唱起来。这首曲子音韵巧妙，听在耳中令闻者无不心痒难熬。

一边撒钱一边走着的庆次的步子不知何时已变成了跳舞的步伐，口中用那粗犷但又沁人人心的声音唱着。傀儡子们则伴奏着他的歌声，拾钱的人们也群起附和。

此时这群人已完全化为了一道风流舞的旋涡。舍丸的钱箱撒空之后，风流舞也还依旧持续着，终于整个河原都被卷入了风流舞之中。

领头的庆次舞蹈跳得非常出色，他那高大的身躯配合着轻盈动作，不断变幻

## 风流

出各种漂亮的舞姿。而他本人却完全没有意识到这一点，陶醉于这种忘我的感觉之中。这种忘我也传染给了他身后所有的人，人们在这冬日的天空之下大汗淋漓地狂舞不已。

伽姬在"骨"和金悟洞的保护下，坐在土堤之上注视着这风流舞的人潮。不知为何她的眼泪已夺眶而出。

"和庆郎在一起，每天都像是在跳风流舞一般。"

"骨"和金悟洞也用力点了点头。他们此刻的心情与伽姬一般无二。

"真是个古怪的人呢。"

"骨"吐出一句。

"是啊。是个古怪的人。但我好喜欢。"

伽姬噙着眼泪道。

"我也是。"

"骨"又跟了一句。

"我也去跳喽。"

金悟洞急不可待地将远町筒交到"骨"的手里，向风流舞的人群奔跑而去。

庆长六年十月十五日，直江兼续与主君上杉景胜一同从伏见出发，前往新领地米泽。原本这里是兼续的领地，这一迁移本不该产生什么混乱，但因为所有家臣的俸禄都大幅减少，上杉藩自身也不得不咬牙熬过这个贫寒交迫的冬天。不过即便如此，至少上杉家的名号还是保存了下来，这已经是一件幸事了。哪怕只有原先四分之一的领地，三十万石也非同小可，藩政必定能得到重建。不，哪怕是冲着这份意气也要重建起来。兼续心中如此深深地许下了诺言。

可前田庆次到底会来吗？兼续和景胜从本庄繁长处已经听说，上杉家之所以能得以存续，全靠了庆次的努力。若不能将这位首屈一指的功臣迎接来米泽，作为武将实在是心中难安。况且最重要的是，若没有庆次在，这米泽黯淡冬日之下的生活该有多么地郁闷啊。兼续清晰地预感到了这一点。

"为何直到今日还没有回音前来呢？"

任马儿摇曳着身躯的兼续轻咬住了下唇。

庆次等人于十月二十四日从伏见动身，比兼续一行晚了足足九日。到达米泽则已经是十一月十九日了。有关这二十六日间的见闻，他亲自写成了《前田庆次道中日记》一书，原稿至今仍保存在米泽市立图书馆之中。文中随处可见引用和

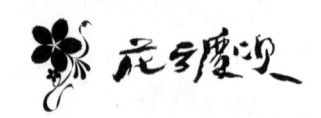

汉古典之笔，吟咏和歌，手书俳句，无一不是简洁利落。卒读之下便有一股凉风扑面的清新之感，或许这也正是庆次的性情使然吧。

庆次此次前往米泽，全路程绕的是一条奇妙的远道。

从伏见出发前往大津、坚田，渡过琵琶湖后来到前原，之后再通过关原沿东山道直下，从下诹访途经望月、轻井泽前往宇都宫，最后从宇都宫一路经过白河、郡山、板谷抵达米泽。

对于庆次取道这段奇妙路线的原因笔者曾冥思苦想数载，却始终不得要领。访问关原和白河等地的理由虽然分明，但为何去下诹访、宇都宫却实在教人想不明白。此处顺便写下一句庆次在下诹访所作的俳句：

诹访湖面冰破处，为有神明自此过[1]。

庆次住在米泽期间的逸事几乎不为人所知。据说他隐居在城外一个叫堂森刈布的地方，领着每年二千石的俸禄补助，啸月吟歌，与所爱的伽姬共度余下的岁月。或许去米泽后他不再有倾奇之举了吧。庆次一直活到了景胜的下一代忠胜执政上杉家的时期，逝世于米泽。殁年是庆长十七年六月四日，也就是说在关原之战后他活了十二年之久。伽姬应该是尽享了人生的幸福吧。

有关庆次的结局还有另外一种说法，说是他被前田利长下命蛰居于大和地方，死于庆长十年十一月九日。但这种传闻颇不可信。从庆次的性格来看，他毕竟不是那种会老老实实蛰居的人物，而前田利长也并无任何理由要软禁于他。因此可以相信，庆次应该还是死在了莫逆之交直江兼续所住的米泽了吧。

最后谨用笔者所喜欢的庆次的一段话来结束全文。据说这段话出自庆次住在信浓善光寺期间写成的《无苦庵记》：

"无苦庵（庆次自指）上无可敬孝之亲，下无可悯怜之子。虽无出家之念，却以结发为难事，索性一并剃之。十指灵活双足矫健，是以并无座轿从人之需。素无疾病缠身，是以灸治远避。云无心以出岫[2]，也自成一趣。若心无诗歌之属，月残花谢便也不再以为苦。困欲眠时虽昼亦眠，醒欲起时虽夜亦起。若无登九品莲台之欲，便也无落八万地狱之罪孽。生时若尽兴而活，死也不过寻常之事。"

<全书完>

注释

【1】谏访湖面冰破处,为有神明自此过:谏访湖有着一种被称为"神渡"的自然现象,湖面结冰后会出现表面割裂,冰面会拱起形成连绵不绝耸起的一条山脉形状,古时被认为这是神走过的痕迹而大受信仰崇拜。

【2】云无心以出岫:原文语出陶渊明《归去来辞》"云无心以出岫,鸟倦飞而知还",形容悠然自得的状态。

## 作者后记

前田庆次是于现代知名度极低的人物。

或许是因为在历史中留下的痕迹实在太浅的缘故吧，他既非对天下虎视眈眈的霸者，也并非靠武力打出一片天地的武将，而且有趣的是他素来喜欢归属于败者的一方。这其中既有出身甲贺忍者后成为一国大名的泷川一益，也有名将上杉谦信养子——在养父一死后便不得不与义兄交兵的上杉景胜。至于唯一一个属于胜方的前田利家，庆次则是令其吃足了冰水的苦头之后自行放逐而去。

败者的记录为胜者所抹消或是篡改，乃是历史的常理。因此归属于败者而又能于青史上留下微名的，实可谓超常优秀之人。而前田庆次正是这为数不多的逸才中的一人。

况且他还是"倾奇者"。换个别的说法，就是"婆娑罗"。"倾奇者"和"婆娑罗"乃是以反抗时权为己任的人物，而反抗权威尚且能存活下来的，不用说，当然必须要有特别的实力。可这种实力却是派不上任何用场，到头来毕竟是无益之力。可，令人着迷的正是此处。

我最初接触到这位前田庆次，还是遥远的战前之时。当时我还是旧体制高中的一员学生，一方面沉溺于波德莱尔、兰波、魏尔伦等法国诗人的诗歌，一方面又饥不择食地阅读时代小说。那时不知道读的是谁写的关于庆次的故事，却好似只给我留下了某种贵族民间流浪传说的印象。或许是从他系加贺前田家亲戚一事上生出的错觉吧。

到第二次与庆次相逢，其中过了很久的时间。战后我从事电影方面的工作，某次在石原裕次郎的制作公司负责撰写司马辽太郎先生原作《夺城》的剧本。这部电影的主人公便

## 后记

是前田庆次。而当我在写剧本的时候，原作还并未完成，完成的只是短短的一个故事梗概（这是电影界常有的事情）。当然这并非司马先生的责任，而是石原公司因为某些状况急于要完成电影所致。可我却因此而沦落到了既无原作参考也无任何史料，却要硬着头皮去写庆次故事的尴尬境地。结果自然是写得相当不理想，我也深以为耻。在结束了剧本以后，我便开始了本该是之前进行的探寻史料。而最终让我找到的是藏在《日本庶民生活史料集成》中的庆次旅行日记。

可以说，是这本书将我之前对庆次的印象彻底颠覆。

在这本短短的旅行日记中的庆次，既是一个学识横溢的风流人物，又是一个刚毅无比的武人，更是一个如风一般自由的流浪者，坚强又不失温柔，深明如何才能成为一个最有生存价值的人。虽说能从日记中嗅到浪迹天涯的一抹悲情，但却并无任何感伤之意，如主调低音般鸣响起的，尽是人原本就怀有的悲伤之感而已。

于是前田庆次那坚强而自由地活过战国末期时代、宛如一匹孤狼般的全新印象便深深植入了我的心中。之后我着实致力于收集此人的相关史料，也正是出于这个目的，我才拜访了富山县冰见的能坂利雄先生。

即便如此，到手的史料还是寥寥无几。但与此同时我已渐渐看到了庆次的另外一面，那就是对恶作剧的爱不释手。哪怕在很有可能性命攸关……不，哪怕是在性命攸关的场合，他也会干出破天荒的恶作剧来。

对我而言，这正是前田庆次决定性的魅力所在。总有一天要写写此人——这成为了我的一个执念。

《读卖周刊》给了我这个机会。我几乎完全是一边摸索一边写成的这部小说。所谓摸索，指的是在写作过程中逐一确认作为一介男儿的我与庆次的关联究竟何在。

因为这个缘故完稿甚迟，给负责担当的池田敦子女士造成了可称是入职以来从未有过的巨大困扰，在此表示衷心的歉意。

在出版之际蒙受了出版局关根祥男先生格外的好意和关照，在此并呈上深挚的谢意。

隆庆一郎

平成元年二月十六日

# 译后记

平成二十年（2008年）十月。京都。

坐在四条河原鸭川河畔，放眼观望这错落有致向下游奔腾而去的河水，思绪几乎不怎么费劲便能飞快倒退四百多年，眼前也仿佛立刻栩栩如生地浮现起一名高大魁梧的男子牵着一匹巨大黑马在此河边悠然饮水的一幕。

无疑，此时此地令我第一个想到的，除了本小说的主人公前田庆次外更无他人。

庆次那传奇般的一生之中，居于京都的期间只有短短不到十年。然而正是从此地，庆次那天下第一倾奇者的名号闻达于天下；正是在此地，庆次向天下霸主秀吉示以了豪气冲天的倾奇之举；正是在此地，庆次向当时一流的文化大家们学习诸多才艺，成为了战国时代罕有的文武双全之士；也正是在此地，庆次邂逅了堪称知己的直江兼续，从而寻觅到了终生的心灵寄托之所。

用现代流行的语句归纳讲，这里可谓是庆次学习过、生活过、战斗过的地方。身处其境，不禁难以按捺心潮澎湃。

此时我的思绪又不禁飘向9个月前，当时适逢久未联系的重庆出版社的邹禾先生开出了长长一张日本历史小说与时代小说的列表，就哪些小说会受中国读者欢迎一事向各路好汉征询意见。忝居受邀之列的我毫无踌躇地选择了隆庆一郎先生的鼎峰之作《一梦庵风流记》，并自告奋勇地承担了翻译之职。

稍微年长一些的读者可能看过由原哲夫先生（代表作：《北斗神拳》）担纲、名为《花之庆次》的一套长篇漫画。当年风靡一时的这套漫画正是由《一梦庵风流记》改编而来的。当年因为政治（避免与韩国的历史问题纠纷）和商业（同年NHK热播大河剧《琉球之风》）方面等等一些原因，漫画化之际将原作中的"朝鲜篇"改为了"琉球篇"，全篇的情节和人物也都做了不同程度的调整。而今若是能得此机会将小说原作译出面世，该是一件何等的快举啊。

同时，基于知名度的考虑，我们一致决定小说以漫画版的正标题《花之庆次》来予以命名。

举止行为极尽喧哗之能事、往往不按常理出牌，但同时又是文武双全琴心剑胆的庆次，或许也是托了本小说的弄潮之福，自平成年伊始以来一直就是年轻人主流文化——各类动漫游戏的宠儿，其中尤以近年《战国无双》与《战国婆娑罗》两系列的动作游戏为甚。横（皆朱）枪跨（松风）马的前田庆次，或许早已在处于青春逆反期的年轻人群中成了一种文化标志，那就是通过颠覆常理有时甚至是出格的行为来发泄以及证实自我的价值。难怪乎庆次这一鲜明的形象长期以来经久不衰，广受欢迎了。

真实历史中的前田庆次，与之相关的一次史料非常之少，以至于后世史学家们费尽周折也难以考证他的详细生平，如今在我们脑海中有关他的印象，多是来自于包括本小说在内文艺作品之中。

小说中有几段堪称经典的情节均取材于史料零星记载，在作者信手拈来融会贯通于情节之中后，读来令人印象深刻。其中最有代表性的要数庆次在聚乐第与秀吉会面一段，他先是以滑稽着装和举止来狠狠讽刺了秀吉那自以为是的权威，待其醒悟赐马示好之际，却又一反常态地更衣恭而受之，充分表达了他在对待权威"非不能也，是不为也"的气节。正是这样前后判若两人之举使得庆次那张弛有度进退得法的形象远远超脱于普通的轻狂之徒。

在小说临近结尾的高潮部分——长谷堂城殿军一战与战后和谈的经过上，庆次的表现也足以用有勇有谋四个字来高

# 后记

度评价，而拒绝各路诸侯高俸相邀仅以微禄出仕上杉家一事又可见其重情重义之性格。读来令人称快，想来教人神往。面对如此大好男儿的快意人生，几百年后的我们又怎能不心生艳羡之情呢？

本书是一本时代小说，虽然其中也错综交织着大量史实与真实历史人物，内容毕竟属于七实三虚，前田庆次这一形象的成功塑造，离不开小说原作者隆庆一郎呕心沥血的拳拳创作。

隆庆一郎在中国的知名度不如司马辽太郎、井上靖、山冈庄八等知名历史小说家，或许当归过于他的大器晚成和日后的急逝。隆庆一郎本是影视剧本作家，作为小说家发表处女作《吉原御免状》是在1984年（61岁），这本交织着诸多历史谜团的小说一问世便博得了广泛的好评。隆庆一郎与其他历史小说家最大的风格特点区别在于两点：一是在人物尤其是庶民生活的描写上非常细致秀逸；二是爱以史料为基础来展开对历史真相天马行空的想象。其代表作就是《一梦庵风流记》和《影武者德川家康》（后者亦由原哲夫先生进行了漫画化），而前者更是在1989年一举获得柴田炼三郎文学奖。就在隆庆一郎在小说界大放异彩受万众瞩目之际，却于同年突然去世，小说执笔生涯在短短5年之后便告终结，留下了大量尚处于构想阶段和未竟的作品，着实令人遗憾。每每思及此处，我便感慨道，若是隆先生能再得生5年，该为我们留下何其之多的优秀小说啊！

值此译本付梓之际，最后请允许我借本纸向重庆出版社邹禾先生与编辑肖飒小姐，以及在翻译过程中提供诸多无私帮助与鼓励的本丛书其他译者朋友表达衷心的谢意。

吉川明静

**井上靖《风林火山》**
武士功名与绝代恋情的苍凉悲歌，2007年NHK大河剧热播之作

日本时代小说经典

**柴田炼三郎《真田幸村》**
将星、忍者、剑豪演绎百花缭乱的战国秘史

**隆庆一郎《花之庆次》**
像云一样自由飞翔的风流武士

**火坂雅志《天地人》**
直江兼续、上杉谦信、真田幸村、石田三成……风云男儿的乱世豪情。
2009年NHK大河剧指定原著

独角兽书系

重庆出版社隆重推出：

**斯蒂芬·布鲁斯特** 惊悚奇幻名著
**《精灵刺客－茨瑞格之书》** 系列：

■卷1《龙蜥》

■卷2《魇蛇》

■卷3《泽鼠》

我转回头来开始考虑，是要去帮助已经奄奄一息的那个家伙，还是赶快过去阻止想吃霸王餐的那两个客人。

之后，我看到了血……

一把匕首插在头埋进盘子里的那家伙喉咙上，匕首柄从背后突了出来。我这才慢慢意识到都发生了什么，然后决定：算了，不去把那两位正要离开的先生要钱了。

那两个人毫不惊慌，甚至脚步都没有变杂乱。他们迅速而安静地从我面前经过，走向大门。我一动不动，几乎感觉不到自己在呼吸。忽然间，我意识到自己心脏正在剧烈地跳动着。

其中一人的脚步突然在我身后停住。我依然如同冰雕一般愣在那里，但脑海里却一直呼唤着恶魔女神维拉的名字……

重庆出版社隆重推出：

华丽的奇幻文学大师：**格里格·凯斯**
**《荆棘与白骨的王国》** 系列：

■卷1《荆棘王》

■卷2《恐怖王子》

天空撕裂开来，闪电透过扭曲的缝隙跌落而至。随之而来的，是夹杂着烟尘、黄铜与硫黄味儿的黑色冰雨，还有仿佛来自地狱之风的狂嚣。

卡塞克爬起来，紧了紧身上染血的绷带，无论怎样，他希望在看到一切完结之前，这些绷带能够守住他的内脏。

……

女人的声音，但却如同主人的幽灵长鞭一样，自然地阻止了他。

他回头，而后，见到了她。

她身穿黑色铠衣，一张脸白如凝脂，赤褐色长发垂泻而下，虽浸湿了讨厌的雨水，却依然美丽脱俗。她的双眸烁耀生辉，犹如穿透黑云之心的闪电。

她的护拥卫士们站在她身后，同样铠甲齐身，咒文剑业已出鞘，泛着青铜的灼热光芒。他们伫立着，高大而无畏，状若天神……

独角兽书系

世纪巨著
《冰与火之歌》
当代最伟大的英雄史诗
史上最残酷华丽的奇幻盛宴
雄踞世界各大畅销书排行榜

万众期待:时代华纳HBO频道一同名电视剧集即将开拍

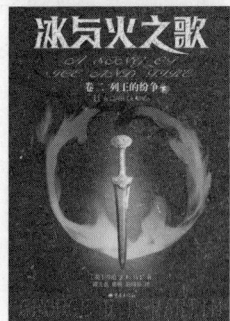

卷一 权力的游戏(上、下)已出 定价:68.00元
卷二 列王的纷争(上、下)已出 定价:65.00元
卷三 冰雨的风暴(上、中、下)已出 定价:88.00元
卷四 群鸦的盛宴(上、下)已出 定价:68.00元

日本插画巨匠、KOEI游戏系列设定大师
**正子公也**

经典画集
《百花三国志》
《绘卷水浒传——梁山豪杰一百零八》
日本动漫大师**天野喜孝**经典画集

《幻·天》
**全面登陆中国市场**

以上图书均可通过重庆出版集团淘宝商城旗舰店购买
地址：http://cqcb.mall.taobao.com/